21世纪全国高职高专电子信息系列技能型规划教材

电工技术应用

主　编　孙建领　冀俊茹
副主编　冯遵安　贺小明

内容简介

本书是在总结我国近年来高职高专教育教学改革经验的基础上编写的，针对高职学生特点，内容按其认知规律安排，采用由浅入深、由任务引入到理论、由定性到定量的编写方式，特点是结合实际工作、就业需要、岗位知识和技能，以培训技能型实用人才为目标。教学内容易于理解，突出针对性和应用性。

本书共分6个模块，主要内容包括：电工基础知识、电路基本物理量、正弦交流电路、三相电路、磁路及变压器、电机、电工仪表和测量、供电知识和用电安全等。各模块的内容相对独立又前后呼应、循环递增。

本书可以作为电气技术、电子技术、自动控制等专业的理论基础课程教学用书，也可以作为工程技术人员解决实际问题的参考资料。

图书在版编目(CIP)数据

电工技术应用/孙建领，冀俊茹主编．—北京：北京大学出版社，2011.3
(21世纪全国高职高专电子信息系列技能型规划教材)
ISBN 978-7-301-18519-3

Ⅰ．①电…　Ⅱ．①孙…②冀…　Ⅲ．①电工技术—高等学校：技术学校—教材　Ⅳ．①TM

中国版本图书馆CIP数据核字(2011)第015816号

书　　名：电工技术应用
著作责任者：孙建领　冀俊茹　主编
策 划 编 辑：赖　青　张永见
责 任 编 辑：李娉婷
标 准 书 号：ISBN 978-7-301-18519-3/TM・0037
出　版　者：北京大学出版社
地　　址：北京市海淀区成府路205号　100871
网　　址：http://www.pup.cn　http://www.pup6.com
电　　话：邮购部62752015　发行部62750672　编辑部62750667　出版部62754962
电 子 邮 箱：pup_6@163.com
印　刷　者：北京大学印刷厂
发　行　者：北京大学出版社
经　销　者：新华书店
787mm×1092mm　16开本　14.5印张　336千字
2011年3月第1版　2011年3月第1次印刷
定　　价：26.00元

前　　言

本书是在原高职高专规划教材《电工应用技术》的基础之上，突破了原来旧的体系，按照“以就业为导向，以服务为宗旨”的职业教育目标，并体现“目标明确、任务驱动、问题分析、知识储备、任务实施”以适应项目化教学的教改思路；注重教材内容的科学性、实用性，尽量以教学内容结合实践，做到理论结合实际，从基础着手，详细介绍电工基础知识、电机、电工测量和安全用电等，并结合电气专业的人才培养核心，按照循序渐进的原则：从“任务引入—任务分析—相关知识—任务实施”等内容出发，突出在掌握所需电气知识的基础上，侧重培养解决问题、提高认知、实施任务的能力。

本书内容通过简洁通俗的文字叙述、形象的图例和操作过程来讲解电气技术中相关的理论知识、应用技能等。

本书可以作为电气技术、电子技术、自动控制等专业的理论基础课程教学用书，也可以作为工程技术人员解决实际问题的参考资料。

本书由孙建领、冀俊茹主编，冯遵安、贺小明副主编，编写分工如下：孙建领编写模块1，冀俊茹编写模块2，冯遵安编写模块3、模块4，贺小明编写模块5、模块6。本书编写过程中还得到了许多同行的大力支持，在此一并表示感谢。

由于时间仓促，编者水平有限，书中不当之处在所难免，恳请广大读者提出宝贵的意见，以便进一步完善。

编　者

2010年11月

目　　录

模块1

直流电路

电路是电流的流通路径，它是由一些电气设备和元器件按一定方式连接而成的，复杂的电路呈网状，又称网络。电路和网络这两个术语是通用的。由于电的应用非常广泛，所以电路的形式也是多种多样、千变万化的，有长达数千公里的电力线路，也有小到只有几微米的集成电路。在电力系统中，电路的作用大体上可以分为两类：一类是用于实现电能的传输和转换，例如电力工程，它包括发电、输电、配电、电力拖动、电热、电气照明、以及交直流之间的整流和逆变等，此类电路的电压较高，电流和功率较大，习惯称之为“强电”电路；另一类是用于进行电信号的传递和处理，例如信息工程，包括语言、文字、音乐、图像的广播和接收、生产过程中的自动调节、各种数据的数值处理、信号的存储等，此类电路的电压较低，电流和功率较小，习惯称之为“弱电”电路。电路的作用不同，对其提出的技术要求也不同。根据电源提供的电流不同，电路还可以分为直流电路和交流电路两种。

任务1.1　认识电路

教学目标	(1) 认识电路的基础组成元件； (2) 了解理想电路元件和电路的理论模型组成； (3) 掌握描述电路的基本物理量及含义。

任务引入

由于各种电路功能不同，其组成形式千差万别，因此其研究方法也不尽相同。下面以日常生活中最简单的照明电路为例，从电路组成找出电路的共同规律，并提出电路的理论描述方法进而掌握解决之道，照明电路的工作原理如图 1.1 所示。

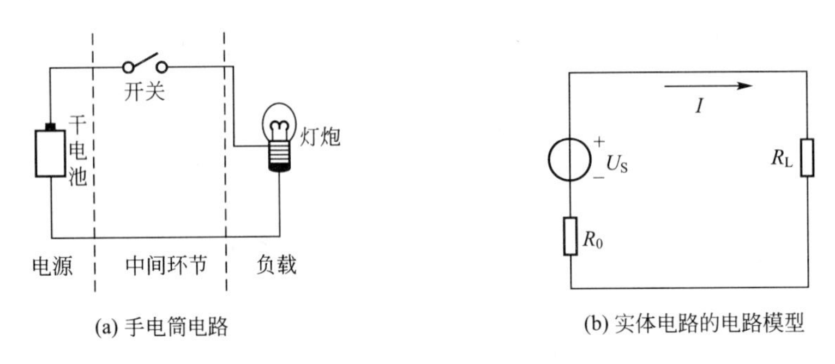

(a) 手电筒电路　　(b) 实体电路的电路模型

图 1.1　照明电路的工作原理

任务分析

手电筒电路如图 1.1(a)所示，电源用的是干电池(根据需要可以用蓄电池或其他电源替代)，负载是一个微型灯泡，用开关就可以控制电路的开和闭。图 1.1(b)是与实体电路相对应的电路图，称为实体电路的电路模型。电路模型中的所有元件均为理想电路元件。实体电路元件的特性是多元的、复杂的，而理想替路元件的特性是精确的、唯一的。

负载可以用发光二极管替换发光(如在大街上或繁华的商业区经常可以看见的大屏幕显示屏用的就是发光二极管)；用电热器替换发热(各种各样的电炉、电暖气)；用扬声器替换发出声音(日常生活中的收音机、电视机、电视伴音、立体声音响、随声听、手机的听筒)；用电动机代替实现转动(汽车等各种运输工具、洗衣机、电钻)。

可见，在日常生活和生产实践中为满足人们的需求，电路在形式上是多种多样的，工作时发生的物理现象也是千差万别的，我们必须找出它们的普遍规律，从而找出电路的一般分析计算方法，使电能更好地为人们服务。

电路中还存在电流、电压、电动势、电位、功率等物理量，我们要想正确的使用这些物理量必须对他们要有一个正确的认识，因此对这些物理量要进行正确的理解。

相关知识

描述电路的基本物理量

1. 电流及其参考方向

电流是电荷定向移动形成的。物理上规定“电流的方向是电子流动的反方向或者正电荷的流动方向”，电流强度等于单位时间内通过导体横截面的电荷量，用 i 或 I 表示，标准单位是安［培］(A)，常用的还有 mA、nA。

电流的单位及换算：

$$1\text{A}=10^3\text{mA}=10^6\mu\text{A}=10^9\mu\text{A}$$

需要指出的是：金属导体中的电流实际上是“电子”定向运动产生的，可见，“规定的电流方向”与实际的电子运动的方向相反。产生这样的错误，是由于美国的本杰明·富兰克林对电流的误解。1897 年英国的汤姆生发现电子的时候，这个观念已经渗入到全世界。不过，因为没有根据这个认识产生计算错误的问题发生，所以，今天“电子在正的方向流动、那个相反的流动作为电流”成为约定的认识。

特别提示

在分析计算时，对电流可以人为规定方向，称为参考方向。因为在复杂电路中不好判断元件中物理量的实际方向，在实际分析计算时可以：

(1) 在解题前先任意用箭头设定一个正方向，作为参考方向；

(2) 根据电路的定律、定理，列出物理量间相互关系式的代数表达式；

根据计算结果确定实际方向：

若计算结果为正，则实际方向与参考方向一致；若计算结果为负，则实际方向与参考方向相反；若未标参考方向，则结果的正负没有任何意义！另外在所有教科书中的方向均为参考方向。

图 1.2 表示了电流的参考方向(图中实线所示)与实际方向(图中虚线所示)之间的关系。

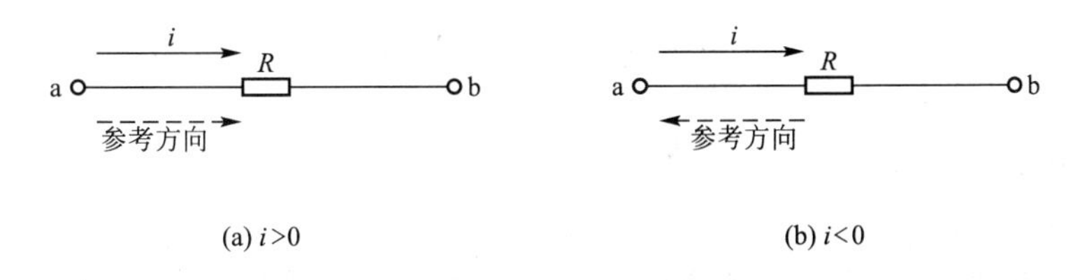

图 1.2　电流参考方向与实际方向

【例 1-1】 如图 1.3 所示，电流的参考方向已标出，并已知 $I_1=-1\text{A}$，$I_2=1\text{A}$，试指出电流的实际方向。

解　$I_1=-1\text{A}<0$，则 I_1 的实际方向与参考方向相反，应由点 b 流向点 a。

$I_2=1\text{A}>0$，则 I_2 的实际方向与参考

图 1.3　例 1-1 图

方向相同，由点 b 流向点 a。

2. 电压及其参考方向

就像水从高的位置往低的位置流动一样，电流从高电位向低电位流动。和水位类似，电位的差称为电位差。为使电子流动，作为推动的力量——电位差一般被称作电压，用 u 或 U 表示，标准单位是伏［特］（V），常用的有 mV、kV。

电压的单位及换算：

$$1\text{V}=10^3\text{mV}=10^{-3}\text{kV}$$

电压的实际方向规定从高电位指向低电位，其方向可用箭头表示，也可用“+”“-”极性表示，如图 1.4 所示。若用双下标表示，如 U_{ab} 表示 a 指向 b。显然 $U_{ab}=-U_{ba}$。值得注意的是电压总是针对两点而言。

和电流的参考方向一样，也需设定电压的参考方向。电压的参考方向也是任意选定的，当参考方向与实际方向相同时，电压值为正；反之，电压值则为负。

【例 1-2】 如图 1.5 所示，电压的参考方向已标出，并已知 $U_1=1\text{V}$，$U_2=-1\text{V}$，试指出电压的实际方向。

解 $U_1=1\text{V}>0$，则 U_1 的实际方向与参考方向相同，由 a 指向 b。

$U_2=-1\text{V}<0$，则 U_2 的实际方向与参考方向相反，应由 a 指向 b。

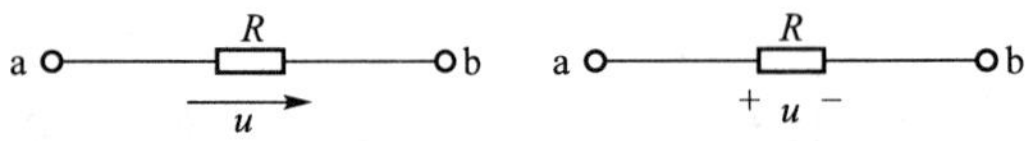

图 1.4 电压参考方向的设定

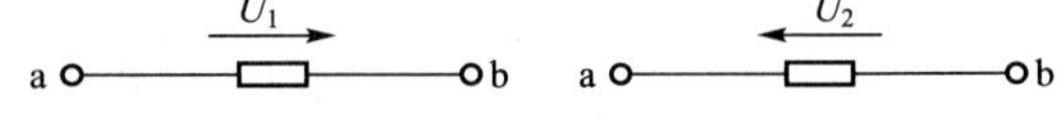

图 1.5 例 1-2 图

特别提示

电流与电压的参考方向原本可以任意选择，彼此无关。但为了分析方便，对于负载，一般把两者的参考方向选为一致，称之为关联参考方向。对于电源，一般把两者的参考方向选择为相反，则称之为非关联参考方向。

3. 电位

电路中某点至参考点的电压，称为电位。通常设参考点的电位为零，因此参考点也称零电位点，某点电位为正，说明该点电位比参考点高；某点电位为负，说明该点电位比参考点低。电位的单位是伏特，用符号 V 或 v 表示。

例如 a 点的电位记为 V_a 或 v_a。显然，$V_a=V_{a0}$，$v_a=v_{a0}$。

电位具有相对性和单值性。电位的相对性是指：电位随参考点选择而异，参考点不同，即使是电路中的同一点，其电位值也不同。电位的单值性是指：参考点一经选定，电路中各点的电位即为确定值。和电压一样，电位也是一个代数量。

电路中的参考点可任意选定。当电路中有接地点时，则以地为参考点。若没有接地点时，则选择较多导线的汇集点为参考点。在电子线路中，通常以设备外壳为参考点。参考点用符号“⊥”表示。

有了电位的概念后，电压也可用电位来表示，即

$$U_{ab}=V_a-V_b$$
$$u_{ab}=v_a-v_b \qquad (1-1)$$

因此，电压也称为电位差。

电路中任意两点间的电压与参考点的选择无关。即对于不同的参考点，虽然各点的电位不同，但任意两点间的电压始终不变。也就是说电压是绝对的，电位是相对的。

【例 1-3】 图 1.6 所示的电路中，已知各元件的电压为：$U_1=10\text{V}$，$U_2=5\text{V}$，$U_3=8\text{V}$，$U_4=-23\text{V}$。若分别选 b 点与 c 点为参考点，试求电路中各点的电位。

解　选 b 点为参考点，则

$$V_b=0$$
$$V_a=U_{ab}=-U_1=-10\text{V}$$
$$V_c=U_{cb}=U_2=5\text{V}$$
$$V_d=U_{db}=U_3+U_2=8+5=13\text{V}$$

选 c 点为参考点，则

$$V_c=0$$
$$V_a=U_{ac}=-U_1-U_2=-10-5=-15\text{V}$$

或

$$V_a=U_{ac}=U_4+U_3=-23+8=-15\text{V}$$
$$V_5=U_{bc}=-U_2=-5\text{V}$$
$$V_d=U_{dc}=U_3=8\text{V}$$

4. 电动势

电源力做功如图 1.7 所示，有两个电极 a 和 b，a 带正电称正极，b 带负电称负极，用导线把 a、b 两级连接起来，在电场力的作用下，正电荷沿着导线从 a 移动到 b(实质上是导体中的自由电子在电场力作用下从 b 移动到了 a)，形成了电流 i。随着正电荷不断从 a 移动到 b，a、b 两级间的电场逐渐减弱，以至消失，这样导线中的电流也会减至零。为了维持连续不断的电流，必须保持 a、b 之间有一定的电位差，即保持一定的电场。这就需

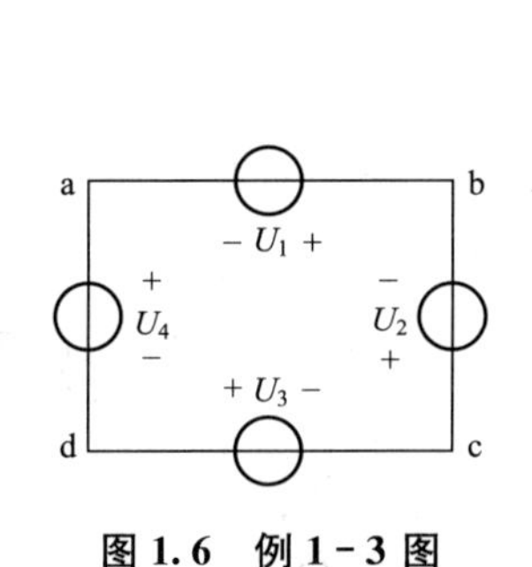

图 1.6　例 1-3 图

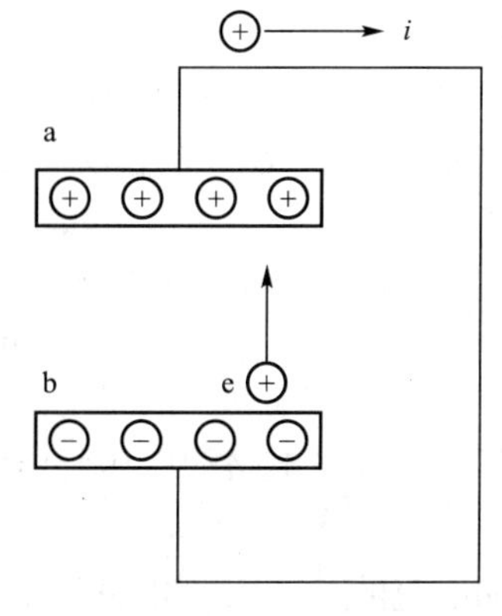

图 1.7　电源力做功

要有一种力来克服电场力，把正电荷不断地从 b 移动到 a 极去。电源就是能产生这种力的装置，这种力称为电源力。例如，在发电机中，导体在磁场中运动时，就有磁场能转换为电源力；在电池中，就有化学能转换为电源力。

电源力把单位正电荷从电源的负极移动到正极所做的功称为电源的电动势，用 E 表示，即

$$\left.\begin{aligned}E&=\frac{W}{q}\\e&=\frac{\mathrm{d}W}{\mathrm{d}q}\end{aligned}\right\}\tag{1-2}$$

式中，$\mathrm{d}W$ 表示电源力将 $\mathrm{d}q$ 的正电荷从 b 移到 a 所做的功。显然，电动势与电压有相同的单位——伏特(V).

按照定义，电动势的方向是电源力克服电场力移动正电荷的方向，是从低电位到高电位的方向。对于一个电源设备，如干电池，其电动势 E 与电压 U 的参考方向选择相反，如图 1.8(a)所示。当电源内部没有其他能量转换时，根据能量守恒原理，应有 $U=E$；如果 U 和 E 参考方向选择相同，如图 1.8(b)所示，则 $U=-E$ 或 $E=-U$。

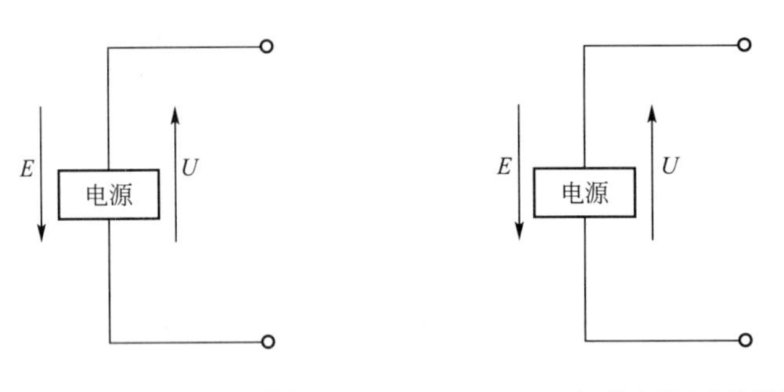

(a) U和E的参考方向选择相反　　(b) U和E的参考方向选择相同

图 1.8　电源的电动势 E 与端电压 U

5. 功率与电能

正电荷从电路的高电位端移到低电位端是电场力对正电荷做了功，该段电路吸收了电能；正电荷从电路的低电位端移到高电位端是外力克服电场力做了功，即这段电路将其他形式的能量转化成电能释放了出来。把单位时间内电路吸收或释放的电能定义为该电路的功率，用字母 p 表示。设在 $\mathrm{d}t$ 时间内电路转化的电能为 $\mathrm{d}W$，则

$$P=\mathrm{d}W/\mathrm{d}t\tag{1-3}$$

国际单位制中，功率的单位为瓦特，简称瓦(W)。此外还常用千瓦(kW)、毫瓦(mW)等单位。

对公式(1-3)进一步推导，可得

$$P=\frac{\mathrm{d}W}{\mathrm{d}t}=\frac{\mathrm{d}W}{\mathrm{d}q}\cdot\frac{\mathrm{d}q}{\mathrm{d}t}=ui\tag{1-4}$$

即电路的功率等于该段电路的电压与电流的乘积。直流电路中，公式(1-4)应写为

$$P=UI$$

在电压和电流的参考方向相关联下，若 $p>0$，说明这段电路上电压和电流的实际方向是一致的，电场力对正电荷做了功，电路吸收了功率，是负载性质；若 $p<0$，则说明

这段电路上电压和电流实际方向一致，一定是外力克服电场力做了功，电路发出功率，是电源性质。在使用公式(1-3)及公式(1-4)时，必须注意 u 和 i 的关联方向及各数值正、负号的含义。

根据能量守恒的观点，在忽略电源内部能量损耗的条件下有

$$W=W_E \tag{1-5}$$

【例1-4】 (1)在图1.9(a)中，若电流均为2A，$U_1=1V$，$U_2=-1V$，求该两元件消耗或产生的功率。(2)在图1.9(b)中，若元件产生的功率为4W，求电流 I。

图1.9　例1.4图

解　(1) 图1.9(a)中，电流、电压为关联参考方向，元件消耗的功率为

$$P=U_1I=1\times2=2W>0$$

表明元件消耗功率，为负载。

图1.9(b)中，电流、电压为非关联参考方向，元件产生的功率为

$$P=U_2I=(-1)\times2=-2W<0$$

表明元件消耗功率，为负载。

(2) 因图1.9(b)中电流、电压为非关联参考方向，且是产生功率，故

$$P=U_2I=4W$$

$$I=\frac{4}{U_2}=\frac{4}{-1}=-4(A)$$

负号表示电流的实际方向与参考方向相反。

前面已介绍了电路中几个基本物理量的单位，如安［培］(A)、伏［特］(V)、瓦［特］(W)等。在实际应用中，有时嫌这些单位太小或太大，通常可在这些单位前加上相关的词冠，构成需要的使用单位。例如：1mA(毫安)$=1\times10^{-3}$A，2kV(千伏)$=2\times10^{3}$V等。

任务实施

从上边的分析可以看出，电路的形式是多种多样的，但从电路的本质来说，其组成都有电源、负载和中间环节三个最基本的部分。电流、电压、电动势和功率是电路的主要物理量。使用电路元件必须注意其额定值。在额定状态下工作最为经济，应防止发生短路故障。

在分析计算电路时，必须首先标出电流、电压、电动势的参考方向。参考方向一经选定，在解题过程中不能更改。用于构成电路的电工、电子元器件或设备统称为实际电路元件，我们通常采用电路模型来分析电路，可以使计算过程简化，而且能更清晰地反映电路的物理实质。

思考与练习

1. 电路由哪几部分组成？试描述电路的功能。
2. 电路元件与实体电路器件有何不同？什么是电路模型？

3. 什么是关联参考方向？什么是非关联参考方向？

4. 电压与电位之间的关系？

5. 在图 1.10 电路中，若各电压、电流的参考方向如图所示，并知 $I_1=2\text{A}$，$I_2=1\text{A}$，$I_3=-1\text{A}$，$U_1=1\text{V}$，$U_2=-3\text{V}$，$U_3=8\text{V}$，$U_4=-4\text{V}$，$U_5=7\text{V}$，$U_6=-3\text{V}$。试标出各电流的实际方向和各电压的实际极性。

6. 已知某元件上的电流、电压如图 1.11(a)、(b)所示，试分别求出元件所消耗的功率，并说明此元件是电源还是负载？

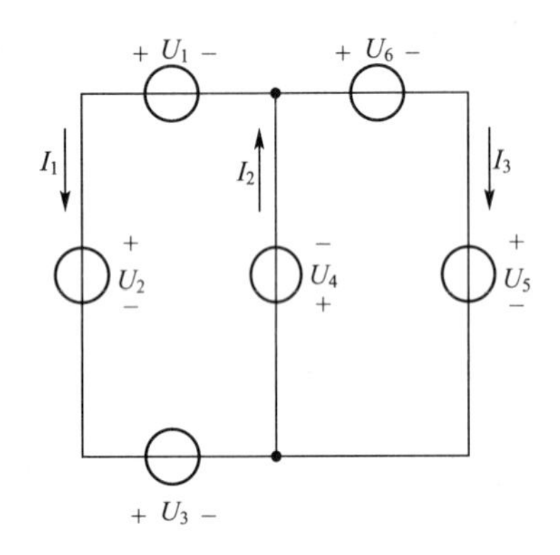

图 1.10 题 5 图

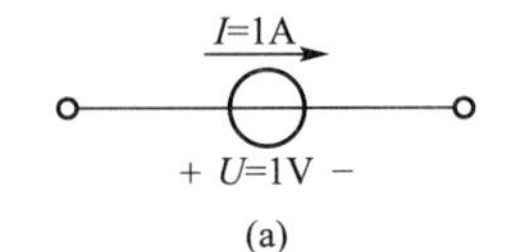

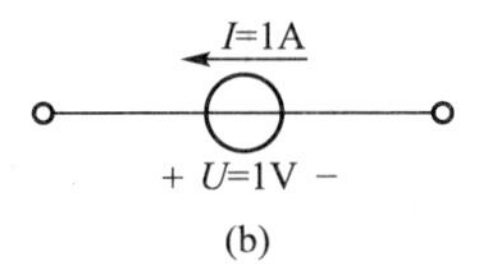

图 1.11 题 6 图

7. 如图 1.12 所示电路，已知 $R_1=R_2=R_3=R_4=2\Omega$，$U_2=2\text{V}$，求：

(1) I、U_1、U_3、U_4、U_{AC}；

(2) 比较 a、b、c、d、e 各点电位的高低。

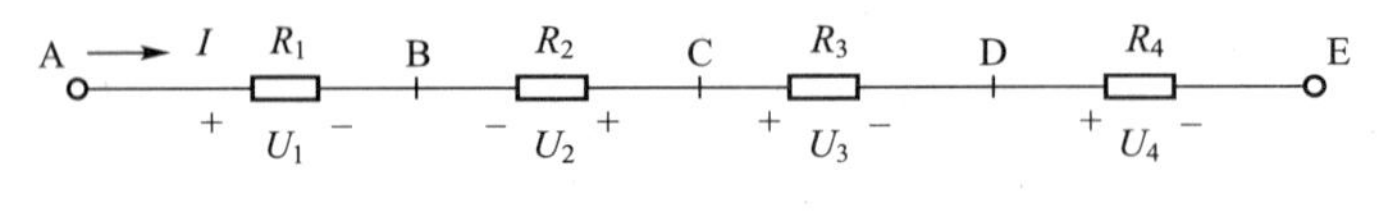

图 1.12 题 7 图

任务 1.2 直流电源和电压源、电流源及其等效变换

教学目标	(1) 了解常见直流电源的应用特点； (2) 了解电源外特性及其意义； (3) 掌握电压源和电流源的特性。

任务引入

电路提供了电流流通的路径，电路中的电流是怎么产生的呢？手电筒电路中的小灯泡发光说明小灯泡两端有电压，电压又是怎样产生的呢？请带着这两个问题分析电流及电压产生的原因。

任务分析

手电筒的小灯泡发光是由于电能转换的结果，电路中的电能是由电源供给的结果，因此我们要对电源的特点进行分析，通过分析我们了解电源的外特性，从电源的外特性，可以得出实际电源可以用两种不同的电路模型来表示；一种是以电压的形式向电路供电，称为电压源模型；另一种是以电流的形式向电路供电，成为电流源模型。同一个电源可以用两种模型表示，说明两种模型之间可以进行等效变换。

相关知识

1.2.1　直流电源

1. 直流电源的类型

电源是将其他形式的能量转换为电能的元件或装置，常用的电源一般为电压源。直流电源指大小和方向都不随时间改变的电源。直流电源主要有三种类型：直流发电机、直流稳压电源和电池。

2. 直流电源的应用

直流发电机将机械能转换成电能，产生直流电源，满足直流电动机、电解、电镀、电冶炼、充电等设备或生产过程的需要，具有使用方便、运行可靠的特点。

直流稳压电源将电网的交流电转换成直流电，经济适用，广泛用于笔记本电脑、移动电话、实验装置等设备。

电池将存储的化学能转换成电能，是最常见的直流电源。根据其可逆性，电池分为一次电池和二次电池。

一次电池只能将化学能转换成电能，不可逆，目前常用的有锌锰电池、锌银扣式电池。锌锰电池用于收音机、手电筒等间歇式放电场合，工作电压约1.5V；锌银扣式电池体积小，放电电压平稳，被广泛用于电子表、石英钟、计算机CMOS电池中。

二次电池既可以将化学能转换成电能，也可以将电能转换成化学能，常用的有铅酸蓄电池、氢镍电池。铅酸蓄电池单体工作电压为2V，可多个串联使用，以提高供电电压，常用于报警系统、应急照明系统等场合；氢镍电池使用寿命长，可达10年，但成本较高。手提电脑的电池一般属于这种类型。

锂电池作为一种新型电池，既可以做成一次电池，也可以做成二次电池，性能非常优异。单个锂电池的电压一般为3.7V，价格较高，基本上“专款专用”，特别适用于作心脏起博器电源，也可以作为高性能的手机电池、笔记本电脑电池。

3. 直流电源的测量及特性的测定

直流电源的电压可以通过直流电压表或万用表的直流电压挡位测量。

测量时，首先估计一下被测电压的大小。然后将转换开关拨至适当的“V”量程，将正表笔接被测电压“+”端，负表笔接被测量电压“-”端。然后根据量程和指针位置，

读出被测电压的大小，即为电源的电动势 E。如用“V100”挡测量，满刻度时表示被测电压为100V，可以直接读“0－100”的指示数值。当指针指向“0－100”中间的“60”的位置时，表示被测电压为60V。

将电源与负载进行连接，闭合开关，再一次测量电源两端的电压，其大小为 U。

比较电动势 E 和端电压 U 的大小，会发现 $U<E$，即电源的端电压值小于其电动势的值，这是由于电源的内部有一定的电阻，电源使用时内电阻中有电流通过，将消耗一定的电能，因此，实际输出的端电压就减小了。

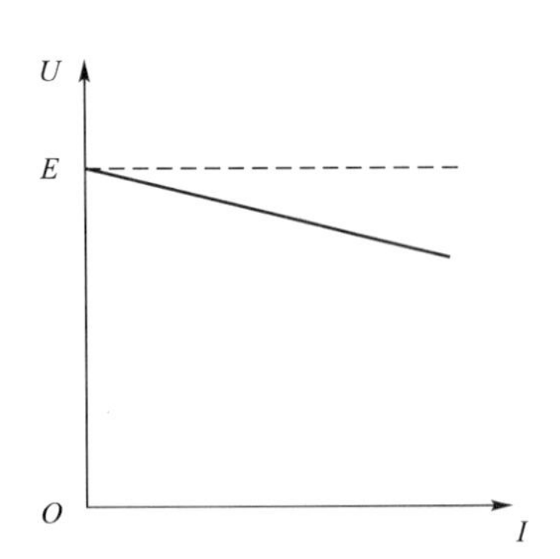

图 1.13　电源的外特性曲线

更换电路中的白炽灯，使负载消耗的功率变化，电路中电流的大小将改变，测得电源的端电压也将发生变化。端电压 U 随电路中 I 变化的规律称为电源的外特性，如图 1.13 所示。

电源实际输出电压

$$U=E-R_0 I$$

内阻越小，外特性越平坦，电源的质量也越好。

1.2.2　电压源和电流源

实际电源可以用两种不同的电路模型来表示：一种是以电压的形式向电路供电，称为电压源模型；另一种是以电流的形式向电路供电，称为电流源模型。

1. 电压源

电压源如图 1.14(a)所示。U_S 是电压源的电压，R 是外接负载电阻，电路中电压源 U_S 与电流 I 为非关联参考方向，电压源向外提供一个恒定的或按某一特定规律随时间变化的端电压。

如一个电压源向外提供一个恒定的端电压 U_S，接上负载 R 以后，电路中便有电流 I，其大小仅取决于负载 R 的大小，但不管负载如何变化，其端电压 $U=U_S$ 始终是恒定的。电压源的电压电流关系曲线称为伏安特性曲线，是一根平行于电流轴的直线，如图 1.14(b)所示。

实际电源不具备上述电压源的特性，即当外接电阻 R 变化时电源提供的端电压会发生变化，所以，实际电源的电压源模型可以用一个内阻 R_0 和电压源 U_S 的串联来表示，如图 1.15 所示。

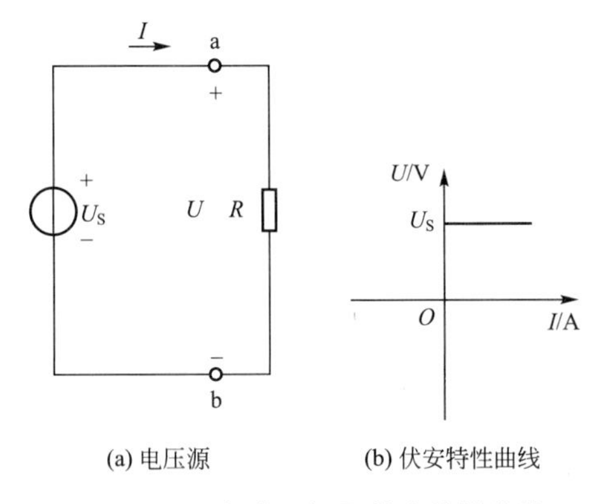

(a) 电压源　　(b) 伏安特性曲线

图 1.14　理想电压源及伏安特性曲线

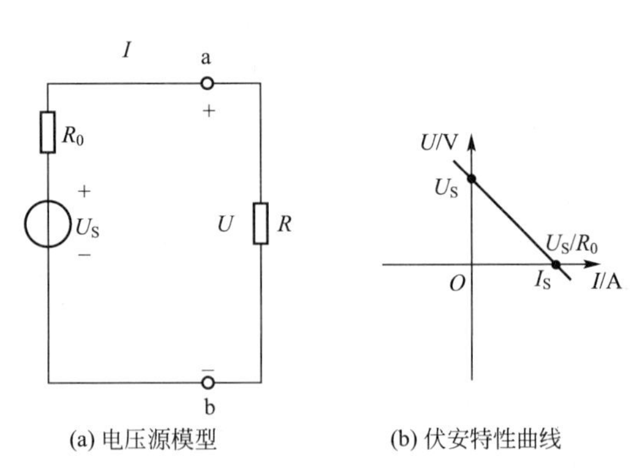

(a) 电压源模型　　(b) 伏安特性曲线

图 1.15　实际电压源模型及伏安特性曲线

电路中的电流 I 和电压 U 分别为

$$I=U_S/R_0+R \tag{1-6}$$

$$U=U_S-R_0 I \tag{1-7}$$

由式(1-6)和式(1-7)可见，当负载 R 减小时，其输出电流 I 增大，在电源内阻 R_0 上的电压降就增大，电源的端电压就减小。其伏安特性曲线如图 1.15(b)所示，显然，内阻 R_0 越小，伏安特性曲线越平坦，其输出电压越稳定，越接近电压源的开路电压 U_S。

2. 电流源

理想电流源如图 1.16 所示，I_S 是电流源的电流，R 是外接负载电阻，电路中的电流源 I_S 与电压 U 为非关联参考方向。电流源向外提供了一个恒定的电流 I_S，且电流 I_S 的大小与它的端电压无关，它的端电压大小仅仅取决于外电路负载 R 的数值，即 $U=I_SR$。

理想电流源的伏安特性曲线如图 1.16 所示，它是一根垂直于电流轴的直线。

实际电源的电流源模型可以用一个内阻 R_0 与电流源 I_S 的并联来表示，如图 1.17 所示，实际电源一般不具备电流源的特性。当外接电阻 R 发生变化时，输出电流会有波动。

由图 1.17 可知，输出电流 $I=I_S-U/R_0$。显然，输出电流 I 的数值不是恒定的。当负载 R 短路时，输出电压 $U=0$，输出电流 $I=I_S$；当负载 R 开路时，则输出电压 $U=I_SR_0$，输出电流 $I=0$，其伏安特性曲线如图 1.17 所示。

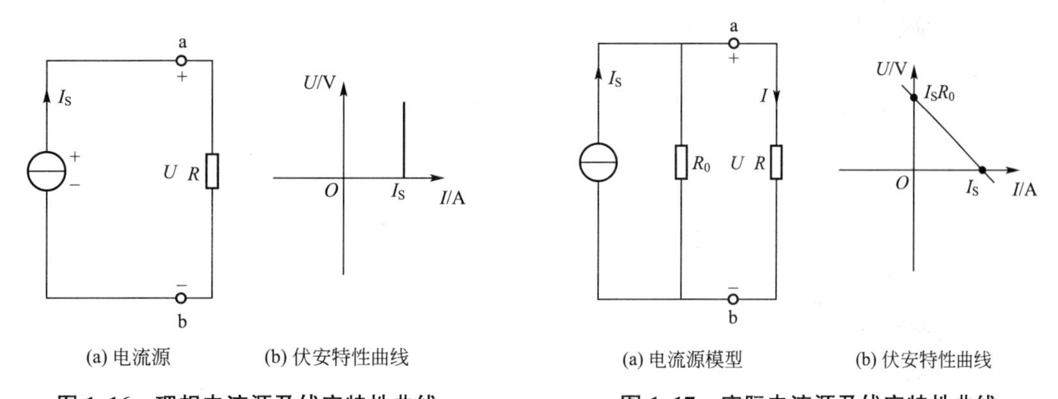

(a) 电流源　　(b) 伏安特性曲线

图 1.16　理想电流源及伏安特性曲线

(a) 电流源模型　　(b) 伏安特性曲线

图 1.17　实际电流源及伏安特性曲线

1.2.3　两种实际电源模型间的等效变换

如图 1.15(b)和图 1.17(b)所示，两者的伏安特性曲线是相同的，在一定的条件下，这两个外特性可以重合。这说明一个实际电源既可以用电压源模型表示，也可以用电流源模型来表示。也就是说，电压源模型和电流源模型对同一外部电路而言，相互之间可以等效变换。变换后保持输出电压和输出电流不变，如图 1.18 所示，在 U、I 均保持不变的情况下，等效变换的条件为

$$I_S=U_S/R_0 \quad 或 \quad U_S=I_SR_0 \tag{1-8}$$

R_0 保持不变，但接法改变，特别要指出的是，

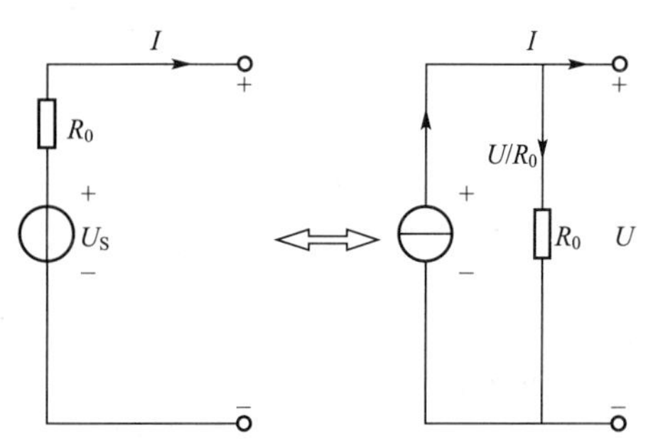

图 1.18　电压源模型与电流源模型的等效变换

电压源模型与电流源模型在等效变换时 U_S 与 I_S 的方向必须保持一致，即电流源流出电流的一端与电压源的正极性端相对应。

特别提示

在电压源模型与电流源模型做等效变换时，还应注意以下几个问题：

(1) 电压源模型与电流源模型的等效关系只是对相同的外部而言，其内部并不等效。

(2) 理想电压源与理想电流源之间不能相互等效变换，这是因为理想电压源内阻 $R_0=0$，若能等效变换，则短路电流 $I_S=U_S/R_0=\infty$，这是没有意义的。同样，理想电流源内阻 $R_0=\infty$，若能等效变换则开路电压 $U_S=I_SR_0=\infty$，这也是没有意义的。

(3) 如果与电压源并联的两端元件不影响电压源电压的大小，在分析电路时可以舍去；任何与电流源串联的两端元件不影响电流源电流的大小，在分析时同样可以舍去(但在计算由电源提供的总电流、总电压和总功率时，两端元件不能舍去)。在分析电路时，利用电源等效变换的方法可以简化电路，以方便计算。

任务实施

通过以上的分析可以看出，电源是将其他形式的能量转换为电能的元件或装置，该装置可以用电压源模型和电流源模型表示；但两者的伏安特性曲线是相同的，在一定的条件下，这两个外特性可以重合。也就是说，电压源模型和电流源模型对同一个外部电路而言，相互之间可以等效变换。

思考与练习

1. 直流电源主要有几种类型？
2. 什么是电流源？什么是电压源？
3. 电流源与电压源互换的条件是什么？
4. 已知某实际电压源的电动势 $U_S=20$V，其内阻 $R_0=4\Omega$，则其等效电流源的电流和内阻各为多少？
5. 已知两个电压源并联，如图 1.19 所示，试求其等效电压源的电动势和内阻。

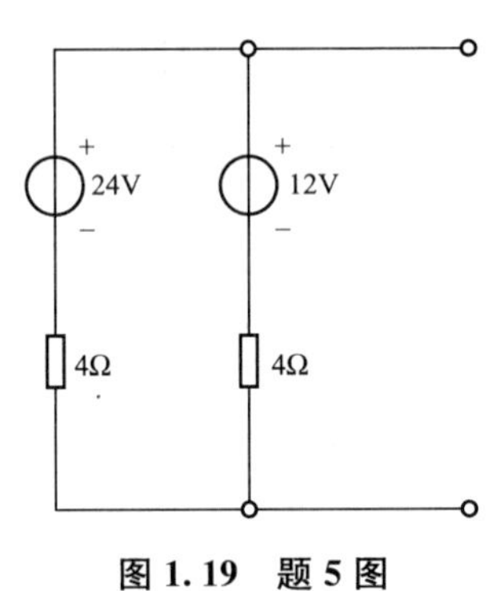

图 1.19　题 5 图

任务 1.3　负载的类型及电路三种状态认识

教学目标	(1) 了解负载的类型及作用； (2) 掌握电路的三种工作状态及特点。

任务引入

电路是由三部分组成的，电源是将其他形式的能转换成电能的装置，那么，负载就是将电能转换成其他形式的能呢？是否电路具备了三部分就能正常工作呢？

任务分析

电路中的负载有三种类型，有的可以进行能量转换，有的不能进行能量转换。根据电源所接负载的情况，电路的状态分为三种。在宏观上掌握电路工作状态，学习直流电路就可以获得一个良好的开端。

相关知识

1.3.1　负载的类型及作用

1. 负载的类型

电路中的负载有电阻、电感和电容三种类型。

电阻在电路中总是消耗电能，进行能量转换，如白炽灯工作是消耗电能，转换为光能；电炉消耗电能，转换为热能。

电感和电容不消耗电能，他们在电路中吸收电能，转换成其他形式的能储存起来。电感吸收电能，以磁场能量的形式储存；电容吸收电能，以电场能量的形式储存。

直流电路中的负载主要是电阻，电感在直流电路中相当于短路，电容在直流电路中相当于开路。

有的设备或元件在不同的工作场合起着不同的作用，如手机的充电电池，在手机工作时，起电源作用，充电电池向电路提供电能；但充电电池和充电器连接时，起负载的作用，充电电池将从电源吸收电能，转换成化学能储存起来。

2. 通过测量电阻检查电路故障

测量电阻必须在电路不带电的情况下进行。常用的测量仪表有欧姆表、兆欧表和万用表。兆欧表通常用于测量设备的绝缘电阻；精确测量电阻可用电阻电桥，也可根据欧姆定律，通过测量电阻上的电压和电流来间接测量(称伏安法测电阻)。工程中常用万用表测量电路或元件的电阻值，以此判断电路的工作状态和电路元件的好坏。

1.3.2　电路的三种状态

电源与负载相连接，根据所接负载的情况。电路有三种工作状态：开路状态、短路状态和负载状态。

1. 开路状态

开路状态也称断路状态或空载状态，这时电源和负载未构成通路，负载上电流为零，电源空载，不输出功率。这时电源的端电压称为开路电压，用U_{OC}表示。

图 1.15(a)所示的电压源模型，开路时 $I=0$，内阻 R_0 上的压降为零，其开路电压即为电源电压 $U_{OC}=U_S$；图 1.17(a)所示的电流源模型，开路时端电压为 $U_{OC}=I_SR_0$，因为实际电流源的内阻一般都较大，其开路电压也将很大，会损坏电源设备，所以电流源不应处于开路状态。

根据电压源在开路时 $I=0$，$U_{OC}=U_S$ 的特点，在实际工作中，可以很方便地借助于电压表来寻求一个电路的断开点。在图 1.20 所示的电路中，当电流表的电流为零时，说明电路中有短路点。用电压表接在电源两端，如图 1.20 所示，a、e 两点(直流时要注意电压表的极性)，电压表有读数为 U_S，然后把表的一端从 a 点移开，分别去测量 b、c、d 各点与 e 点间的电压，如果 b、e 两点间有电压 U_S，说明 ab 段是连通的，无断开点，这是因为只有在 ab 段连通的情况下，当电路中的电流为零时才可能存在 $U_{be}=U_S$。若 c、e 两点间电压为零，则可判定短路点在 b、c 之间，因为只有当 b、c 间断开时，c 与 e 的电位才相等，即 $U_{ce}=0$，电压表读数为零。若 U_{ce} 仍为 U_S，则表明 bc 段是连通的，再依次测量下去，便可找出短路点。

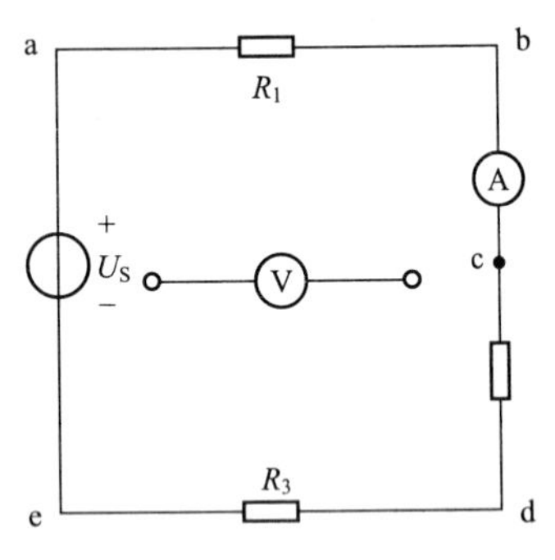

图 1.20　空载状态的判别

2. 短路状态

短路状态是指电源两端由于某种原因而短接在一起的情况，相当于负载电阻为零，电源的端电压为零，不输出电功率。

短路时电源的输出电流称为短路电流，用 I_{SC} 表示。显然，实际电流源的短路电流 $I_{SC}=I_S$ 对于实际电压源，因为内阻 R_0 一般都很小，其短路电流 $I_{SC}=U_S/R_0$ 将很大，会使电源发热以致损坏。所以在实际工作中，应该经常检查电气设备和线路的绝缘情况，以防止电压源被短路的事故发生。此外，通常还在电路中接入熔断器等保护装置，以便在发生短路时能迅速切断电路，达到保护电源及电路器件的目的。

【例 1-5】 某电流源串联一个 $R=11\Omega$ 的电阻后，进行开路、断路实验，如图 1.21(a)和 1-21(b)所示，分别测得 $U_{OC}=18V$，$I_{SC}=1.5A$，若用实际电压源模型表示该电源，求 U_S 和 R_0 的值。

解　电源开路时　$U_S=U_{OC}=18(V)$

电源短路时　$I_{SC}=U_S/R_0+R$

所以　$R_0=U_S/I_{SC}-R=18/1.5-11=1(\Omega)$

本例是一种求解实际电压源的电动势和内阻的实验方法。

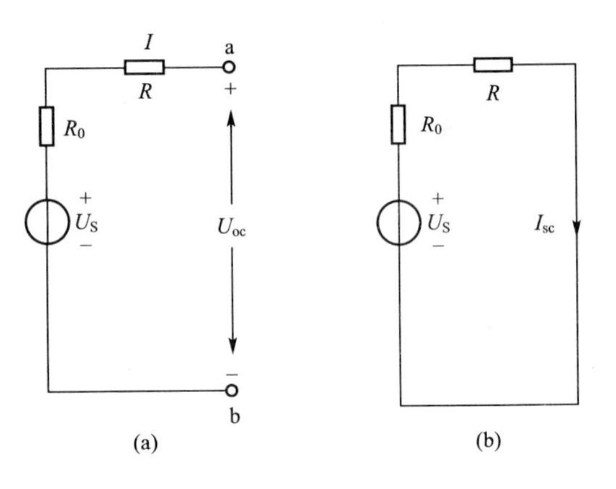

图 1.21　例 1-5 图

3. 负载状态

电源接有一定负载时，将输出一定大小的电流和功率。通常，电路负载并联在电源上。因电源输出电压基本不变，所以负载的端电压也基本不变，那么，负载并联接得越多，电源输出的电流就越大，输出功率也越大。

任何电气设备都有一定的电压、电流和功率的限额。额定值就是电气设备制造厂对产品规定的使用限额，通常都标在产品的铭牌或说明书上。电气设备在额定值的情况下工作，就称为额定工作状态。

电源设备的额定值一般包括额定电压 U_N、额定电流 I_N和额定容量 S_N。其中额定电压

U_N 和额定电流 I_N 是指电源设备安全运行所规定的电压和电源限制；额定容量 $S_N=U_N I_N$，表示电源允许的最大输出功率，但电源设备工作时不一定总是输出规定的最大允许电流和功率，究竟输出多大还取决于所连接的负载。

负载的额定值一般包括额定电压 U_N、额定电流 I_N 和额定功率 P_N。对于电阻性负载，由于这三者与电阻 R 之间具有一定的关系式，所以它的额定值不一定全部标出。例如，某些白炽灯只标出额定电压与额定功率；碳膜电阻、金属膜电阻等只给出电阻值和额定功率，其他额定值可以由相应公式算得。

合理使用电器设备，要尽可能使他们工作在额定状态下，这样既安全可靠又能充分发挥设备的作用。这种工作状态也称"满载"，电气设备超过额定值工作时称为"过载"。如果过载时间较长，则会大大缩短电气设备的使用寿命，在严重的情况下甚至会使电气设备损坏，如果使用时的电压值、电流值比额定值小得多，那么设备就不能正常合理地工作或者不能充分发挥其工作能力，这都是应该避免的。

任务实施

电路中的负载有电阻、电感和电容三种类型，除电阻将电能转换成其他形式的能外，电感和电容是不进行能量转换的。根据电路所接负载的情况电路有三种工作状态：开路状态、短路状态和负载状态。正确地掌握电路的三种工作状态及其三种状态的特点，能够更好地分析电路。

思考与练习

1. 负载的类型有几种？
2. 简要解析电路的几种状态？

任务 1.4　电流的基本作用与电路的基本定律的认识

教学目标	(1) 认识电流的基本作用； (2) 掌握电路的基本定律。

任务引入

电能作为一种重要的能源，广泛用于生产和生活，我们该如何了解并运用它为人类造福呢？

任务分析

尽管电能的应用非常广泛，但是只要从电流的基本作用入手，学习最基本的电路定律，就可以为电路的分析提供依据。

相关知识

1.4.1 电流的基本作用

电流的主要作用有三种，即电流的化学作用(如充电电池充电、电镀)、电磁作用(如各种继电器、接触器)和电热作用。

1. 化学作用

电流通过导电的液体会使液体发生化学变化，产生新的物质。电流的这种效果叫做电流的化学效应。如电解、电镀、电离等就属于电流的化学效应的例子。

2. 电磁作用

电磁作用，是利用通有电流的导线在周围会产生磁场的原理实现的，也称为电流的磁效应，其应用非常广泛。例如：显像管中电子的聚焦、电磁炉、电话(使用磁场中的通电导线达到驱动发音膜发生)、手机(将电能转换为电磁信号进行发射和接收)等。

根据电磁作用力的大小可以分为电磁元件与电磁器件。电磁元件通常分为两类：一类是应用自感作用的电感线圈，另一类是应用互感器作用的变压器。

3. 电热作用

电流通过导体产生的热量跟电流的平方成正比，跟导体的电阻成正比，跟通电时间成正比，这个规律叫焦耳定律。是英国物理学家焦耳做了大量实验总结出来的，焦耳定律是实验定律。用式子 $Q=I^2 \cdot R \cdot t$ 表示。若电流通过导体时电能全部转化为内能，即 $W=Q$，还可以用以下式子表示：

$$Q=\frac{U^2}{R}t \quad (Q=U \cdot I \cdot t \text{ 或 } Q=Pt) \tag{1-9}$$

利用电热可以制成电热器，例如电饭锅、电烤炉等，它们的主要组成部分是发热体，由电阻率大、熔点高的电阻丝绕在绝缘材料上做成。

1.4.2 基尔霍夫定律

基尔霍夫包括基尔霍夫电流定律与电压定律，它们分别反映了电路中各个支路的电流以及各个部分电压之间的关系。

1. 几个相关的电路名词

以复杂电路(图 1.22 所示)为例理解几个电路名词。

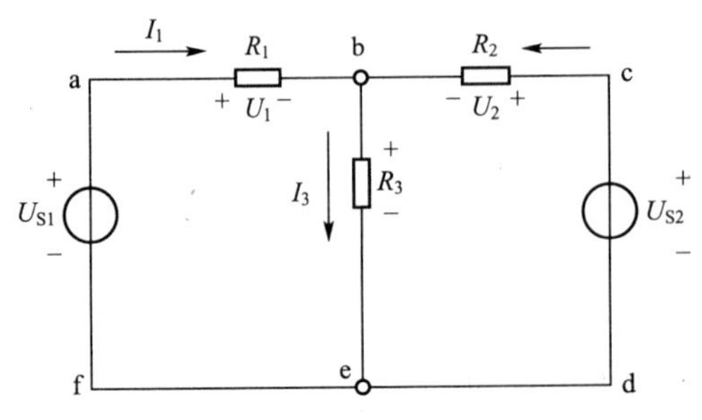

图 1.22 复杂电路

(1) 支路：电路中通过同一个电流的每一个分支。如图 1.22 中有三条支路，分别是 baf、bcd 和 be。支路 baf、bcd 中含有电源，称为含源支路。支路 be 中不含电源，称为无源支路。

(2) 节点：电路中三条或三条以上支路

的连接点。如图 1.22 所示 b、e(f、d)为两个节点。

(3) 回路：电路中的任一闭合路径。如图 1.22 中有三个回路，分别是 abefa、bcdeb、abcdefa。

(4) 网孔：内部不含支路的回路。如图 1.22 中 abefa 和 bcdeb 都是网孔，而 abcdefa 则不是网孔。

2. 基尔霍夫电流定律(KCL)

基尔霍夫电流定律指出：任一时刻，流入电路中任一节点的电流之和等于流出该节点的电流之和。基尔霍夫电流定律简称 KCL，反映了节点处各支路电流之间的关系。

在图 1.22 所示电路中，对于节点 B 可以写出

$$I_1+I_2=I_3$$

或改写为

$$I_1+I_2-I_3=0$$

即

$$\sum I=0 \tag{1-10}$$

由此，基尔霍夫电流定律也可表述为：任一时刻，流入电路中任一节点电流的代数和恒等于零。这里讲代数和是因为公式(1-10)中有的电流是流入节点，而有的是流出节点的。在应用 KCL 列电流方程时，如果规定参考方向指向节点的电流取正号，则背离节点的电流取负号。

基尔霍夫电流定律不仅适用于节点，也可推广应用到包围几个节点的闭合面(也称广义节点)。如图 1.23 所示的电路中，可以把三角形 abc 看作广义的节点，用 KCL 可列出

$$I_a+I_b+I_c=0$$

即

$$\sum I=0 \tag{1-11}$$

可见，在任一时刻，流过任一闭合面电流的代数和恒等于零。

【例 1-6】 如图 1.24 所示电路，电流的参考方向已标明。若已知 $I_1=2\text{A}$，$I_2=-4\text{A}$，$I_3=-8\text{A}$，试求 I_4。

解　根据 KCL 可得

$$I_1-I_2+I_3-I_4=0$$

$$I_4=I_1-I_2+I_3=2-(-4)+(-8)=-2\text{A}$$

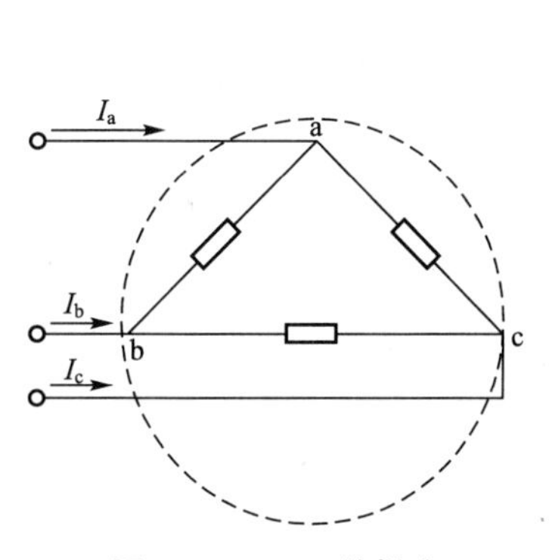

图 1.23　KCL 的推广

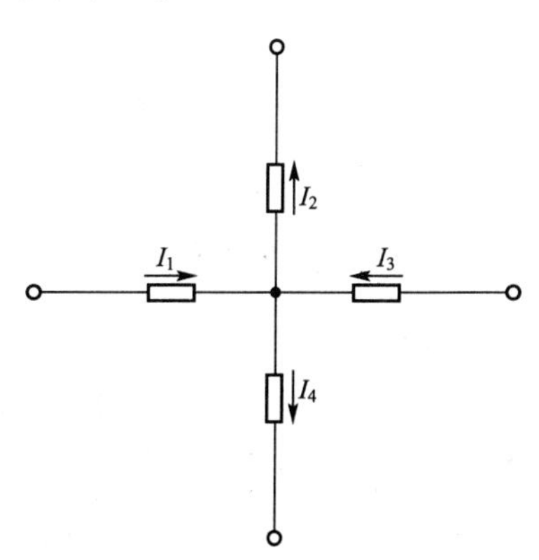

图 1.24　例 1-6 图

3. 基尔霍夫电压定律(KVL)

基尔霍夫电压定律指出：在任何时刻，沿电路中任一闭合回路，各段电压的代数和恒于零。基尔霍夫电压定律简称 KVL，反映了回路中各段电压之间的关系，其一般表达式为

$$\sum U=0 \tag{1-12}$$

用式(1-12)列电压方程时，首先假定回路的绕行方向，然后选择各部分电压的参考方向，凡参考方向与回路绕行方向一致者，该电压前取正号；凡参考方向与回路绕行方向相反者，该电压前取负号。

在图 1.22 中，对于回路 abcdefa，若按顺时针绕行方向，根据 KVL 可得

$$U_1-U_2+U_{S2}-U_{S1}=0$$

根据欧姆定律，上式还可表示为

$$I_1R_1-I_2R_2-U_{S2}+U_{S1}=0$$

即

$$\sum IR=\sum U_S \tag{1-13}$$

式(1-13)表示，沿回路绕行方向，各电阻电压降的代数和等于各电源电动势升的代数和。

基尔霍夫电压定律不仅应用于回路，也可推广应用于一段不闭合电路。如图 1.25 所示电路中，a、b 两端未闭合，若设 a、b 两点之间的电压为 U_{ab}，按逆时针绕行方向可得

$$U_{ab}-U_S-U_R=0$$

则

$$U_{ab}=U_S+RI$$

上式表明，开口电路两端的电压等于该两端点之间各段电压降之和。

【例 1-7】 求图 1.26 所示电路中 10Ω 电阻及电流源的端电压。

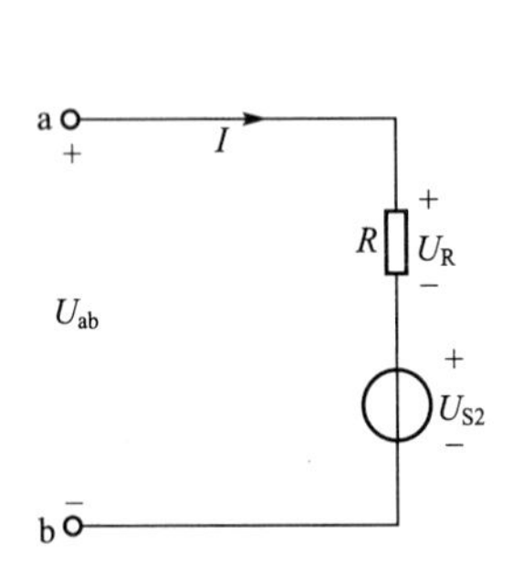

图 1.25 KVL 的推广

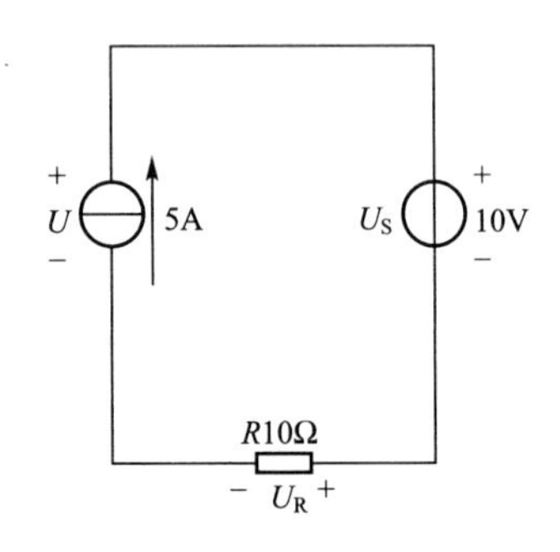

图 1.26 例 1-7 图

解 按图示方向得

$$U_R=5\times10=50(\text{V})$$

按顺时针绕行方向，根据 KVL 得

$$-U_S+U_R-U=0$$

$$U=-U_S+U_R=-10+50=40(\text{V})$$

【例1-8】 在图1.27中，已知 $R_1=4\Omega$，$R_2=6\Omega$，$U_{S1}=10V$，$U_{S2}=20V$，试求 U_{ac}。

解 由KVL得

$$IR_1+U_{S2}+IR_2-U_{S1}=0$$

$$I=\frac{U_{S1}-U_{S2}}{R_1+R_2}=\frac{-10}{10}=-1(A)$$

由KVL的推广形式得

$$U_{ac}=IR_1+U_{S2}=-4+20=16(V)$$

或

$$U_{ac}=U_{S1}-IR_2=10-(-6)=16(V)$$

由本例可见，电路中某段电压和路径无关。因此，计算时应尽量选择较短的路径。

【例1-9】 求图1.28所示电路中的 U_2、I_2、R_1、R_2 及 U_S。

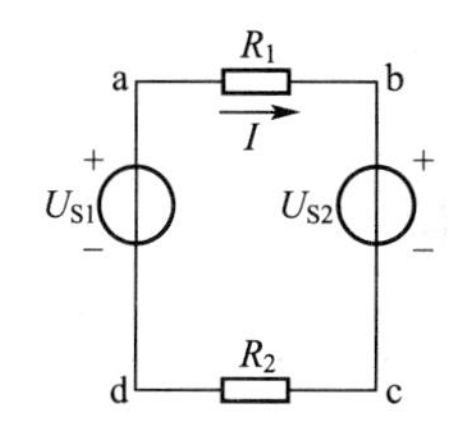

图1.27　例1-8图

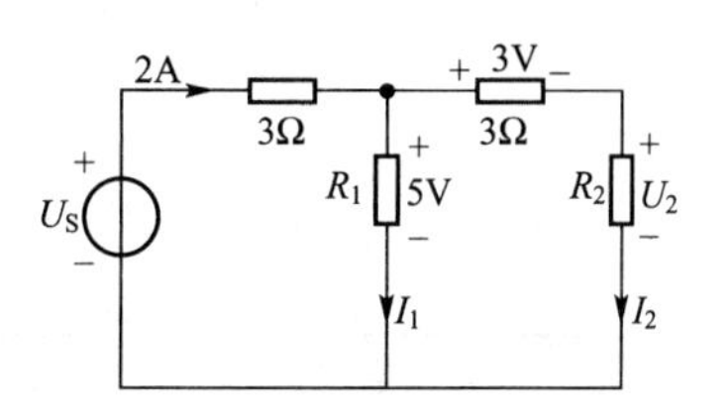

图1.28　例1-9图

解

$$I_2=\frac{3}{2}=1.5(A)$$

由KVL可得

$$U_2-5+3=0$$

$$U_2=2(V)$$

$$R_2=\frac{U_2}{I_2}=\frac{2}{1.5}=1.33(\Omega)$$

由KCL可得

$$I_1+I_2=2$$

$$I_1=2-1.5=0.5(A)$$

$$R_1=\frac{5}{0.5}=10(\Omega)$$

对于左边的网孔，由KVL可得

$$3\times2+5-U_S=0$$

$$U_S=11(V)$$

任务实施

电流的三种主要作用，即电流的化学作用(如充电电池充电、电镀)、电磁作用(如各种继电器、接触器)和电热作用。电路的基本定律—基尔霍夫定律，即电流定律(KVL)和电压定律(KVL)。基尔霍夫定律具有普遍性，它不仅适用于直流电路，也适用于由各种不同电路元件构成的交流电路，是分析电路的重要基础。

思考与练习

1. 电流的主要作用有哪几种?
2. 基尔霍夫电流定律的内容是什么?基尔霍夫电压定律的内容是什么?
3. 利用 KCL、KVL 求解图 1.29 电路中的电压 U。

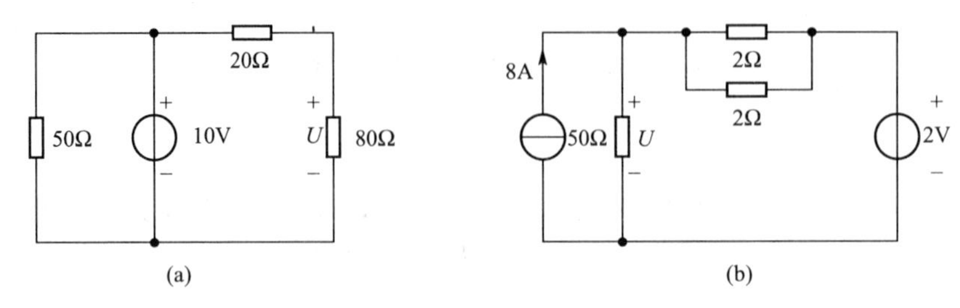

图 1.29　题 3 图

任务 1.5　电路的分析

教学目标	(1) 用支路电流法求解各支路电流; (2) 掌握应用叠加原理分析电路的方法; (3) 掌握用戴维南定理求某一电路的电压和电流的方法。

任务引入

上节介绍了电路的基本概念和基本定律，利用电路的基本定律，通过电路的等效变换逐步化简，可以对一定结构形式的简单电路进行分析计算。但对于结构较为复杂的电路，又应该如何求解?

任务分析

基尔霍夫定律分为电流定律(KCL)和电压定律(KVL)。KCL 适用于节点，KVL 适用于回路，根据两个定律列方程式联立求解就可以求出支路电流。在任务 1.3 部分，负载有三种类型：电阻、电容和电感；加在负载两端的电压和流过的电流只有电阻是成正比的，称为线性电路，因此在线性电路中两个电源加在同一个电阻上的电压和电流就可以相加。在简单电路中我们可以化简把电路等效为一个基本的电路，在复杂的电路求解某一支路的电流时我们也可以参照简单电路的方法，将电路进行等效，然后用欧姆定理求解电流。

相关知识

1.5.1　支路电流法

简单电路可以应用串、并联的等效变换化简电路，但实际电路常为复杂电路，所以在

计算复杂电路的各种方法中，支路电流法是最基本的分析方法。它是以支路电流为求解对象，应用基尔霍夫电流定律和基尔霍夫电压定律分别对节点和回路列出所需要的方程组，然后再解出各未知的支路电流。

支路电流法求解电路的步骤如下。

(1) 标出支路电流参考方向和回路绕行方向。

(2) 根据 KCL 列出节点的电流方程式。

(3) 根据 KVL 列出回路的电压方程式。

(4) 解联列方程组，求取未知量。

【例 1-10】 如图 1.30 所示，为两台发电机并联运行共同向负载 R_L 供电。已知 $E_1=130V$，$E_2=117V$，$R_1=1\Omega$，$R_2=0.6\Omega$，$R_L=24\Omega$，求各支路的电流及发电机两端的电压。

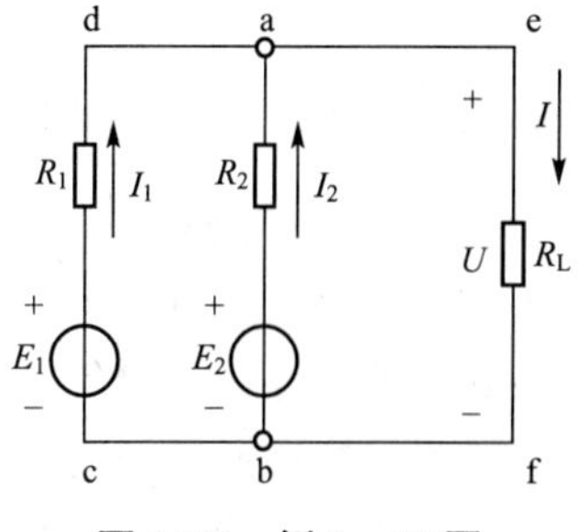

图 1.30 例 1-10 图

解 (1) 选各支路电流参考方向如图所示，回路绕行方向均为顺时针方向。

(2) 列写 KCL 方程：

节点 a：$I_1+I_2=I$

(3) 列写 KVL 方程：

abcda 回路：$E_1-E_2=R_1I_1-R_2I_2$

aefba 回路：$E_2=R_2I_2+R_LI$

其基尔霍夫定律方程组为

$$\begin{cases} I_1+I_2=I \\ E_1-E_2=R_1I_1-R_2I_2 \\ E_2=R_2I_2+R_LI \end{cases}$$

将数据代入各式后得

$$\begin{cases} I_1+I_2=I \\ 130-117=I_1-0.6I_2 \\ 117=0.6I_2+24I \end{cases}$$

解此联立方程得

$$I_1=10A \quad I_2=-5A \quad I=5A$$

以电机两端电压 U 为

$$U=R_LI=24\times5=120(V)$$

从该例的计算数据可知，I_2 为负值，表示电流的实际方向与参考方向相反。由此可得，第一台发电机产生功率，第二台发电机消耗(或吸收)功率。

1.5.2 叠加定理及应用

1. 叠加定理

叠加定理指出：在线性电路中，若有几个电源共同作用时，任何一条支路的电流(或电压)等于各个电源单独作用时在该支路中所产生的电流(或电压)的代数和。

特别提示

使用叠加定理时应注意以下几点：

(1) 叠加定理只适用于线性电路。

(2) 所谓某个电源单独作用，其他电源不作用是指：不作用的电压源用短路线代替，不作用的电流源用开路代替，但要保留其内阻。

(3) 将各个电源单独作用所产生的电流(或电压)叠加时，必须注意参考方向。当分量的参考方向和总量的参考方向一致时，该分量取正，反之则取负。

(4) 在线性电路中，叠加定理只能用来计算电路中的电压和电流，不能用来计算功率。这是因为功率与电压、电流之间不存在线性关系。

2. 叠加定理的应用

叠加定理可以直接用来计算复杂电路，其优点是可以把一个复杂电路分解为几个简单电路分别进行计算，避免了求解联立方程。然而当电路中的电源数目较多时，计算量则太大。因此，叠加定理一般不直接用作解题方法。学习叠加定理的目的是为了掌握线性电路的基本性质和分析方法。例如，在对非正弦周期电路、线性电路的过渡过程、线性条件下的晶体管放大电路的分析以及集成运算放大器的应用中，都要用到叠加定理。

【例 1-11】 电路如图 1.31(a)所示，已知 $U_{S1}=24V$，$I_{S2}=1.5A$，$R_1=200\Omega$，$R_2=100\Omega$。应用叠加定理计算各支路电流。

解 图示电路中只有两个电源，故采用叠加定理计算比较方便。

当电压源单独作用时，电流源不作用，以开路替代，电路如图 1.31(b)所示。则

$$I_1'=I_2'=\frac{U_{S1}}{R_1+R_2}=\frac{24}{200+100}=0.08(A)$$

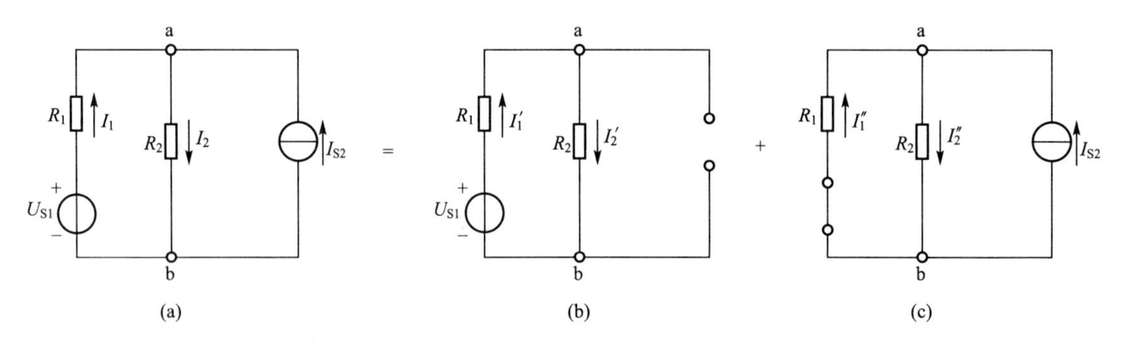

图 1.31 例 1-11 图

当电流源单独作用时，电压源不作用，以短路线替代，如图 1.31(c)所示，则

$$I_1''=-\frac{R_2}{R_1+R_2}I_{S2}=-\frac{100}{200+100}\times 1.5=-0.5A$$

$$I_2''=\frac{R_1}{R_1+R_2}=\frac{200}{200+100}\times 1.5=1A$$

各支路电流 $$I_1=I_1'+I_1''=0.08-0.5=-0.42A$$

$$I_2=I_2'+I_2''=0.08+1=1.08A$$

1.5.3　戴维南定理及应用

1. 戴维南定理

戴维南定理指出：任何一个线性有源二端网络，对外电路来说，总可以用一个电压源与电阻的串联模型来替代。电压源的电压等于该有源二端网络的开路电压 U_{OC}，其电阻则等于该有源二端网络中所有电压源短路、电流源开路后的等效电阻 R_{eq}。

戴维南定理可用图 1.32 所示框图表示。图中电压源串电阻支路称戴维南等效电路，所串电阻则称为戴维南等效内阻，也称输出电阻。

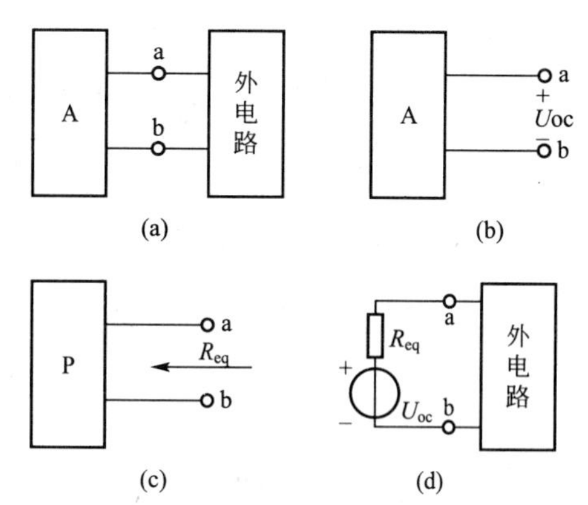

图 1.32　戴维南定理

2. 戴维南定理的应用

应用一：将复杂的有源二端网络化为最简形式。

【例 1－12】　用戴维南定理化简图 1.33(a)所示电路。

解　(1) 求开路端电压 U_{OC}。

在图 1.33(a)所示电路中

$$(3+6)I+9-18=0$$

$$I=1(\mathrm{A})$$

$$U_{OC}=U_{ab}=(6I+9)=(6\times1+9)\mathrm{V}=15(\mathrm{V})$$

或

$$U_{OC}=U_{ab}=-3I+18=(-3\times1+18)\mathrm{V}=15(\mathrm{V})$$

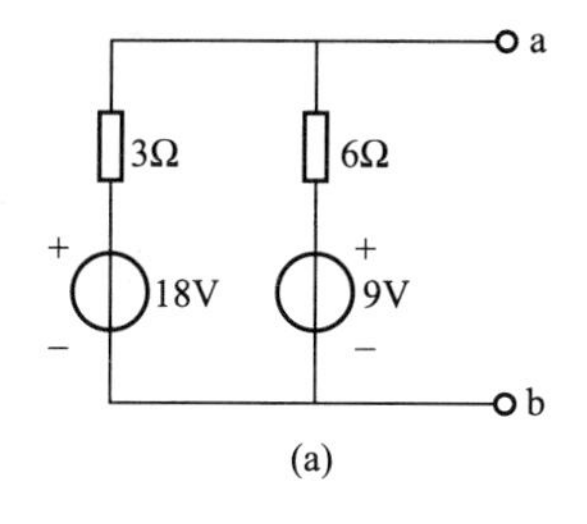

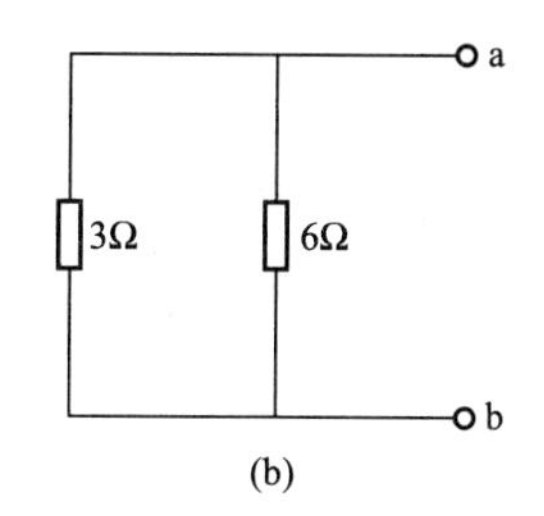

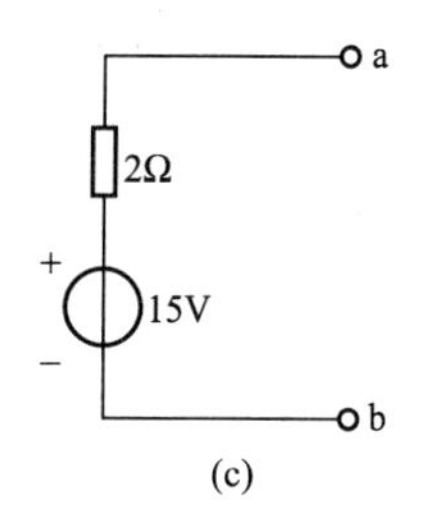

图 1.33　例 1－12 图

(2) 求等效电阻 R_{eq}。

将电路中的电压源短路，得无源二端网络，如图 1.33(b)所示。可得

$$R_{eq}=R_{ab}=\frac{3\times6}{3+6}=2\Omega$$

(3) 作等效电压源模型。

作图时，应注意使等效电源电压的极性与原二端网络开路端电压的极性一致，电路如图 1.33(c)所示。

应用二：计算电路中某一支路的电压或电流。

当计算复杂电路中某一支路的电压或电流时，采用戴维南定理比较方便。

【例 1－13】 用戴维南定理计算图 1.34(a)所示电路中电阻 R_L 上的电流。

解 (1) 把电路分为待求支路和有源二端网络两个部分。移开待求支路，得有源二端网络，如图 1.34(b)所示。

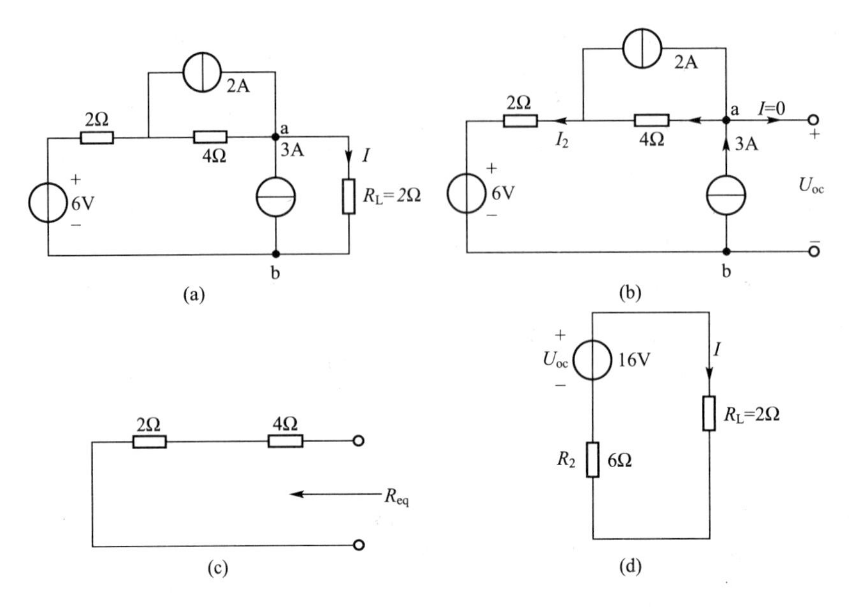

图 1.34 例 1－13 图

(2) 求有源二端网络的开路端电压 U_{OC}。因为此时 $I=0$，由图 1.34(b)可得

$$I_1=3-2=1(\text{A})$$

$$I_2=2+1=3(\text{A})$$

$$U_{OC}=(1\times4+3\times2+6)\text{V}=16(\text{V})$$

(3) 求等效电阻 R_{eq}。

将有源二端网络中的电压源短路、电流源开路，可得无源二端网络，如图 1－34 (c)所示，则

$$R_{eq}=2+4=6(\Omega)$$

(4) 画出等效电压源模型，接上待求支路，电路如图 1.34 (d)所示。所求电流为

$$I=\frac{U_{OC}}{R_{eq}+R_L}=\frac{16}{6+2}=2(\text{A})$$

应用三：分析负载获得最大功率的条件。

【例 1－14】 试求上题中负载电阻 R_L 的功率。若 R_L 为可调电阻，问 R_L 为何值时获得的功率最大？其最大功率是多少？由此总结出负载获得最大功率的条件。

解 (1) 利用例 1－13 的计算结果可得

$$P_L=I^2R_L=2^2\times2=8(\text{W})$$

(2) 若负载 R_L 是可变电阻，由图 1.34 (d)，可得

$$I=\frac{U_{OC}}{R_{eq}+R_L}$$

则 R_L 从网络中所获得的功率为

$$P_L=\left(\frac{U_{OC}}{R_{eq}+R_L}\right)^2R_L$$

上式说明：负载从电源中获得的功率取决于负载本身的情况，当负载开路(无穷大电阻)或短路(零电阻)时，功率皆为零。当负载电阻在 0～∞之间变化时负载可获得最大功率。这个功率最大值 P_{max}应发生在$\frac{dP_L}{dR_L}=0$ 的时候，经计算得

$$R_L=R_{eq}=6(\Omega)$$

$$P_{Lm}=\left(\frac{U_{OC}}{2R_{eq}}\right)^2R_{eq}=\frac{U_{OC}^2}{4R_{eq}}=\frac{16^2}{4\times6}=10.7(\mathrm{W})$$

综上所述，负载获得最大功率的条件是负载电阻等于等效电源的内阻，即 $R_L=R_{eq}$。电路的这种工作状态称为电阻匹配。电阻匹配的概念在电子技术中有着重要的应用，有关内容可参阅变压器中的相关内容。

任务实施

支路电流法求解支路电流实际上就是利用基尔霍夫定律列出电流方程和电压方程然后联立求解。叠加定理是线性电路普遍适用的基本定理，它反映了线性电路所具有的基本性质，可以表达为在线性电路中多个电源共同作用在任一支路所产生的响应(电压和电流)等于这些电源分别单独作用在该支路所产生响应的代数和。在用戴维南定理求解时有源二端网络用一个电动势为 E 的理想电压源和内阻为 R_0 相串联的有源支路等效代替，然后用基本电路求解电流。实际上就是将复杂电路化简为简单电路。

思考与练习

1. 电路如图 1.35 所示。用支路电流法计算各支路电流。

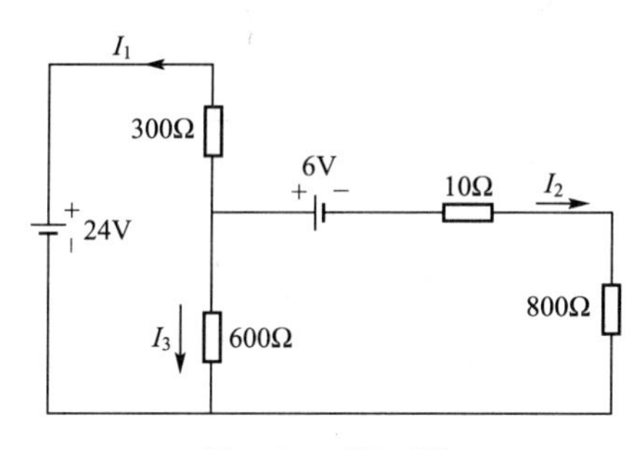

图 1.35 题 1 图

2. 求图 1.36 所示电路的等效电阻 R_{ab}。

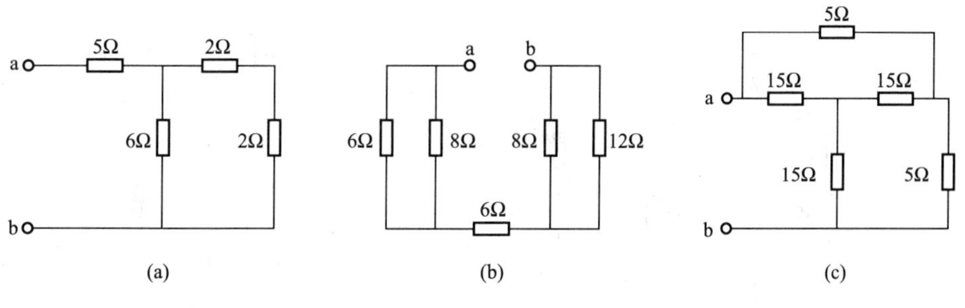

图 1.36 题 2 图

3. 求图 1.37 所示电路的等效电阻 R_{ab}。已知 $R_1=R_2=1\Omega$，$R_3=R_4=2\Omega$，$R_5=4\Omega$。

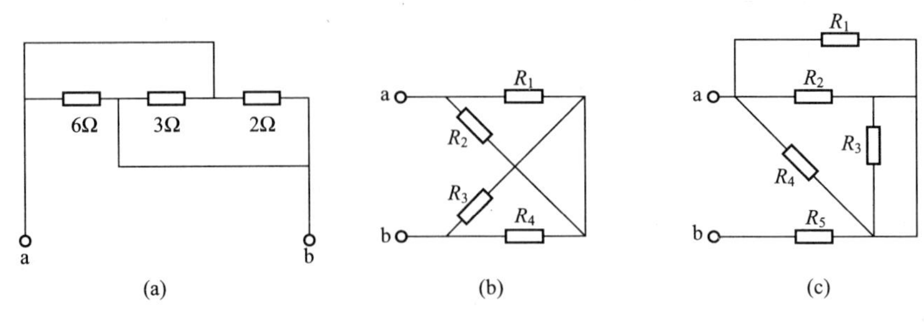

图 1.37　题 3 图

4. 一只 110V/8W 的指示灯，欲接到 220V 的电源上使用，为使灯泡安全工作，应串联多大的分压电阻？该电阻的功率应为多大？

5. 额定值为 220V/100W 和 220V/40W 的两个灯泡并联接在 220V 的电源上使用。问：

(1) 它们实际消耗的功率为多少？是否等于额定值？为什么？

(2) 如果将它们串联接在 220V 的电源上使用，结果又将如何？

6. 用戴维南定理求图 1.38 所示电路中的电压 U 或电流 I。

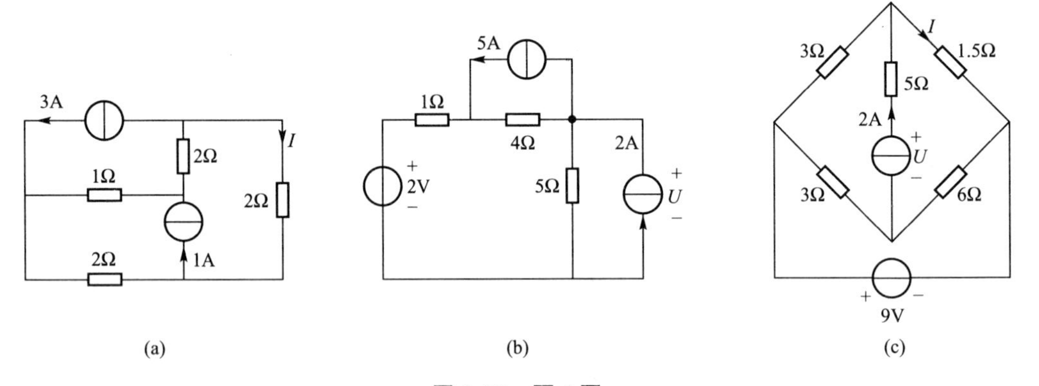

图 1.38　题 6 图

7. 在图 1.39 电路中，R_2 为定值，R 可变，当 $R=2\Omega$ 时，R 上获得最大功率。试确定电阻 R_2 的值，并求 R 上获得的最大功率。

8. 电路如图 1.40 所示，试利用戴维南定理求 40Ω 电阻中的电流 I。

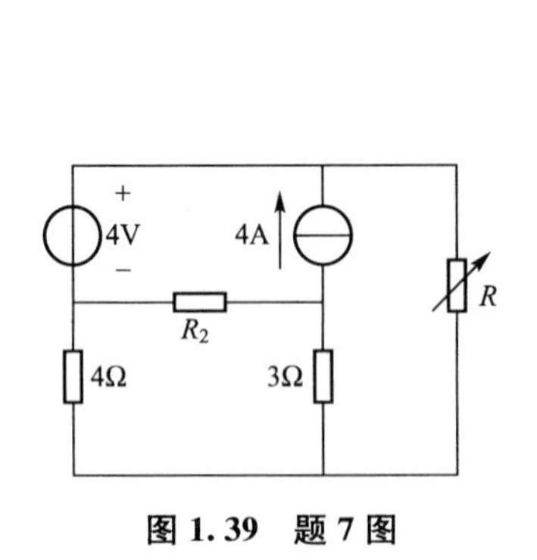

图 1.39　题 7 图

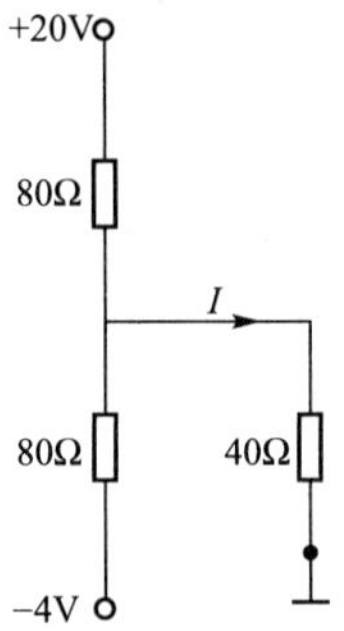

+20V
80Ω
I
80Ω
40Ω
−4V

图 1.40　题 8 图

9. 电路如图 1.41 所示。用叠加定理计算 1Ω 支路中的电流。

10. 试用叠加定理计算图 1.42 所示电路中 I 和 U。

11. 电路如图 1.43 所示。试用任意一种方法计算 10Ω 电阻中的电流。

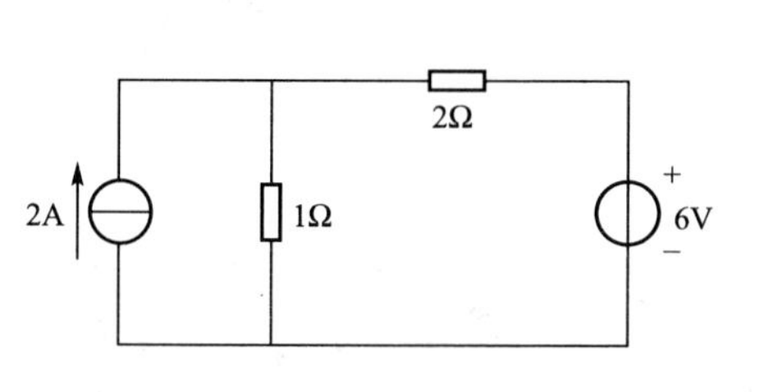

图 1.41　题 9 图

图 1.42　题 10 图

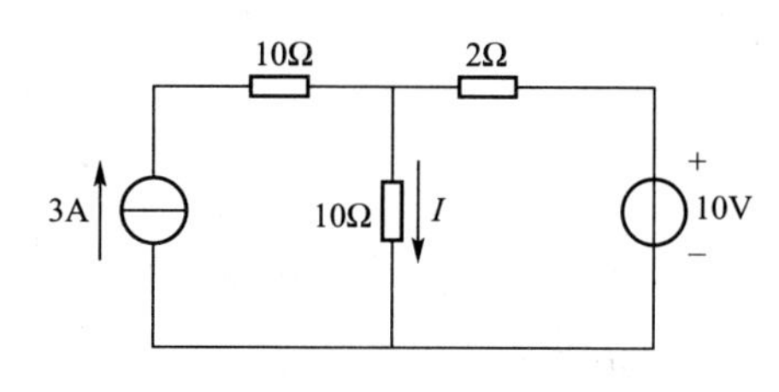

图 1.43　题 11 图

模块2

正弦交流电路

生产和生活中使用的电能，几乎都是交流电，如交流电动机、电视机、电冰箱、空调等。即使是电解、电镀、电信等行业需要直流电，大多数也是通过将交流电整流转换为直流电。通常所使用的交流电均为正弦交流电。

任务 2.1　交流电路基本概念的认识

教学目标	(1) 掌握正弦交流电路三要素、相位差及有效值的概念； (2) 复习复数的概念，了解正弦量的几种表示方法，以及相互之间的转换； (3) 掌握正弦量的相量表示法。

交流电和直流电的区别在于：交流电的大小和方向随时间做周期性变化。在电力系统中电能的传输、分配、转换均采用交流电，然后根据需要再转换为所需要的电压等级或整流为直流电。最终将电能转换为热能、机械能或其他能量为人类服务。

任务引入

一台耐压为220V的电容器，能否接入180V的正弦交流电源？判断并分析。

任务分析

在交流和直流电路中通过热效应相同，定义了交流电有效值(额定电压)。在工程上凡谈到周期性电流或电压、电动势等量值时，若无特殊说明总是指有效值，一般电气设备铭牌上所标明的额定电压和电流值都是指有效值。但是电气设备的绝缘水平——耐压，则是按最大值考虑。有效值，耐压值，最大值等在正弦交流电路中含义是不同的。

相关知识

交流电路部分是学习电机、控制电器及电子技术的理论基础，是本课程的重点之一。

2.1.1　正弦量

随时间按正弦规律变化的电流称为正弦电流，同样地有正弦电动势、正弦电压、正弦磁通等。这些按正弦规律变化的物理量统称为正弦量。

设图2.1中通过元件的电流 i 是正弦电流，其参考方向如图所示。正弦电流的一般表达式为

$$i(t)=I_{\mathrm{m}}\sin(\omega t+\varphi) \tag{2-1}$$

它表示电流 i 是时间 t 的正弦函数，不同的时间对应不同的量值，称为瞬时值，用小写字母表示。电流 i 的时间函数曲线如图2.2所示，称为波形图。电流值有正有负，当电流值为正时，表示电流的实际方向和参考方向一致；当电流值为负时，表示电流的实际方向和参考方向相反。符号的正负只有在规定了参考方向时才有意义，这与直流电路是相同的。

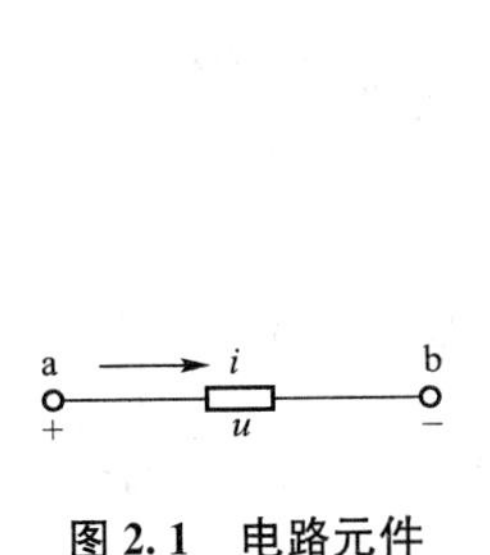

图 2.1　电路元件

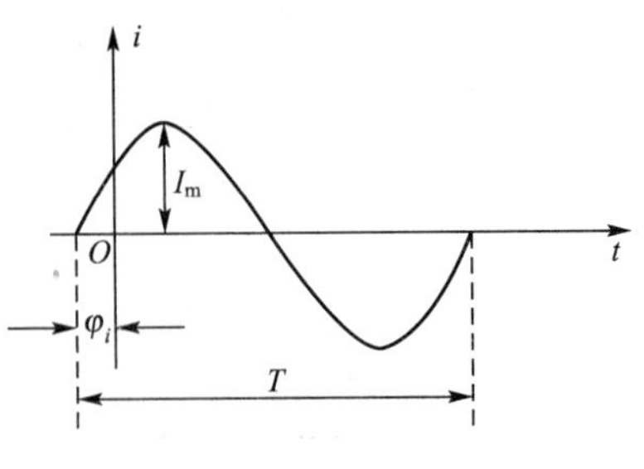

图 2.2　正弦电流波形图

在表达式(2－1)中，I_m为正弦电流的最大值(幅值)，即正弦量的振幅，用大写字母加下标 m 表示正弦量的最大值，例如 I_m、U_m、E_m等，它反映了正弦量变化的幅度。$(\omega t+\varphi)$随时间变化，称为正弦量的相位，φ 为 $t=0$ 时刻的相位，称为初相位(初相角)，简称初相。习惯上取$|\varphi|\leqslant 180°$。

图 2.3(a)、(b)分别表示初相位为正和负值时正弦电流的波形图。

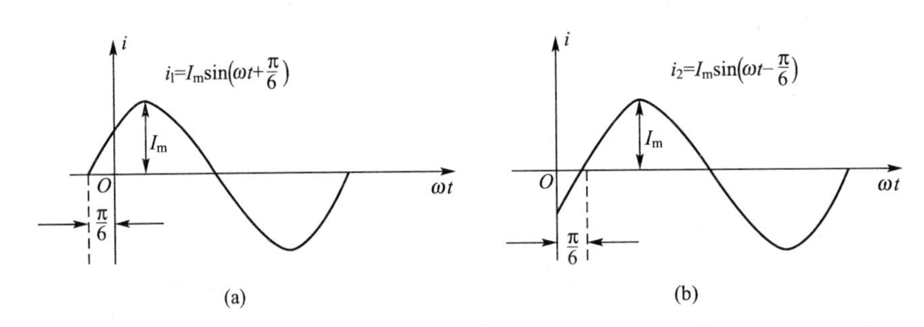

图 2.3　正弦电流的初相位

正弦电流每重复变化一次所经历的时间段为它的周期，用 T 表示，周期的单位为秒(s)。正弦电流每经过一个周期 T，对应的角度变化了 2π 弧度，所以

$$\omega T=2\pi$$

$$\omega=\frac{2\pi}{T}=2\pi f \tag{2-2}$$

式(2－2)中，ω 为角频率，表示正弦量在单位时间内变化的角度，反映正弦量变化的快慢，用弧度/秒(rad/s)作为角频率的单位；$f=1/T$ 是频率，表示单位时间内正弦量变化的次数，用 1/秒(1/s)作为频率的单位，也称为赫兹(Hz)。我国电力系统采用的交流电的频率为 50Hz。

我们将正弦量的最大值、角频率和初相位称为正弦量的三要素，三个要素就可确定一个正弦量。例如，若已知正弦电流 $I_m=20\text{A}$，$\omega=314\text{rad/s}$，$\varphi=30°$，写出正弦量表达式为

$$i(t)=20\sin(314t+30°)\ (\text{A})$$

正弦量的初相位 φ_i 的大小与选取的计时起点有关。计时起点不同，初相位就不同。在研究一个正弦量时，可选用 $\varphi_i=0$，则正弦量

$$i(t)=I_m\sin\omega t$$

通常称为参考正弦量。

1. 相位差

在正弦交流电路分析中，经常要比较两个(同频率)正弦量之间的相位。任意两个同频率的正弦电流

$$i_1(t)=I_{m1}\sin(\omega t+\varphi_1)$$
$$i_2(t)=I_{m2}\sin(\omega t+\varphi_2)$$

的相位差是

$$\varphi_{12}=(\omega t+\varphi_1)-(\omega t+\varphi_2)=\varphi_1-\varphi_2 \tag{2-3}$$

相位差等于初相位之差，是一个与时间无关的常量。习惯上也取$|\varphi_{12}|\leqslant 180°$。

若两个同频率正弦电流的相位差为零，即$\varphi_{12}=0$，则称这两个正弦量为同相位。如图2.4中的i_1与i_3，否则称为不同相位，如i_1与i_2。如果$\varphi_1-\varphi_2>0$，则称i_1超前i_2，意指i_1比i_2先到达正峰值，反过来也可以说i_2滞后i_1。超前或滞后有时也需指明超前或滞后多少角度或时间，以角度表示时为$\varphi_1-\varphi_2$，若以时间表示，则为$(\varphi_1-\varphi_2)/\omega$。

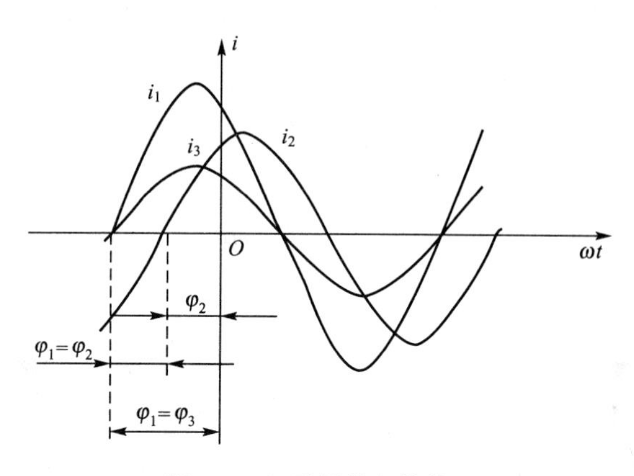

图2.4　正弦量的相位关系

若两个正弦量的相位差为$\varphi_{12}=\pi$，则称这两个正弦量为反相。

若$\varphi_{12}=\pi/2$，则称这两个正弦量为正交。

2. 有效值

正弦电流是随时间变化的。可用其瞬时表达式或波形图来详细地描述。在电工理论中，往往不要求知道每一瞬间的大小，而需要为它们规定一个描述大小的值——有效值。通常以电流的热效应为依据，并定义：周期电流i流过电阻R在一个周期T内所产生的能量与直流电流I流过同一电阻R在时间T内所产生的能量相等，则此直流电流I的量值为此周期性电流的有效值。

周期性电流i流过电阻R，在时间T内，电流i所产生的能量为

$$W_1=\int_0^T i^2R\mathrm{d}t$$

直流电流I流过电阻R在时间T内所产生的能量为

$$W_2=I^2RT$$

当两个电流在一个周期T内所作的功相等时，有

$$I^2RT=\int_0^T i^2R\mathrm{d}t$$

计算得

$$I=\sqrt{\frac{1}{T}\int_0^T i^2\mathrm{d}t} \tag{2-4}$$

式(2-4)就是周期性电流i的有效值的一般定义式。对正弦电流则有

$$I=\sqrt{\frac{1}{T}\int_0^T i^2\mathrm{d}t}=\sqrt{\frac{1}{T}\int_0^T {I_m}^2\sin^2(\omega t+\varphi)\mathrm{d}t}=\frac{I_m}{\sqrt{2}}\approx 0.707I_m \tag{2-5}$$

同理可得

$$U=U_m/\sqrt{2} \quad E=E_m/\sqrt{2}$$

在工程上提到周期性电流或电压、电动势等量值，无特殊说明时总是指有效值，并且一般的电气设备铭牌上所标明的额定电压和电流值都是指有效值。

2.1.2 复数的运算形式及规则

一个正弦量既可以用三角函数式表示，也可以用正弦波形表示。但是用这两种方法进行正弦量的分析和计算时非常繁琐，因此有必要简化计算过程。

由于在某正弦交流电路中，所有的电压、电流都是同频率的正弦量，所以要确定这些正弦量，只要确定它们的有效值大小和初相就可以了。相量法就是采用复数来表示正弦量，使正弦交流量的稳态分析与计算转化为复数运算的一种方法。

1. 复数及其表示形式

设 A 是一个复数，并设 a 和 b 分别为它的实部和虚部，则有

$$A=a+\mathrm{j}b \tag{2-6}$$

式中，$\mathrm{j}=\sqrt{-1}$是虚单位，式(2-6)表示形式称为复数的代数形式。

复数可以用复平面上所对应的点表示。作一直角坐标系，以横轴为实轴，纵轴为虚轴，此直角坐标所确定的平面称为复平面。复数 A 可以用复平面上坐标为(a，b)的点来表示，如图 2.5 所示。复数 A 还可以用原点指向点(a，b)的矢量来表示，如图 2.6 所示。该矢量的长度称复数 A 的模，记作$|A|$。

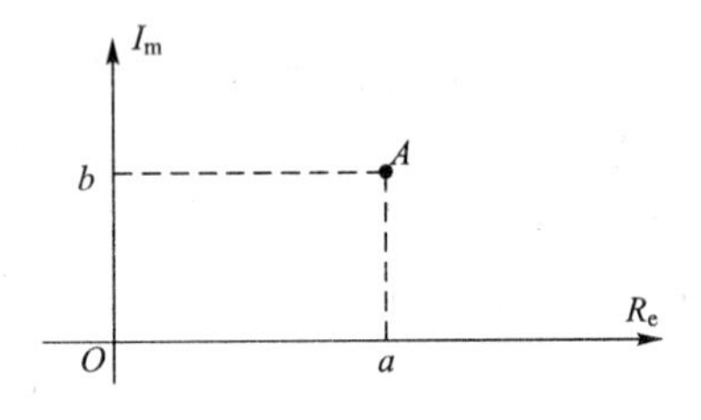

图 2.5 复数在复平面上的表示

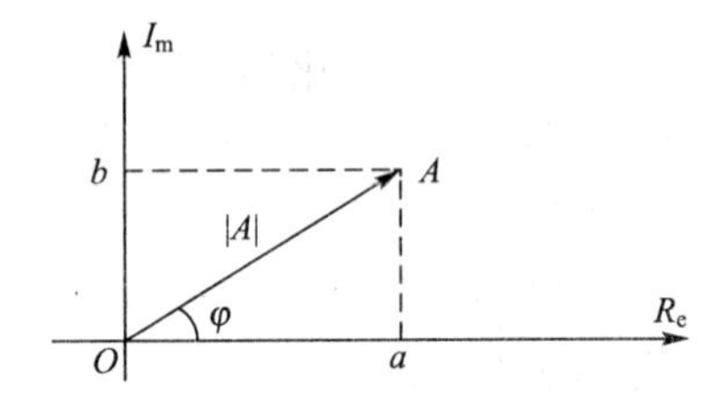

图 2.6 复数的矢量表示

$$|A|=\sqrt{a^2+b^2}$$

复数 A 的矢量与实轴正向间的夹角 φ 称为 A 的辐角，记作

$$\varphi=\arctan\frac{b}{a}$$

从图 2.6 中可得如下关系：

$$\begin{cases} a=|A|\cos\varphi \\ b=|A|\sin\varphi \end{cases}$$

复数 $A=a+\mathrm{j}b=|A|(\cos\varphi+\mathrm{j}\sin\varphi)$ 称为复数的三角形式。再利用欧拉公式 $e^{\mathrm{j}\varphi}=\cos\varphi+\mathrm{j}\sin\varphi$，得

$$A=|A|e^{\mathrm{j}\varphi} \tag{2-7}$$

称为复数的指数形式。在工程上也用极坐标形式：$A=|A|\angle\varphi$。

2. 复数运算

（1）复数的加减。进行复数相加（或相减），要先把复数化为代数形式。设有两个复数：

$$A_1=a_1+jb_1$$
$$A_2=a_2+jb_2$$
$$A_1\pm A_2=(a_1+jb_1)\pm(a_2+jb_2)=(a_1\pm a_2)+j(b_1\pm b_2)$$

即复数的加减运算就是把它们的实部和虚部分别相加减。复数相加减也可以在复平面上进行。容易证明：两个复数相加的运算在复平面上是符合平行四边形的求和法则的；两个复数相减时，可先作出$(-A_2)$矢量，然后把$A_1+(-A_2)$用平行四边形法则相加，如图2.7所示。

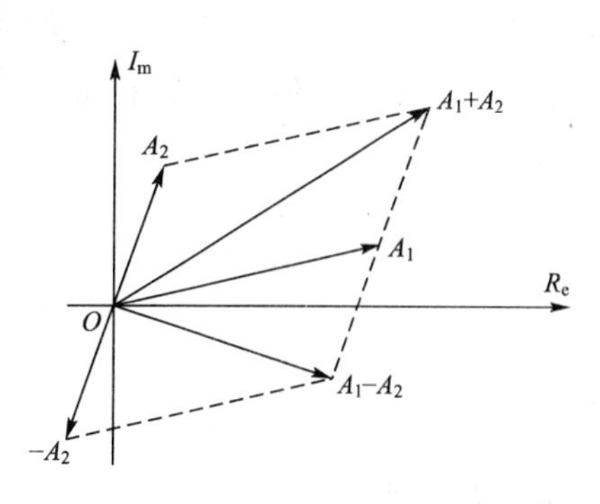

图2.7　复数的加减

（2）复数的乘除。复数的乘除运算，一般采用指数或极坐标形式。设有两个复数：

$$A_1=a_1+jb_1=|A_1|\angle\varphi_1$$
$$A_2=a_2+jb_2=|A_2|\angle\varphi_2$$
$$A_1A_2=|A_1|\cdot|A_2|\angle\varphi_1+\varphi_2$$
$$\frac{A_1}{A_2}=\frac{|A_1|}{|A_2|}\angle\varphi_1+\varphi_2$$

即复数相乘时，将模和模相乘，辐角相加；复数相除时，将模相除，辐角相减。

（3）复数相等和共轭复数。若两个复数的模相等，辐角也相等；或实部和虚部分别相等，称两个复数相等。设

$$A_1=a_1+jb_1=|A_1|\angle\varphi_1$$
$$A_2=a_2+jb_2=|A_2|\angle\varphi_2$$

若$|A_1|=|A_2|$，$\varphi_1=\varphi_2$；或$a_1=a_2$，$b_1=b_2$，则

$$A_1=A_2$$

若两个复数的实部相等，虚部大小相等但异号，称为共轭复数。与A共轭的复数记作A^*。设

$$A=a+jb=|A|\angle\varphi$$

则其共轭复数为

$$A^*=a-jb=|A|\angle-\varphi$$

特例：复数$e^{j\varphi}=1\angle\varphi$是一个模等于1，而辐角等于$\varphi$的复数。

任意复数$A=|A|e^{j\varphi_1}$乘以$e^{j\varphi}$等于$|A|e^{j\varphi_1}\times e^{j\varphi}=|A|e^{j(\varphi_2+\varphi)}=|A|\angle\varphi_1+\varphi$即复数的模不变，辐角变化了$\varphi$角，此时复数矢量按逆时针方向旋转了$\varphi$角。所以$e^{j\varphi}$称为旋转因子。

使用最多的旋转因子是$e^{j90^\circ}=j$和$e^{j(-90^\circ)}=-j$。任何一个复数乘以j（或除以$-j$），相当于将该复数矢量按逆时针旋转90°；而乘以$-j$则相当于将该复数矢量按顺时针旋转90°。

2.1.3 正弦量的相量表示法

若正弦量

$$u=U_m\sin(\omega t+\varphi)$$

可以写作

$$u=U_m\sin(\omega t+\varphi)=\mathrm{Im}[\sqrt{2}U\mathrm{e}^{\mathrm{j}(\omega t+\varphi)}]=\mathrm{Im}[\sqrt{2}U\mathrm{e}^{\mathrm{j}\varphi}\mathrm{e}^{\mathrm{j}\omega t}] \tag{2-8}$$

式(2-8)中，Im[ ] 是取复数的虚数部分的意思，符号 Im 是虚数的缩写。式(2-8)表明，正弦电压 u 等于复数函数$\sqrt{2}U\mathrm{e}^{\mathrm{j}(\omega t+\varphi)}$的虚部，该复数函数包含了正弦量的三要素。而其中包含了正弦量的有效值 U 和初相角 φ 的 $U\mathrm{e}^{\mathrm{j}\varphi}$组合，我们称之为正弦量的相量，并用符号 $\dot{U}$表示相量。则

$$\dot{U}=U\mathrm{e}^{\mathrm{j}\varphi}$$

简写为

$$\dot{U}=U\angle\varphi$$

特别提示

用相量表示正弦量时，要注意：正弦量是时间的函数，而相量只包含了正弦量的有效值和初相位，它只能代表正弦量，而并不等于正弦量。即正弦量和相量之间存在着一一对应关系，二者并非相等。

相量和复数一样，可以在复平面上用矢量表示，这种表示相量的图，称为相量图。如图 2.8 所示。为了清楚起见，图上省去了虚轴+j，有时实轴也可以省去。

【例 2-1】 已知正弦电压：$u_1=100\sqrt{2}\sin(314t+60°)$V；$u_2=50\sqrt{2}\sin(314t-60°)$V；写出表示 u_1 和 u_2 的相量表示式，并画出相量图。

解 $\dot{U}_1=100\angle60°$V；$\dot{U}_2=50\angle-60°$V

相量图如图 2.9 所示。

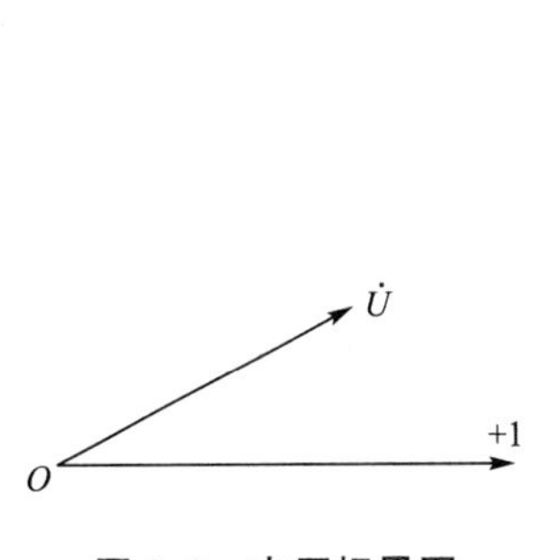

图 2.8 电压相量图

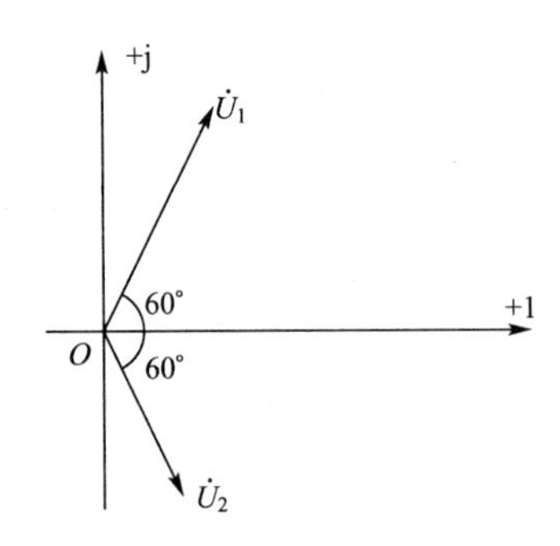

图 2.9 例 2.1 电压的相量图

【例 2-2】 已知两频率均为 50Hz 的电压，表示它们的相量分别为$\dot{U}_1=400\angle30°$V，$\dot{U}_2=220\angle-45°$V，试写出这两个电压的解析式。

解
$$\omega=2\pi f=2\pi\times50=314\text{rad/s}$$

$$u_1=400\sqrt{2}\sin(314t+30^\circ)\text{V}$$

$$u_2=220\sqrt{2}\sin(314t-45^\circ)\text{V}$$

【例 2-3】 已知 $i_1=100\sqrt{2}\sin\omega t\text{A}$，$i_2=100\sqrt{2}\sin(\omega t-120^\circ)\ \text{A}$，试用相量法求 i_1+i_2。

解

$$\dot{I}_1=100\angle 0^\circ\text{A}$$

$$\dot{I}_2=100\angle -120^\circ\text{A}$$

$$\dot{I}_1+\dot{I}_2=100\angle 0^\circ+100\angle -120^\circ=100\angle -60^\circ\text{A}$$

$$i_1+i_2=100\sqrt{2}\sin(\omega t-60^\circ)\text{A}$$

由此可见，正弦量用相量表示，可以使正弦量的运算简便。

任务实施

在工程上提到周期性电流、电压或电动势等量值，无特殊说明时总是指有效值，一般使用的电气设备铭牌上所标明的额定电压和电流值都是指有效值。所以耐压为 220V 的电容器，是按最大值来考虑。这里的电源的 180V 是有效值，而 220V 是耐压，且 $180\times\sqrt{2}=254\text{V}$ 大于 220V，所以不能用在 180V 的正弦交流电源上。

任务小结

通过任务的完成，懂得交流电路中各个物理量的概念，能正确领会含义并应用。

思考与练习

1. 指出正弦电压 $u=1410\sin(6280t+45^\circ)\text{V}$ 的最大值、有效值、频率、角频率、周期、相位和初相位各是多少？

2. 设 $u_1=U_m\sin\omega t(\text{V})$，$u_2=U_m\sin(\omega t-\pi)(\text{V})$。则(　　)是正确的。

A. u_1 超前 u_2　　　　B. u_2 超前 $u_1 90^\circ$

C. u_1、u_2 同相　　　　D. u_1、u_2 反相

3. 图 2.10 所示，其电压解析式为(　　)。

A. $u=40\sin\left(314t+\dfrac{\pi}{4}\right)$

B. $u=40\sin\left(314t-\dfrac{\pi}{4}\right)$

C. $u=\dfrac{40}{\sqrt{2}}\sin\left(314t+\dfrac{\pi}{4}\right)$

D. $u=\dfrac{40}{\sqrt{2}}\sin 314t$

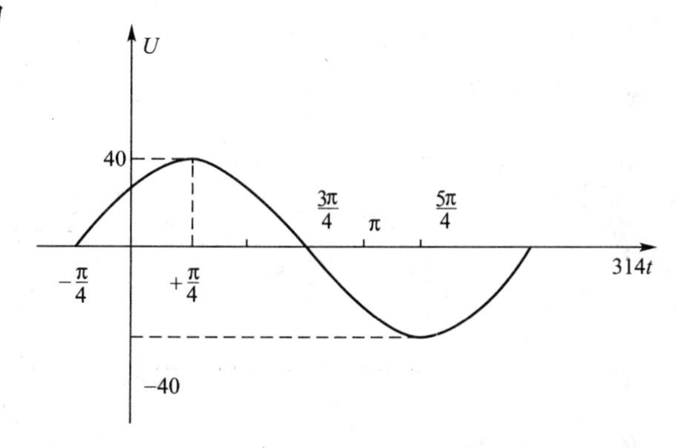

图 2.10　电压波形图

4. 灯泡上注明电压 220V 字样是指

其承受电压的(　　)为 220V。

A. 最大值　　B. 有效值　　C. 瞬时值　　D. 平均值

5. 将下列各复数写成指数形式。

3+j4、4−j3、6、j8、−j9

6. 列复数写成代数形式。

$80\angle 0°$；$5\angle -90°$；$8\angle 60°$；$30\angle -120°$。

7. 已知 $i_1=10\sqrt{2}\sin(\omega t+45°)$A，$i_2=10\sqrt{2}\sin(\omega t-45°)$A，试用相量表示$\dot{I}_1$、$\dot{I}_2$，画出相量图。并写出 $i=i_1+i_2$ 的表达式。

8. 已知电压的有效值为 380V，初相角 $\varphi=-45°$，以下表达式正确的是(　　)。

A. $u=380\sin(\omega t+45°)$V　　B. $\dot{U}=380$V

C. $u=380\sqrt{2}\sin(\omega t-45°)$V　　D. $\dot{U}=380\angle -45°$

任务 2.2　认识交流电路中的电源

教学目标	(1) 掌握三相对称电源及相序的概念； (2) 熟悉三相交流电源的联接及线电压与相电压的关系，会测量相电压和线电压； (3) 掌握单相交流电源的。

任务引入

铺设好实验室的线路，分组安装电源分线盒、单相和三相插座以及照明灯。

正弦交流电在实际生产与生活中应用极为普遍，常常在需要电源处安装分线盒、电源插座，插座有单相两孔、单相三孔；三相插座有三孔和四孔。如何正确区分相序、零线或相线？孔的位置有无特殊要求？各孔之间是什么关系？

任务分析

交流电路中的电源根据相数分为单相和三相电源；根据大小不同分为线电压和相电压。插座安装时，单相双孔的遵循左零、右相，单相三孔遵循左零、右相、上接保护地线，三相四孔按左 A 、右 C、下 B、上接零线或保护地线。如图 2.11 所示。

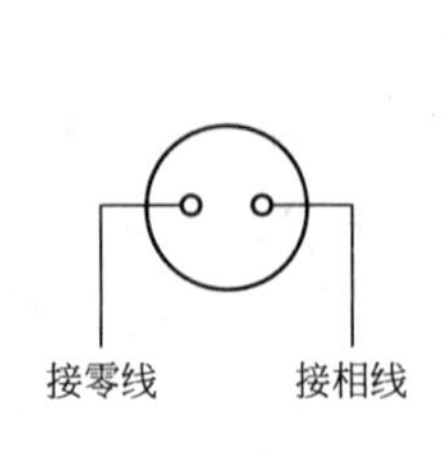

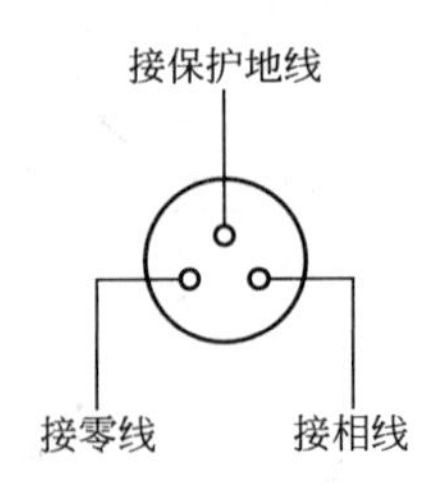

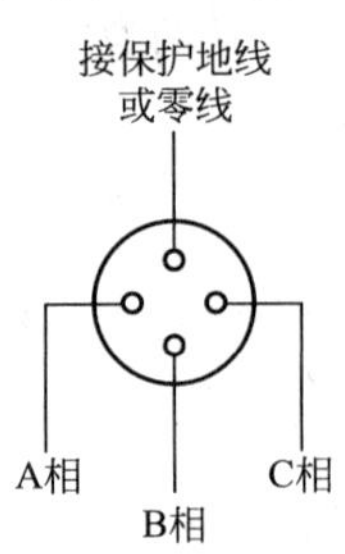

图 2.11　插座排列顺序

相关知识

本部分是判别和选用电源的基础。

三相电源是具有三个频率相同、幅值相等但相位不同的电动势的电源，用三相电源供电的电路就称为三相电路。在现代电力系统几乎均采用三相电路来产生和传输电能，因为三相比单相输送电能更节省导线材料。而且工厂中的电力设备大多数也是三相设备，如三相交流电动机。三相交流电路的应用如此广泛，主要是由于它与单相交流电路相比有着许多技术和经济上的优点。

2.2.1　对称三相电源

在电力工业中，三相电路中的电源通常是三相发电机，它可以获得三个频率相同、幅值相等、相位互差120°的电动势，这样的发电机称为对称三相电源。

由于三相发电机结构的原因，发电机内三个完全相同的线圈A-X，B-Y，C-Z以角速度ω转动时，三个线圈中便感应出频率相同、幅值相等、相位互差120°的三个电动势。有这样的三个电动势的发电机便构成一对称三相电源。

对称三相电源的瞬时值表达式(以u_A为参考正弦量)为：

$$\left.\begin{aligned} u_A &= \sqrt{2}U\sin(\omega t) \\ u_B &= \sqrt{2}U\sin(\omega t - 120°) \\ u_C &= \sqrt{2}U\sin(\omega t + 120°) \end{aligned}\right\} \quad (2-9)$$

三相发电机中三个线圈用A、B、C分别表示首端；用X、Y、Z分别表示尾端。三相电压的参考方向为首端指向尾端。对称三相电源的电路符号如图2.12所示。

它们的相量形式为

$$\left.\begin{aligned} \dot{U}_A &= U\angle 0° \\ \dot{U}_B &= U\angle -120° \\ \dot{U}_C &= U\angle +120° \end{aligned}\right\} \quad (2-10)$$

对称三相电压的波形图和相量图如图2.13和图2.14所示。

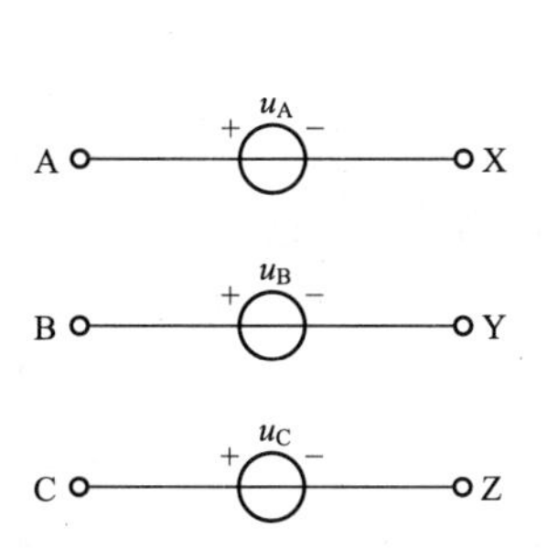

图2.12　对称的三相电源

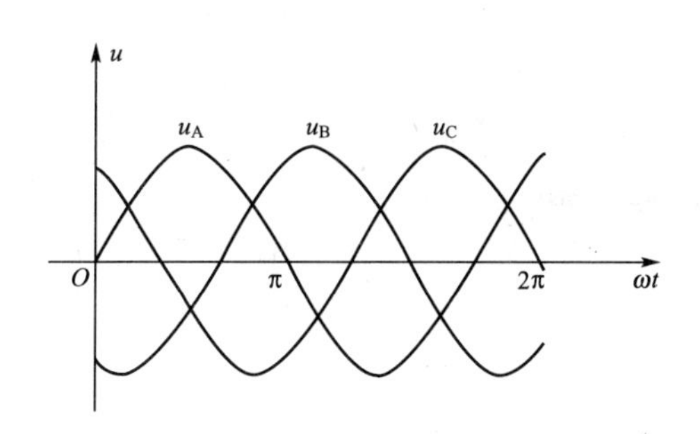

图2.13　对称三相电源的波形图

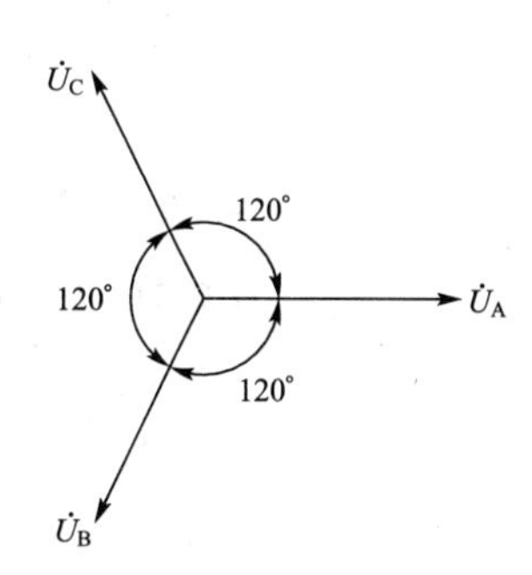

图2.14　相量图

对称三相电压三个电压的瞬时值之和为零，即

$$u_A+u_B+u_C=0 \tag{2-11}$$

三个电压的相量之和亦为零，即

$$\dot{U}_A+\dot{U}_B+\dot{U}_C=0 \tag{2-12}$$

这是对称三相电源的重要特点。

通常三相发电机产生的都是对称三相电源。本书今后若无特殊说明，提到的三相电源均为对称三相电源。

1. 相序

三相电源中每一相电压经过相同值(如正的最大值)的先后次序称为相序。从图 2.13 可以看出，其三相电压到达最大值的次序依次为 u_A，u_B，u_C，其相序为 A-B-C-A，称为顺序或正序。

若将发电机转子反转，则相序为 A-C-B-A，称为逆序或负序。

$$u_A=\sqrt{2}U\sin\omega t$$

$$u_C=\sqrt{2}U\sin(\omega t-120^\circ)$$

$$u_B=\sqrt{2}U\sin(\omega t+120^\circ)$$

2. 三相电源的联接

三相发电机的每一相绕组产生的电动势都是独立的电源。将三相电源的三个绕组以一定的方式联接起来就构成三相电路的电源。通常的联接方式有星形(也称 Y 形)联接和三角形(也称△形)联接。对三相发电机来说，通常采用星形联接。

(1) 三相电源的星形联接。将对称三相电源的尾端 X、Y、Z 联在一起，首端 A、B、C 引出作输出线，这种联接称为三相电源的星形联接。如图 2.15 所示。

联接在一起的 X、Y、Z 点称为三相电源的中点，用 N 表示，从中点引出的线称为中线。三个电源首端 A、B、C 引出的线称为端线(俗称火线)。

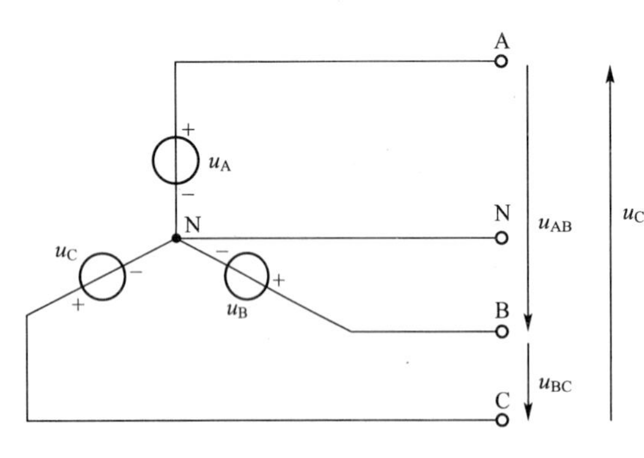

图 2.15 星形联接的三相电源

电源每相绕组两端的电压称为电源的相电压，电源相电压用符号 u_A、u_B、u_C表示；而端线之间的电压称为线电压，用 u_{AB}、u_{BC}、u_{CA}表示。规定线电压的方向是由 A 线指向 B 线，B 线指向 C 线，C 线指向 A 线。下面分析星形联接时对称三相电源线电压与相电压的关系。

根据图 2.15，由 KVL 可得，三相电源的线电压与相电压有以下关系：

$$\begin{aligned} u_{AB}&=u_A-u_B \\ u_{BC}&=u_B-u_C \\ u_{CA}&=u_C-u_A \end{aligned} \tag{2-13}$$

假设 $\dot{U}_A=U\angle 0^\circ$，$\dot{U}_B=U\angle -120^\circ$，$\dot{U}_C=U\angle 120^\circ$

则相量形式为

$$
\begin{aligned}
\dot{U}_{AB}&=\dot{U}_A-\dot{U}_B=\sqrt{3}U\angle 30^\circ=\sqrt{3}\dot{U}_A\angle 30^\circ\\
\dot{U}_{BC}&=\dot{U}_B-\dot{U}_C=\sqrt{3}U\angle -90^\circ=\sqrt{3}\dot{U}_B\angle 30^\circ\\
\dot{U}_{CA}&=\dot{U}_C-\dot{U}_A=\sqrt{3}U\angle 150^\circ=\sqrt{3}\dot{U}_C\angle 30^\circ
\end{aligned}
\tag{2-14}
$$

由式(2-14)看出，星形联接的对称三相电源的线电压也是对称的。线电压的有效值(U_l)是相电压有效值(U_p)的$\sqrt{3}$倍，即$U_l=\sqrt{3}U_p$；式中各线电压的相位超前于相应的相电压30°。其相量图如图2.16所示。

三相电源星形联接的供电方式有两种，一种是三相四线制(三条端线和一条中线)，另一种是三相三线制，即无中线。目前电力网的低压供电系统(又称民用电)为三相四线制，此系统供电的线电压为380V，相电压为220V，通常写作电源电压380/220V。

(2) 三相电源的三角形联接。将对称三相电源中的三个单相电源首尾相接，由三个联接点引出三条端线就形成三角形联接的对称三相电源。如图2.17所示。

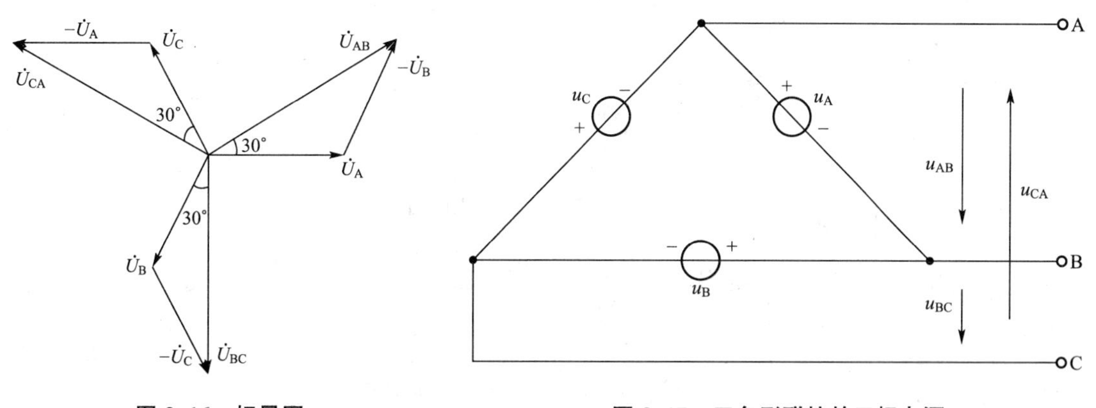

图2.16　相量图　　**图2.17　三角形联接的三相电源**

对称三相电源三角形联接时，只有三条端线，没有中线，它一定是三相三线制。在图2.16中可以明显地看出，线电压就是相应的相电压，即

$$
\begin{aligned}
u_{AB}&=u_A \qquad & \dot{U}_{AB}&=\dot{U}_A\\
u_{BC}&=u_B \quad \text{或} & \dot{U}_{BC}&=\dot{U}_B\\
u_{CA}&=u_C \qquad & \dot{U}_{CA}&=\dot{U}_C
\end{aligned}
$$

上式说明三角形联接的对称三相电源，线电压等于相应的相电压。

三相电源三角形联接时，形成一个闭合回路。由于对称三相电源$\dot{U}_A+\dot{U}_B+\dot{U}_C=0$，所以回路中不会有电流。但若有一相电源极性接反，造成三相电源电压之和不为零，将会在回路中产生很大的电流。所以三相电源作为三角形联接时，联接前必须检查。

2.2.2　单相电源

单相电源是指由三相电源的每一相与其中性点构成一个单相回路为用户提供的电力能源。由单相电源供电的电路称为单相电路。民用电普遍采用单相220V电源供电。在交流回路中不能称做正极或负极，应该叫相线(民用电中称火线)和中性线(民用电中称

零线)。

电力系统的负载有两类，即单相负载和三相负载。凡由两根引出线的，如 220V 的电灯、电炉、电风扇、收音机、380V 的电炉、加热器等都是单相负载；另一类只有三个接线端，如三相电动机等是三相负载。

1. 单相电源在民用照明线路中的应用

(1) 民用照明线路的应用如图 2.18、图 2.19 所示。

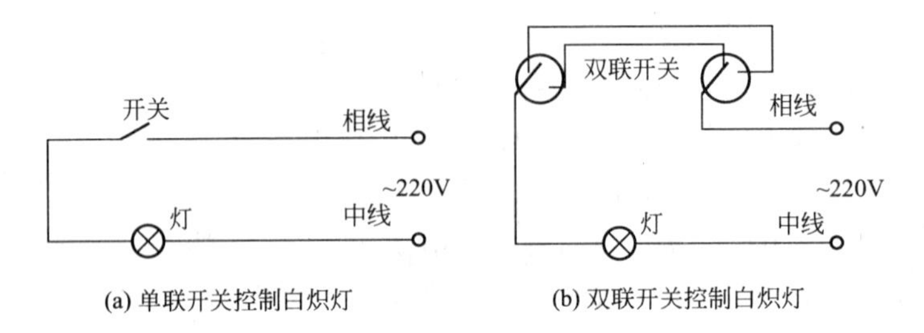

(a) 单联开关控制白炽灯　　(b) 双联开关控制白炽灯

图 2.18　民用照明线路

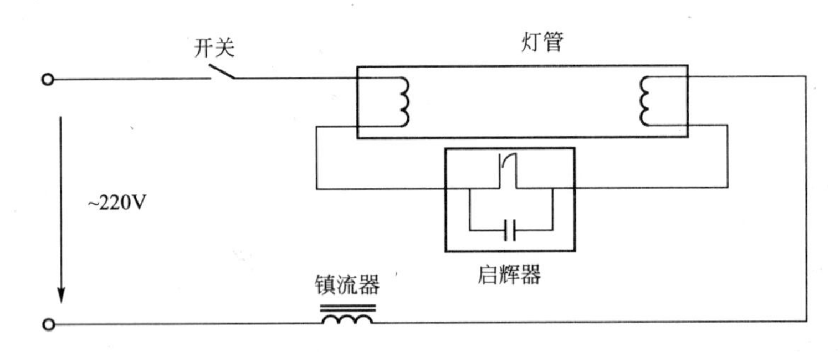

图 2.19　单联开关控制的日光灯线路

日光灯的点燃过程：

(1) 闭合开关，电压加在启动器两极间，氖气放电发出辉光，产生的热量使 U 型动触片膨胀伸长，跟静触片接触使电路接通。灯丝和镇流器中有电流通过。

(2) 电路接通后，启动器中的氖气停止放电，U 型片冷却收缩，两个触片分离，电路自动断开。

(3) 在电路突然断开的瞬间，由于镇流器电流急剧减小，会产生很高的自感电动势，方向与电源电动势方向相同，这个自感电动势与电源电压加在一起，形成一个瞬时高压，加在灯管中的气体开始放电，于是日光灯成为电流的通路开始发光。

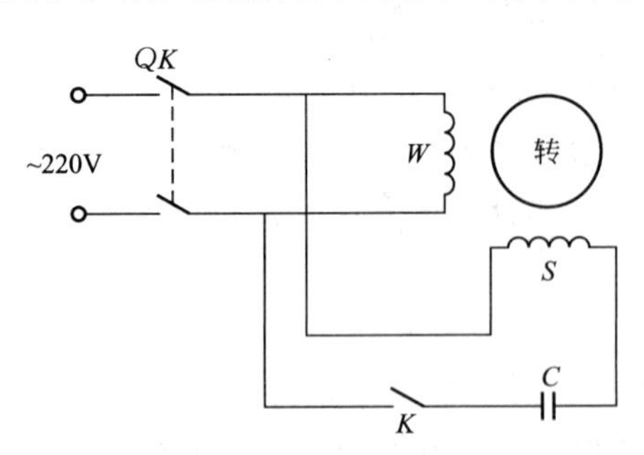

图 2.20　单相电动机的启动原理

2. 单相电源在生产上的应用

如图 2.20 所示是由单相电源供电的单相电动机启动运行的原理图。

在现实应用时，各类负载以怎样的方式与电源连接，是根据负载的额定电压和电源电压来确定的。

任务实施

工业上通常在交流发电机的三相引出线及配电装置的三相母线上，涂有黄、绿、红三种颜色，分别表示A、B、C三相。实际生活中使用正弦交流电源时，依照要求选用合适的电源。而判别相线(火线)和零线，可用试电笔测出，或用交流电压表测量两两相线间的电压值(线电压)及每一相线与零线间的电压值(相电压)判断。

任务小结

通过学习，掌握三相对称电源及相序的概念；熟悉三相交流电源的联接及线电压与相电压的关系，会测量相电压和线电压。能根据负载的需要灵活地进行电源的选用和联结。

思考与练习

1. 对称三相电动势是指电动势的________相等，________相同，________互差120°；瞬时值之和等于________。

2. 三相电压到达最大值(或零值)的先后次序称为________。

3. 对称三相电源，设C相的相电压$\dot{U}_C=220\angle 90°$V，则A相电压$\dot{U}_A=$________，B相电压$\dot{U}_B=$________。

4. 三相电源端线之间的电压叫________，电源每相绕组两端的电压称为电源的________。

5. 若已知对称三相交流电源A相电压为$u_A=220\sqrt{2}\sin(\omega t+30°)$V，根据正序写出其他两相的电压的瞬时值表达式和相量式，并画出波形图及相量图。

6. 线电压为380V的对称三相电源采用△联接时，则相电压________V；如果采用Y联接时，则相电压为________V。

任务2.3 RLC交流电路的分析

学习目标	(1) 掌握三种基本元件的电压、电流的关系及功率关系，会测量交流电压、电流及功率； (2) 熟练掌握R、L、C元件串并联电路电压与电流的关系、复阻抗的概念及电路的计算； (3) 懂得阻抗串并联电路的分析和计算； (4) 了解用相量形式的基尔霍夫定理分析较复杂电路。

任务引入

(1) 交流电桥在工作现场应用极为广泛，主要用来测量交流电路等效电阻、电感和电容等参数。交流电桥的测量原理就是RLC的串并联分析的具体应用。

(2) 选择收音机频道的信号，是RLC的串并联电路的特殊应用。

任务分析

如图 2.21 所示为交流电桥测量原理图，它是用来测试线圈的电阻 R_x和电感 L_x的电桥(也称为马克士威电桥)，在电桥的对角线上接入交流检流计 G，R_A、R_B、R_n、C_n均已知，被测量为电感线圈的参数 R_x和 L_x。

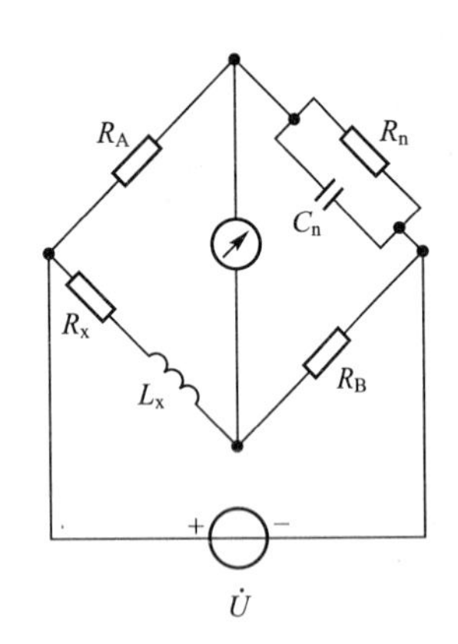

图 2.21　交流电桥测量原理图

参考直流电桥原理，交流电桥平衡的条件是

$$Z_A Z_B = Z_{RC} Z_{RL} \tag{2-15}$$

式中

$$Z_{RC} = \frac{R_n}{1 + j\omega C_n R_n}$$

$$Z_{RL} = R_x + j\omega L_x$$

所以

$$R_A R_B = \left(\frac{R_n}{1 + j\omega C_n R_n}\right) \cdot (R_x + j\omega L_x)$$

$$R_n R_x + j\omega L_x R_n = R_A R_B + j\omega C_n R_n R_A R_B$$

上式等号两边的实部和虚部应分别相等，得

$$\begin{cases} R_x = R_A R_B / R_n \\ L_x = R_A R_B C_n \end{cases} \tag{2-16}$$

由此可知被测电感线圈的参数。式(2-16)表明，它的平衡与电源频率无关。

上面的分析应用到 *RLC* 的串并联的知识。

而收音机的输入回路可以用 *RLC* 串联电路模拟，信号的选择也是 *RLC* 的串并联的特例。

相关知识

本部分内容重点研究交流电路中三种元件 *R*、*L*、*C* 上的电压与电流关系，能量的转换及功率问题。

2.3.1　单一参数电路

1. 电阻元件

(1) 电阻元件上电压与电流的关系。当电阻两端加上正弦交流电压时，电阻中就有交流电流通过，电压与电流的瞬时值仍然遵循欧姆定律。在图 2.22 中，电压与电流为关联参考方向，则电阻上的电流为

$$i_R = \frac{u_R}{R} \tag{2-17}$$

上式是交流电路中电阻元件的电压与电流的基本关系。

如在电阻两端加入正弦交流电压

$$u_R = U_{Rm} \sin(\omega t + \varphi_u)$$

则电路中的电流为

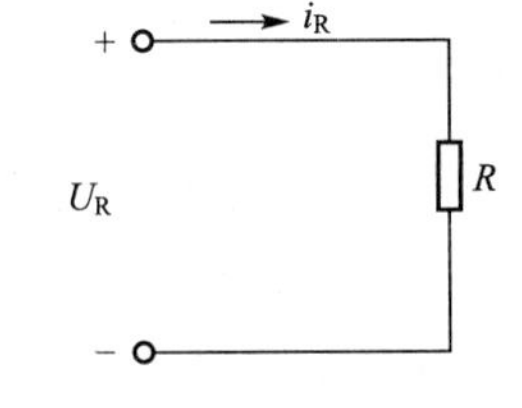

图 2.22　电阻元件

$$i_{\mathrm{R}}=\frac{u_{\mathrm{R}}}{R}=\frac{U_{\mathrm{Rm}}\sin(\omega t+\varphi_{\mathrm{u}})}{R}=I_{\mathrm{Rm}}\sin(\omega t+\varphi_{\mathrm{i}}) \tag{2-18}$$

式中

$$I_{\mathrm{Rm}}=\frac{U_{\mathrm{Rm}}}{R} \quad \varphi_i=\varphi_{\mathrm{u}}$$

写成有效值关系为

$$I_{\mathrm{R}}=\frac{U_{\mathrm{R}}}{R} \quad 或 \quad U_{\mathrm{R}}=RI_{\mathrm{R}} \tag{2-19}$$

所以电阻两端的电压与电流同频率、同相位；电阻两端的电压与电流的数值上成正比。其波形如图 2-23 所示(设 $\varphi_{\mathrm{i}}=0$)。

因此，电阻元件上电压与电流的相量关系为

$$\dot{U}_{\mathrm{R}}=RI_{\mathrm{R}}\angle\varphi_{\mathrm{u}}=RI_{\mathrm{R}}\angle\varphi_{\mathrm{i}} \quad \dot{I}_{\mathrm{R}}=I_{\mathrm{R}}\angle\varphi_{\mathrm{i}}$$

所以相量形式欧姆定律为

$$\dot{U}_{\mathrm{R}}=R\dot{I}_{\mathrm{R}} \tag{2-20}$$

图 2.24 给出了电阻元件的相量模型及相量图。

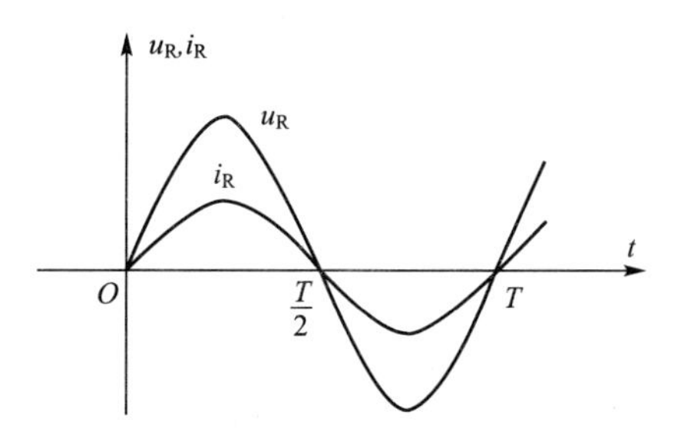

图 2.23　电阻元件的电压、电流波形图

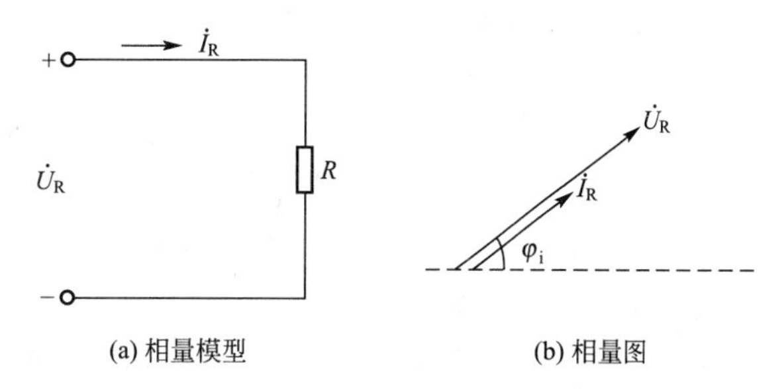

图 2.24　电阻元件的相量模型及相量图

(2) 电阻元件的功率。在交流电路中，任意电路元件上的电压瞬时值与电流瞬时值的乘积称作该元件的瞬时功率。用小写字母 P 表示。当 u_{R}，i_{R} 为关联参考方向时

$$P=u_{\mathrm{R}}i_{\mathrm{R}} \tag{2-21}$$

若电阻两端的电压、电流为(设初相角为 0°)

$$u_{\mathrm{R}}=U_{\mathrm{Rm}}\sin\omega t$$

$$i_{\mathrm{R}}=I_{\mathrm{Rm}}\sin\omega t$$

则正弦交流电路中电阻元件上的瞬时功率为

$$\begin{aligned} P &=u_{\mathrm{R}}i_{\mathrm{R}}=U_{\mathrm{Rm}}\sin\omega t\times I_{\mathrm{Rm}}\sin\omega t \\ &=U_{\mathrm{Rm}}I_{\mathrm{Rm}}\sin^2\omega t \\ &=U_{\mathrm{R}}I_{\mathrm{R}}(1-\cos2\omega t) \end{aligned} \tag{2-22}$$

其电压、电流、功率的波形图如图 2.25 所示。

从图中可知：只要有电流流过电阻，电阻 R 上的瞬时功率 $P\geqslant0$，即总是吸收功率。其吸收功率的大小在工程上都用平均功率来表示。周期性交流电路中的平均功率就是瞬时功率在一个周期的平均值。

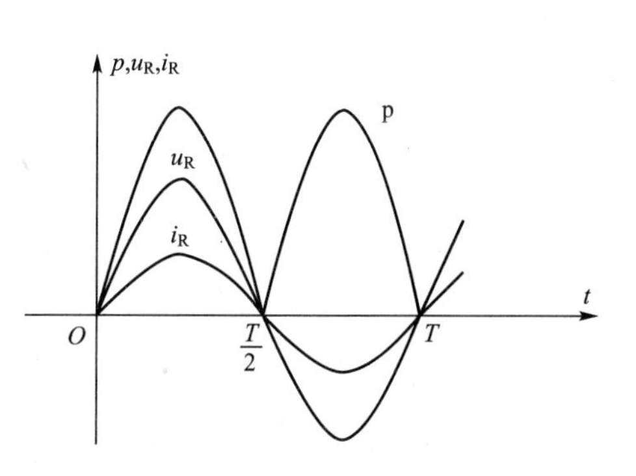

图 2.25　电阻元件的功率波形图

平均功率

$$P=\frac{1}{T}\int_0^T p\mathrm{d}t=\frac{1}{T}\int_0^T U_R I_R(1-\cos 2\omega t)\mathrm{d}t=U_R I_R$$

代入

$$U_R=RI_R$$

所以

$$P=U_R I_R=I_R^2 R=U_R^2/R \qquad (2-23)$$

由于平均功率反映的是元件实际消耗电能的大小，所以又称有功功率。习惯上常简称功率。

【例 2-4】 一额定电压为 220V、功率为 100W 的电烙铁，误接在 380V 的交流电源上，问此时它消耗的功率是多少？会出现什么现象。

解 已知额定电压和功率，可求出电烙铁的等效电阻

$$R=\frac{U_R^2}{P}=\frac{220^2}{100}=484\Omega$$

当误接在 380V 电源上时，电烙铁实际消耗的功率为

$$P_1=\frac{380^2}{484}=300\text{W}$$

此时，电烙铁内的电阻很可能被烧断。

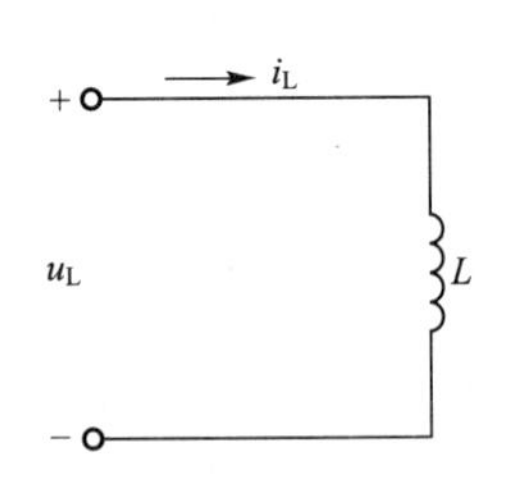

图 2.26 电感元件

2. 电感元件

(1) 电感元件上电压和电流的关系。

设一电感 L 中通入正弦电流，其参考方向如图 2.26 所示。设 $i_L=I_{Lm}\sin(\omega t+\varphi_i)$，则电感两端的电压为

$$\begin{aligned}u_L&=L\frac{\mathrm{d}i_L}{\mathrm{d}t}=L\frac{\mathrm{d}I_{Lm}\sin(\omega t+\varphi_i)}{\mathrm{d}t}\\&=I_{Lm}\omega L\cos(\omega t+\varphi_i)\\&=U_{Lm}\sin\left(\omega t+\varphi_i+\frac{\pi}{2}\right)\\&=U_{Lm}\sin(\omega t+\varphi_u)\end{aligned} \qquad (2-24)$$

式中，$U_{Lm}=\omega L I_{Lm}$，$\varphi_u=\varphi_i+\frac{\pi}{2}$，有效值为

$$U_L=\omega L I_L \quad 或 \quad \frac{U_L}{I_L}=\omega L \qquad (2-25)$$

所以，电感两端的电压与电流同频率；电感两端的电压在相位上超前电流 90°；电感两端的电压与电流有效值(或最大值)之比为 ωL。令

$$X_L=\omega L=2\pi fL \qquad (2-26)$$

X_L称为感抗，用来表示电感元件对电流的阻碍作用。它与角频率成正比，单位是欧姆。

电感元件在直流电路中，由于 $\omega=0$，$X_L=0$，所以电感在直流电路中视为短路。

将表达式(2-26)代入表达式(2-25)得

$$U_L = X_L I_L$$

电感元件的电压、电流波形图如 2-27 所示(假定 $\varphi_i=0$)。因此，电感元件上电压与电流的相量关系为

$$\dot{I}_L = I_L\angle\varphi_i$$

$$\dot{U}_L = \omega L I_L\angle\varphi_i + 90° = j\omega L\dot{I}_L = jX_L\dot{I}_L$$

即

$$\dot{U}_L = jX_L\dot{I}_L \tag{2-27}$$

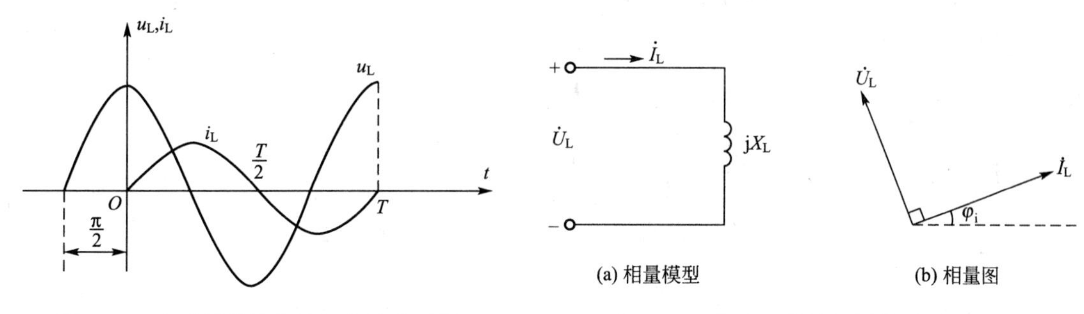

图 2.27　电感元件的电压、电流波形图　　**图 2.28　电感元件的相量模型及相量图**

(2) 电感元件的功率。在电压与电流参考方向一致的情况下电感元件的瞬时功率

$$p = u_L i_L$$

若电感两端的电流、电压为(设 $\varphi_i=0$)

$$i_L = I_{Lm}\sin\omega t$$

$$u_L = U_{Lm}\sin\left(\omega t + \frac{\pi}{2}\right)$$

则正弦交流电路中电感元件上的瞬时功率为

$$\begin{aligned} p &= u_L i_L = U_{Lm}\sin\left(\omega t + \frac{\pi}{2}\right)\times I_{Lm}\sin\omega t \\ &= U_{Lm}I_{Lm}\sin\omega t\cos\omega t \\ &= U_L I_L\sin 2\omega t \end{aligned} \tag{2-28}$$

其电压、电流、功率的波形图如图 2.29 所示。由上式或波形图都可以看出，此功率是以两倍角频率作正弦变化的。

在通以正弦交流电时，电感所吸收的平均功率为

$$P = \frac{1}{T}\int_0^T p\,dt = \frac{1}{T}\int_0^T U_L I_L\sin 2\omega t\,dt = 0 \tag{2-29}$$

式(2-29)表明，电感元件不消耗能量，是储能元件。电感吸收的瞬时功率不为零，在第一和第三个 1/4 周期内，瞬时功率大于零，电感吸收电能，并将

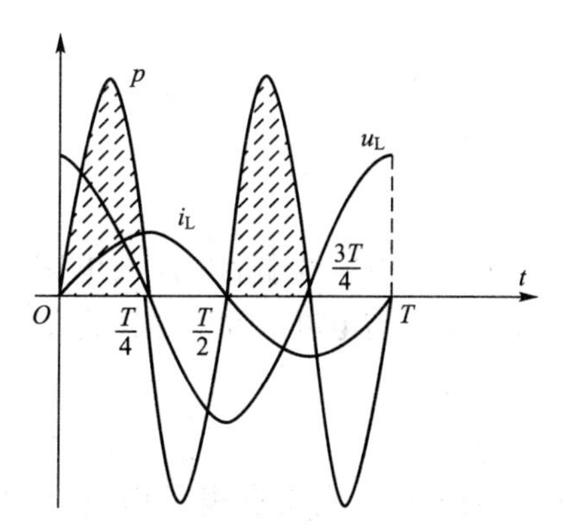

图 2.29　电感元件的功率波形图

其转换成磁场能量储存起来；在第二和第四个 1/4 周期内，瞬时功率小于零，又将储存的磁场能量转换成电能。

为了衡量电源与电感元件间的能量交换的规模，把电感元件瞬时功率的最大值称为无功功率，用 Q_L 表示。

$$Q_L=U_L I_L=I_L^2 X_L=\frac{U_L^2}{X_L} \tag{2-30}$$

无功功率的单位为乏(var)，工程中有时也用千乏(kvar)。

【例 2-5】 若将 $L=20\text{mH}$ 的电感元件，接在 $U_L=110\text{V}$ 的正弦电源上，则通过的电流是 1mA，求(1)电感元件的感抗及电源的频率；(2)若把该元件接在直流 110V 电源上，会出现什么现象？

解 (1) $X_L=\dfrac{U_L}{I_L}=\dfrac{110}{1\times10^{-3}}=110(\text{k}\Omega)$

电源频率 $f=\dfrac{X_L}{2\pi L}=\dfrac{110\times10^3}{2\pi\times20\times10^{-3}}=8.76\times10^5(\text{Hz})$

(2) 在直流电路中，$X_L=0$，电流很大，电感元件可能烧坏。

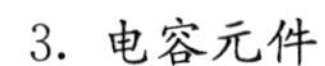

3. 电容元件

(1) 电容元件上电压和电流的关系。设一电容 C 中通入正弦交流电，其参考方向如图 2.30 所示。设外接正弦交流电压为

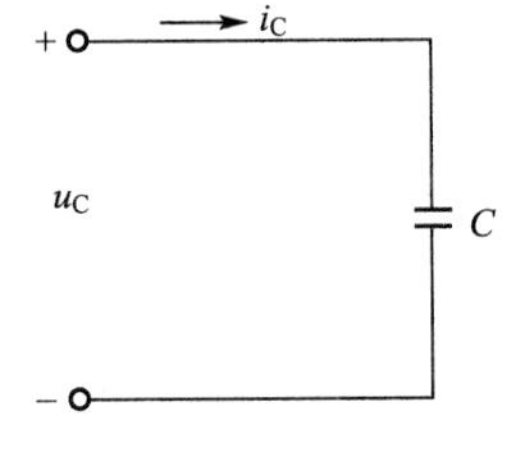

图 2.30 电容元件

$$u_C=U_{Cm}\sin(\omega t+\varphi_u)$$

则电路中电流

$$\begin{aligned} i_C&=C\frac{du_C}{dt}=C\frac{dU_{Cm}\sin(\omega t+\varphi_u)}{dt}\\ &=U_{Cm}\omega C\cos(\omega t+\varphi_u)\\ &=I_{Cm}\sin\left(\omega t+\varphi_u+\frac{\pi}{2}\right)\\ &=I_{Cm}\sin(\omega t+\varphi_i) \end{aligned} \tag{2-31}$$

式中

$$I_{Cm}=U_{Cm}\omega C \quad \varphi_i=\varphi_u+\frac{\pi}{2}$$

有效值形式为

$$I_C=\omega C U_C \quad 或 \quad \frac{U_C}{I_C}=\frac{1}{\omega C} \tag{2-32}$$

所以，电容两端的电压与电流同频率；电容两端的电压在相位上滞后电流 90°；电容两端的电压与电流有效值之比为 $1/\omega C$。令

$$X_C=\frac{1}{\omega C}=\frac{1}{2\pi f C} \tag{2-33}$$

X_C 称为容抗，它用来表示电容元件对电流的阻碍作用。它与角频率成反比，单位是欧姆。

将表达式(2－33)代入表达式(2－32)，得

$$U_C = X_C I_C \tag{2-34}$$

电容元件的电压、电流波形图如2.31所示。设 $\varphi_u=0$，电容元件上电压与电流的相量关系为

$$\dot{U}_C = U_C \angle \varphi_u$$

$$\dot{I}_C = \omega C U_C \angle \varphi_u + 90° = j\omega C \dot{U}_C = j\frac{\dot{U}_C}{X_C}$$

即

$$\dot{U}_C = -jX_C \dot{I}_C \tag{2-35}$$

图2.32给出了电容元件的相量模型及相量图。

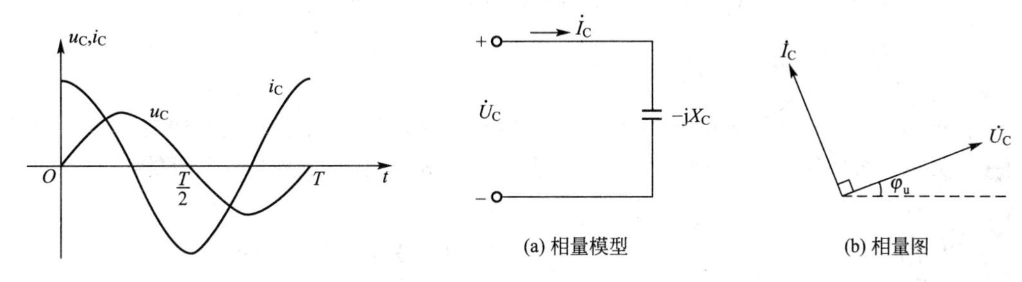

图2.31　电容元件的电压、电流波形图

图2.32　电容元件的相量模型及相量图

(2) 电容元件的功率。

在电压与电流参考方向一致的情况下，设

$$u_C = U_{Cm}\sin\omega t$$

则电容元件的瞬时功率为

$$p = u_C i_C = U_{Cm}\sin\omega t \times I_{Cm}\sin\left(\omega t + \frac{\pi}{2}\right)$$

$$= U_{Cm} I_{Cm} \sin\omega t \cos\omega t$$

$$= U_C I_C \sin 2\omega t \tag{2-36}$$

其电压、电流、功率的波形图如图2.33所示。由上式或波形图都可以看出，此功率是以两倍角频率作正弦变化的。

电容在通以正弦电流时，所吸收的平均功率为

$$P = \frac{1}{T}\int_0^T p\mathrm{d}t = \frac{1}{T}\int_0^T U_L I_L \sin 2\omega t = 0$$

与电感元件相同，电容元件也不消耗能量，也是储能元件。

用无功功率 Q_C 表示电源与电容间的能量交换

$$Q_C = U_C I_C = I_C^2 X_C = \frac{U_C^2}{X_C}$$

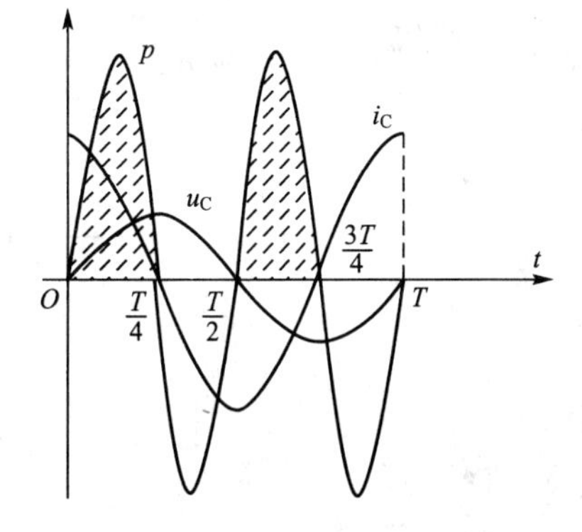

图2.33　电容元件的功率波形图

【例2－6】　设加在一电容器上的电压 $u(t)=6\sqrt{2}\sin(1000t-60°)$ V，其电容 C 为 10μF，求：(1)流过电容的电流 $i(t)$ 并画出电压、电流的相量图；(2)若接在直流6V的电源上，

则电流为多少?

解 (1) $\dot{U}=6\angle-60°\text{V}$

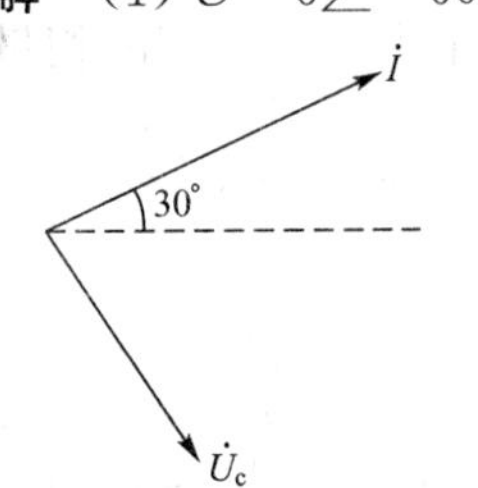

图 2.34 例 2.6 电压、电流的相量图

$$X_C=\frac{1}{\omega C}=\frac{1}{1000\times10\times10^{-6}}=100\Omega$$

$$\dot{I}_C=\frac{\dot{U}_C}{-\mathrm{j}x_c}=\frac{6\angle-60°}{-\mathrm{j}100}=0.06\angle60°+90°=0.06\angle30°\text{A}$$

电容电流

$$i(t)=0.06\sqrt{2}\sin(1000t+30°)\text{V}$$

电容电压、电流的相量图如图 2.34。

(2) 若接在直流 6V 电源上，$X_C=\infty$，$I=0$。

2.3.2 基尔霍夫定律的相量形式

在交流电路中，任一瞬间的电流总是连续的，因此基尔霍夫电流定律适用于交流电路的任一瞬间。即任一瞬间，流入电路任一节点的各电流瞬时值的代数和恒等于零。即

$$\sum i=0$$

正弦交流电路中，各电流都是与电源同频率的正弦量，把这些同频率的正弦量用相量表示即为

$$\sum\dot{I}=0$$

这就是基尔霍夫电流定律的相量形式。它表明在正弦交流电路中，流入任一节点的各电流相量的代数和恒等于零。

同理可得基尔霍夫电压定律的相量形式为

$$\sum\dot{U}=0$$

它表明在正弦交流电路中，沿着电路中任一回路所有支路的电压相量和恒等于零。

【例 2-7】 图 2.35 所示电路中，电流表 A_1、A_2 的读数均为 10A，求电流表 A 的读数。

解 由 KCL 有

$$\dot{I}=\dot{I}_1+\dot{I}_2$$

作相量图如图 2.36，由相量图得

$$I=\sqrt{I_1^2+I_2^2}=\sqrt{10^2+10^2}=10\sqrt{2}=14.1(\text{A})$$

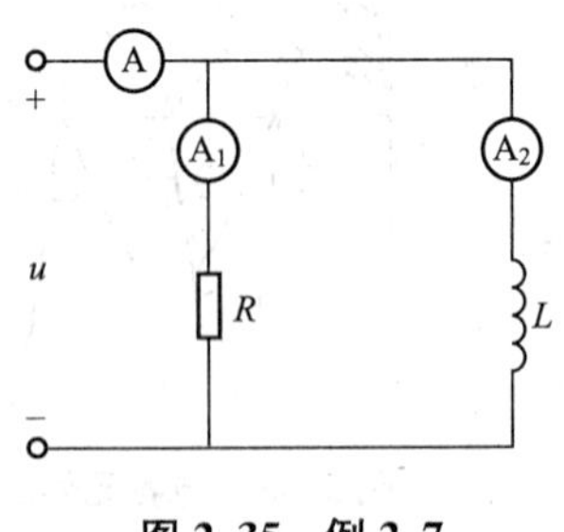

图 2.35 例 2.7

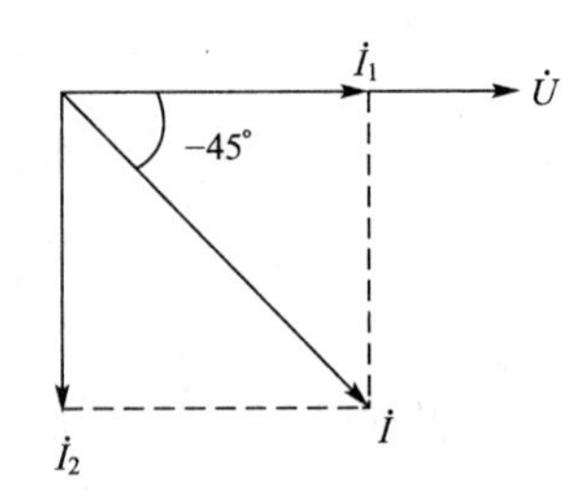

图 2.36 相量图

可见，在交流电路的计算中，有些电路可借助于相量图的分析方法，使解题过程变得简便。

2.3.3 *RLC* 组合电路

1. *RLC* 元件串并联电路分析

(1) *RLC* 串联电路。

RLC 串联电路如图 2.37 所示。根据相量形式的 KVL 可得

$$\begin{aligned}\dot{U}&=\dot{U}_R+\dot{U}_L+\dot{U}_C=R\dot{I}+j\omega L\dot{I}+\frac{1}{j\omega C}\dot{I}\\&=\left(R+j\omega L+\frac{1}{j\omega C}\right)\dot{I}=[R+j(X_L-X_C)]\dot{I}\\&=Z\dot{I}\end{aligned}\quad(2-37)$$

其中
$$Z=R+j(X_L-X_C)\quad(2-38)$$
令
$$X=X_L-X_C$$
则有
$$Z=\frac{\dot{U}}{\dot{I}}=R+jX$$

可见，在 R、L、C 串联电路中，电压相量$\dot{U}$与电流相量$\dot{I}$之比为一复数 Z，它的实部为电路的电阻 R，虚部为电路中的感抗 X_L与电容 X_C之差，X 称为电路的电抗，Z 称为电路的复阻抗。则

$$Z=\sqrt{R^2+X^2}\angle\arctan\frac{X}{R}=|Z|\angle\varphi$$

其中

$$|Z|=\sqrt{R^2+X^2}=\sqrt{R^2+(X_L-X_C)^2}\quad(2-39)$$

$$\varphi=\arctan\frac{X}{R}=\arctan\frac{X_L-X_C}{R}\quad(2-40)$$

以上表明：复阻抗的模$|Z|$(也可称阻抗)及辐角 φ 的大小，只与参数及角频率有关。表达式(2-40)还说明，复阻抗的模$|Z|$和R 及 X 构成一个直角三角形。如图 2.38 所示，称为阻抗三角形，辐角 φ 又称为阻抗角。

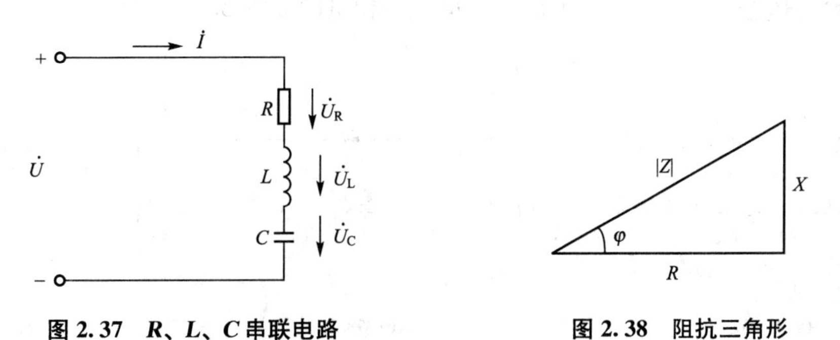

图 2.37 *R*、*L*、*C* 串联电路　　**图 2.38 阻抗三角形**

求解公式如下

$$R=|Z|\cos\varphi\quad X=|Z|\sin\varphi$$

由表达式(2-40)可得

$$Z=\frac{\dot{U}}{\dot{I}}=\frac{U\angle\varphi_u}{I\angle\varphi_i}=\frac{U}{I}\angle\varphi_u-\varphi_i=|Z|\angle\varphi$$

即

$$|Z|=\frac{U}{I}\quad \varphi=\varphi_u-\varphi_i$$

由此可见，复阻抗 Z 决定了电压、电流的有效值大小和相位间的关系。复阻抗也简称为阻抗。

【例 2-8】 某 RLC 串联电路中，$R=3\Omega$，$X_L=3\Omega$，$X_C=7\Omega$，正弦电压 $U=100\text{V}$，试求电路的复阻抗，电路中的电流和各元件上的电压，并作出相量图。

解 复阻抗 $Z=R+\text{j}(X_L-X_C)=3+\text{j}(3-7)=3-\text{j}4=5\angle-53.1^\circ\Omega$

设电压

$$\dot{U}=100\angle0^\circ$$

则

$$\dot{I}=\frac{\dot{U}}{Z}=\frac{100\angle0^\circ}{5\angle-53.1^\circ}=20\angle53.1^\circ\text{A}$$

$$\dot{U}_R=R\dot{I}=3\times20\angle53.1^\circ=60\angle53.1^\circ\text{V}$$

$$\dot{U}_L=\text{j}X_L\dot{I}=\text{j}3\times20\angle53.1^\circ=60\angle143.1^\circ\text{V}$$

$$\dot{U}_C=-\text{j}X_C\dot{I}=-\text{j}7\times20\angle53.1^\circ=140\angle-36.9^\circ\text{V}$$

相量图如图 2.39 所示。

图 2.39 例 2.8 电压、电流相量图

根据以上分析，电路参数对电路性质的影响如下。

(1) 当 $X_L>X_C$ 时，$\varphi=\arctan\frac{X_L-X_C}{R}>0$，即电压超前电流 φ 角；电路呈感性。

(2) 当 $X_L<X_C$ 时，$\varphi<0$，即电压滞后电流，电路呈容性。

(3) 当 $X_L=X_C$ 时，$\varphi=0$，即电压与电流同相位，电路呈阻性。

上面三种情况的相量图如图 2.40 所示。

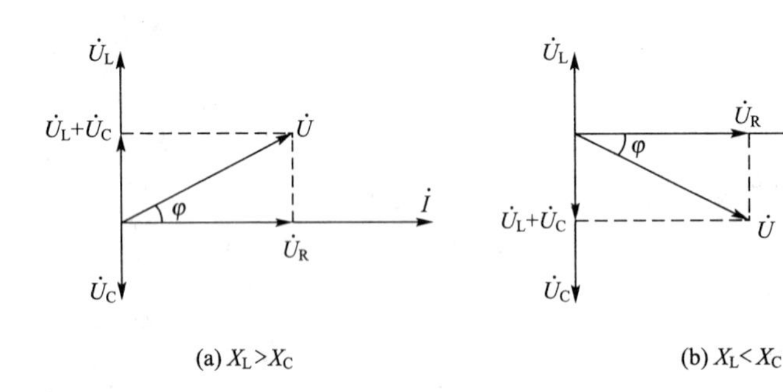

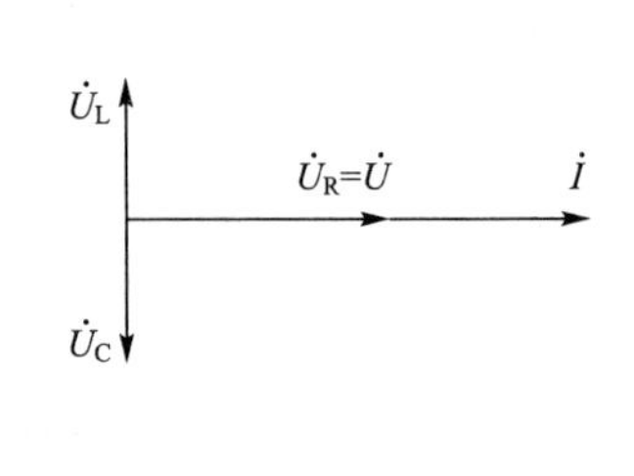

图 2.40 R、L、C 串联电路相量图

可见，当 $-90^\circ<\varphi<90^\circ$，电源频率不变时，改变电路参数 L 或 C 可以改变电路的性质；若电路参数不变，也可以改变电源频率改变电路性质。

从图 2.40 的相量图可看出，电阻电压$\dot{U}_R$、电抗电压$\dot{U}_X=\dot{U}_L+\dot{U}_C$和端电压$\dot{U}$的三个相量组成一个直角三角形叫电压三角形，它与阻抗三角形是相似三角形。即

$$U=\sqrt{U_R^2+(U_L-U_C)^2}=\sqrt{U_R^2+U_X^2}$$

其中

$$U_X=|U_L-U_C|$$

【例 2-9】 电路如图 2.41(a)图所示是一移相电路，已知输入电压 $U_{in}=1V$，$f=1000Hz$，$C=0.01\mu F$，欲使输出电压 u_o较输入电压 u_{in}的相位滞后 60°，试求电路的电阻。

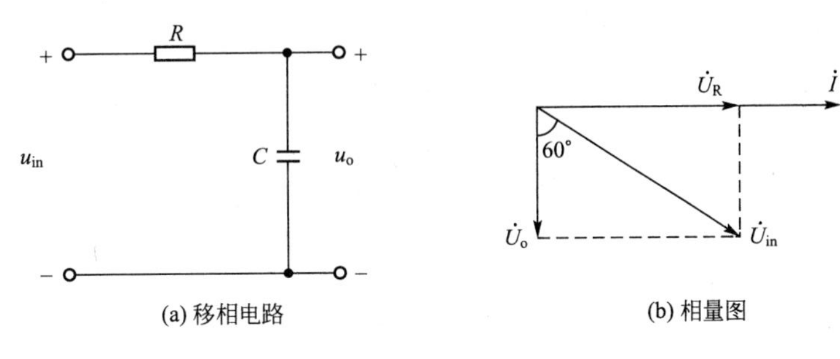

图 2.41　例 2.9

解法 1：

$$X_C=\frac{1}{2\pi fC}=\frac{1}{2\pi\times1000\times0.01\times10^{-6}}=15.9(k\Omega)$$

$$\dot{U}_o=-j\,\dot{I}X_C$$

$$\dot{U}_{in}=\dot{I}(R-jX_C)$$

$$\frac{\dot{U}_o}{\dot{U}_{in}}=\frac{-j\,\dot{I}X_C}{\dot{I}(R-jX_C)}=\frac{-jX_C}{R-jX_C}=\frac{X_C\angle-90^\circ}{\sqrt{R^2+X_C^2}\angle-\arctan(X_C/R)}$$

$$\varphi=-90^\circ+\arctan\frac{X_C}{R}=-60^\circ$$

欲使输出电压 u_o较输入电压 u_{in}的相位滞后 60°，则

$$\arctan\frac{X_C}{R}=30^\circ$$

即

$$\frac{X_C}{R}=\frac{\sqrt{3}}{3}$$

$$R=\sqrt{3}X_C=\sqrt{3}\times15.9=27.6(k\Omega)$$

解法 2： 以电流$\dot{I}$为参考正弦量，画出相量图如图 2.41(b)所示。从相量图得：

$$\tan60^\circ=\frac{U_R}{U_C}=\frac{R}{X_C}$$

所以

$$R=X_C\cdot\tan60^\circ=\frac{1}{2\pi fC}\tan60^\circ=\frac{1}{2\times3.14\times1000\times0.01\times10^{-6}}\sqrt{3}=27.6k\Omega$$

【例 2-10】 电路如图 2.42(a)图所示为正弦交流电路中的一部分，已知电压表 V_1 的读数为 6V，V_2 的读数为 8V，试求端口电压 U。

解法 1：以电流为参考相量，画出相量图如图 2.42(b)所示。

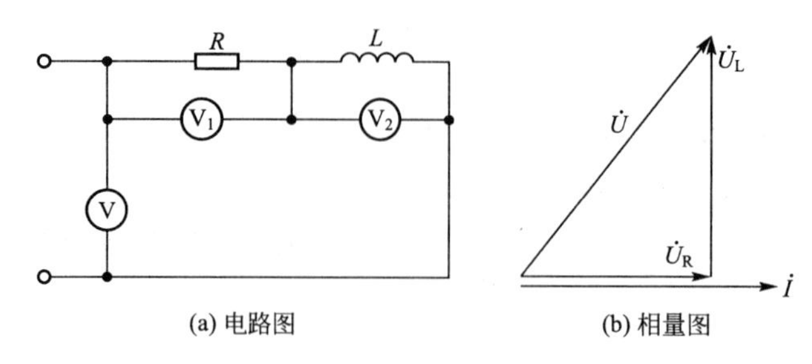

图 2.42　例 2.10 图

由相量图可见，$\dot{U}_R$、$\dot{U}_L$、$\dot{U}$三者组成一直角三角形，故得

$$U=\sqrt{U_R^2+U_L^2}=\sqrt{6^2+8^2}=10\ \text{V}$$

解法 2：可用相量法计算

设电流相量为$\dot{I}=I\angle 0°$，则

$$\dot{U}_R=6\angle 0°=6(\text{V})$$

$$\dot{U}_L=8\angle 90°=\text{j}8(\text{V})$$

由 KVL 得

$$\dot{U}=\dot{U}_R+\dot{U}_L=6+\text{j}8=10\angle 53.1°(\text{V})$$

2. *RLC* 并联电路

RLC 并联电路如图 2.43 所示，对于这种并联电路，应用所谓复导纳分析比较方便。

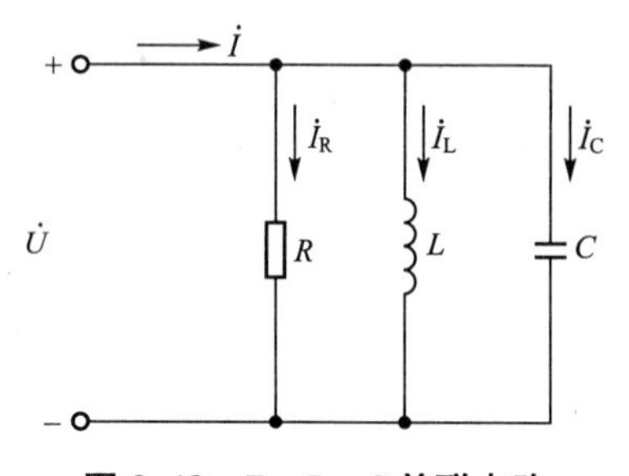

图 2.43　*R*、*L*、*C* 并联电路

电阻元件的电导为 $G=\dfrac{1}{R}$；类似地，电感元件的感纳为 $B_L=\dfrac{1}{\omega L}$；电容元件的容纳为 $B_C=\dfrac{1}{X_C}=\omega C$。

代入相量形式的 KCL 得

$$\dot{I}=\dot{I}_R+\dot{I}_C+\dot{I}_L=[G+\text{j}(B_C-B_L)]\dot{U}$$
$$=(G+\text{j}B)\dot{U}=Y\dot{U}$$

即

$$\dot{I}=Y\dot{U} \tag{2-41}$$

其中，$B=B_C-B_L$称电纳，$Y=G+\text{j}(B_C-B_L)$ 称复导纳，可简称导纳，单位为西门子(S)。

$$Y=G+\text{j}B \tag{2-42}$$

将 Y 写成指数形式，则

$$Y=\sqrt{G^2+B^2}\angle\arctan\frac{B}{G}=|Y|\angle\varphi'$$

其中

$$|Y|=\sqrt{G^2+B^2}\quad \varphi'=\arctan\frac{B}{G} \tag{2-43}$$

类似阻抗的概念，$|Y|$是复导纳Y的模，它等于此电路中电流的有效值与电压的有效值之比；φ'是复导纳的辐角，称为导纳角，它等于电流与电压的相位差角。即

$$|Y|=\frac{I}{U},\quad \varphi'=\varphi_i-\varphi_u$$

同理，复导纳Y决定了电流、电压的有效值大小和相位间的关系。复导纳的模$|Y|$和G及B也构成一个直角三角形，如图 2.44 所示，称为导纳三角形。

根据电路参数可得出RLC并联电路的性质：

a. 当$B_C>B_L$时，$\varphi'>0$，电流超前电压，电路呈容性；

b. 当$B_C<B_L$时，$\varphi'<0$，电流滞后电压，电路呈感性；

c. 当$B_C=B_L$时，$\varphi'=0$，电流与电压同相，电路呈阻性。

三种情况的相量图如图 2.45 所示。

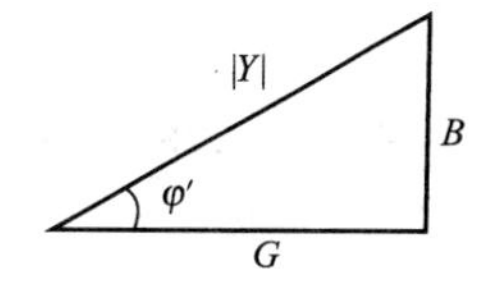

图 2.44　导纳三角形

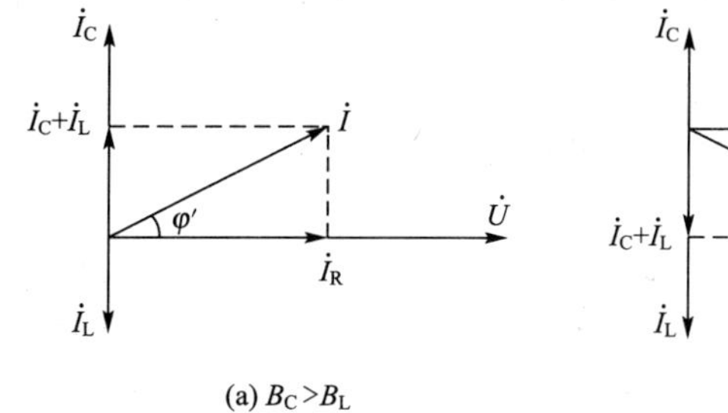

(a) $B_C>B_L$

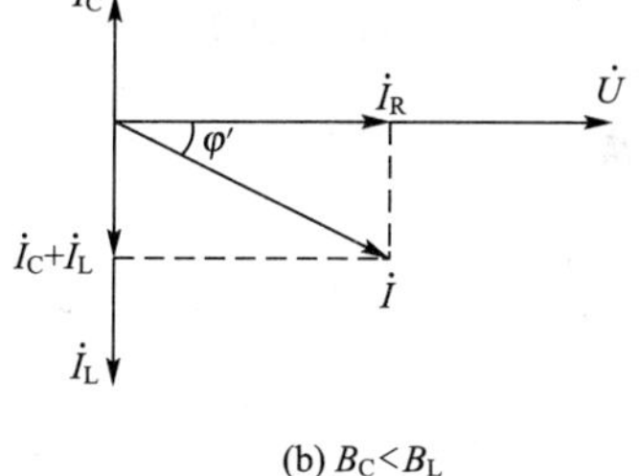

(b) $B_C<B_L$

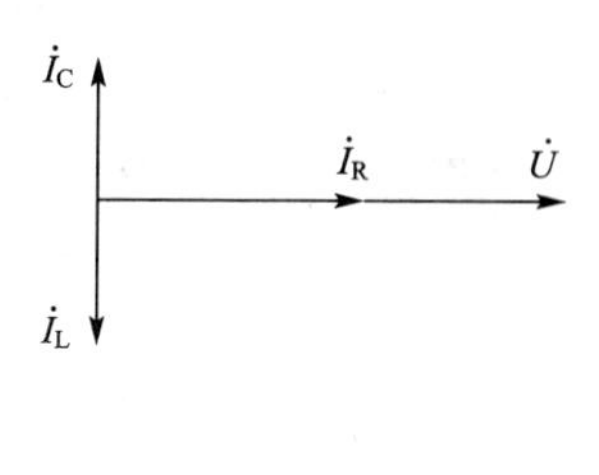

(c) $B_L=B_C$

图 2.45　*R*、*L*、*C* 并联电路的相量图

由图 2.45 可知，R、L、C并联电路，电流$\dot{I}_R$、$\dot{I}_L+\dot{I}_C$及$\dot{I}$三个相量组成一个直角三角形，称电流三角形。从电流三角形可得：

$$I=\sqrt{I_R^2+(I_C-I_L)^2} \tag{2-44}$$

【例 2-11】　电路如图 2.46(a)所示为正弦交流电路的一部分，已知电流表I_1的读数为 3A，I_2的读数为 4A，求电流表 A 的读数。

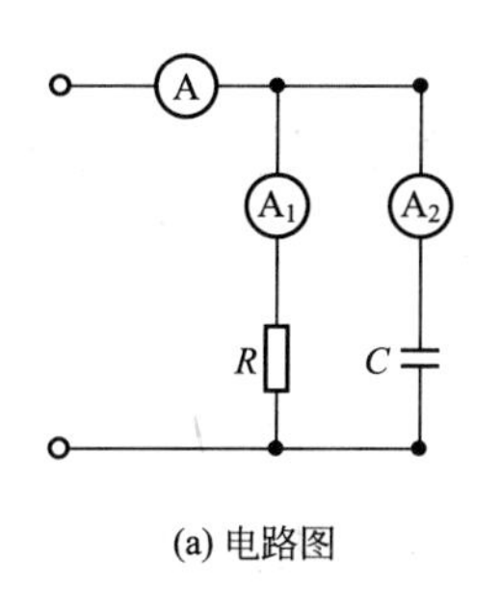

(a) 电路图

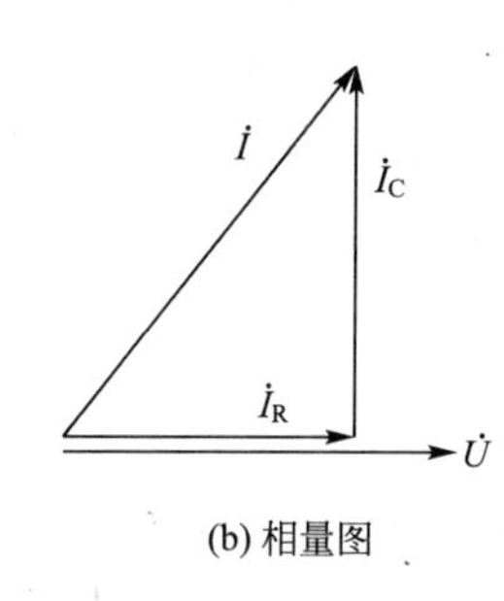

(b) 相量图

图 2.46　例 2.11

解法 1：以电压为参考相量，画出相量图如图 2.46(b)所示。

由相量图可见，$\dot{I}_R$、$\dot{I}_C$、$\dot{I}$三者组成一直角三角形，故得

$$I=\sqrt{I_R^2+I_C^2}=\sqrt{3^2+4^2}=5(\text{A})$$

解法 2：本例也可用相量法计算：设电压相量为$\dot{U}=U\angle 0°$，则

$$\dot{I}_R=3\angle 0°=3(\text{A})$$

$$\dot{I}_C=4\angle 90°=\text{j}4(\text{A})$$

由 KCL

$$\dot{I}=\dot{I}_R+\dot{I}_C=3+\text{j}4=5\angle 53.1°\text{A}$$

电流表的读数为 5A。

3. RLC 电路中的串联谐振

谐振是电路的一种特殊的工作状况，谐振现象在无线电和电工技术中得到广泛的应用，但谐振在有些场合下又有可能破坏系统的正常工作，因此，研究谐振现象有重要的意义。谐振按发生电路的不同可分为串联谐振和并联谐振。

(1) 串联谐振条件。

如图 2.47 所示，在 R、L、C 元件串联电路中，电路的复阻抗为

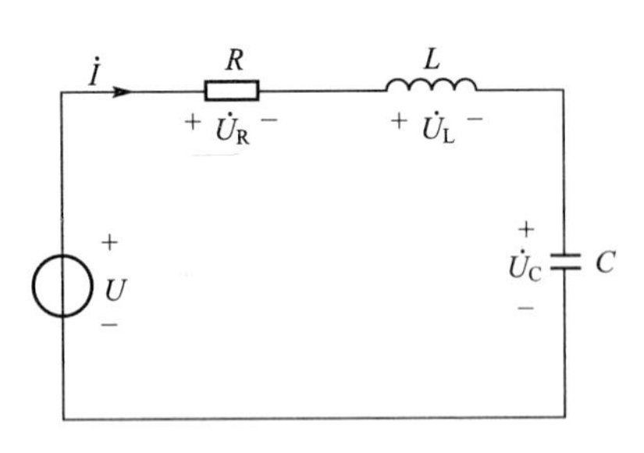

图 2.47　R、L、C 串联电路

$$Z=R+\mathrm{j}X=R+\mathrm{j}\left(\omega L-\frac{1}{\omega C}\right)$$

当 $X=\omega L-\frac{1}{\omega C}=0$ 时，整个电路的阻抗等于电阻 R，电压与电流同相，这种工作状况称为串联谐振。

$X=0$ 时对应的角频率称为串联谐振角频率，记作 ω_0，即有

$$\omega_0 L-\frac{1}{\omega_0 C}=0$$

所以

$$\omega_0=\frac{1}{\sqrt{LC}}$$

谐振频率为

$$f_0=\frac{1}{2\pi\sqrt{LC}} \tag{2-45}$$

式(2-45)即为 RLC 串联电路发生谐振的条件。改变 ω，L，C 中的任何一个量都可使电路达到谐振。

(2) 串联谐振特点。

1) 串联谐振电路为纯电阻性质，电流有效值 $I=\frac{U}{|Z|}=\frac{U}{R}=I_0$ 达最大，且 R 越小时 I 将越大。

2) 电感电压 U_L 和电容电压 U_C 都高于电源电压 U 的 Q 倍。

谐振时感抗和容抗的绝对值称之为串联谐振电路的特性阻抗，用符号 ρ 表示，它由电路的 L，C 参数决定。即

$$\rho=\omega_0 L=\frac{1}{\omega_0 C}=\sqrt{\frac{L}{C}}$$

式中，L 单位 H，C 为 F，ρ 为 Ω。

电工技术中将谐振电路的特性阻抗与回路电阻的比值定义为该谐振电路的品质因素，即

$$Q=\frac{\rho}{R}$$

其中，Q 是个无量纲的量，其大小可反映谐振电路的性能，它与电感、电容及电源上电压的关系为

$$\left.\begin{aligned}\dot{U}_L&=\mathrm{j}Q\dot{U}\\ \dot{U}_C&=-\mathrm{j}Q\dot{U}\end{aligned}\right\}$$

3）谐振时，电源提供的能量全部消耗在电阻上，电容和电感之间进行能量交换，二者和电源无能量交换。

电路的品质因数对谐振曲线影响很大。Q值越低，曲线愈平坦，经过谐振频率时不出现尖峰。而Q值愈高，曲线就愈尖锐，曲线在谐振频率处出现尖峰。曲线愈尖锐，说明当ω稍偏离ω_0时，电路中的电流就急剧减小。如图2.48所示谐振曲线(表示电流、电压与频率关系的曲线)，表明电路对非谐振的频率信号具有很强的抑制作用，选择性好。反之，Q值愈低，选择性差。例如收音机输入回路若出现选择性差的现象，就可能出现“混台”。

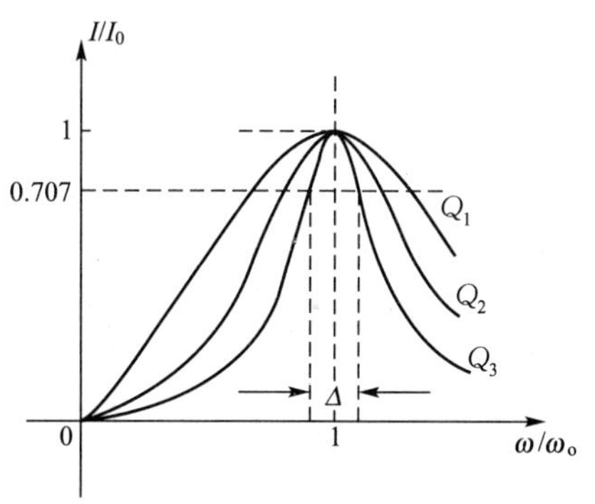

图2.48　谐振曲线($Q_1>Q_2>Q_3$)

工程上规定，在谐振电路中，当某频率信号在电路中所激起的电流不低于谐振电流I_0的0.707倍时，就认为该信号能够通过此电路。因此凡是位于谐振曲线上$I/I_0=0.707$的两点所对应频率范围内的信号均能通过电路。我们把这一频率范围称为通频带。

从图2.48可知，品质因数愈高，电路的选择性愈好，但通频带愈窄，通频带窄会引起失真现象。因此，在设计电路时，必须全面考虑。

(3) 串联谐振的应用。

在具有电感和电容元件的电路中，电路两端的电压与其中的电流一般是不同相的，如果调节电路的参数或电源的频率使它们同相，这时电路中就发生谐振现象。在电力工程中发生串联谐振时，如果电压过高时，可能会击穿线路中线圈和电容器的绝缘，所以应避免发生串联谐振。但在无线电工程中则常利用串联谐振以获得较高电压，电容或电感元件上的电压常高于电源电压几十倍或几百倍。

【例2-12】　收音机的输入回路可用RLC串联电路为其模型，其电感为0.233mH，可调电容的变化范围为42.5pF～360pF。试求该电路谐振频率的范围。

解　$C=42.5\text{pF}$时，谐振频率为

$$f_{01}=\frac{1}{2\pi\sqrt{LC}}=\frac{1}{2\pi\sqrt{0.233\times10^{-3}\times42.5\times10^{-12}}}\text{Hz}=1600\text{kHz}$$

$C=360\text{pF}$时的谐振频率为

$$f_{02}=\frac{1}{2\pi\sqrt{LC}}=\frac{1}{2\pi\sqrt{0.233\times10^{-3}\times360\times10^{-12}}}\text{Hz}=500\text{kHz}$$

所以此电路的调谐频率为550kHz～1600kHz。

任务实施

无线电技术中常应用RLC串联谐振电路的特性来选择电台信号。通常在收音机里采用如图2.49所示的谐振电路。把调谐回路中的电容C调节到某一值，RLC串联电路就具有一个固有的频率f_0。如果这时某电台的电磁波的频率正好等于收音机调谐电路的固有频率，就能收听该电台的广播节目，其他频率的信号被过滤掉，这样就实现了选择电台的目的。

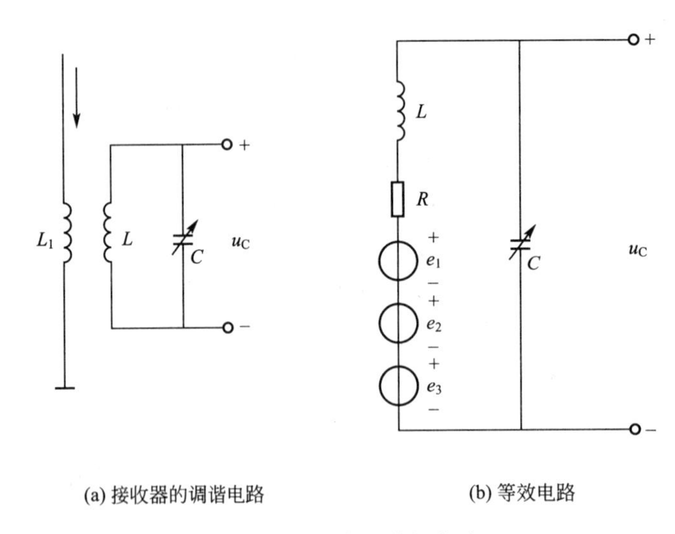

图 2.49　收音机谐振电路

任务小结

通过交流电路的分析，掌握正弦交流电路中各种基本元件的电压和电流的基本关系，熟练利用相量图分析交流电路中物理量的大小和相位，并能判断电路的性质。

思考与练习

1. 无源二端网络，电压与电流参考方向一致时，其端电压为 $u=200\sin(1000t+60°)$ V，其电流 $i=2\sin(1000t-30°)$ A，问该元件为哪种元件？其参数为多少？若只改变电流的参考方向，问此元件又为什么元件？其参数为多少？

2. 纯电感电路中无功功率用来反映电路中(　　)。

A. 纯电感不消耗电能的情况　　B. 消耗功率的多少

C. 能量交换的规模　　D. 无用功的多少

3. 电阻的大小与电源的频率无关，而感抗和容抗的大小与电源频率的关系是(　　)。

A. 感抗和容抗均与频率成正比

B. 感抗和容抗均与频率成反比

C. 感抗与频率成正比，容抗与频率成反比

D. 感抗与频率成反比，容抗与频率成正比

4. 把一个 100Ω 的电阻元件接到频率为 50Hz，电压有效值为 10V 的正弦电源上，问电流是多少？如保持电压值不变，而电源频率改变为 5000Hz，这时电流将为多少？

5. 某电阻可忽略的线圈接到 $f=50$Hz，220V 的工频电压上，其电流为 4.9A，试求其电感及无功功率；若将此线圈接到 5000Hz，220V 的电压上，则流过线圈的电流为多少？

6. 一只电容量 0.47μF 的电容器，接到 $u=\sqrt{2}10\sin(1000t+30°)$ V 的电压上，选定电压、电流参考方向一致。求流过电容器的电流 i 的表达式，并画出电压、电流相量图。

7. 电路如图 2.50 所示，$R=5\Omega$，$L=0.05$H，$\dot{I}=1$A，$\omega=200$rad/s，试求$\dot{U}_R$、$\dot{U}_L$和$\dot{U}_S$，并做出相量图。

8. RC 移相电路如图 2.51 所示，$C=0.1\mu F$，输入电压 $u_{in}=\sqrt{2}\sin 1000t(V)$，欲使输出电压 u_o比输入电压超前 45°，电阻应为多大？输出电压的有效值为多少？

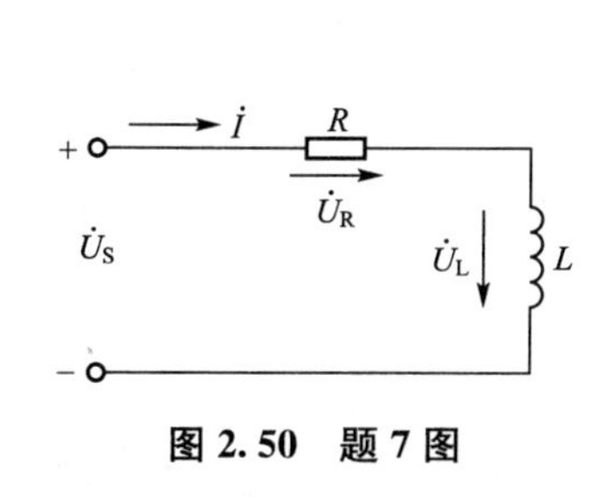

图 2.50 题 7 图

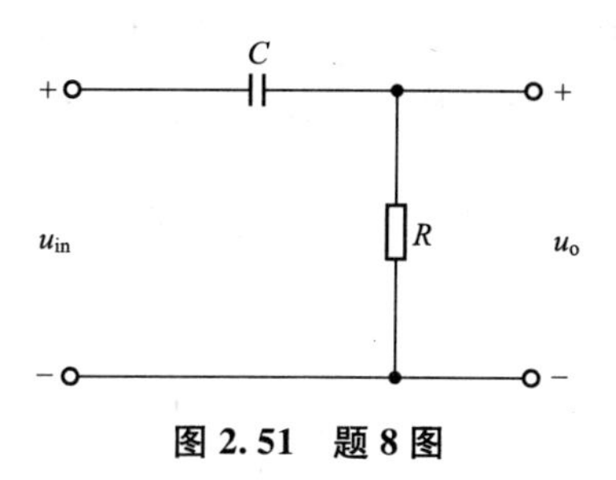

图 2.51 题 8 图

9. 已知图 2.52 示电路中电压表的读数 V_1 为 6V，V_2 为 8V，V_3 为 14V，电流表的读数 A_1 为 3A，A_2 为 8A，A_3 为 4A。求电压表 V 和电流表 A 的读数。

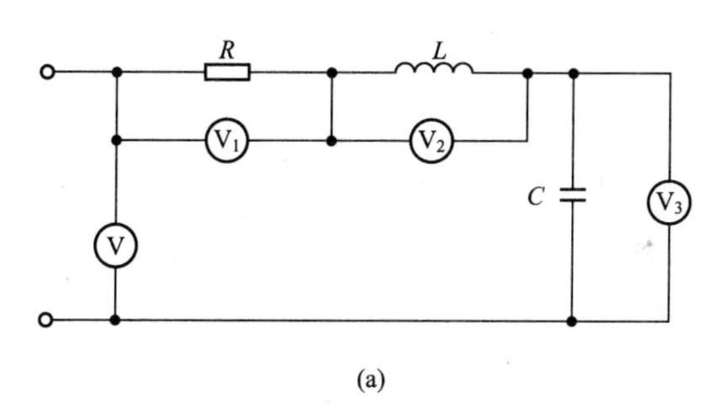

(a)

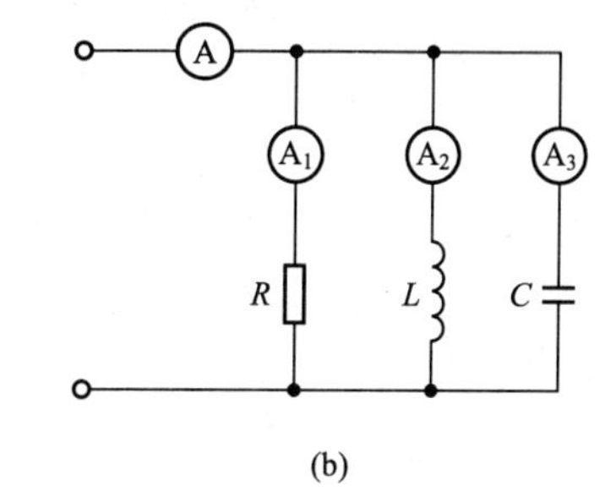

(b)

图 2.52 题 9 图

10. 在 R、L、C 串联电路中，已知 $R=10\Omega$，$X_L=j15\Omega$，$X_C=-j5\Omega$，电源电压 $u=10\sin(314t+30°)V$。求此电路的复阻抗 Z，电流$\dot{I}$，电压$\dot{U}_R$、$\dot{U}_L$、$\dot{U}_C$，并画出相量图。

11. 已知 RLC 并联电路如图 2.53 所示，电源电压$\dot{U}=120\angle 0°V$，$f=50Hz$。试求(1)各支路电流及总电流；(2)电路的功率因数，电路呈电感性还是电容性？(已知 $R=10\Omega$，$X_L=20\Omega$，$X_C=5\Omega$)

12. 有三个复阻抗 $Z_1=40+j15\Omega$，$Z_2=20-j20\Omega$，$Z_3=60+j80\Omega$ 相串联，电源电压 $\dot{U}=100\angle 30°(V)$。试计算：

(1)总的复阻抗 Z；(2)电路的电流$\dot{I}$；(3)各阻抗电压 $\dot{U}_1$、$\dot{U}_2$、$\dot{U}_3$，并画出相量图。

13. 电路如图 2.54 所示，已知$\dot{U}_{S1}=50\angle 90°V$，$\dot{U}_{S2}=50\angle 0°V$ $R_1=5\Omega$，$R_2=2\Omega$，$X_L=5\Omega$。试用支路电流法求各支路电流$\dot{I}_1$、$\dot{I}_2$和$\dot{I}_3$。

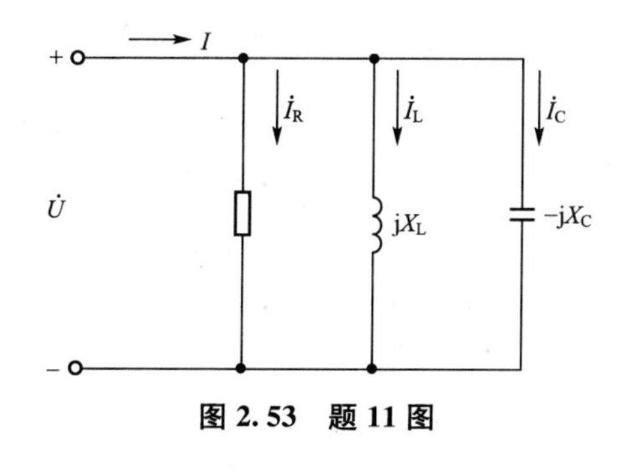

图 2.53 题 11 图

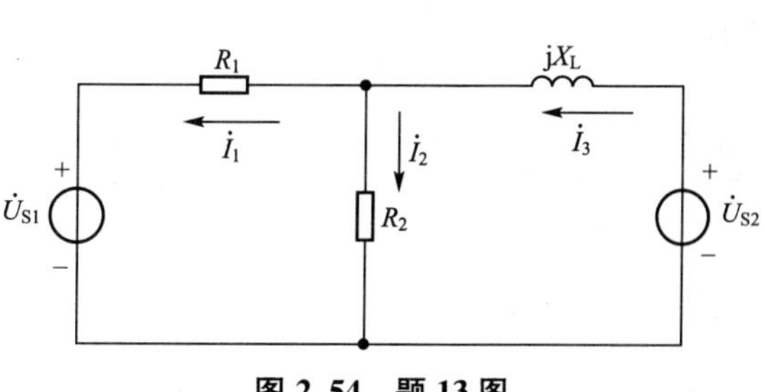

图 2.54 题 13 图

14. 电路如图 2.55，已知 $R_1=4\Omega$，$R_2=3\Omega$，$R_3=5\Omega$，$X_{L1}=3\Omega$，$X_{L3}=4\Omega$，$X_{C1}=1\Omega$，$X_{C2}=3\Omega$，$\dot{E}_1=100\angle 0°\text{V}$，$\dot{E}_2=50\angle 30°\text{V}$。试用戴维南定理求流过电阻 R_3 的电流。

15. 电路如图 2.56 所示，该电路处于谐振状态，电流表的读数 $I_1=15\text{A}$，$I=12\text{A}$，求电流表 A_2 的读数。

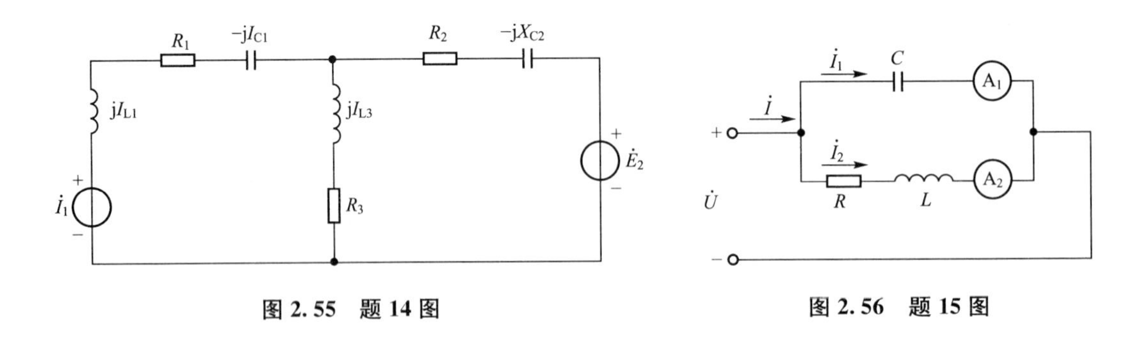

图 2.55　题 14 图　　　图 2.56　题 15 图

任务 2.4　交流电路中功率的计算

学习目标	(1) 掌握正弦交流电路瞬时功率、有功功率、视在功率及无功功率的概念； (2) 了解功率因数的含义，掌握提高功率因数的方法。

任务引入

在工程上经常提到功率因数的概念，功率因数与功率有何关系，而负载要求功率因数高还是低？为什么需要提高功率因数，并采用并联电容器方法？在人工补偿时，并联电容器是不是越多越好？一般情况下很难做到完全补偿，功率因数补偿为感性好，还是容性好？

任务分析

直流电路计算功率并没有提到功率因数，但是在交流电路中储能元件 L 和 C 的作用，功率的计算需要考虑线路的功率因数。对于电压和功率一定的感性负载，其功率因数越低，则工作电流越大，这将使电源设备的容量不能得到充分的利用，供电线路的能量消耗增加，供电效率降低。

相关知识

2.4.1　瞬时功率

设有某二端网络，电压、电流参考方向如图 2.57 所示，则网络在任一瞬间时吸收的

功率即瞬时功率为

$$p=u(t)i(t)$$

设

$$u(t)=\sqrt{2}U\sin(\omega t+\varphi)$$

$$i(t)=\sqrt{2}I\sin\omega t$$

其中 φ 为电压与电流的相位差。

$$p(t)=u(t)\cdot i(t)=\sqrt{2}U\sin(\omega t+\varphi)\cdot\sqrt{2}I\sin\omega t=UI\cos\varphi-UI\cos(2\omega t+\varphi) \quad (2-46)$$

其波形图如图 2.58 所示。

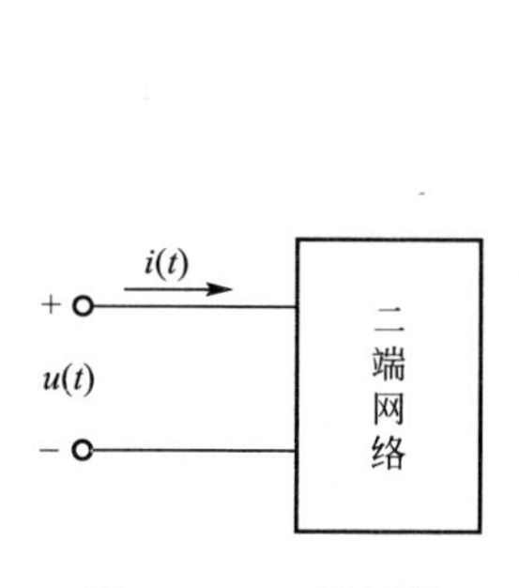

图 2.57　二端网络

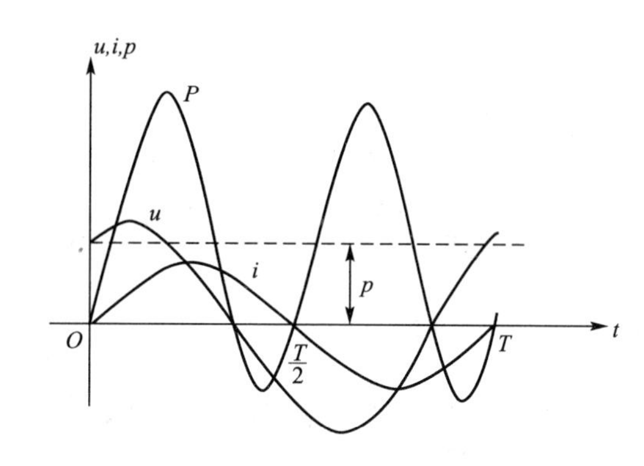

图 2.58　瞬时功率波形图

瞬时功率为正值时，表示网络从外部接受能量；为负值时，表示向外部发出能量。如果所考虑的二端网络内不含有独立源，这种能量交换的现象就是网络内储能元件引起的。

2.4.2　有功功率

定义二端网络所吸收的平均功率 P 为瞬时功率 $p(t)$ 在一个周期内的平均值，即

$$P=\frac{1}{T}\int_0^T p\mathrm{d}t$$

将表达(2-46)代入上式得

$$P=\frac{1}{T}\int_0^T[UI\cos\varphi-UI\cos(\omega t+\varphi)]\mathrm{d}t=UI\cos\varphi \quad (2-47)$$

工程上将平均功率，即电压、电流的有效值和电压、电流相位差角余弦的乘积称为正弦交流电路的有功功率。

2.4.3　视在功率和无功功率

在一般情况下，二端网络的 $Z=R+\mathrm{j}X$，$\varphi=\mathrm{arctg}\dfrac{X}{R}$，$\cos\varphi\neq0$，即 $P=UI\cos\varphi$。

二端网络两端的电压 U 和电流 I 的乘积 UI 称为该网络的视在功率，表示设备的容量，用符号 S 来表示，即

$$S=UI \quad (2-48)$$

为区别有功功率，视在功率的单位为伏安(VA)。

视在功率在工程上也称为容量，例如一台变压器的容量为 4000kVA，而此变压器能输出多少有功功率，要视负载的功率因数而定。

在正弦交流电路中，除了有功功率和视在功率外，无功功率也是一个重要的量。电力系统正常运行与无功功率有着密切的关系。而无功功率是用来衡量电源与储能元件间的能量交换，因此无源二端网络的无功功率就等于等效电抗中的无功功率。即

$$Q=U_X I$$

而

$$U_X=U\sin\varphi$$

所以无功功率

$$Q=UI\sin\varphi \tag{2-49}$$

当 $\varphi=0$ 时，二端网络为一等效电阻，电阻总是从电源吸收能量，没有能量的交换；

当 $\varphi\neq0$ 时，说明二端网络中有储能元件，因此，二端网络与电源间存在能量的交换。对于感性负载，电压超前电流，$\varphi>0$，$Q>0$；对于容性负载，电压滞后电流，$\varphi<0$，$Q<0$。

2.4.4 功率因数及其意义

有功功率表达式(2-47)中的 $\cos\varphi$ 称为二端网络的功率因数，常用 λ 表示，即 $\lambda=\cos\varphi$，φ 称为功率因数角。

在二端网络为纯电阻情况下，$\varphi=0$，功率因数 $\cos\varphi=1$，网络吸收的有功功率 $P_R=UI$；当二端网络为纯电抗情况下，$\varphi=\pm90°$，功率因数 $\cos\varphi=0$，则网络吸收的有功功率 $P_X=0$。

可见，电源设备的额定输出功率为 $P_N=S_N\cos\varphi$，它除了决定于自身容量外，还与负载功率因数有关。若负载功率因数低，电源输出功率将减小，这显然对供用电双方都是不利的。因此为了充分利用电源设备的容量，应该设法提高负载网络的功率因数。

另外，若负载功率因数低，电源在供给有功功率的同时，还要提供足够的无功功率，致使供电线路电流增大，从而造成线路上能耗增大。可见，提高功率因数有很大的经济意义。

现实中，功率因数不高的原因，主要是由于大量电感性负载的存在。工厂生产中广泛使用的三相异步电动机就相当于电感性负载。为了提高功率因数，可以从两个方面来着手：①改进用电设备的功率因数，但这主要涉及更换或改进设备；②在感性负载的两端并联适当大小的电容器。

下面分析利用并联电容器来提高功率因数的方法。

原负载为感性负载，其功率因数为 $\cos\varphi_1$，电流为 $\dot{I}_1$，在其两端并联电容器 C，电路如图 2.59 所示，并联电容以后，并不影响原负载的工作状态。从相量图可知由于电容电流补偿了负载中的无功电流。使总电流减小，电路的总功率因数提高了。

设一感性负载的端电压为 U，功率为 P，功率因数 $\cos\varphi_1$，为了使功率因数提高到 $\cos\varphi$，可推导所需并联电容 C 的计算公式为

$$I_1\cos\varphi_1=I\cos\varphi=\frac{P}{U}$$

流过电容的电流

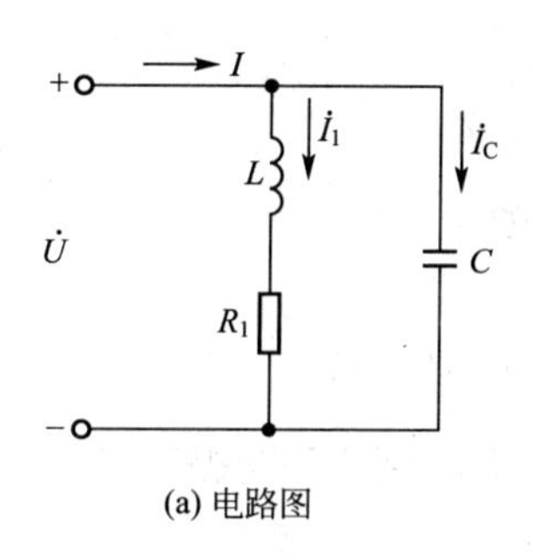

(a) 电路图

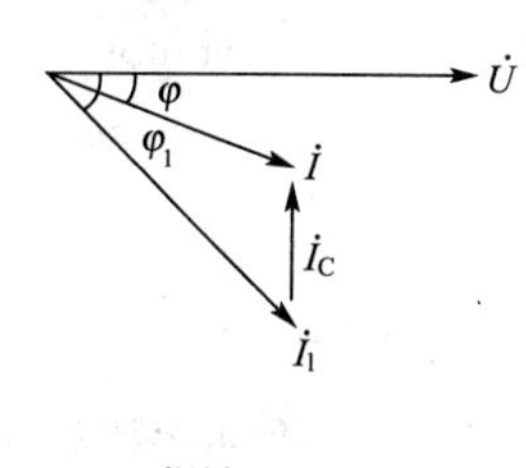

(b) 相量图

图 2.59 并联电容提高功率因数

$$I_C=I_1\sin\varphi_1-I\sin\varphi=\frac{P}{U}(\tan\varphi_1-\tan\varphi)$$

又因

$$I_C=U\omega C$$

所以

$$C=\frac{P}{\omega U^2}(\tan\varphi_1-\tan\varphi) \tag{2-50}$$

【例 2-13】 两个负载并联，接到 220V、50Hz 的电源上。一个负载的功率 $P_1=2.8\text{kW}$，功率因数 $\cos\varphi_1=0.8$(感性)，另一个负载的功率 $P_2=2.42\text{kW}$，功率因数 $\cos\varphi_2=0.5$(感性)。试求：(1)电路的总电流和总功率因数；(2)电路消耗的总功率；(3)要使电路的功率因数提高到 0.92，需并联多大的电容？此时，电路的总电流为多少？(4)再把电路的功率因数从 0.92 提高到 1，需并联多大的电容？

解 (1)

$$I_1=\frac{P_1}{U\cos\varphi_1}=\frac{2800}{220\times0.8}=15.9(\text{A})$$

$$\cos\varphi_1=0.8 \quad \varphi_1=36.9°$$

(2)

$$I_2=\frac{P_2}{U\cos\varphi_2}=\frac{2420}{220\times0.5}=22(\text{A})$$

$$\cos\varphi_1=0.5 \quad \varphi_1=60°$$

设电源电压

$$\dot{U}=220\angle0°(\text{V})$$

则

$$\dot{I}_1=15.9\angle36.9°(\text{A})$$

$$\dot{I}_2=22\angle60°(\text{A})$$

$$\dot{I}=\dot{I}_1+\dot{I}_2=15.9\angle-36.9°+22\angle-60°=37.1\angle-50.3°(\text{A})$$

$$I=37.1(\text{A})$$

$$\varphi'=50.3° \quad \cos\varphi'=0.64$$

$$P=P_1+P_2=2.8+2.42=5.22(\text{kW})$$

(3)

$$\cos\varphi=0.92 \quad \varphi=23.1°$$

$$\cos\varphi'=0.64 \quad \varphi'=50.3°$$

$$C=\frac{P}{\omega U^2}(\tan50.3°-\tan23.1°)=0.00034(1.2-0.426)=263(\mu\text{F})$$

$$I=\frac{P}{U\cos\varphi}=\frac{5220}{220\times0.92}=25.8(\mathrm{A})$$

（4）
$$\cos\varphi'=0.92\quad\varphi'=23.1^\circ$$
$$\cos\varphi=1\quad\varphi=0^\circ$$

$$C'=\frac{P}{\omega U^2}(\tan23.1^\circ-\tan0^\circ)=0.00034(0.426-0)=144.8(\mu\mathrm{F})$$

由上例计算可以看出，将功率因数从 0.92 提高到 1，仅提高了 0.08，补偿电容需要 144.8μF，将增大设备的投资。

任务实施

在正弦交流电路中，有功功率 $P=UI\cos\varphi$ 和视在功率 $S=UI$ 外，无功功率 $Q=UI\sin\varphi$ 也是很重要的量。

任务小结

在正弦交流电路中，有功功率和视在功率外，无功功率是很重要的量。电力系统正常运行与无功功率有着密切的关系。

在实际生产中并不要把功率因数提高到 1，因为这样做需要并联的电容较大，功率因数提高到什么程度为宜，只能在作具体的技术经济比较之后才能决定。通常只将功率因数提高到 0.9～0.95 之间。

思考与练习

1. 一线圈 $R=3\Omega$，$L=12.73\mathrm{mH}$，接到 50Hz，220V 的电源上，试求电路的功率因数、有功功率、无功功率、视在功率。

2. 对于正弦交流电路，以下关于功率描述正确的是(　　)。

A. $S=P+Q$　　B. $S=\sqrt{P^2+Q^2}$

C. $S=P^2+Q^2$　　D. $S=P-Q$

3. 在交流电路中，负载的功率因数决定于电路(　　)。

A. 负载两端所加的电压　　B. 负载本身的参数

C. 负载的接线方式(Y/△)　　D. 负载功率的大小

4. 一个无源二端网络，其外加电压为 $u=100\sqrt{2}\sin(10000t+60^\circ)(\mathrm{V})$，通过的电流为 $i=2\sqrt{2}\sin(10000t+120^\circ)(\mathrm{V})$，则该二端网络的等效阻抗，功率因数是(　　)。

A. 50Ω、0.5　　B. 50Ω、−0.5

C. 50Ω、0.866　　D. 50Ω、−0.866

5. 试判断以下说法是否正确。

(1) 电源提供的视在功率越大，表示负载取用的有功功率越大。

(2) 交流电路中，负载获得最大功率的条件是：$Z=Z_0$。

(3) 在电感性负载上并联一个合适的电容器后，可使线路中的总阻抗增大。

(4) 感性负载两端并联一个合适的电容后可使总电流减小。

任务 2.5 三相交流电路的联结

<table>
<tr><td>学习目标</td><td>(1) 掌握对称三相电路负载星形和三角形联结特点；
(2) 掌握三相对称电路相电压、线电压、及相电流、线电流的关系；
(3) 结合实际电路，了解三相对称与不对称电路中中性线的作用；
(4) 学会分析三相对称电路并结合实际电路，熟悉几种典型三相不对称电路的计算；
(5) 会计算对称三相电路功率。</td></tr>
</table>

发电站由三相交流发电机发出三相交流电，通过三相输电线传输、分配给不同的用户。不同的用户用电设备不同，如：工厂的用电设备一般为三相低压用电设备，且功率较大；家庭用电设备一般为单相低压用电设备，功率较小。那么，三相三线制供电方式和三相四线制供电方式，它们有何不同？电路如何连接？本章将分对称和不对称两种电路情况来研究这些问题。

任务引入

在三相四线制联结的电路中，采用三功率表法测量三相负载的功率。因为有中线，可以方便地用功率表分别测量各相负载的功率，将测得的结果相加就可以得到三相负载的功率。若负载对称，只需测出一相负载的功率乘 3 即可得三相负载的功率。

若采用三相三线联结的电路，由于没有中线，直接测量各相负载的功率不方便，通常采用二功率表测量三相负载的功率。二功率表法的测量电路如图 2.60 所示。

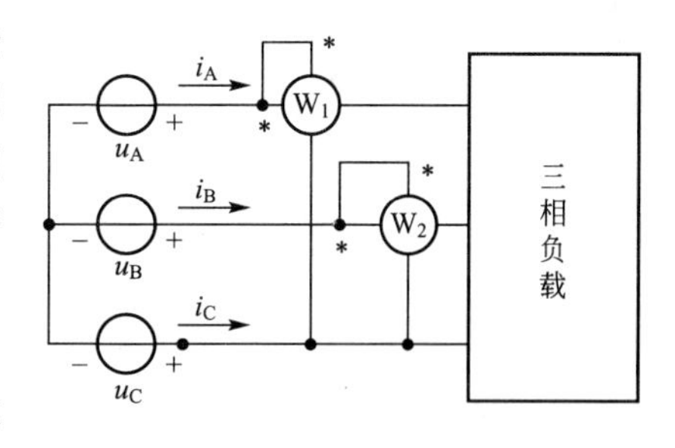

图 2.60 二功率表法测量电路

任务分析

三相电源和负载的联结方式的不同，构成测量、供电和用电的不同组合。

相关知识

2.5.1 对称三相电路的分析

生产及生活中普遍使用的交流电源由三相交流发电机发电而来的，实际的交流发电机有三个绕组，六个接线端。如果这三相电源分别用输电线向负载供电，则需六根输电线(每相用两根输电线)，这样很不经济。目前采用的是将三相交流电按照一定的方式，连接成一个整体向外送电，形成三相交流电源，简称三相电源。由这种电源供电的电路叫做三相交流电路，简称三相电路。组成三相交流电路的每一相电路是单相交流电路。整个三相

交流电路则是由三个单相交流电路所组成的复杂电路，它的分析方法是以单相交流电路的分析方法为基础的。

对称三相电路是由对称三相电源和对称三相负载联结组成。电力系统的负载，从它们的使用方法来看，可以分成两类，一类是像照明灯具这样有两根出线的，称为单相负载。电风扇、收音机、单相电动机等都是单相负载。另一类是像三相电动机这样的有三个接线端的负载，称为三相负载。

三相电路按电源和负载接成Y形还是△形，分为Y_0/Y_0、Y/Y、Y/△、△/Y和△/△五种联结组。其中斜杠左边表示电源的连接，右边表示负载的连接；下标“0”表示有中性线，否则表示无中性线。三相电路中，一般电源均为对称的，如果三相负载是对称的，则该电路为对称三相电路。所谓对称三相负载是指三相负载的三个复阻抗相同。三相负载一般也接成星形或三角形，如图2.61所示。反之，任一部分的不对称，就形成不对称电路。

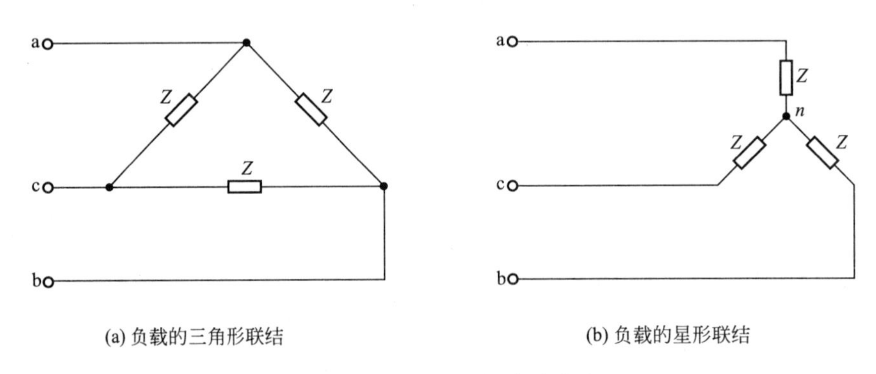

(a) 负载的三角形联结　　(b) 负载的星形联结

图2.61　对称三相负载的联结

1. 星形-星形系统

(1) Y_0/Y_0三相四线制。如图2.62所示，三相电源作星形联结。三相负载也作星形联结，且有中线。这种联结称Y_0/Y_0联结的三相四线制。

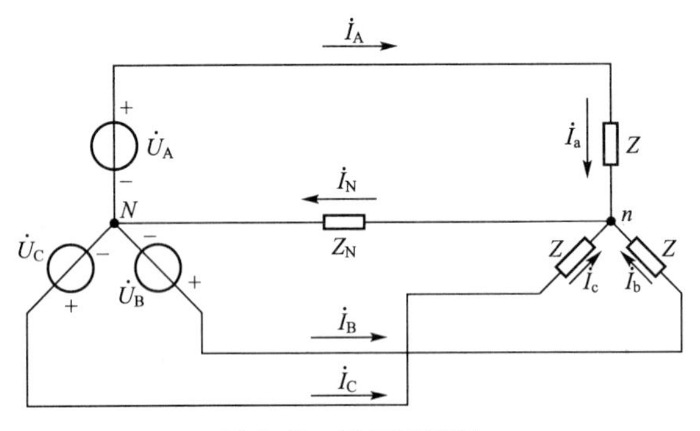

图2.62　三相四线制

设每相负载阻抗均为$Z=|Z|\angle\varphi$。N为电源中点，n为负载的中点，N_n为中线。设中线的阻抗为Z_N。每相负载上的电压称为负载相电压，用$\dot{U}_{an}$，$\dot{U}_{bn}$，$\dot{U}_{cn}$表示；负载端线之间的电压称为负载的线电压，用$\dot{U}_{ab}$，$\dot{U}_{bc}$，$\dot{U}_{ca}$表示。各相负载中的电流称为相电流，用$\dot{I}_a$，$\dot{I}_b$，$\dot{I}_c$表示；火线中的电流称为线电流，用$\dot{I}_A$，$\dot{I}_B$，$\dot{I}_C$表示。线电流的参考方向从电源端指向负载端，中线电流$\dot{I}_N$的参考方向从负载端指向电源端。对于负载Y联结的电路，线电流$\dot{I}_A$就是相电流$\dot{I}_a$。

三相电路实际上是一个复杂正弦交流电路，采用节点法分析此电路可得：$\dot{U}_{nN}=0$

结论是负载中点与电源中点等电位，它与中线阻抗的大小无关。由此可得

$$\begin{cases}\dot{U}_{an}=\dot{U}_{A}\\ \dot{U}_{bn}=\dot{U}_{B}\\ \dot{U}_{cn}=\dot{U}_{C}\end{cases} \tag{2-51}$$

式(2－51)表明：负载相电压等于电源相电压(在忽略输电线阻抗时)，即负载三相电压也为对称三相电压。同时，各相负载的电压和电流均由该相的电源和负载决定，与其他两相无关，各相具有独立性。若以$\dot{U}_A$为参考相量，则线电流为

$$\dot{I}_A=\frac{\dot{U}_{an}}{Z}=\frac{\dot{U}_A}{Z}=\frac{U_p}{|Z|}\angle-\varphi$$

$$\dot{I}_B=\frac{\dot{U}_{bn}}{Z}=\frac{\dot{U}_B}{Z}=\frac{U_p}{|Z|}\angle-\varphi-120°$$

$$\dot{I}_C=\frac{\dot{U}_{cn}}{Z}=\frac{\dot{U}_C}{Z}=\frac{U_p}{|Z|}\angle-\varphi+120°$$

对称 Y_0/Y_0电路的计算步骤可总结如下。

① 先进行一个相的计算(如 A 相)，首先根据电源找到该相的相电压，算出$\dot{I}_A$；

② 根据对称性，推知其他两相电流$\dot{I}_B$，$\dot{I}_C$；

③ 根据三相电流对称，中线电流$\dot{I}_N=\dot{I}_A+\dot{I}_B+\dot{I}_C=0$。

(2) Y/Y 三相三线制。以上分析的对称电路中，中线电流$\dot{I}_N=\dot{I}_A+\dot{I}_B+\dot{I}_C=0$。可见，去掉中线由三相四线联结变为三相三线(Y－Y 联结)的电路，都不会影响各相负载的电流和电压。

所以负载的线电压与相电压的关系同电源的线电压与相电压的关系相同。

$$\left.\begin{aligned}\dot{U}_{ab}=\sqrt{3}\dot{U}_{an}\angle30°\\ \dot{U}_{bc}=\sqrt{3}\dot{U}_{bn}\angle30°\\ \dot{U}_{ca}=\sqrt{3}\dot{U}_{cn}\angle30°\end{aligned}\right\} \tag{2-52}$$

即

$$U'_l=\sqrt{3}U'_p \tag{2-53}$$

式中，U'_l，U'_p为负载的线电压和相电压。当忽略输电线阻抗时，$U'_l=U_l$，$U'_p=U_p$。

[小结]

a. 线电压、相电压，线电流、相电流都是对称的。

b. 线电流等于相电流。

c. 线电压等于$\sqrt{3}$倍的相电压。

【例 2－14】 某对称三相电路，负载为 Y 形联结，三相三线制，其电源线电压为 380V，每相负载阻抗 $Z=8+j6\Omega$，忽略输电线路阻抗。求负载每相电流，画出负载电压和电流相量图。

解 已知 $U_l=380V$，负载为 Y 形联结，其电源无论是 Y 形还是△形联结，都可用等效的 Y 形联结的三相电源进行分析。

电源相电压

$$U_p=\frac{380}{\sqrt{3}}=220(V)$$

设 $$\dot{U}_A=220\angle 0^\circ(\mathrm{V})$$

则 $$\dot{I}_A=\frac{\dot{U}_A}{Z}=\frac{220\angle 0^\circ}{8+\mathrm{j}6}=22\angle 36.9^\circ(\mathrm{A})$$

根据对称性可得

$$\dot{I}_B=22\angle -36.9^\circ-120^\circ=22\angle -156.9^\circ(\mathrm{A})$$

$$\dot{I}_C=22\angle -36.9^\circ+120^\circ=22\angle 83.1^\circ(\mathrm{A})$$

相量图如图 2.63 所示。

2. 星形-三角形系统

电源星形而负载作三角形联结，组成星形-三角形系统。实际上，不管电源是星形联结还是三角形联结，与负载相联的三个电源一定是线电压，如图 2.64 所示。

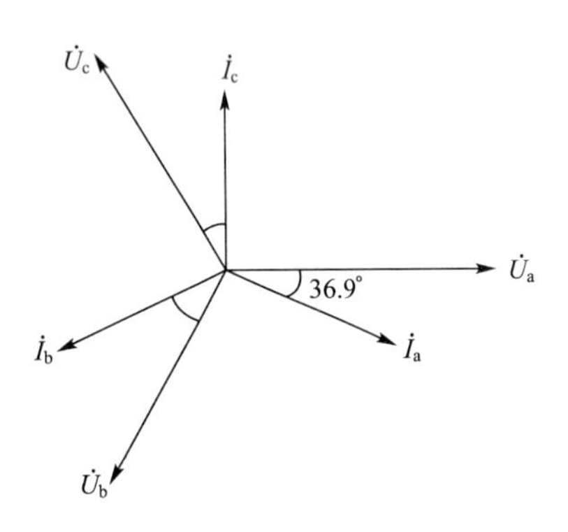

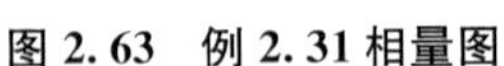
图 2.63 例 2.31 相量图

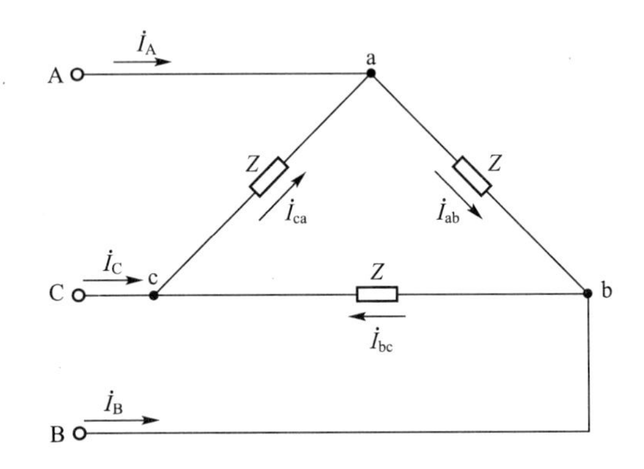

图 2.64 负载三角形联结的对称三相电路

设 $Z=|Z|\angle\varphi$，三相负载相同，其负载线电流为 $\dot{I}_A$、$\dot{I}_B$、$\dot{I}_C$，相电流为 $\dot{I}_{ab}$、$\dot{I}_{bc}$、$\dot{I}_{ca}$。

设 $\dot{U}_{AB}=U_1\angle 0^\circ\mathrm{V}$，当忽略输电线阻抗时，负载线电压等于电源线电压。负载的相电流为

$$\dot{I}_{ab}=\frac{\dot{U}_{ab}}{Z}=\frac{\dot{U}_{AB}}{Z}=\frac{U_1}{|Z|}\angle-\varphi$$

$$\dot{I}_{bc}=\frac{\dot{U}_{bc}}{Z}=\frac{\dot{U}_{BC}}{Z}=\frac{U_1}{|Z|}\angle-\varphi-120^\circ \tag{2-54}$$

$$\dot{I}_{ca}=\frac{\dot{U}_{ca}}{Z}=\frac{\dot{U}_{CA}}{Z}=\frac{U_1}{|Z|}-\varphi+120^\circ$$

线电流为
$$\dot{I}_A=\dot{I}_{ab}-\dot{I}_{ca}=\sqrt{3}\dot{I}_{ab}\angle-30^\circ$$

$$\dot{I}_B=\dot{I}_{bc}-\dot{I}_{ab}=\sqrt{3}\dot{I}_{bc}\angle 30^\circ \tag{2-55}$$

$$\dot{I}_C=\dot{I}_{ca}-\dot{I}_{bc}=\sqrt{3}\dot{I}_{ca}\angle-30^\circ$$

[小结]

a. 相电压、线电压，相电流、线电流均对称。

b. 每相负载上的线电压等于相电压。

c. 线电流大小的有效值等于相电流有效值的$\sqrt{3}$倍。（且线电流滞后相应的相电流 30°。）电压、电流相量图如图 2.65 所示。

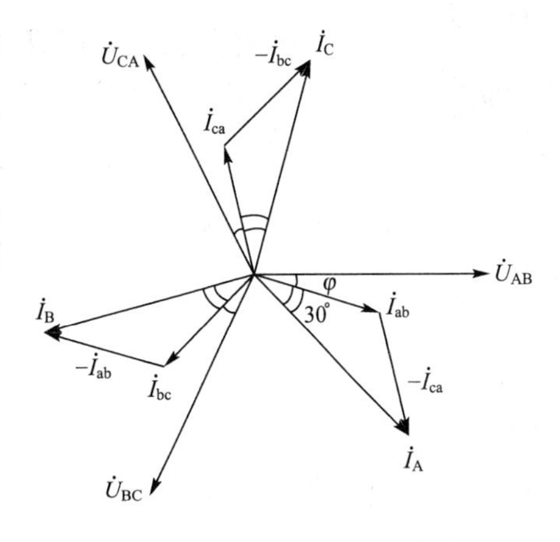

图 2.65　电压、电流相量图

【例 2-15】 已知负载△联结的对称三相电路，电源为 Y 形联结，其相电压为 110V，负载每相阻抗 $Z=4+j3\Omega$。求负载的相电压和线电流。

解　电源线电压

$$U_l=\sqrt{3}U_p=\sqrt{3}\times110=190\text{V}$$

设

$$\dot{U}_{AB}=190\angle0°\text{V}$$

则相电流

$$\dot{I}_{ab}=\frac{\dot{U}_{AB}}{Z}=\frac{190\angle0°}{4+j3}=38\angle-36.9°\text{A}$$

根据对称性得

$$\dot{I}_{bc}=38\angle-156.9°\text{A}$$

$$\dot{I}_{ca}=38\angle83.1°\text{A}$$

线电流　$$\dot{I}_A=\sqrt{3}\dot{I}_{ab}\angle-30°=\sqrt{3}\times38\angle-36.9°-30°=66\angle-66.9°\text{A}$$

$$\dot{I}_B=66\angle-186.9°=66\angle173.1°\text{A}$$

$$\dot{I}_C=66\angle53.1°\text{A}$$

负载三角形连接的电路，还可以利用阻抗的 Y-△等效变换，将负载变换为星形联结，再按 Y-Y 联结的电路进行计算。

2.5.2　不对称三相电路

在三相电路中，不对称主要是指负载不对称。三相异步电动机作为动力负载，当接到电网上运行后，如果出现断相，或其三相绕组中因接线错误出现短路，都使电路处于不对称运行状态。日常照明电路也属于不对称电路。

图 2.66 所示三相四线制电路中，负载不对称，假设中线阻抗为零，则每相负载上的电压一定等于该相电源的相电压，而三相电流由于负载阻抗不同而不对称。即负载相电压对称为

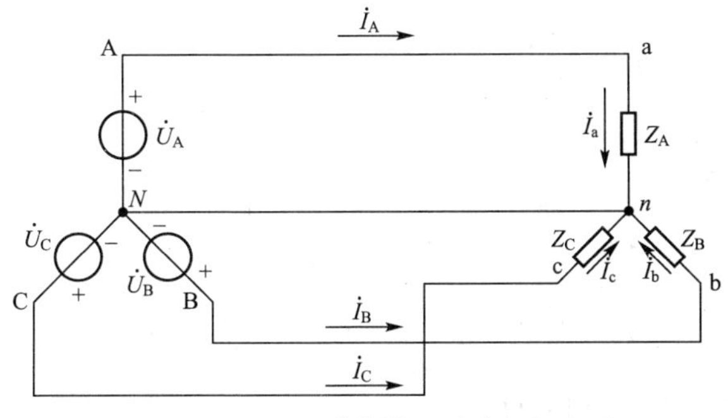

图 2.66　Y-Y 联结的不对称三相电路

$$\dot{U}_{an}=\dot{U}_A,\quad \dot{U}_{bn}=\dot{U}_B,\quad \dot{U}_{cn}=\dot{U}_C \tag{2-56}$$

负载相电流不对称为

$$\dot{I}_A=\frac{\dot{U}_{an}}{Z_A},\quad \dot{I}_B=\frac{\dot{U}_{bn}}{Z_B},\quad \dot{I}_C=\frac{\dot{U}_{cn}}{Z_C} \tag{2-57}$$

此时中线电流

$$\dot{I}_N=\dot{I}_A+\dot{I}_B+\dot{I}_C\neq0 \tag{2-58}$$

如将图 2.66 中的中线去掉，形成三相三线制，如图 2.67 所示。

负载中点 n 的电位与电源中点 N 的电位不再相等，发生了中点位移，相量图如图 2.68 所示。由相量图可以看出，中点位移标志着负载相电压 $\dot{U}_{an}$、$\dot{U}_{bn}$、$\dot{U}_{cn}$ 的不对称，而三相负载的电流 $\dot{I}_A=\frac{\dot{U}_{an}}{Z_A}$，$\dot{I}_B=\frac{\dot{U}_{bn}}{Z_B}$，$\dot{I}_C=\frac{\dot{U}_{cn}}{Z_C}$ 也是不对称的。

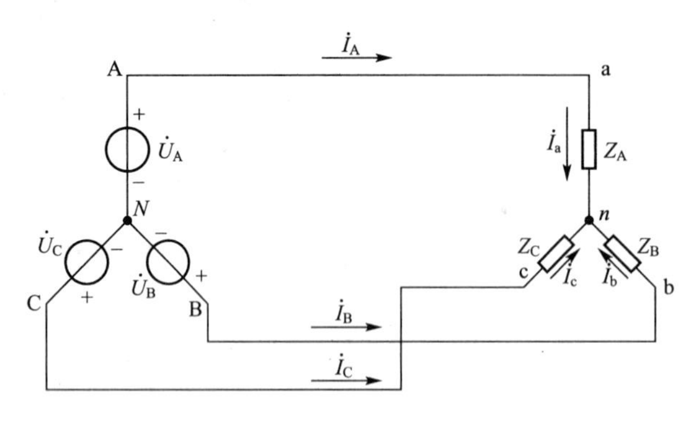

图 2.67 Y 联结的三相三线制

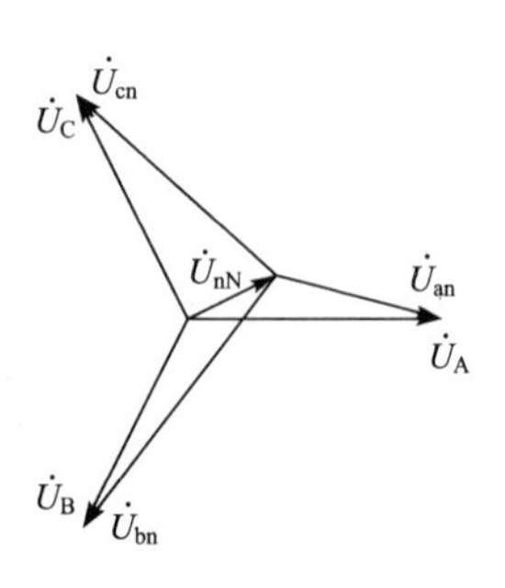

图 2.68 相量图

[小结]

在不对称三相电路中，如果有中线，且输电线阻抗 $Z\approx0$，则中线可迫使 $U_{nN}=0$，尽管电路不对称，但可使负载相电压对称，以保证负载正常工作；若无中线，造成负载相电压不对称，从而可能使负载不能正常工作。可见，中线作用至关重要，且不能断开。实际操作中，中线的干线必须考虑有足够的机械强度，且不允许安装开关和熔丝。

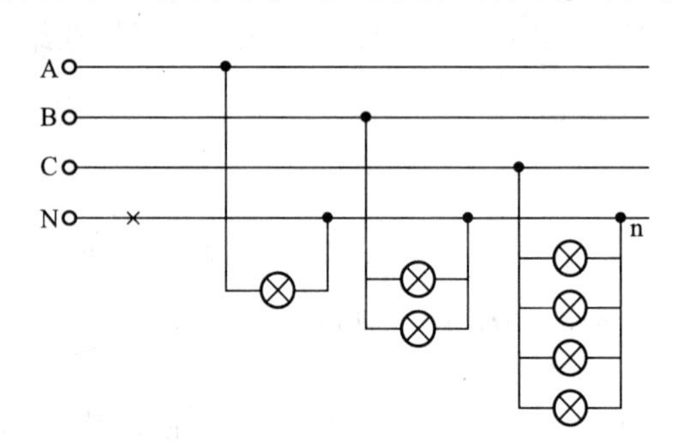

图 2.69 例 2.16 图

【例 2-16】 电路如图 2.69 所示，每只灯泡的额定电压为 220V，额定功率为 100W，电源系 220/380V 电网，试求：

(1) 有中线时(即三相四线制)，各灯泡的亮度是否一样；

(2) 中线断开时(即三相三线制)，各灯泡能正常发光吗?

解 (1) 有中线时，尽管此时三相负载不对称，但是有中线，加在各相灯泡上的电压均为 220V，各灯泡正常发光，亮度一样。

(2) 中线断开时，由节点电压法得

$$\dot{U}=\frac{\frac{\dot{U}_A}{R_a}+\frac{\dot{U}_B}{R_b}+\frac{\dot{U}_C}{R_c}}{\frac{1}{R_a}+\frac{1}{R_b}+\frac{1}{R_c}}$$

每盏灯泡电阻为

$$R=\frac{U_p^2}{P}=\frac{220^2}{100}=484\Omega$$

各相负载电阻为
$$R_c=\frac{R}{4}=\frac{484}{4}=121\Omega$$

$$R_b=\frac{R}{2}=\frac{484}{2}=242\Omega$$

$$R_a=R=484\Omega$$

$$\dot{U}=\frac{\frac{220\angle 0^\circ}{121}+\frac{220\angle -120^\circ}{242}+\frac{220\angle 120^\circ}{484}}{\frac{1}{121}+\frac{1}{242}+\frac{1}{484}}=83.13\angle -19^\circ\text{V}$$

各负载相电压为

$$\dot{U}_{an}=\dot{U}_A-\dot{U}_{nN}=220\angle 0^\circ-83.13\angle -19^\circ=144\angle 10.9^\circ\text{V}$$

$$\dot{U}_{bn}=\dot{U}_B-\dot{U}_{nN}=220\angle -120^\circ-83.13\angle -19^\circ=249\angle 139^\circ\text{V}$$

$$\dot{U}_{cn}=\dot{U}_C-\dot{U}_{nN}=220\angle 120^\circ-83.13\angle -19^\circ=288\angle 130.9^\circ\text{V}$$

计算看出，A 相灯泡上的电压只有 144V，发光不足，而 C 相灯泡上的电压远超过额定电压，很可能被烧坏。

2.5.3　三相电路的功率

在三相电路中，三相负载的有功功率、无功功率分别等于每相负载上的有功功率、无功功率之和，即

$$P=P_A+P_B+P_C$$

$$Q=Q_A+Q_B+Q_C$$

三相负载对称时，各相负载吸收的功率相同，根据负载星形及三角形接法时线、相电压和线、相电流的关系，则三相负载的有功功率、无功功率分别表示为

$$P=3P_A=3U_pI_p\cos\varphi=\sqrt{3}U_lI_l\cos\varphi \tag{2-59}$$

$$Q=3Q_A=3U_pI_p\sin\varphi=\sqrt{3}U_lI_l\sin\varphi \tag{2-60}$$

式中，U_l，I_l是负载的线电压和线电流；U_p，I_p是负载的相电压和相电流；φ是每相负载的阻抗角。

对称三相电路的视在功率和功率因素分别定义为

$$S=\sqrt{P^2+Q^2} \tag{2-61}$$

根据对称三相负载的功率表达式关系，则

$$S=\sqrt{3}U_lI_l \tag{2-62}$$

在不对称负载中，视在功率可用公式(2-62)计算，但各相的功率因数不同，三相负载的功率因数值无实际意义。

【例 2-17】 某三相异步电动机每相绕组的等值阻抗$|Z|=27.74\Omega$，功率因数$\cos\varphi=0.8$，正常运行时绕组作三角形联结，电源线电压为 380V。试求：

(1) 正常运行时相电流，线电流和电动机的输入功率；

(2) 为了减小起动电流，在起动时改接成星形，试求此时的相电流，线电流及电动机输入功率。

解　(1) 正常运行时，电动机作三角形联结

$$I_p=\frac{U_l}{|Z|}=\frac{380}{27.74}=13.7(\text{A})$$

$$I_l=\sqrt{3}I_p=\sqrt{3}\times13.7=23.7(\text{A})$$

$$P=\sqrt{3}U_lI_l\cos\varphi=\sqrt{3}\times380\times23.7\times0.8=12.51(\text{kW})$$

(2) 起动时，电动机星形联结

$$I_p=\frac{U_P}{|Z|}=\frac{380/\sqrt{3}}{27.74}=7.9(\text{A})$$

$$I_l=I_p=7.9(\text{A})$$

$$P=\sqrt{3}U_lI_l\cos\varphi=\sqrt{3}\times380\times7.9\times0.8=4.17(\text{kW})$$

从此例可以看出，同一个对称三相负载接于一电路，当负载作△联结时的线电流是Y联结时线电流的三倍，作△联结时的功率也是作Y形联结时功率的三倍。即

$$P_{\triangle}=3P_Y$$

任务实施

三相电源的联结方式有Y和△两种，三相负载也有Y和△两种不同的连接方式，负载就可以根据需要的电压等级通过电源与负载联结的配合而得到。

任务小结

掌握对称三相电路负载星形和三角形联结特点，以及三相对称电路相电压、线电压、及相电流、线电流的关系；并能结合实际电路，设计电源与负载的联结方式。

思考与练习

1. 三相对称电源绕组相电压为220V，若有一个三相对称负载额定相电压为380V，电源与负载应按(　　)连接

A. 星形-三角形　　B. 三角形-三角形

C. 星形-星形　　D. 三角形-星形

2. 如果三相对称负载连接成△，已知连接在每相负载电路中的电流表的读数为10A，则线电流用电流表测定其读数为(　　)。

A. 10A　　B. $10\sqrt{3}$A　　C. $10/\sqrt{3}$A　　D. $10\sqrt{3}$A

3. 已知三相对称负载连接成星形，电路线电压为380V，则相电压为为(　　)。

A. 380V　　B. $380\sqrt{3}$V　　C. $380/\sqrt{3}$V　　D. $3\sqrt{3}380$V

4. 对称三相负载△联结，电源线电压$\dot{U}_{UV}=220\angle0°$，如不考虑输电线上的阻抗，则负载相电压$\dot{U}_{UV}=$(　　)V。

A. $220\angle-120°$　　B. $220\angle0°$　　C. $220\angle120°$　　D. $220\angle150°$

5. 对称三相电路负载三角形联结，电源线电压为380V，负载复阻抗为$Z=(8-\text{j}6)\Omega$。则线电流为(　　)A。

A. 38　　B. 22　　C. 0　　D. 65.82

6. 对称星形联结三相三线制电路，负载各线电流为10A，则当U相开路时，各线电

流 I_U=(　　)、I_V=(　　)、I_W=(　　)；当 U 相短路时，各线电流 I_U=(　　)、I_V=(　　)、I_W=(　　)。

7. 对称三相电路，负载为星形联结，测得各相电流均为5A，则中性线电流 I_N=(　　)；当 U 相负载断开时，中性线电流 I_N=(　　)。

8. 三相电源线电压为380V，对称负载为星形联结，未接中性线。如果某相突然断掉，其余两相负载的电压均为(　　)V。

A. 380　　B. 220　　C. 190　　D. 无法确定

9. 在三相四线制的中线上，不安装开关和熔断器的原因是(　　)。

A. 中线上没有电缆

B. 开关接通或断开对电路无影响

C. 安装开关和熔断器降低中线的机械强度

D. 开关断开或熔丝熔断后，三相不对称负载承受三相不对称电压的作用，无法正常工作，严重时会烧毁负载

10. 在对称三相电路的电源线电压 $\dot{U}_{UV}=380\angle 0°$V，负载为△联结时，负载相电流 $\dot{I}_{UV}=38\angle 30°$A，则每相复阻抗 Z_P=(　　)，功率因数 $\cos\varphi$=(　　)，负载的相电压 U_P=(　　)，相电流 I_P=(　　)，总功率 $P_{\triangle}$=(　　)；

11. 上题中电源不变，该负载作星形联结时，负载线电压 U_l=(　　)，线电流 I_l=(　　)，总功率 P_Y=(　　)。

12. 某三相对称负载作△连接，已知电源线电压 $U_L=380$V，测得线电流 $I_L=15$A，三相电功率 $P=8.5$kW，则该三相对称负载的功率因数为多少?

13. 在计算三相对称负载的有功功率的公式中，角度 φ 是指(　)。

A. 相电压与相电流的相位差　　B. 线电压与线电流的相位差

C. 相电压与线电流的相位差　　D. 线电压与相电流的相位差

14. 对称三相电路的 $U_{UV}=220\sqrt{2}\sin 314tV$，负载为星形联结，且线电流 $i_w=2\sqrt{2}\sin(314+30°)$A，则三相总功率 P=(　　)W。

A. 660　　B. 127　　C. $220\sqrt{3}$　　D. $660\sqrt{3}$

15. 对称负载作△联结，其线电流 $\dot{I}_W=10\angle 30°$A，线电压 $\dot{U}_{UV}=220\angle 0°$V，则三相总功率 P=(　　)W。

A. 1905　　B. 3300　　C. 6600　　D. 3811

模块3

磁路与变压器

变化的电流能产生磁场，磁场在一定条件下又能产生电流，二者密不可分，许多电气设备的工作原理是基于电磁的相互作用，如变压器、电机、电磁铁、电工测量仪表以及其他各种铁磁元件，不仅有电路的问题，同时还有磁路的问题。只有同时掌握了电路和磁路的基本理论，才能对各种电工设备的工作原理作全面的分析。

任务3.1　学习磁路的基本知识

学习目标	(1) 了解磁路及磁路的安培环路定律、欧姆定律； (2) 了解铁磁材料的磁性能，铁磁材料的分类 、磁滞回线、磁化曲线。

任务引入

选定磁性材料中的磁通 Φ(或磁感应强度)，按照所定的磁通、磁路各段的尺寸和材料，求产生预定的磁通所需要的磁通势 $F=NI$，确定线圈匝数和励磁电流。

任务分析

基本步骤：(由磁通 Φ 求磁通势 $F=NI$)

(1) 求各段磁感应强度 B_i

各段磁路截面积不同，通过同一磁通 Φ，故有

$$B_1=\frac{\Phi}{S_1},\ B_2=\frac{\Phi}{S_2},\ \cdots,\ B_n=\frac{\Phi}{S_n}$$

(2) 求各段磁场强度 H_i

根据各段磁路材料的磁化曲线 $B_i=f(H_i)$，求 B_1，B_2，……相对应的 H_1，H_2，……。

(3) 计算各段磁路的磁压降($H_i l_i$)

(4) 根据下式求出磁通势(NI)

$$NI=\sum_{i=1}^{n} H_i l_i$$

相关知识

3.1.1　磁路的基本概念

大多数电气设备都是运用电与磁及其相互作用等物理过程实现能量的传递和转换的，例如，直流电机、异步电机是运用载流导体在磁场中将产生电磁力这种物理现象实现将电能转换成机械能。因此，在上述电气设备中都必须具备一个磁场，这个磁场是电流通过线圈产生的，该电流叫励磁电流。

要使较小的励磁电流能够产生足够大的磁通，在变压器、电机及各种电磁元件中常用铁磁物质做成一定形状的铁心，由于铁心的导磁系数比周围其他物质的导磁系数高很多，因此磁通差不多全部通过铁心而形成一个闭合回路，这部分磁通称为主磁通 Φ，所经过的路径称为磁路，如图 3.1 所示。另外还有很少一部分经过空气而形成闭合路径，这部分磁通叫漏磁通 Φ_σ。

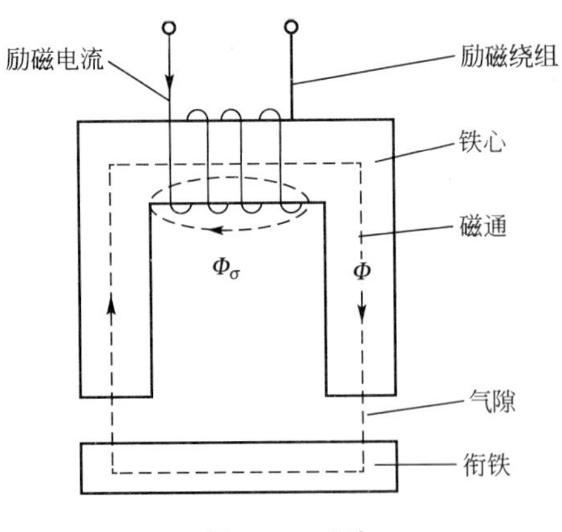

图 3.1　磁路

1. 磁感应强度

磁感应强度是表示磁场内某点的磁场强弱和方向的物理量，它是一个矢量，用 B 表示。它的方向就是该点磁场的方向，它与电流之间的方向可用右手螺旋定则来确定，其大小是用一根通电导线在磁场中受力的大小来衡量的。(该导线与磁场方向垂直)即

$$B=\frac{F}{Il} \tag{3-1}$$

式中，F 为磁力，单位为牛［顿］(N)；I 为通过导线的电流，单位为安［培］(A)；l 为导线的长度，单位为米(m)。在国际单位位制中，B 的单位为特斯拉(韦伯/米^2)，简称特，用 T(Wb/m^2)表示。

磁感应强度的大小也可用通过垂直于磁场方向单位面积的磁力线数来表示。

2. 磁通

在磁场中，磁感应强度 B 与垂直于磁场方向的某一截面积 S 的乘积称为磁通 Φ，即

$$\Phi=BS \quad B=\frac{\Phi}{S} \tag{3-2}$$

也就是说，磁通 Φ 是垂直穿过某一截面磁力线的总数。

根据电磁感应定律的公式有

$$e=-N\frac{\mathrm{d}\Phi}{\mathrm{d}t} \tag{3-3}$$

在国际单位制中，Φ 的单位为伏·秒(V·S)，通常称为韦伯，用 Wb 表示。

3. 磁场强度

磁场强度是进行磁场计算时引用的一个辅助计算量，也是矢量，用 H 表示。通过它来确定磁场与电流间的关系。

在工程上，要确定通过导线和线圈的电流与其产生磁通之间的关系是工程计算的重要内容之一。例如，电磁铁的吸力大小就取决于铁心中磁通的多少，而磁通的多少又与通过线圈的励磁电流大小有关。对空心线圈要计算磁场与电流之间的关系比较简单，因为介质是空气，

它的导磁系数是个常数，所以空心线圈产生的磁通是与励磁电流成正比的。

当线圈中具有铁心时，因为铁磁物质的磁饱和现象、导磁系数不是常数，磁通与励磁电流之间不再是正比关系，这样在研究与计算磁路时就比较麻烦，为了简化起见，引入磁场强度这样一个辅助量，当磁路由一种磁性材料组成，且各处截面积 S 相等，如图 3.2所示，根据磁路的安培环路定律，磁路的磁场强度为

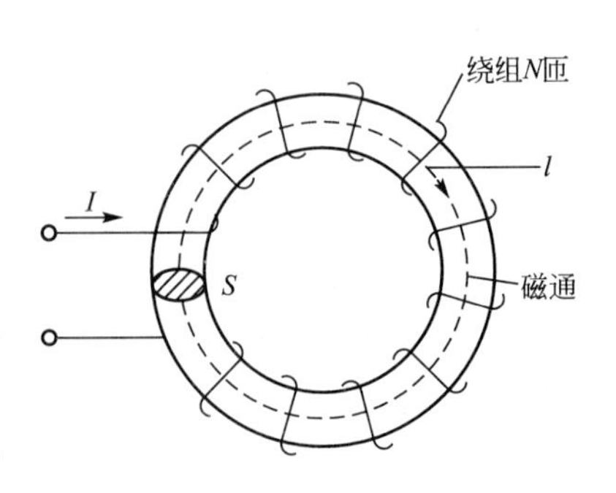

图 3.2　磁路的磁场强度

$$H=\frac{IN}{l} \tag{3-4}$$

式中，I 为励磁电流，N 为线圈匝数，l 为磁路的平均长度，H 的单位为安培每米，用 A/m 表示。

4. 磁导率

磁导率 μ 是一个用来表示磁场介质磁性的物理量，也就是用来衡量物质导磁能力的物理量。在国际单位制中，μ 的单位为享/米，用 H/m 表示。真空的磁导率是一个常量，用 μ_0 表示。$\mu_0=4\pi\times10^{-7}$(H/m)，任一种物质的磁导率 μ 和真空的磁导率 μ_0 的比值，称为该物质的相对磁导率 μ_r，即

$$\mu_r=\frac{\mu}{\mu_0} \tag{3-5}$$

引入磁导率 μ 后，磁感应强度 B 的大小等于磁导率 μ 与磁场强度 H 的乘积，即

$$B=\mu H \tag{3-6}$$

这说明在相同磁场强度的情况下，物质的磁导率愈高，整体的磁场效应愈强。

3.1.2 磁路的基本定律

1. 磁路的欧姆定律

如图 3.3 所示是最简单的磁路，设一铁心上绕有 N 匝线圈，铁心的平均长度为 l，截面积为 S，铁心材料的磁导率为 μ。当线圈通以电流 I 后，将建立起磁场，铁心中有磁通 Φ 通过。假定不考虑漏磁，则沿整个磁路的 Φ 相同，则由式(3-2)、(3-4)、(3-6)式可知

$$\Phi=BS=\mu SH=\mu S\frac{NI}{l}=\frac{IN}{\frac{l}{\mu S}} \tag{3-7}$$

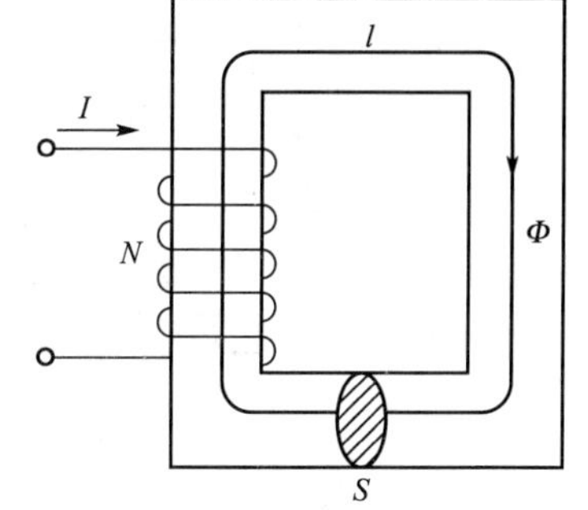

图 3.3 简单的磁路

从上式可以看出，NI 愈大则 Φ 愈大，$\frac{l}{\mu S}$ 愈大则 Φ 愈小，NI 可理解为是产生磁通的源，故称为磁动势，用符号 F 表示，它的单位是安·匝(A·匝)。$\frac{l}{\mu S}$ 对通过磁路的磁通有阻碍作用，故称为磁阻，用 R_m 表示，它的单位是 1/享(1/H)，记为 H^{-1}。

$$[R_m=\frac{[l]}{[\mu][S]}=\frac{m}{(H/m)m^2}=H^{-1} \quad (\text{[ ] 表示单位的意思}) \tag{3-8}$$

于是有

$$\Phi=\frac{F}{R_m} \tag{3-9}$$

式(3-9)与电路的欧姆定律相似，故称为磁路的欧姆定律。磁动势相当于电势，磁阻相当于电阻，磁通相当于电流。即线圈产生的磁通与磁动势成正比，与磁阻成反比。若磁路上有 n 个线圈通以不同电流，则建立磁场的总磁动势为

$$F=\sum_{i=1}^{n}N_iI_i \tag{3-10}$$

必须指出，式(3-9)表示的磁路欧姆定律，只有在磁路的气隙或非铁磁物质部分是正确的，才保持磁通与磁动势成正比例的关系。在有铁磁材料的各段，R_m 因 μ 随 B 或 Φ 变化而不是常数，这时必须利用 B 与 H 的非线性曲线关系，由 B 决定 H 或由 H 决定 B。

2. 磁路的基尔霍夫磁通定律

(1) 基尔霍夫磁通定律。计算比较复杂的磁路问题，常涉及汇合点上多个磁通的关系。如图 3.4 所示为有两个励磁线圈的较复杂磁路。设磁路分为三段 l_1、l_2、l_3，各段的磁通分别为 Φ_1、Φ_2、Φ_3，它们的参考方向标在图中，H 和 B 的参考方向与磁通一致(相关联)，故未另标出。如忽略漏磁通，根据磁通连续性原理，在 Φ_1、Φ_2、Φ_3 的汇合点做一闭合面 S，即穿入任一封闭面的总磁通量为零。式(3-11)与电路的 KCL 形式相似，故称为基尔霍夫磁通定律。如果把穿出闭合面 S 的磁通前面取正号，则穿入闭合面 S 的磁通前面应取负号，即各分支磁路连接处闭合面上磁通代数和等于零。

如考虑有漏磁通，磁通连续性原理和基尔霍夫磁通定律仍然成立，不过要把漏磁通计算在内。

$$-\Phi_1-\Phi_2+\Phi_3=0 \tag{3-11}$$

$$\sum\Phi=0 \tag{3-12}$$

(2) 基尔霍夫磁压定律。若磁路是由几种不同的材料和长度及截面积组成，如图 3.5 所示的继电器的磁路，它是由 l_1、l_2、l_3 串联闭合而成，其总磁动势为

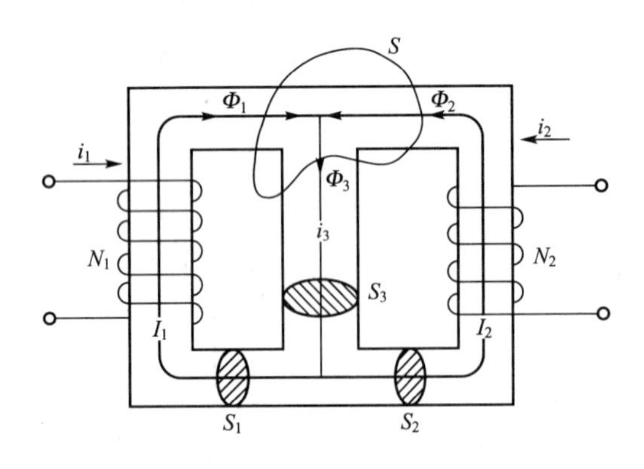

图 3.4 有两个励磁线圈的较复杂磁路

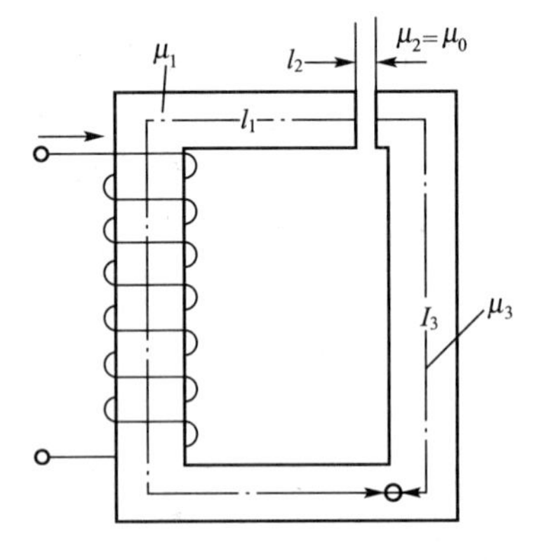

图 3.5 不同材料组成的磁路

$$\begin{aligned}F=NI&=\Phi(R_{m1}+R_{m2}+R_{m3})\\&=\Phi\left(\frac{l_1}{\mu_1 S_1}+\frac{l_2}{\mu_2 S_2}+\frac{l_3}{\mu_3 S_3}\right)\\&=B_1\frac{l_1}{\mu_1}+B_2\frac{l_2}{\mu_2}+B_3\frac{l_3}{\mu_3}\\&=l_1H_1+l_2H_2+l_3H_3\end{aligned} \tag{3-13}$$

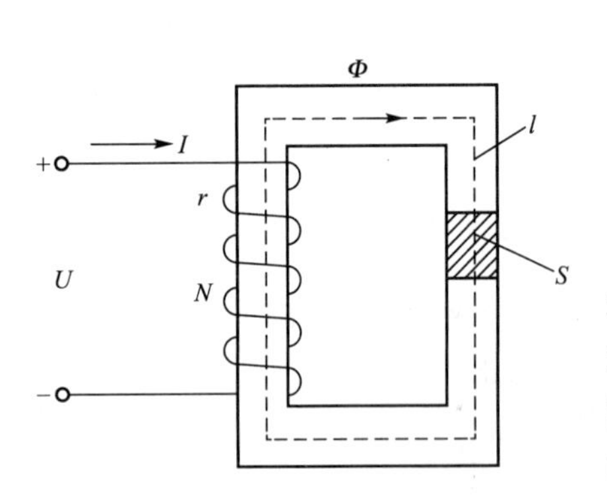

图 3.6 例 3-1 磁路

式中，l_1H_1、l_2H_2、l_3H_3 称为磁路各段的磁压降。式(3-13)说明，在磁路中，沿任意闭合路径磁压降的代数和等于总磁动势。式(3-13)在形式上与电路中 KVL 相似，故称为磁路的基尔霍夫定律。

【例 3-1】 在图 3.6 所示铁心线圈中通直流，磁路

平均长度 $l=30\text{cm}$，截面积 $S=10\text{cm}^2$，$N=1000$ 匝，材料为铸钢，工作点上相对磁导率 $\mu_r=1137\text{H/m}$。求：(1)欲在铁心中建立磁通 $\Phi=0.01\text{Wb}$，线圈电阻 $r=100\Omega$，应加多大电压 U？(2)若铁心某处有一缺口，即磁路中有一空气隙，长度 $l=0.2\text{cm}$，铁心和线圈的参数不变，此时需要多大电流，才能建立 0.01Wb 的磁通。

解　(1)

$$B=\frac{\Phi}{S}=\frac{0.001}{10\times10^{-4}}=1(\text{T})$$

$$H=\frac{B}{\mu}=\frac{B}{\mu_r\mu_0}=\frac{1}{1137\times4\pi\times10^{-7}}=700(\text{A/m})$$

μ_r 并非常数，它随 B 值而变，一般在已知 B 时查阅材料磁化曲线确定 H，它与此处所得结果相同，说明给定的 μ_r 是准确的。

总磁动势为

$$F=IN=Hl=700\times30\times10^{-2}=210\text{A}\cdot\text{匝}$$

$$I=\frac{F}{N}=\frac{210}{1000}=0.21\text{A}$$

$$U=IR=0.21\times100=21\text{V}$$

(2) 因气隙中的截面积和磁通与铁心相同，故 $B_0=1\text{T}$，所以

$$H_0=\frac{B_0}{\mu_0}=\frac{1}{4\pi\times10^{-7}}=8\times10^5\text{A/m}$$

$$H_0l_0=8\times10^5\times0.2\times10^{-2}=1600\text{A}\cdot\text{匝}$$

总磁动势为

$$F'=IN=Hl+H_0l_0=210+1600=1810\text{A}\cdot\text{匝}$$

$$I=\frac{F'}{N}=\frac{1810}{1000}=1.8\text{A}$$

由计算结果得出，空气隙对整个磁路工作的情况影响极大。一般铁心的磁导率 μ 远远大于空气隙磁导率 μ_0，即空气隙的磁阻远远大于铁磁材料的磁阻，因而磁路总磁动势绝大部分降在空气隙磁阻上。因此在磁路中总是希望空气隙尽可能小，以降底气隙磁阻，使相应的磁动势建立更大的磁通。

3.1.3　铁磁材料

铁磁材料，一般是由铁或铁与钴、钨、镍、铝及其他金属的合金构成，迄今为止是最通用的磁性材料。虽然这些材料的性能差异很大，但决定其性能的基本现象却是共同的。

1. 铁磁材料的磁化

研究发现，铁磁材料由许许多多的磁畴构成，每个磁畴相当于一个小永磁体，具有较强的磁矩，如图 3.7 所示。在未磁化的材料样品中，所有磁畴摆列杂乱，因此材料对外不显磁性，如图 3.7(a)所示。当外部磁场施加到这一材料时，磁畴就会沿施加的磁场方向转向，所有的磁畴平行，铁磁材料对外表现出磁性，如图 3.7 (b)所示。因此，当外磁场加到铁磁材料时，铁磁材料产生比外部磁场单独作用所引起的磁场更强。随着外部磁场强度 H 的增加，这一现象会继续，直到所有的磁矩沿施加的磁场排列，此时，磁畴将不能使磁通密度 B 增加，也就是说材料完全饱和。这也是铁磁材料的磁导率比非铁磁材料的磁导率大得多的原因。

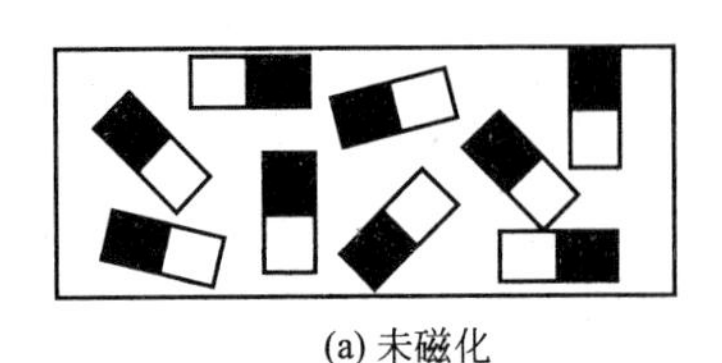

(a) 未磁化

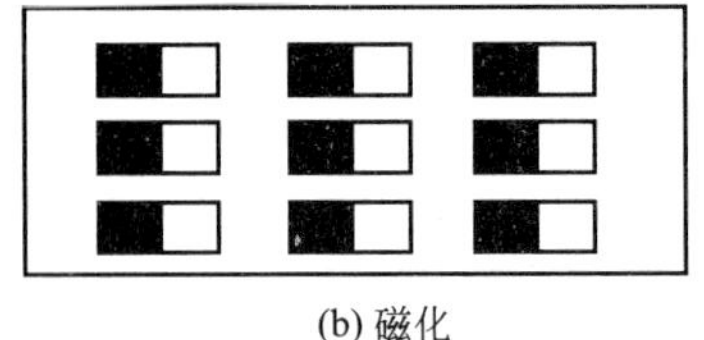

(b) 磁化

图 3.7 铁磁材料的磁化

2. 起始磁化曲线、磁滞回线、基本磁化曲线

将一块没有磁化的铁磁材料进行磁化，当磁场强度由零逐渐增大时，磁通密度将随之增大，用 $B=f(H)$ 描述的曲线称为是铁磁材料的起始磁化曲线，如图 3.8 所示。

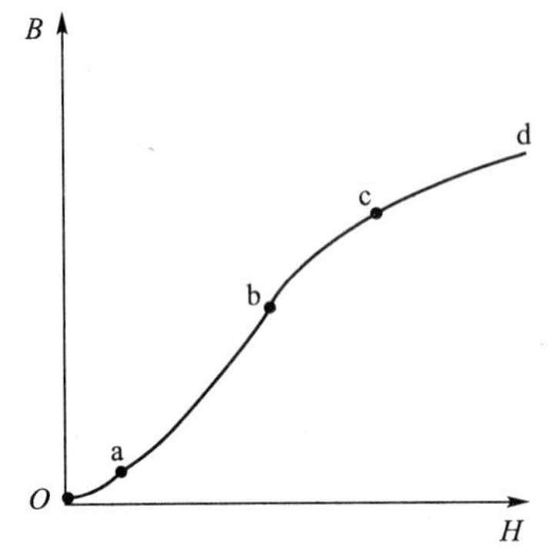

图 3.8 起始磁化曲线

由图 3.8 可见，当磁场强度从零增大初期，磁密 B 随磁场强度 H 增加较慢(图中 oa 段)，之后，磁密 B 随 H 的增加而增大加快(ab)段，过了 b 点，B 的增加减慢(bc 段)，最后为 cd 段，又呈直线。其中 a 称为跗点，b 点为膝点，c 点为饱和点。过了饱和点 c，铁磁材料的磁导率趋近于 μ_0。各种电机和变压器的主磁路中，为了获得较大的磁密，又不过分增大磁动势，通常把铁心内的工作点磁通密度选择在膝点附近。

若将铁磁材料进行周期性磁化，B 和 H 之间的变化关系就会变成如图 3.9 中的 abcdefa 所示形状。当 H 开始从零增加到 H_m，以后逐渐减小磁场强度 H，B 值将沿曲线 ab 下降。当 $H=0$ 时，B 值并不为零，而等于 B_r，称为剩余磁通密度，简称剩磁。要使 B 值从 B_r 减小到零，必须加上相应的反向外磁场，此反向磁场强度称为矫顽力，用 H_c 表示。铁磁材料所具有的这种磁通密度 B 的变化滞后于磁场强度 H 变化的现象，叫做磁滞。呈现磁滞现象的 $B-H$ 闭合回线，称为磁滞回线，见图 3.9 中 abcdefa 的形状。曲线段 abcd 为磁滞回线下降分支，defa 为磁滞回线上升分支。

对于同一铁磁材料，选择不同的磁场强度 H_m 反复磁化时，可得出不同的磁滞回线，将各条磁滞回线的顶点连接起来，所得的曲线称为基本磁化曲线，或平均磁化曲线。起始磁化曲线与平均磁化曲线相差甚小，如图 3.10 的虚线所示。

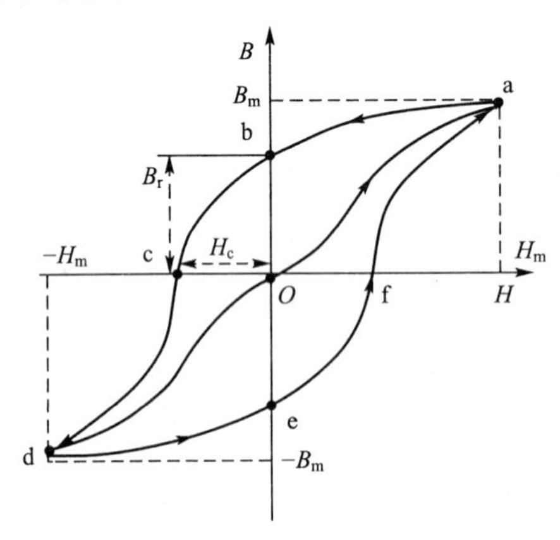

图 3.9 铁磁材料的磁化特性

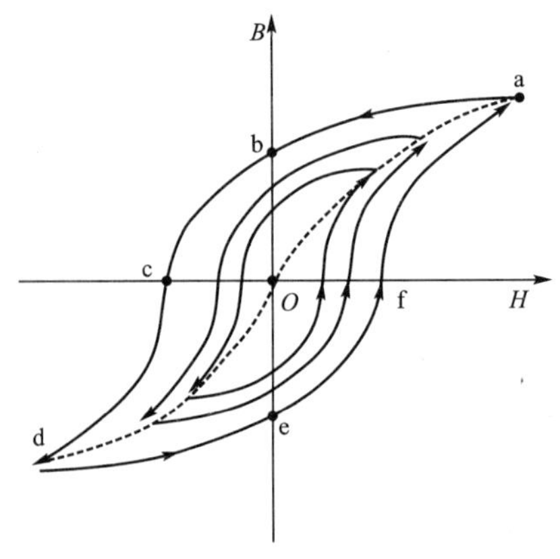

图 3.10 基本磁化曲线

铁磁材料，如铁、镍等的磁导率 μ 比空气的磁导率 μ_0 大几千到几万倍。磁导率 μ 除了比 μ_0 大得多外，还与磁场强度以及物质磁状态的历史有关，所以铁磁材料的 μ 不是一个常数。在工程计算时，不按 $H=B/\mu$ 进行计算，而是按铁磁材料的基本磁化曲线计算。如图 3.11 所示为电机中常用的硅钢片 DR530、铸铁、生铁的基本磁化曲线。

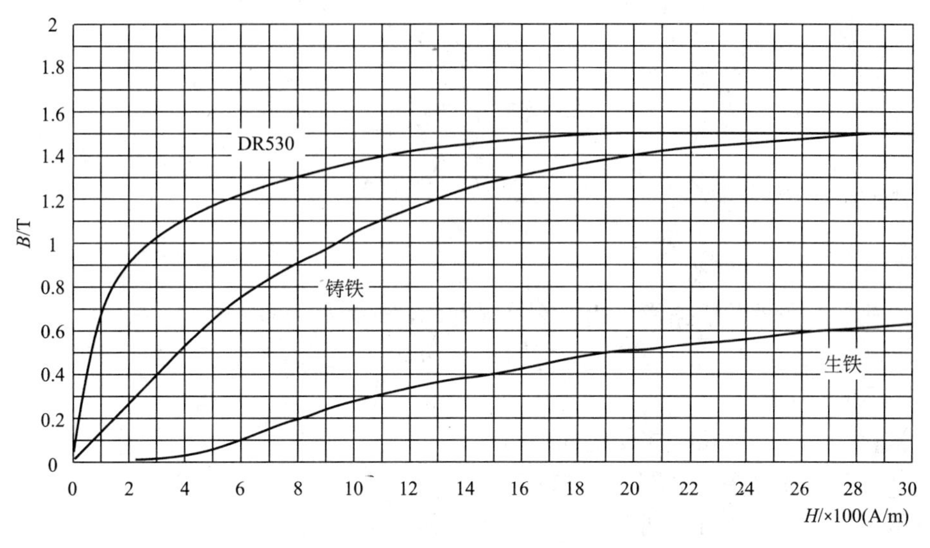

图 3.11　电机中常用的基本磁化曲线

3. *软磁材料和硬磁材料*

磁滞回线较窄，剩磁 B_r 和矫顽力 H_c 都小的铁磁材料属于软磁材料，如硅钢片、铁镍合金、铁滏氧、铸钢等。这些材料磁导率较高，磁滞回线包围面积小，磁滞损耗小，多用于做电机、变压器的铁心。

磁滞回线较宽，剩磁 B_r 和矫顽力 H_c 都大的铁磁材料属于硬磁材料，如钨钢、钴钢、铝镍钴、铁氧体、钕铁硼等，硬磁材料主要用做永久磁铁。

任务实施

铁磁材料常常用来导向和集束磁场，形成磁路。因为铁磁材料的磁导率可以很大(达到周围空间磁导率的好几万倍)，大部分磁通就被限制在精心设计的路径中，这一路径由磁性材料的几何形状决定。因而，在这些磁结构中磁场的求解，可以直截了当地用磁路分析方法来获得。不同铁磁材料的性能各异，一般而言，铁磁材料的特性为非线性，而其 B-H 特性常常以磁滞回线族的形式表示。

任务小结

1. *磁场的基本物理量*

磁感应强度 B；磁通 Φ；磁导率 μ，铁磁物质的磁导率很大，且不是常数。相对磁导率为 $\mu_r=\mu/\mu_0$；磁场强度 H，它与磁感应强度之间的关系为 $B=\mu H$，这是反映磁性材料的磁化性能的基本公式。

2. 磁性材料的中等性

具有高导磁性、磁饱和性、磁滞性。磁滞会产生损耗并导致铁心发热。

3. 磁路的基本定律

欧姆定律

$$\Phi=\frac{Hl}{\frac{l}{\mu S}}=\frac{F}{R_{\mathrm{m}}}$$

它用来对磁路作定性分析，一般不用来做定量计算。

思考与练习

1. 电机和变压器的磁路常采用什么材料制成，这种材料有那些主要特性？

2. 变压器电势、运动电势(速率电势)、自感电势和互感电势产生的原因有什么不同？其大小与哪些因素有关？

3. 试比较磁路和电路的相似点和不同点。

4. 什么是软磁材料？什么是硬磁材料？

5. 磁路的基本定律有哪些？

6. 简述铁磁材料的磁化过程？

7. 磁路计算的步骤是什么？

任务 3.2　交流铁心线圈变压器理论分析

学习目标	(1) 了解交流铁心线圈等效电路，掌握交、直流铁心线圈的工作特点，掌握交流铁心线圈电路的电压平衡方程式； (2) 熟悉直流电磁铁、交流电磁铁的特点、吸力特性。

任务引入

铁心线圈分为直流铁心线圈与交流铁心线圈两种，直流铁心线圈的励磁电流是恒定的，产生的磁通也是恒定的，不会在线圈内产生感应电势。因此，励磁电流的大小仅由线圈两端电压及线圈电阻决定，而与磁路结构无关。电路的功耗为励磁电流的平方乘以线圈电阻。

交流铁心线圈的励磁电流是交变的，其铁心中的磁通也是交变的，交变磁通将在线圈中产生感应电动势，并在铁心中产生磁滞和涡流损耗，这使得交流铁心线圈电路的电磁关系比直流铁心线圈电路的电磁关系复杂得多。交流电机、变压器及各种交流电磁元件都是交流铁心线圈电路。

一个具有闭合的均匀的铁心线圈，其匝数为300，铁心中的磁感应强度为0.9T，磁路的平均长度为45cm，在铁心材料为铸铁和硅钢片两种情况下，如线圈中通有同样大小的电流0.39A，要得到相同的磁通Φ，铸铁材料铁心的截面积和硅钢片材料铁心的截面积，

哪一个比较小？

任务分析

如线圈中通有同样大小的电流 0.39A，则铁心中的磁场强度是相等的，都是 260 A/m。查磁化曲线可得，B 铸铁 ＝ 0.05T、B 硅钢 ＝0.9T，B 硅钢是 B 铸铁的 17 倍。因 $\Phi=BS$，如要得到相同的磁通 Φ，则铸铁铁心的截面积必须是硅钢片铁心的截面积的 17 倍。

因此，如果线圈中通有同样大小的励磁电流，要得到相等的磁通，采用磁导率高的铁心材料，可使铁心的用铁量大为降低。

相关知识

3.2.1　电磁关系

铁心线圈加入交变电压 u，将产生交变电流 i，因而在线圈中产生交变的磁通。磁通的绝大部分是通过铁心闭合的，只有很少的一部分是通过空气闭合的，前者称为主磁通 Φ，后者称为漏磁通 Φ_σ，它们在图 3.12 中分别是用虚线画出。

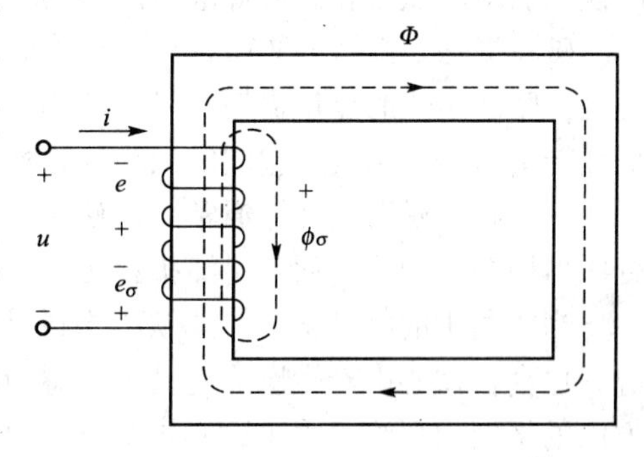

图 3.12　交流铁心线圈电路

按照电磁感应定律，交变磁通的 Φ 和 Φ_σ 在线圈中分别感应电动势 e 和 e_σ，e 和 e_σ 的参考方向与 Φ 和 Φ_σ 的参考方向符合右手螺旋关系，因此与电流 i 的参考方向一致。在规定了此参考方向的条件下，有

$$e=-N\frac{\mathrm{d}\Phi}{\mathrm{d}t} \qquad (3-14)$$

$$e_\sigma=-N\frac{\mathrm{d}\Phi_\sigma}{\mathrm{d}t}=-L_\sigma\frac{\mathrm{d}i}{\mathrm{d}t} \qquad (3-15)$$

式中，$L_\sigma=N\Phi_\sigma/i$ 称为铁心线圈的漏磁电感，由于 Φ_σ 主要通过空气，和电流 i 成正比，因而 L_σ 为常数，故 e_σ 可用漏电感电动势表示。而主磁通通过铁心，所以 i 和 Φ 之间不存在线性关系。铁心线圈和主电感 L 不是一个常数，而是一个非线性电感元件。

3.2.2　电压电流关系

根据基尔霍夫电压定律，铁心线圈电路的电压电流关系为

$$u=Ri+(-e_\sigma)+(-e)=Ri+L_\sigma\frac{\mathrm{d}i}{\mathrm{d}t}+(-e) \qquad (3-16)$$

式中，R 为线圈的电阻。由于一般铁心线圈的主磁通 Φ 远大于漏磁通 Φ_σ，所以感应电动势 e 远大于 e_σ，而且也远大于线圈电阻电压降 Ri，因此电源电压主要由主磁通的感应电动势来平衡，即

$$u\approx-e=N\frac{\mathrm{d}\Phi}{\mathrm{d}t} \qquad (3-17)$$

由上式可知，当电源电压按正弦变化时，e 和 Φ 也必为正弦变化，设 $\Phi=\Phi_m\sin\omega t$，则

$$e=-N\frac{d\Phi}{dt}=-\omega N\Phi_m\cos\omega t=E_m\sin(\omega t-90^\circ) \quad (3-18)$$

式中，E_m 为 e 的最大值，其有效值为

$$E=\frac{E_m}{\sqrt{2}}=\frac{2\pi fN\Phi_m}{\sqrt{2}}=4.44fN\Phi_m \quad (3-19)$$

如果磁场在铁心中是均匀分布的，则有

$$u\approx E=4.44fN\Phi_m=4.44fNB_mS \quad (3-20)$$

式中，B_m 是铁心中磁感应强度的最大值，单位为 T，S 是铁心截面积，单位为 m^2。

由式(3-20)可知，当交流铁心线圈的匝数 N 和电源频率 f 一定时，磁通的最大值 Φ_m 近似地由线圈的外加电压 U 来确定。即线圈外加电压不变，则铁心磁通基本不变。

3.2.3 功率损耗

在交流铁心线圈中，线圈电阻上有功率损失，这部分损耗称为铜损，用 ΔP_{Cu} 表示，此外，铁心在交变磁化的情况下也有损耗，这部分损耗称为铁损，用 ΔP_{Fe} 表示，铁损是由铁磁物质的磁滞和涡流现象所产生的。

磁滞损耗是由铁磁物质在交变磁化时，磁分子来回翻转克服阻力产生的能量损耗，这类是因摩擦生热的能量损耗。可以证明，交变磁化一周在铁心的单位体积内所产生的磁滞损耗能量与磁滞回线所包围的面积成正比。

为了减少磁滞损耗，通常选用磁滞回线较窄的硅钢片做铁心，旋转电机用低硅钢片，变压器用高硅钢片，后者磁滞损耗更小一些，但质地较脆。

当线圈中的电流交变时，铁心中的主磁通也是交变的，不仅在线圈中产生感应电动势，也会在铁心中产生感应电动势和感应电流，这种感应电流称为涡流，它在垂直于磁通方向的平面内环流，由于铁心本身具有电阻，涡流在铁心中也要发热产生能量损耗，这部分损耗称为涡流损耗。

由于涡流损耗不仅消耗了电能，而且使铁心发热，温度升高，影响到电气设备的正常工作。为了减少涡流损耗，在低频时，可用涂以绝缘漆的硅钢片叠成的铁心，如图 3.13 所示，这样减小了截面积，加大了铁心的电阻，使涡流减小。

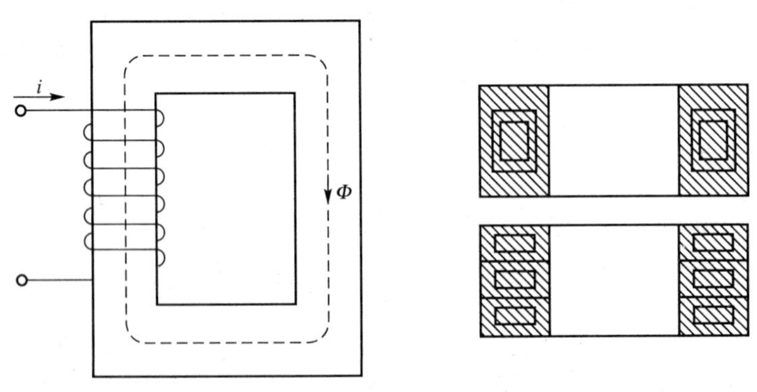

图 3.13 铁心中的涡流

但涡流有其有利的一面，我们可以利用涡流的热效应冶炼金属，利用涡流与磁场的相互作用制成感应式电度表等。

铁损差不多与铁心内磁感应强度的最大值 B_m 的平方成正比，故 B_m 不宜选得过大，一般取 0.8～1.2T。

综上所述，交流铁心线圈电路的有功功率为

$$P=UI\cos\varphi=RI^2+\Delta P_{Fe} \tag{3-21}$$

3.2.4 等效电路

交流铁心线圈电路可用其等效电路来代替，即用一个不含铁心的交流电路进行分析。等效的条件是：在同样电压作用下，功率、电流及各量之间的相位关系保持不变。这样就使磁路计算的问题简化为电路计算的问题了。

先把图 3.12 等效为图 3.14，就是把线圈的电阻和感抗用 R 和 X_σ 来表示，剩下的就成为一个没有电阻和漏磁通的理想的铁心线圈电路，但铁心中仍有能量的损耗和能量的储放。因此，可将这个理想的铁心线圈交流电路用具有电阻 R_0 和感抗 X_0 的一段电路来等效代替，其中电阻 R_0 铁心中能量损耗的等效电阻，其值为

$$R_0=\frac{P_{Fe}}{I^2} \tag{3-22}$$

感抗 X_0 是铁心中能量储放的等效感抗，其值为

$$X_0=\frac{Q_{Fe}}{I^2} \tag{3-23}$$

式中，Q_{Fe} 是表示铁心储放能量的无功功率。

这段等效电路的阻抗模为

$$|Z_0|=\sqrt{R_0^2+X_0^2}=\frac{U'}{I}\approx\frac{U}{I} \tag{3-24}$$

图 3.15 即为交流铁心线圈电路的等效电路。

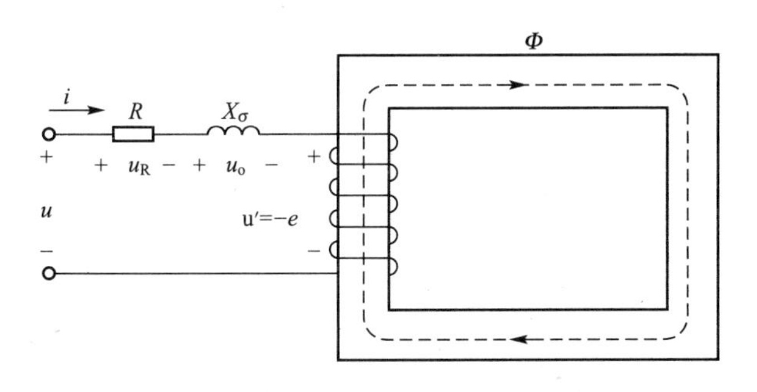

图 3.14　铁心线圈的交流电路

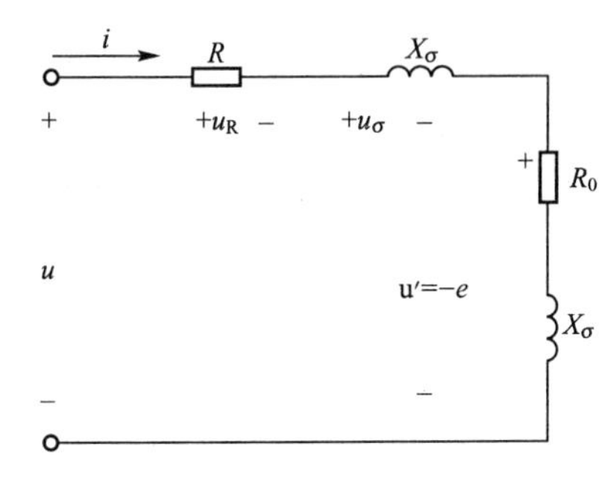

图 3.15　交流铁心线圈等效电路

【例 3-2】 有一交流铁心线圈，电源电压 $U=220\text{V}$，电路中电流 $I=4\text{A}$，功率表读数 $P=100\text{W}$，频率 $f=50\text{Hz}$，漏磁通和线圈电阻上的电压降可忽略不计，试求：(1)铁心线圈的功率因数；(2)铁心线圈的等效电阻的感抗。

解　(1) $\cos\varphi=\frac{P}{UI}=\frac{100}{220\times4}=0.114$

(2) 铁心线圈的等效阻抗模为

$$|Z'|=\frac{U}{I}=\frac{220}{4}=55\Omega$$

等效电阻和等效感抗分别为

$$R'=R+R_0=\frac{P}{I^2}=\frac{100}{4^2}=6.25\Omega\approx R_0$$

$$X'=X_\sigma+X_0=\sqrt{|Z'|^2-R'^2}=\sqrt{55^2-6.25^2}=54.6\Omega\approx X_0$$

任务实施

励磁电流提供产生铁心磁通所需要的磁动势，部分能量作为损耗耗散，引起铁心发热，其余能量以无功功率出现。无功功率在铁心中不耗散，由励磁电源循环供给和吸收。

在直流磁路中，励磁电流是恒定的，在线圈和铁心中不会产生感应电动势，在一定的电压下，线圈中的电流决定于线圈本身的电阻 R，磁路中没有损耗。在交流磁路中，由于磁通在变化，将产生两种损耗：一种是涡流损耗；二种是磁滞损耗。

任务小结

铁心线圈分为直流铁心线圈和交流铁心线圈。

1. 电磁关系

$$e=-N\frac{\mathrm{d}\Phi}{\mathrm{d}t}\quad e=-N\frac{\mathrm{d}\Phi_\sigma}{\mathrm{d}t}=-L_\sigma\frac{\mathrm{d}i}{\mathrm{d}t}$$

2. 电压电流关系

$$U\approx E=4.44fN\Phi_m=4.44fNB_mS[\mathrm{V}]$$

上式中，B_m 为铁心中磁感应强度的最大值；S 为铁心截面积。

3. 功率损耗

铜损 ΔP_{Cu}：线圈电阻 R 上的功率损耗。

铁损 ΔP_{Fe}：在交变磁通的作用下，由磁滞和涡流产生的功率损耗。

思考与练习

1. 磁性物质的磁性能有哪些？

2. 磁路的结构一定，磁路的磁阻是否一定，即磁路的磁阻是否是线性的？

3. 图 3.12 所示的交流铁心线圈，所加电压有效值固定不变，若铁心气隙增大，是电流有效值 I 基本不变、磁通最大值 Φ_m 减小？还是 Φ_m 基本不变、电流 I 增大？

4. 直流铁心线圈电路和交流铁心线圈电路消耗功率分别属于铁损、铜损中的哪一种或两种兼而有之？

5. 分别举例说明剩磁和涡流的有利一面和有害一面。

6. 直流电磁铁吸合后比吸合前线圈电流、磁通、吸力做如何变化？

7. 交流电磁铁吸合后比吸合前线圈电流、磁通、吸力做如何变化？

8. 如果把交流电磁铁错接到电压相同的直流电源上，将会间生什么后果？相反的，如果把直流电磁铁错接到相同电压的交流电源上会产生什么后果？

9. 有一直流电磁铁，额定电压110V，励磁线圈13400匝，所用导线直径0.0025mm。现在要将励磁线圈改绕，用在电源电压为24V的地方。问改绕的线圈应该是多少匝？所用导线的直径是几毫米？[提示：(1)改绕前后吸力不变，磁通最大值Φ_m应保持不变；(2)Φ_m不变，改绕前后磁动势应该相等；(3)电流与导线截面积成正比。]

任务3.3　解析变压器

学习目标	(1) 熟悉变压器工作原理，掌握电压、电流、电阻的变换公式及其来源和条件； (2) 在多绕组变压器中应掌握正确判断同名端方法； (3) 学会利用同名端的概念确定正确的连接方法。

任务引入

变压器是通过磁路耦合作用传输交流电能和信号的变压变流设备，广泛应用于电力系统和电子线路之中。

在输电方面，可以利用变压器提高输电电压。在输送相同电能的情况下，这不仅可以减小输电线的截面，节省材料，同时还可以减小线路损耗。因此交流输电都是用变压器将发电机发出的电压提高后再输送。

在用电方面，为了保证安全和符合用电设备的电压要求，还需要利用变压器将电压降低。

在电子线路中，除常用的电源变压器外，变压器还用来耦合或隔离电路，传递信号，实现阻抗匹配等。

另外还有用于电焊、电炉及整流用的专用变压器、自耦变压器、互感器等等。变压器用途十分广泛，种类也十分繁多。一个小容量的变压器可能仅有几伏安，而大容量的变压器可达数十万伏安；电压低的仅有几伏，而高的可达数十万伏。虽然变压器结构各异，应用场合不同，但基本原理是相同的。

那么，理想变压器的条件是什么？

任务分析

理想变压器是空心变压器在一定理想条件下的抽象。从理论上来说条件有三个：

(1) 变压器无损耗；

(2) 全耦合——耦合系数$k=\dfrac{M}{\sqrt{L_1L_2}}=1$；

(3) L_1、L_2、M为无穷大，但是$\sqrt{L_1/L_2}$为常数且等于变比，即$\sqrt{L_1/L_2}=n$。

从实际上讲，采用高导磁率的铁磁材料作为铁心，尽量增加线圈匝数，且线圈尽量紧密耦合的变压器可以使用理想变压器模型。

相关知识

3.3.1 变压器基本知识

变压器是根据电磁感应原理制成的一种静止的电气设备，它的基本作用是变换交流电压，即把电压从某一数值的交流电变为频率相同电压为另一数值的交流电。在输电方面，为了节省输电导线的用铜量和减少线路上的电压降及线路的功率损耗，通常利用变压器升高电压；在用电方面，为了用电安全，可利用变压器降低电压。此外，变压器还可用于变换电流大小和变换阻抗大小。

变压器的种类很多，根据其用途不同有：远距离输配电用的电力变压器；机床控制用的控制变压器；电子设备和仪器供电电源用的电源变压器；焊接用的焊接变压器；平滑调压用的自耦变压器；测量仪表用的互感器以及用于传递信号的耦合变压器等。

无论何种变压器，其基本构造和工作原理是相同的，都由铁磁材料构成的铁心和绕在铁心上的线圈(亦称绕组)两部分组成。变压器常见的结构型式有两类：芯式变压器和壳式变压器。如图 3.16 所示，芯式变压器的特点是绕组包围铁心，它的用铁量较少，构造简单，绕组的安装和绝缘处理比较容易，因此多用于容量较大的变压器中。壳式变压器如图 3.17 所示，其特点是铁心包围绕组。这种变压器用铜量较少，多用于小容量的变压器。

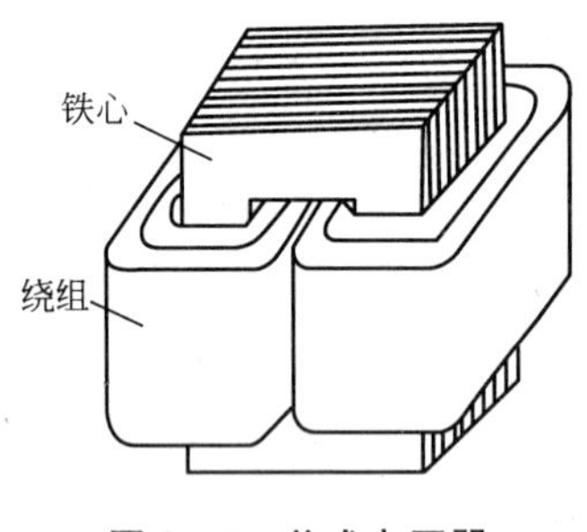

图 3.16 芯式变压器

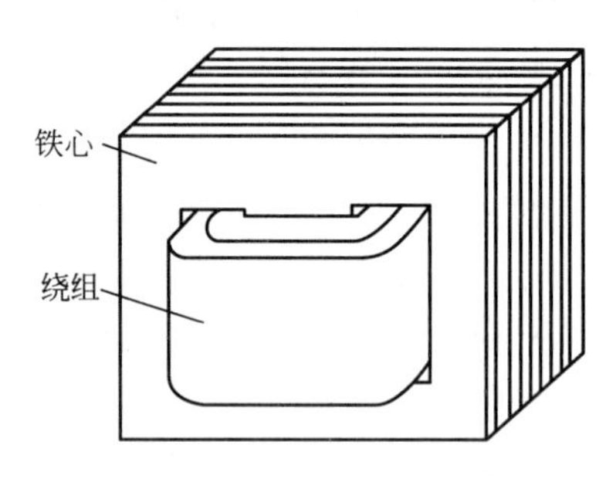

图 3.17 壳式变压器

变压器最基本的结构是铁心和绕组。

铁心是变压器的磁路部分，为了减少铁心中的涡流损耗，铁心通常用含硅量较高、厚度为 0.35mm 的硅钢片交叠而成，为了隔绝硅钢片相互之间的电的联系，每一硅钢片的两面都涂有绝缘清漆。

绕组是变压器的电路部分，用绝缘铜导线或铝导线绕制，绕制时多采用圆柱形绕组。通常电压高的绕组称为高压绕组，电压低的绕组称为低压绕组，低压绕组一般靠近铁心放置，而高压绕组则置于外层。为了防止变压器内部短路，在绕组和绕组之间，绕组和铁心之间，以及每绕组的各层之间，都必须绝缘良好。

除了铁心和绕组之外，变压器一般有外壳，用来保护绕组免受机械损伤，并起散热和屏蔽作用。较大容量的还具有冷却系统、保护装置以及绝缘套管等。大容量变压器通常采用三相变压器。

3.3.2 变压器基本原理

如图 3.18 所示为变压器原理图。为了便于分析，图中将原绕组和副绕组分别画在两

边。与电源连接的一侧称为原边(或称初级)，原边各量均用下脚“1”表示，如 N_1，u_1，i_1 等；与负载连接的一侧称为副边(或称次级)，副边各量均用下脚“2”表示，如 N_2，u_2，i_2 等。下面分空载和负载两种情况来分析变压器的工作原理。

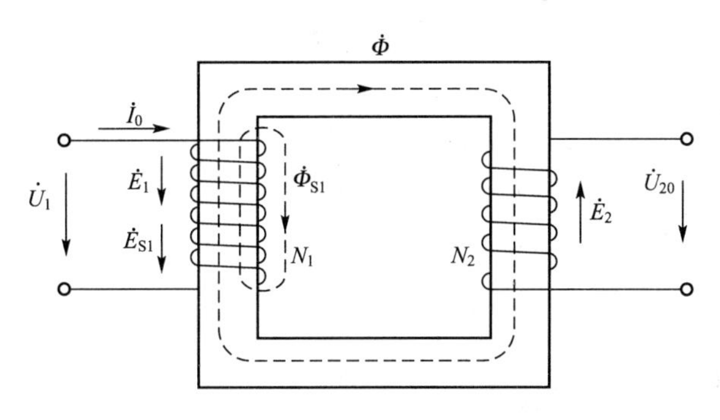

图 3.18　变压器原理图

1. 变压器空载运行及电压变换

变压器空载运行是将变压器的原绕组两端加上交流电压，副绕组不接负载的情况。

在外加正弦交流电压 u_1 作用下，原绕组内有电流 i_0 流过。由于副绕组开路，副绕组内没有电流，故将此时原绕组内的电流 i_0 称为空载电流。该电流通过匝数为 N_1 的原绕组产生磁动势 i_0N_1，并建立交变磁场。由于铁心的导磁系数比空气或油的导磁系数大得多，因而绝大部分磁通经过铁心而闭合，并与原、副绕组交链，这部分磁通称为主磁通，用 Φ 表示。主磁通穿过原绕组和副绕组，并在其中感应产生电动势 e_1 和 e_2。另有一小部分漏磁通 Φ_{S1} 不经过铁心而通过空气或油闭合，它仅与原绕组本身交链。漏磁通在变压器中感应的电动势仅起电压降的作用，不传递能量。下面讨论中均略去漏磁通及漏磁通产生的电压降。

上述的电磁关系可表示如下：

$$e_1=-N_1\frac{\mathrm{d}\Phi}{\mathrm{d}t} \tag{3-25}$$

$$u_1\rightarrow i_0\rightarrow i_0N_1\rightarrow\Phi$$

$$e_2=-N_2\frac{\mathrm{d}\Phi}{\mathrm{d}t}=u_{20} \tag{3-26}$$

u_{20} 为副绕组的空载端电压。

由基尔霍夫电压定律，按图 3.18 所规定的电压、电流和电动势的正方向，可列出原、副绕组的瞬时电压平衡方程式，即

$$u_1=i_0R_1-e_1=i_0R_1+N_1\frac{\mathrm{d}\Phi}{\mathrm{d}t}$$

$$u_{20}=e_2=-N_2\frac{\mathrm{d}\Phi}{\mathrm{d}t} \tag{3-27}$$

式中，R_1 为原绕组的电阻。若用相量形式表示，式(3-24)可写成

$$\dot{U}_1=\dot{I}_0R_1+(-\dot{E}_1)$$

$$\dot{U}_{20}=\dot{E}_2 \tag{3-28}$$

由于一般变压器在空载时励磁电流 i_0 很小，通常为原绕组额定电流的 3%～10%，所

以原绕组的电阻压降 i_oR_1 很小，可近似认为

$$u_1 \approx -e_1$$

或

$$\dot{U}_1 \approx -\dot{E}_1$$

因此

$$\frac{\dot{U}_1}{\dot{U}_2} \approx -\frac{\dot{E}_1}{\dot{E}_2} \tag{3-29}$$

其有效值之比为

$$\frac{U_1}{U_{20}} \approx \frac{E_1}{E_2} = \frac{N_1}{N_2} = K \tag{3-30}$$

式中，K 称为变压器的变比，亦即原、副绕组的匝数比。当 $K<1$ 时，为升压变压器；当 $K>1$ 时，为降压变压器。

必需指出，变压器空载时，若外加电压的有效值 U_1 一定，主磁通 Φ_M 的最大值也基本不变，如 $\Phi=\Phi_M\sin\omega t$，则有

$$\dot{U}_1 \approx -\dot{E}_1 = \mathrm{j}4.44fN_1\Phi_M \tag{3-31}$$

用有效值形式表示

$$U_1 \approx E_1 = 4.44fN_1\Phi_M \tag{3-32}$$

式中，当 f、N_1 为定值时，主磁通最大值 Φ_M 的大小只取决与外加电压有效值 U_1 的大小，而与是否接负载无关。若外加电压 U_1 不变，则主磁通 Φ_M 也不变。这个关系对分析变压器的负载运行及电动机的工作原理都非常重要。

2. 变压器负载运行及电流变换

变压器负载运行是将变压器的原绕组接上电源，副绕组接有负载的情况。如图 3.19 所示，副绕组接上负载 Z 后，在电动势 e_2 的作用下，副边就有电流 i_2 流过，即副边有电能输出。原绕组与副绕组之间没有电的直接联系，只有磁通与原、副绕组交链形成的磁耦合来实现能量传递。那么，原、副绕组电流之间关系怎样呢？

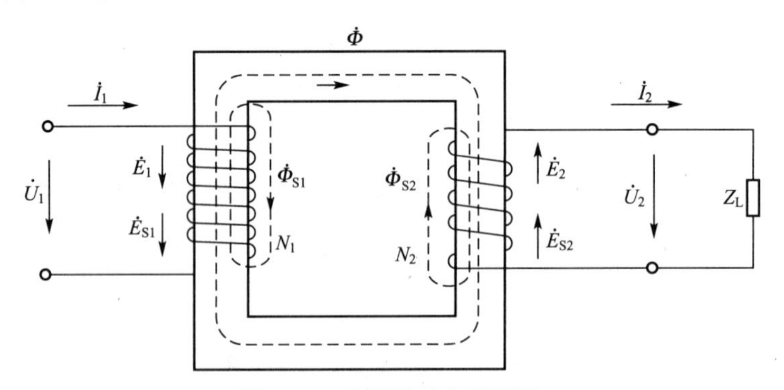

图 3.19 变压器的负载运行

变压器未接负载前其原边电流为 i_o，它在原边产生磁动势 i_0N_1，在铁心中产生的磁通 Φ。接上负载后，副边电流 i_2 产生磁动势 i_2N_2，根据楞次定律，i_2N_2 将阻碍铁心中主磁通 Φ 的变化，企图改变主磁通的最大值 Φ_M。但是，当电源电压有效值 U_1 和频率 f 一定时，由式 $U_1=E_1=4.44fN_1\Phi_M$ 可知，U_1 和 Φ_M 近似恒定。因而，随着负载电流 i_2 的出

现，通过原边电流 i_0 及产生的磁动势 i_0N_1 必然也随之增大，至 i_1N_1 以维持磁通最大值 Φ_M 基本不变，即与空载时的 Φ_M 大小接近相等。因此，有负载时产生主磁通的原、副绕组的合成磁动势($i_1N_1+i_2N_2$)应该与空载时产生主磁通的原绕组的磁动势 i_0N_1 差不多相等，即

$$i_1N_1+i_2N_2\approx i_0N_1$$

用相量表示

$$\dot{I}_1N_1+\dot{I}_2N_2\approx\dot{I}_0N_1 \tag{3-33}$$

式(3-33)称为磁动势平衡方程式。有载时，原边磁动势 i_1N_1 可视为两个部分：i_0N_1 用来产生主磁通 Φ；i_2N_2 用来抵消副边电流 i_2 所建立的磁动势 i_2N_2 以维持铁心中的主磁通最大值 Φ_M 基本不变。

由式(3-33)得到

$$\dot{I}_1\approx\dot{I}_0+\left(-\frac{N_2}{N_1}\dot{I}_2\right) \tag{3-34}$$

一般情况下，空载电流 I_0 只占原绕组额定电流 I_{1N}的 3%～10%，可以略去不计。于是式(3-31)可写成

$$\dot{I}_1\approx-\frac{N_2}{N_1}\dot{I}_2 \tag{3-35}$$

由式(3-35)可知，原、副绕组的电流关系为

$$\frac{I_1}{I_2}\approx\frac{N_2}{N_1}=\frac{1}{K} \tag{3-36}$$

式(3-36)表明变压器原、副绕组的电流之比近似与它们的匝数成反比。必须注意，式(3-36)是在忽略空载电流的情况下获得的，若变压器在空载或轻载下运行就不适用了。

变压器负载运行时的电磁关系如下

$$e_1=-N_1\frac{d\Phi}{dt}$$

$$u_1\rightarrow i_1(i_1N_1)\rightarrow i_0N_1\rightarrow\Phi$$

$$e_2=-N_2\frac{d\Phi}{dt}\rightarrow u_2\rightarrow i_2(i_2N_2)$$

3. 阻抗变换

变压器除了变换电压和变换电流外，还可进行阻抗变换，以实现“匹配”。

在图 3.20(a)中，负载阻抗 Z 接在变压器副边，而图中的虚线框部分可用一个阻抗 Z' 来等效代替，如图 3.20(b)所示。两者的关系可通过下面计算得出。

根据式(3-24)和式(3-36)可得出

$$\frac{U_1}{I_1}=\frac{\frac{N_1}{N_2}U_2}{\frac{N_2}{N_1}I_2}=\left(\frac{N_1}{N}\right)^2\frac{U_2}{I_2}=K^2\frac{U_2}{I_2}$$

由图 3.20(a)可知

$$\frac{U_1}{I_1}=z'$$

由图 3.20(b)可知

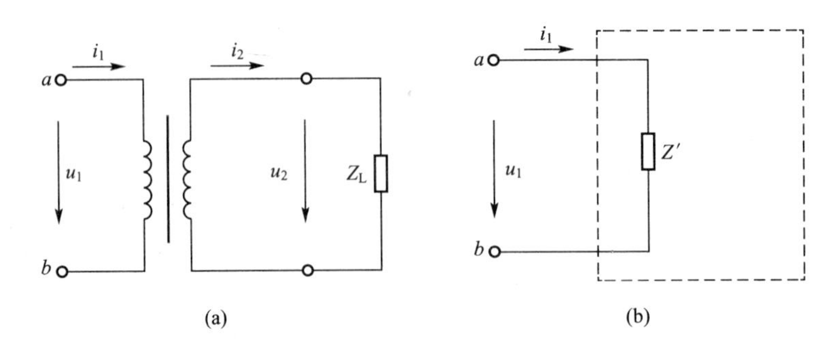

图 3.20 阻抗变换

$$\frac{U_2}{I_2}=z$$

代入后得

$$z'=K^2z \tag{3-37}$$

式(3－34)中 z' 和 z 为阻抗的大小。它表明在忽略漏磁阻抗影响下，只需调整匝数比，就可把负载阻抗变换为所需要的数值，且负载性质不变。通常称为阻抗匹配。

【例 3－3】 有一信号源的电动势为 1.5V，内阻抗为 300Ω，负载阻抗为 75Ω。欲使负载获得最大功率，必须在信号源和负载之间接一阻抗匹配变压器，使变压器的输入阻抗等于信号源的内阻抗，如图 3.21 所示。问变压器的变压比，原、副边的电流各为多少？

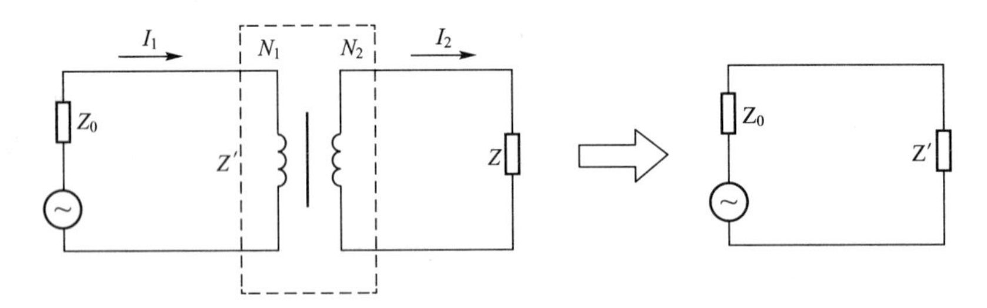

图 3.21 例 3－3 电路图

解 依题意：负载阻抗 $z=75\Omega$，变压器的输入阻抗 $z'=z_0=300\Omega$。应用变压器的阻抗变换公式，可求得变比为

$$K=\frac{N_1}{N_2}=\sqrt{\frac{z'}{z}}=\sqrt{\frac{300}{75}}=2$$

因此，信号源和负载之间接一个变比为 2 的变压器就能达到阻抗匹配的目的。这时变压器的原边电流为

$$I_1=\frac{U_S}{z_0+z_1}=\frac{1.5}{300+300}=2.5\text{mA}$$

副边电流为

$$I_2=KI_1=2\times2.5=5\text{mA}$$

3.3.3 变压器的额定值、外特性、功率和效率

1. 变压器的额定值

使用变压器时，应了解变压器的额定值。变压器正常运行的状态和条件，称为变压器

的额定工作情况，而表征变压器额定工作情况的电压、电流和功率等数值，称为变压器的额定值，它一般标在变压器的铭牌上。

额定容量 S_N 变压器的额定容量指它的额定视在功率，以伏安(VA)或千伏安(kVA)为单位。在单相变压器中，$S_N=U_{2N}I_{2N}$，在三相变压器中，$S_N=\sqrt{3}U_{2N}I_{2N}$。

额定电压 U_{1N} 和 U_{2N} 原绕组的额定电压 U_{1N} 是指原绕组上应加的电源电压或输入电压，副绕组的额定电压 U_{2N} 是指原绕组加上额定电压时副绕组的空载电压(U_{20})。在三相变压器铭牌上给出的额定电压 U_{1N} 和 U_{2N} 均为原、副绕组的线电压。

额定电流 I_{1N} 和 I_{2N} 变压器的额定电流 I_{1M} 和 I_{2N} 是根据绝缘材料所允许的温度而规定的原、副绕组中允许长期通过的最大电流值。在三相变压器中，I_{1N} 和 I_{2N} 均原、副绕组的线电流。

变压器的额定值决定于变压器的构造和所用的材料。使用变压器时一般不能超过其额定值，此外，还必须注意：其工作温度不能过高，原、绕组必须分清，并防止变压器绕组短路，以免烧毁变压器。

2. 变压器的外特性

变压器的外特性是指电源电压 U_1、f_1 为额定值，负载功率因数 $\cos\varphi_2$ 一定时，U_2 随 I_2 变化的关系曲线，即 $U_2=f(I_2)$，如图3.22所示。

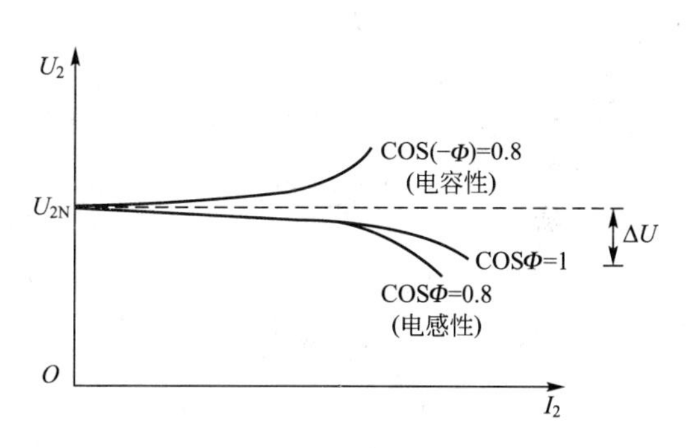

图3.22　变压器的外特性

从外特性曲线中可清楚地看出，负载变化时所引起的变压器副边电压 U_2 的变化程度，既与原、副绕组的漏磁阻抗(包括原副绕组的电阻及漏磁感抗)有关，又与负载的大小及性质有关。对于电阻性和电感性负载而言，U_2 随负载电流 I_2 的增加而下降，其下降程度还与负载的功率因数有关。对电容性负载来说，U_2 可能高于 U_{2N}，外特性曲线是上翘的。由外特性曲线还可以看到，电阻性负载时，U_2 的变化也随之增大。

变压器副边电压 U_2 随 I_2 变化的程度用电压变化率 ΔU 表示，即

$$\Delta U=\frac{U_{20}-U_2}{U_{20}}\times 100\% \tag{3-38}$$

在一般变压器中，由于其绕组电阻和漏磁感抗均甚小，电压变化率是不大的，约2%~5%。

变压器的电压变化率表征了电网电压的稳定性，一定程度上反映了变压器供电的质量，是变压器的主要性能指标之一。为了改善电压稳定性，对电感性负载，可在负载两端并联适当容量的电容器，以提高功率因数和减小电压变化率。

3. 变压器的功率

变压器原绕组的输入功率为

$$P_1=U_1I_1\cos\phi_1 \tag{3-39}$$

式中，Φ_1 为原绕组电压与电流的相位差。

变压器副绕组的输出功率为

$$P_2=U_2I_2\cos\Phi_2 \tag{3-40}$$

式中，Φ_2 为副绕组电压与电流的相位差。

输入功率与输出功率的差就是变压器所损耗的功率，即

$$\Delta P=P_1-P_2 \tag{3-41}$$

变压器的功率损耗，包括铁损 ΔP_{Fe}(铁心的磁滞损耗和涡流损耗)和铜损 ΔP_{Cu}(线圈导线电阻的损耗)。即

$$\Delta P=\Delta P_{Fe}+\Delta P_{Cu} \tag{3-42}$$

铁损和铜损可以用实验方法测量或计算求出，铜损($I_1^2r_1+I_2^2r_2$)与负载大小有关，是可变损耗；而铁损与负载大小无关，当外加电压和频率确定后，一般是常数。

4. 变压器的效率

变压器的效率等于变压器输出功率与输入功率之比的百分值，即

$$\eta=\frac{P_2}{P_1}\times100\%=\frac{P_2}{P_2+\Delta P_{Fe}+\Delta P_{Cu}}\times100\% \tag{3-43}$$

变压器的效率较高。大容量变压器在额定负载时的效率可达98%～99%，小型电源变压器的效率约为70%～80%。

变压器的效率还与负载有关，轻载时效率很低，因此应合理选用变压器的容量，避免长期轻载或空载运行。

【例3-4】 有一额定容量为2kVA、电压为380/110V的单相变压器。

试求：(1) 原、副边的额定电流；

(2) 若负载为110V、25W、$\cos\phi=0.8$的小型单相电动机，问满载运行时可接入多少这样的电动机?

解 (1) 原、副边的额定电流为

$$I_0=\frac{S_N}{U_{1N}}=\frac{2000}{380}=5.26\text{A}$$

$$I_{2N}=\frac{S_N}{U_{2N}}=\frac{2000}{110}=18.18\text{A}$$

(2) 每台小电机的额定电流为

$$I=\frac{P}{U\cos\Phi}=\frac{25}{110\times0.8}=0.28\text{A}$$

故可接

$$\frac{18.18}{0.28}=65(\text{台})$$

3.3.4 变压器绕组的极性

变压器在使用中有时需要把绕组串联以提高电压，或把绕组并联以增大电流，但必须注意绕组的正确连接。例如，一台变压器的原绕组有相同的两个绕组，如图3.23(a)所示的1—2和3—4。假定每个绕组的额定电压为110V，当接到220V的电源上时，应把两绕组的异极性端串联，如图3.23(b)所示；接到110V的电源上时，应把两绕组的同极性端并联，如图3.23(c)所示。如果连接错误，若串联时将2和4两端联在一起，将1和3两端接电源，此时两个绕组的磁动势就互相抵消，铁心中不产生磁通，绕组中也就没有感应电动势，绕组中将流过很大的电流，把变压器烧毁。

为了正确联接，在线圈上标以记号“·”。标有“·”号的两端称为同极性端，又称同名端。如图3.23所示的1和3是同名端，当然2和4也是同名端。当电流从两个线圈的同名端流入(或流出)时，产生的磁通方向相同；或者当磁通变化(增大或减小)时，在同

名端感应电动势的极性也相同。在图 3.23 中，绕组中的电流是增加的，故感应电动势 e 的极性(或方向)如图 3.23 所示。

应该指出，只有额定电流相同的绕组才能串联，额定电压相同的绕组才能并联，否则，即使极性联接正确，也可能使其中某一绕组过载。如果将其中一个线圈反绕，如图 3.24 所示，则 1 和 4 两端应为同名端。串联时应将 2 和 4 两端联在一起。可见，同名端的标定，还与绕圈的绕向有关。

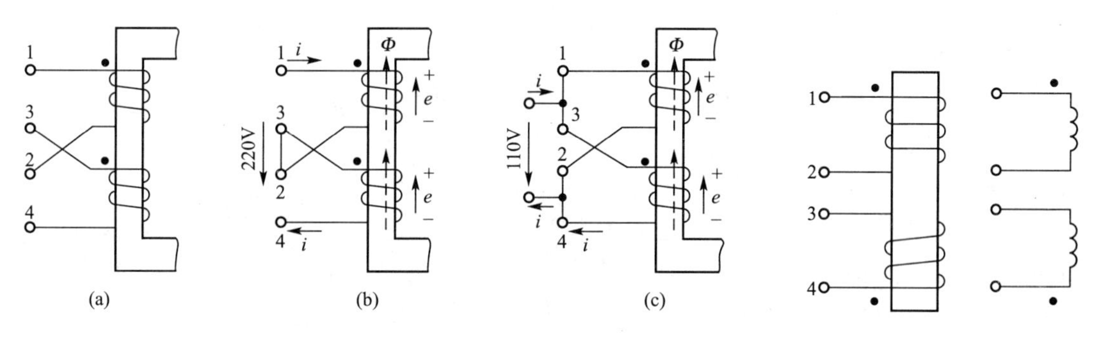

图 3.23　变压器绕组的正确连接　　　图 3.24　线圈反绕

当一台变压器引出端未注明极性或标记脱落，或绕组经过浸漆及其他工艺处理，从外观上已看不清绕组的绕向时，通常用下述两种实验方法来测定变压器的同名端。

1. 交流法

用交流法测定绕组极性的电路如图 3.25(a)所示。将两个绕组 1—2 和 3—4 的任意两端(如 2 和 4)联接在一起，在其中一个绕组(如 1—2)的两端加一个比较低的便于测量的交流电压。用伏特计分别测量 1、3 两端的电压 U_{13} 和两绕组的电压 U_{12} 及 U_{34} 的数值是两绕组的电压之差，即 $U_{13}=U_{12}-U_{34}$，则 1 和 3 是同极性端；若 U_{13} 是两绕组电压之和，即 $U_{13}=U_{12}+U_{34}$，则 1 和 4 是同极性端。

2. 直流法

用直流法测定绕组极性的电路如图 3.25(b)所示。当开关 S 闭合瞬间，如果电流计的指针正向偏转，则 1 和 3 是同极性端，若反向偏转，则 1 和 4 的同极性端。

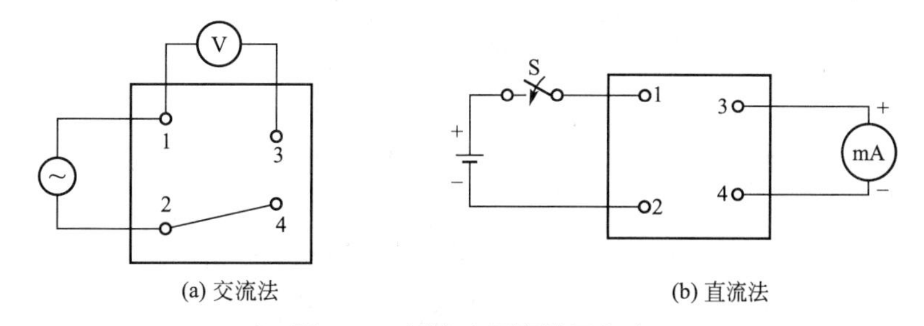

图 3.25　测定变压器的同名端

任务实施

变压器是使用最为广泛的电磁元件之一，它的工作原理主要建立在电磁感应和磁动势平衡这两个关系的基础上，它的基础理论，可以推广到交流电机中，因此应予深入掌握。

从基本结构上看，变压器由绕组、铁心和其他辅助设备构成。变压器的两个互相绝缘且匝数不同的绕组称为一、二次绕组，这两个绕组通过同一铁心磁路铰链同一主磁通。

从基本原理上看，一、二次绕组电路通过电磁耦合关系联系起来，因此，既有磁路问题，又有电路问题。在运行中既要保持磁动势平衡关系，又要保持电压平衡关系。变压器工作原理的分析就是在这两个基本关系的基础上进行的。

从基本功能上看，变压器的一次绕组接电源，二次绕组接负载。由于变压器的一、二次绕组匝数不同，因此可将一种电压等级（如电源电压）转换为同频率的另一电压等级（如负载需要的电压）。同样变压器还能实现改变电流等级和变相位的功能。

变压器内部的磁通可分为主磁通和漏磁通来处理的，这是由于这两种磁通所经过的磁路的性质不同，不能用一个公式把全部磁通与绕组相交链的情况表达出来，只能把全部磁通分为通过不同性质磁路的两个磁通。然后引入励磁阻抗 Z_m 反映主磁通对电路的影响，引入漏抗 $X_{1\sigma}$、$X_{2\sigma}$反映漏磁通对电路的影响，这样就把电磁场问题转化为电路的问题，这是分析变压器的基本思想。

任务小结

变压器是利用电磁感应原理制成的一种静止的电气设备，由铁心和绕组组成。其基本作用是变换交流电压，变换电流大小和变换阻抗大小。

变压器的电压变化率一定程度上反映了其供电的质量，表征了电网电压的稳定性，是变压器的主要性能指标之一。

变压器在使用中有时需要把绕组串联以提高电压，或把绕组并联以增大电流，但只有额定电流相同的绕组才能串联，额定电压相同的绕组才能并联，并且要注意其同名端。

思考与练习

1. 有一台电压为 220V/110V 的变压器，$N_1=2000$ 匝，$N_2=1000$ 匝。能否将其匝数减为 400 匝和 200 匝以节省铜钱？为什么？

2. 变压器能不能变换直流电压？为什么？如果把变压器原边接到电压相同的直流电源上，副边绕组的电压多大？会产生什么后果？

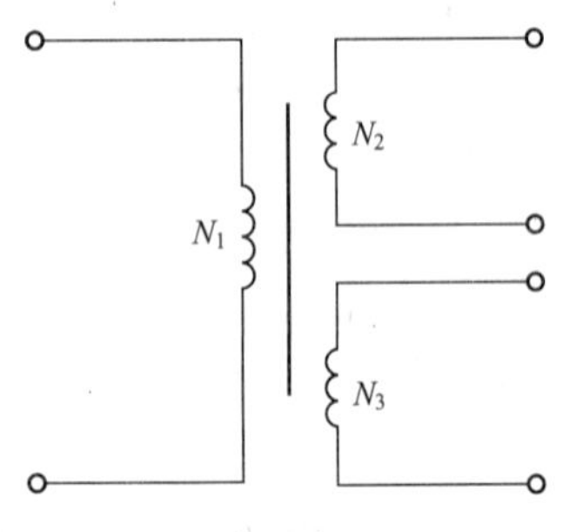

图 3.26　题 3 电路图

3. 一台单相变压器如题 3 电路图所示，已知原边电压 220V，$N_1=1000$ 匝，要求副边空载时输出电压分别是 127V 和 36V，问两副边绕组的匝数 N_2 和 N_3 应为多少？

4. 对上题的变压器，(1)副边中 127V 绕组空载，36V 绕组带 1kW 纯电阻性负载，问此时原绕组的电流是多少？(2)副边中 127V 绕组电流 $I_2=5A$，36V 绕组电流 $I_3=10A$，求原边电流及原、副边的功率。

5. 有一台单相变压器，容量为 10kVA，电压为 3300V/

220V，欲在它的副边接入 60W、220V 的白炽灯及 40W、220V、功率因素为 0.5(感性)的日光灯。试求：(1)变压器满载运行时，可接白炽灯和日光灯各多少盏？(2)原、副绕组的额定电流。

6．利用题 6 图所示的变压器，使 8Ω 和 16Ω 的扬声器均能与内阻为 800Ω 的信号源匹配。设变压器原边匝数 $N_1=500$，试求副边两绕组的匝数 N_2 和 N_3。

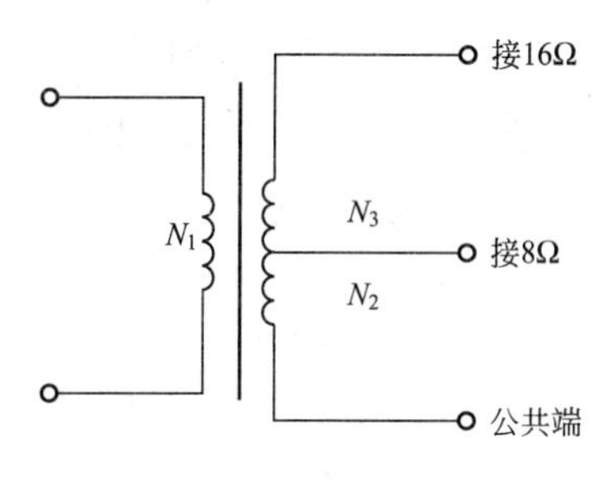

图 3.27　题 6 图

7．判别题 7 图中各绕组的同名端。

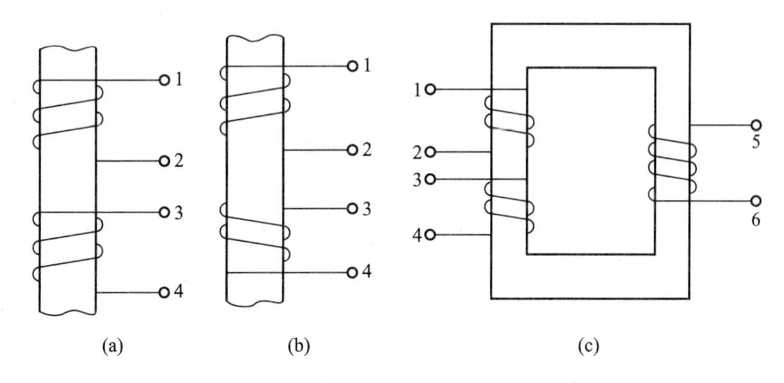

图 3.28　题 7 图

任务 3.4　了解变压器的实际应用

学习目标	(1) 掌握互感器、整流变压器等常用特殊变压器的工作原理、运行特性和使用方法； (2) 了解上述特殊变压器的用途及维护知识，了解特殊变压器的技术发展趋势。

任务引入

前面分析的变压器基本原理，都是以双绕组变压器为分析对象，分析所得的结论，同样适用于具有其他绕组结构的变压器。本节介绍自耦变压器、互感器、多绕组变压器和一些特殊形式变压器的有关问题，研究如何测量和监视回路中的高电压。

任务分析

发电、输电和用电在不同情况线路上的电压大小不一，而且相差悬殊，有的是低压 220V 和 380V，有的是高压几万伏甚至几十万伏。要直接测量这些低压和高压电压，就需要根据线路电压的大小，制作相应的低压和高压的电压表和其他仪表和继电器。这样不仅会给仪表制作带来很大的困难，而且更主要的是，要直接制作高压仪表，直接在高压线路上测量电压，技术上是不可能的。如果在线路上接入电压互感器变换电压，那么就可以把线路上的低压和高压电压，按相应的比例，统一变换为一种或几种低压电压，只要用一种或几种电压规格的仪表和继电器，例如通用的电压为100V的仪表，就可以通过电压互感器，测量和监视线路上的电压。

3.4.1 自耦变压器

如图3.29所示为双绕组变压器，其一、二次侧绕组匝数分别为N_1和N_2匝。如果将这台变压器的两个绕组按同极性串联起来，如图3.30所示。同样可以获得对电压、电流和阻抗的变换作用——变压器。这种类型的变压器称为自耦变压器。如图3.30所示就是一台降压自耦变压器。这台自耦变压器只是把一台常规的双绕组变压器按照特殊的方式连接罢了。但是，应该注意到，在图3.30中，绕组ax对一、二次侧是公共绕组，Aa称为串联绕组。

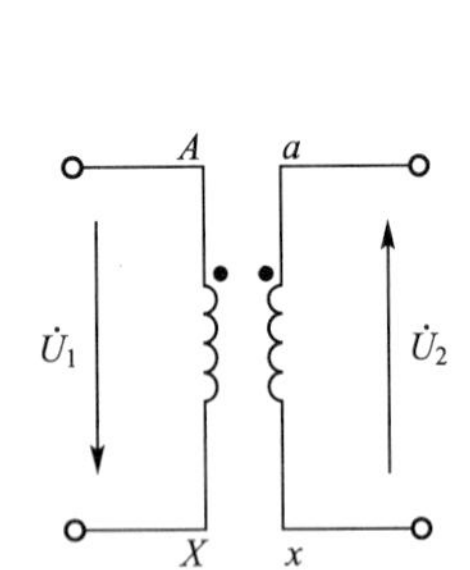

图3.29 双绕组变压器

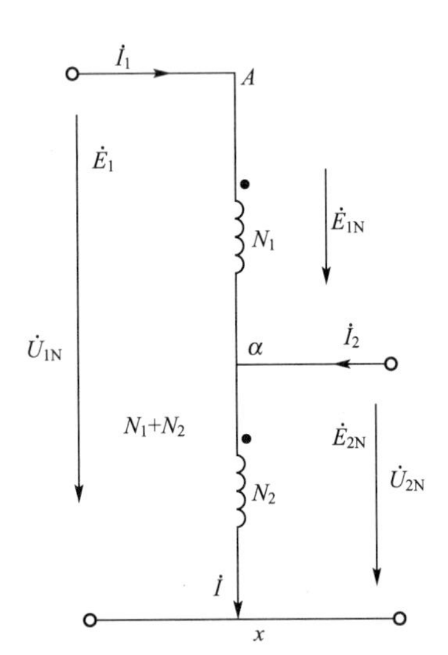

图3.30 降压自耦变压器

1. 自耦变压器电压、电流关系

当自耦变压器一次侧接额定电压U_{1N}，二次侧得到额定电压U_{2N}(空载电压)，忽略阻抗降，则自耦变压器电压变比为

$$K_A=\frac{E_1}{E_{2N}}=\frac{E_{1N}+E_{2N}}{E_{2N}}=\frac{N_1+N_2}{N_2}=K+1\approx\frac{U_{1N}}{U_{2N}} \tag{3-44}$$

$$K=\frac{E_{1N}}{E_{1N}}=\frac{N_1}{N_2}$$

式中，K为原双绕组变压器变比；N_1，N_2为原双绕绕组变压器一、二次侧绕组匝数。

根据变压器原理，自耦变压器负载后的磁势方程为

$$\dot{I}_1(N_1+N_2)+\dot{I}_2N_2=\dot{I}_0(N_1+N_2)$$

负载运行时忽略励磁电流$\dot{I}_0$有

$$\dot{I}_1=-\frac{N_2}{(N_1+N_2)}\dot{I}_2=-\frac{1}{K_A}\dot{I}_2 \tag{3-45}$$

$$\dot{I}=\dot{I}_1+\dot{I}_2=\left(1-\frac{1}{K_A}\right)\dot{I}_2$$

对于降压自耦变压器 $K_A>1$，从式(3-45)可见，一次侧电流 $\dot{I}_1$ 和二次侧电流 $\dot{I}_2$ 相位相差 180°，在数值上有 $I_2>I_1$。

2. 自耦变压器的容量

自耦变压器的额定容量指输出(或输入)电压与电流的乘积，即

$$S_N=U_{1N}I_{1N}=U_{2N}I_{2N} \tag{3-46}$$

对于双绕组变压器，两个绕组的容量相等，且等于变压器容量。而自耦变压器则不同，如图 3.26 所示，绕组 Aa 段和绕组 ax 段的容量分别为

$$\left.\begin{aligned}S_{Aa}&=U_{Aa}I_{1N}=\frac{N_1}{N_1+N_2}U_{1N}I_{1N}=\left(1-\frac{1}{K_A}\right)S_N\\S_{ax}&=U_{ax}I=U_{2N}\left(1-\frac{1}{K_A}\right)I_{2N}=\left(1-\frac{1}{K_A}\right)S_N\end{aligned}\right\} \tag{3-47}$$

从式(3-47)可见，自耦变压器串联绕组和公共绕组的容量相等，都为额定容量 S_N 的 $\left(1-\frac{1}{K_A}\right)$倍。

如果把容量 S_{NS}、变比为 K 的普通双绕组变压器改接为降压自耦变压器，并且保持两个绕组的额定电压和额定电流不变。设改接后的自耦变压器容量为 S_N，S_{NS} 和 S_N 之间的关系为

$$S_{NS}=S_{Aa}=\left(1-\frac{1}{K_A}\right)S_N$$

其变形为

$$S_N=\left(1+\frac{1}{K}\right)S_{NS} \tag{3-48}$$

从式(3-48)可见，把变比为 K 的双绕组变压器改接为降压自耦变压器以后，自耦变压器的额定容量增加到$\left(1+\frac{1}{K}\right)S_{NS}$。

双绕组变压器和自耦变压器之间的一个重要差别是，双绕组变压器的一次、二次绕组间是电隔离的，能量的传递靠磁耦合完成；而自耦变压器它不但有磁耦合还有电连接。由于自耦变压器的一次侧、二次侧存在电连接，所以容量关系和双绕组变压器不同，即

$$S_N=U_{1N}I_{1N}=(U_{Aa}+U_{2N})I_{1N}=U_{Aa}I_{1N}+U_{2N}I_{1N} \tag{3-49}$$

从式(3-49)可见，自耦变压器的容量 S_N 分为两部分，第一部分为 $U_{Aa}I_{1N}=S_{NS}$ 是自耦变压器通过电磁感应传递给负载的，称为电磁功率；第二部分为 $U_{2N}I_{1N}$ 是一次侧电流 I_{1N} 通过传导关系直接给负载的，称为“传递功率”。由于传递功率不需要增加的自耦变压器的电磁参数，所以与双绕组变压器相比，自耦变压器的漏阻抗较小，损耗较低，励磁电流较小，价格较便宜。如果工程考虑的只是电压变换，对一、二次侧绕组间电隔离不作为一个重要因素的情况下，自耦变压器的优势是十分明显的，下面举例说明。

【例 3-5】 一台 50kVA，2400V/240V 的配电变压器，将它连接成一台自耦变压器，如图 3.31所示。图中 ab 为 240V 绕组，bc 为 2400V 绕组，如果 240V 绕组的绝缘足以承受

2640V 的对地电压。计算：(1)该自耦变压器高压和低压侧的电压额定值 U_{1N} 和 U_{2N}。(2)计算作为自耦变压器的额定容量。

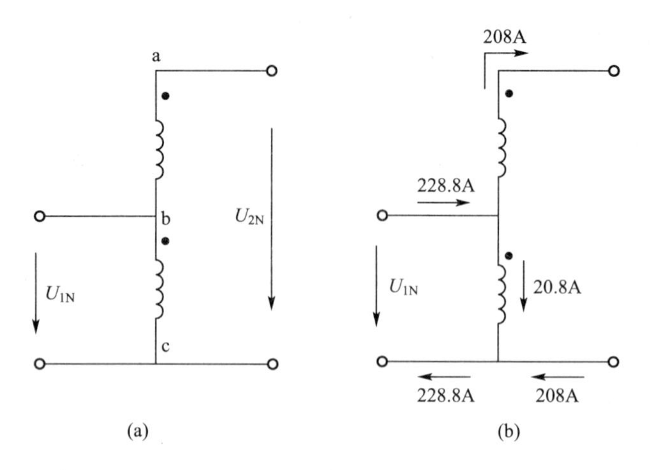

图 3.31　例 3-5 图

解　(1)由于 2400V 绕组连接到了低压电路，所以 $U_{1N}=2400V$，当 $U_{bc}=2400V$ 时，在绕组 ab 中将感应一个与 U_{bc} 同相的电压 $U_{ab}=240V$。因此，高压侧的电压 U_{2N} 为

$$U_{2N}=U_{bc}+U_{ab}=2640V$$

(2) 从作为双绕组变压器的额定容量 50kVA 知 240V 绕组的额定电流为 50000/240=208.3A，由于自耦变压器的高压引线连接到 240V 绕组，故高压侧额定电流 I_{2N} 等于 240V 绕组的额定电流，即 208A。因此，该自耦变压器额定容量为

$$S_N=2640\times208=550\times10^3VA=550kVA$$

在此连接方式中，自耦变压器具有等效匝数比 2400/2640。因而，一次侧绕组的额定电流必然为

$$I_{1N}=\frac{1}{K_A}I_{2N}=\frac{2640}{2400}\times208=228.8(A)$$

作为双绕组的变压器，2400V 绕组的额定电流为 $50\times10^3/2400=20.83(A)$。而额定容量为 50kVA，而作为自耦变压器时却能达到 550kVA。这是因为有传导功率的原因。

3.4.2　多绕组变压器

有三个或更多个绕组的变压器，称为多绕组或多电路变压器，常用于具有不同的三个电压或更多个电路互相连接。对此用途，多绕组变压器比等效数目的双绕组变压器花费较少，效率更高。在电子装置的多输出直流供电中，经常可以看到单一次侧多于二次侧的变压器。

同样，大配电系统可能是通过三相多绕组变压器组，由具有不同电压的两个或更多个传输系统供电的。此外，用于使不同电压的两个传输系统互相连接的三相变压器组，常常带有第三套绕组，为变电站中的辅助用电装置提供电压，或供给本地配电系统。有时，将连接的第三套绕组投入三相组，为励磁电流的三次谐波分量提供低阻抗路径，以减少中点电压的三次谐波分量。

多绕组变压器使用中引起的若干问题，与漏阻抗对电压调整率、短路电流及电路间负载分配等的影响关联。这些问题可以用类似于双绕组变压器的方法去解决。

3.4.3　电压互感器和电流互感器

由于电力系统的电压范围高达几百千伏，电流可能为数十千安，这就需要将这些高电压、大电流用变压器变为较为安全的低压、低流等级形式，提供给测量仪器。测量高电压的专用变压器叫电压互感器(PT)，测量大电流的专用变压器叫电流互感器(CT)。电压互感器和电流互感器就是用于仪器测量用途，以使被测高电压或大电流满足仪表和其他仪器的量程。

1. 电压互感器

电压互感器是一次侧接高压，二次侧接阻抗很大测量仪器，所以将电压互感器设计为正常运行时，相当于普通变压器的空载运行。电压互感器一次侧匝数 N_1 大，二次侧匝数 N_2 小，一次侧电压是二次侧的 K_u 倍，$K_u=N_1/N_2$ 为电压互感器的电压变比。从而将一次侧高压变为二次侧低压，为测量仪器提供被测信号或控制信号，如图 3.32 所示。

电压互感器的设计特点是：应具有较大的励磁阻抗，较小的绕组电阻和漏电抗，较低的铁心磁密，不能饱和，从而提高测量精度。同时，负载阻抗必须保持在某一最小值之上，以避免在所测量的电压大小和相位中引入过大的误差。

由于电压互感器正常运行相当于空载运行，因此二次侧绝不允许短路，否则将引起电压互感器电流过高而烧坏。同时二次侧不能并联过多数量的仪器，否则导致电压互感器负载过大，引起测量误差的增加。

2. 电流互感器

电流互感器的一次侧绕组直接串入被测电路，因此，被测电流 I_1 直接流过一次侧绕组，一次侧绕组 N_1 仅有一匝或几匝，二次侧绕组匝数 N_2 较多。电流互感器的二次侧与阻抗很小的仪表(如电流表、功率表)接成闭合回路，有电流 I_2 流通，如图 3.33 所示。由于电流互感器二次侧阻抗很小，所以电流互感器正常运行时，其电磁原理相当于二次侧短路的变压器。

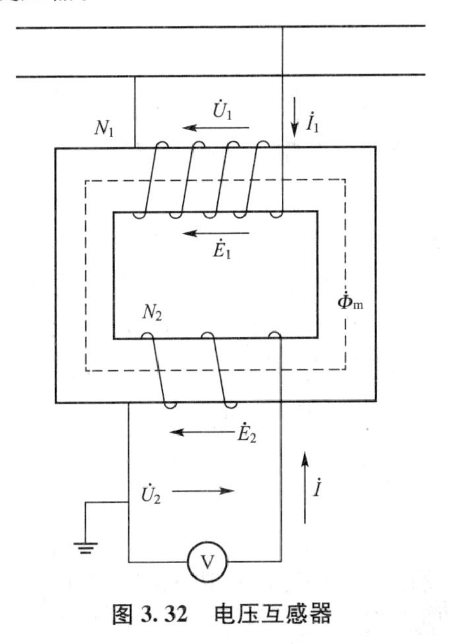

图 3.32　电压互感器

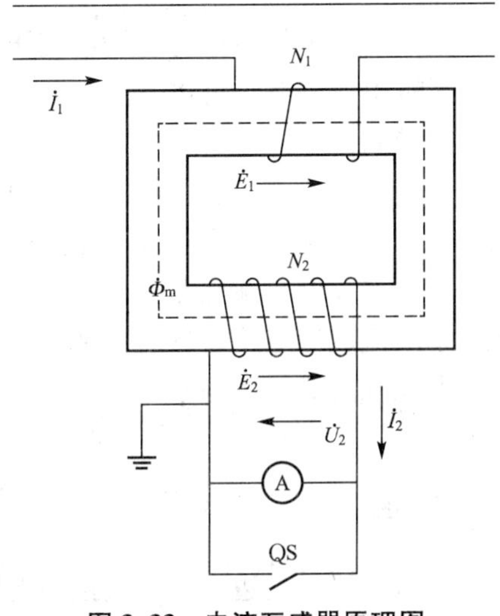

图 3.33　电流互感器原理图

为了提高电流互感器的测量精度，使二次侧电流准确反映一次侧电流。需要尽可能减

小励磁电流，这样电流互感器尽量减少磁路中的气隙，选择导磁性能好的铁心材料。使电流互感器铁心的磁密值较低，不饱和。这时，可以认为励磁电流 I_0 忽略不计，即

$$I_1=\frac{N_2}{N_1}I_2=K_iI_2 \tag{3-50}$$

式中，$K_i=\frac{I_1}{I_2}=\frac{N_2}{N_1}$称为电流互感器的电流变比。

通常电流互感器二次侧电流额定值为1A或5A，而一次侧电流的测量范围较宽。不同的测量情况可以选取不同的电流互感器。由于式(3－50)忽略了励磁电流，因而实际应用中的电流互感器总是存在着误差，即电流误差和相位误差。其电流误差用相对误差表示为

$$\Delta i=\frac{K_iI_2-I_1}{I_1}\times 100\%$$

根据相对误差的大小，国家标准规定电流互感器分下列五个等级，即0.2，0.5，1.0，3.0，10.0。如0.2级的电流互感器表示，在额定电流时误差最大不超过±0.2%，对各级的允许误差(电流误差和相位误差)见有关国家标准。

特别提示

使用电流互感器应注意如下事项：

(1) 二次侧绝对不允许开路。因为二次侧开路时，一次侧的大电流 I_1(由主电路决定，与互感器状态无关)全部成为互感器的励磁电流，使铁心磁密急剧增高、铁耗剧增，铁心过热烧毁绕组绝缘，导致高压侧对地短路。更严重的是，使二次侧感应极高电压，危及设备和人身安全。

(2) 二次绕组一端必须可靠接地，以防绝缘损坏后，二次绕组带高压引起伤害事故。

(3) 二次侧串入的电流表等测量仪表的总数不可超过规定值，否则阻抗过大，I_2 变小，I_0 增大，误差增加。

任务实施

自耦变压器的工作原理与双绕组变压器相同。自耦变压器一、二次绕组之间不仅有磁的耦合，还有电的联系，可将电能从一次侧直接传导到二次侧，因此比双绕组变压器节省材料，效率较高。

仪用互感器与双绕组变压器的工作原理相同。电压互感器和电流互感器是一种测量用的变压器，误差问题是一个主要问题，因此电压互感器和电流互感器是以误差来分等级的。电流互感器和电压互感器，它们具有较大的变比，可将大电流、高电压转换成测量仪表所需的小电流、低电压，从而实现对一次侧电流和电压的测量。电流互感器二次侧不允许开路，电压互感器二次侧不允许短路。

任务小结

自耦变压器原、副边之间有直接的电联系，使用时应小心。原边和副边不可接错，否则很容易造成电源被短路或烧坏变压器。如将接地端误接到火线时，也有触电的危险。

电流互感器的副边不允许开路，电压互感器的副边不允许短路。

思考与练习

一、填空题

1. 互感器包括(　　)、(　　)。

2. 按工作原理电流互感器分为(　　)、(　　)、(　　)以及(　　)。

3. 电流互感器的接线方式有(　　)、(　　)、(　　)以及(　　)。

4. 电压互感器的接线方式有(　　)、(　　)、(　　)、(　　)以及(　　)。

5. 电流互感器正常运行时二次侧不允许（　　），电压互感器正常运行时二次侧不允许(　　)。

二、判断题

1. 运行中的电流互感器二次绕组严禁开路。(　　)

2. 电流互感器二次绕组可以接熔断器。(　　)

3. 电流互感器相当于短路状态下的变压器。(　　)

4. 运行中的电压互感器二次绕组严禁短路。(　　)

5. 电压互感器的一次及二次绕组均应安装熔断器。(　　)

6. 电压互感器相当于空载状态下的变压器。(　　)

三、简答题

1. 电流互感器的作用有哪些？电压互感器的作用有哪些？

2. 什么是电流互感器的变比？一次电流为1200A，二次有电流为5A，计算电流互感器的变比。

3. 运行中电流互感器二次侧为什么不允许开路？如何防止运行中的电流互感器二次侧开路？

4. 电压互感器的额定电压为6000/100V，现由电压表测得副边电压为85V，问原边被测电压是多少？电流互感器的额定电流为100/5A，现由电流表测得副边电流为3.8A，问原边被测电流是多少？

5. 自耦变压器运行上有哪些主要优缺点？

6. 导致变压器空载损耗和空载电流增大的原因主要有哪些？

7. 互感器的二次为什么必须接地？

8. 运行中的电压互感器二次侧为什么不允许短路？

模块 4

电 动 机

在多相感应电机中，三相异步感应电机(通常称为异步电机)是应用最广泛的一种。三相异步电机结构简单、制造方便、坚固耐用、维护容易、运行效率高、工作特性好，与同容量的直流电动机相比，异步电动机的重量约为直流电动机的一半，其价格仅为直流电动机的1/3，而且异步电动机的交流电源可直接取自电网，用电既方便又经济。所以大部分的工业、农业生产机械，家用电器都用异步电动机作原动机，其单机容量从几十瓦到几千千瓦。我国总用电量的2/3左右是被异步电动机消耗掉的。

但是，异步电机也有一定的不足，不易经济地在较宽的范围内实现平滑调速，并具有滞后的功率因数。

任务 4.1　认识三相异步电动机

学习目标	(1) 了解三相交流异步电动机的基本结构； (2) 了解三相交流异步电动机铭牌数据。

任务引入

目前，由于电力电子技术的迅猛发展，变频器与异步电机组合的交流拖动调速系统，比直流电源与直流电机组成的直流拖动系统有更好的价格优势，其调速性能也基本相同。所以异步电动机在大多数领域中已逐步替代直流电动机，成为电力拖动领域中最重要的驱动装置。

如图 4.1 所示为 Y160M－4 系列三相异步电动机外形图，电动机铭牌上标有 Y160M－4 表示什么含义？内部结构是怎样的呢？

图 4.1　Y160M－4 系列三相异步电动机

任务分析

在三相异步电动机的机座上都有一块表明该电动机主要性能和技术数据的铭牌。Y 系列电动机是全封闭自冷式鼠笼型三相异步电动机，是我国统一设计的基本系列。如：Y160M－4，Y 表示鼠笼式异步电动机，160 表示机座中心高(mm)，M 表示中机座(L 为长机座，S 为短机座)，4 表示磁极数。

相关知识

三相异步电动机的结构

如图 4.2 所示为一台三相鼠笼式异步电动机的结构图。它主要是由定子部分(静止的)和转子部分(转动的)两大部分组成，定、转之间是空气隙。另外还有端盖、轴承、机座、风扇等部件，下面分别简要介绍。

1. 异步电动机的定子结构

异步电动机的定子是由机座、定子铁心和定子绕组三个部分组成的。

(1) 机座。异步电动机的机座主要是固定和支撑定子铁心和绕组。中小型电机一般采用铸铁机座、大中型电机采用钢板焊接的机座。电机损耗变成的热量主要通过机座散出，

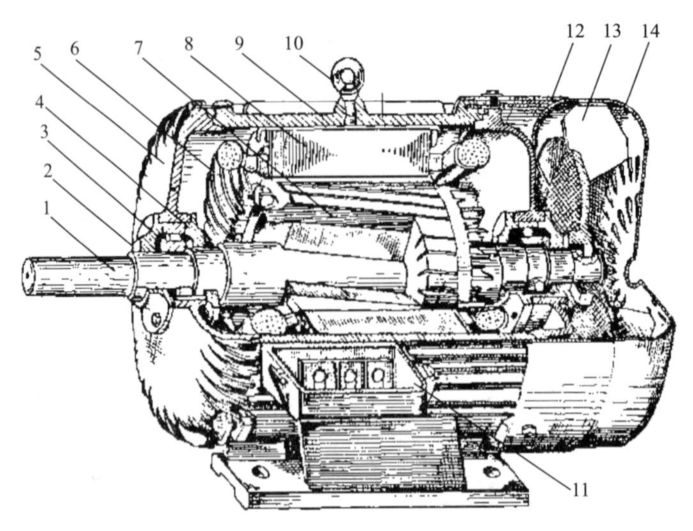

图 4.2　三相鼠笼式异步电动机的结构图

1—轴　2—外轴承盖　3—轴承　4—内轴承盖　5—端盖　6—定子绕组
7—转子　8—定子铁心　9—机座　10—吊环　11—出线盒
12—端盖　13—风扇　14—风罩

为了加强散热面积，机座外部有很多均匀分布的散热筋。机座两端面上安装端盖，端盖支撑转子，保持定、转子之间的气隙值。异步电动机的机座如图 4.3 所示。

(2) 定子铁心。定子铁心是电动机磁路的一部分，装在机座里。为了降低定子铁心的铁损耗，定子铁心用 0.5mm 厚的硅钢冲片叠成，硅钢片两面还应涂上绝缘漆，用以降低交变磁通在铁心中产生的涡流损耗。图 4.4 是异步电动机定子铁心及定子冲片。在定子铁心内圆上开有槽，槽内放置定子绕组(也叫电枢绕组)。

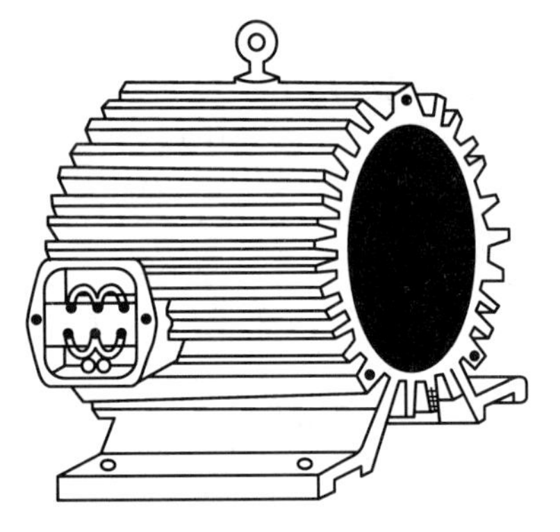

图 4.3　异步电动机的机座

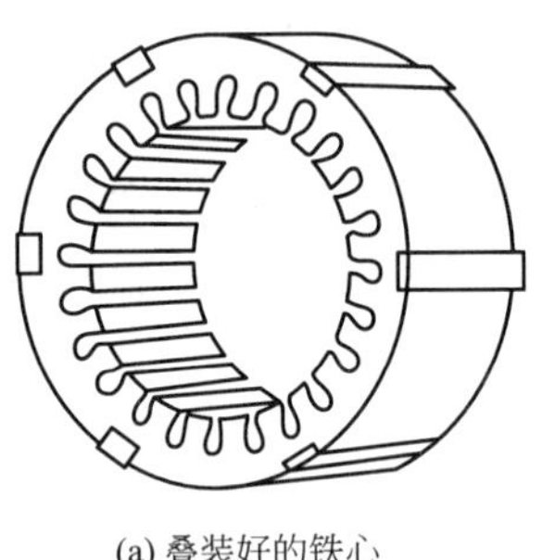

(a) 叠装好的铁心

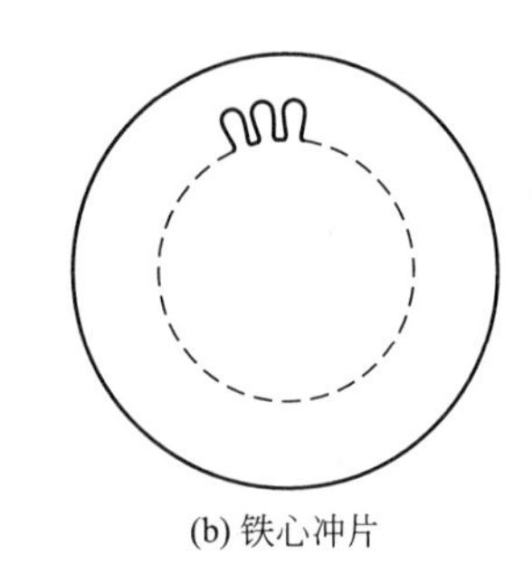

(b) 铁心冲片

图 4.4　定子铁心及定子冲片

(3) 定子绕组。异步电机的定子绕组是电动机电路部分。小型异步电动机定子绕组通常由高强度漆包圆线绕成线圈嵌入铁心槽内；大、中型电机使用矩形截面导线预先制成成型线圈，再嵌入槽内。每相绕组按一定规律联结，三相构成对称绕组。定子绕组用绝缘的铜(或铝)导线绕成，嵌放在定子铁心的槽中。绕组与槽壁间用绝缘隔开。三相绕组的 6 个出线，引到机座上接线盒内的接线板上，可按要求接成△或Y接法，如图 4.5 所示。

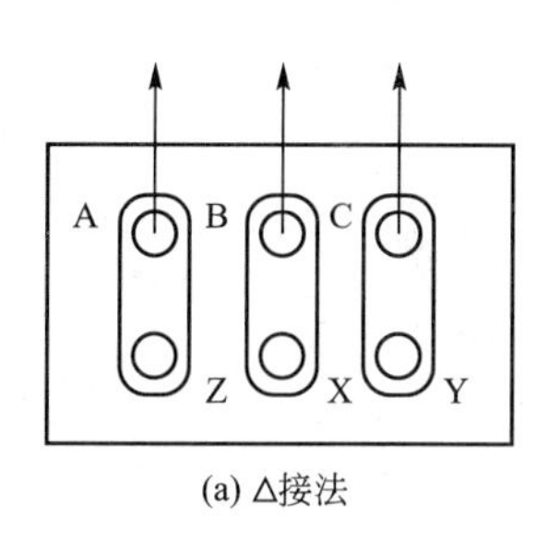

(a) Δ接法

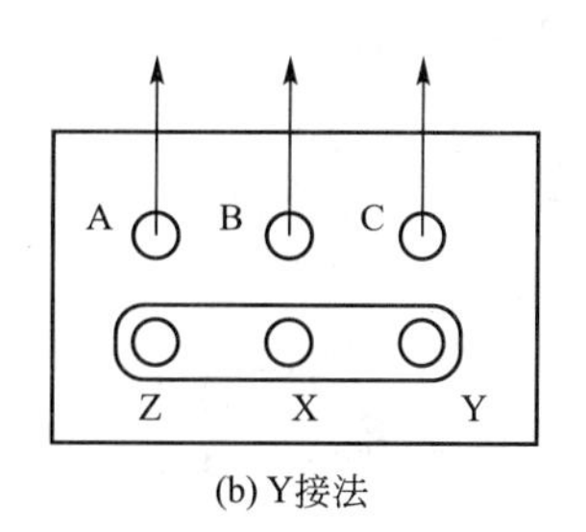

(b) Y接法

图 4.5 绕组引出线

(4) 定子与转子间的气隙。异步电动机的气隙比同容量直流电动机的气隙小得多，在中、小型异步电动机中，气隙一般为 0.2mm～1.5mm 左右。由于气隙是电动机能量转换的主要场所，所以气隙大小与电动机性能有很大的关系。异步电动机的励磁电流是由定子电源供给的，气隙大时，磁路磁组增加，要求的励磁电流也增加，从而影响电动机的功率因数。为了提高功率因数，尽量让气隙小些，但也不应太小，否则，不但给制造带来困难，也可能使定、转子摩擦或碰撞。如果从减少附加损耗以及减少高次谐波磁动势产生的磁通来看，气隙大点当然又有好处。因此对气隙的大小应全面考虑。

2. 异步电动机的转子结构

异步电动机的转子是由转子铁心、转子绕组和转轴组成，如图 4.6(a)所示。

(1) 转子铁心。转子铁心也是磁略的一部分，与定子铁心一样，也由 0.5mm 厚的硅钢片叠压而成，整个铁心固定在转轴上。转子铁心外圆上冲有均匀分布的槽，如图 4.6(b)所示，用以安放转子绕组。由于槽缝很小，整个转子铁心的外表面成圆柱形。

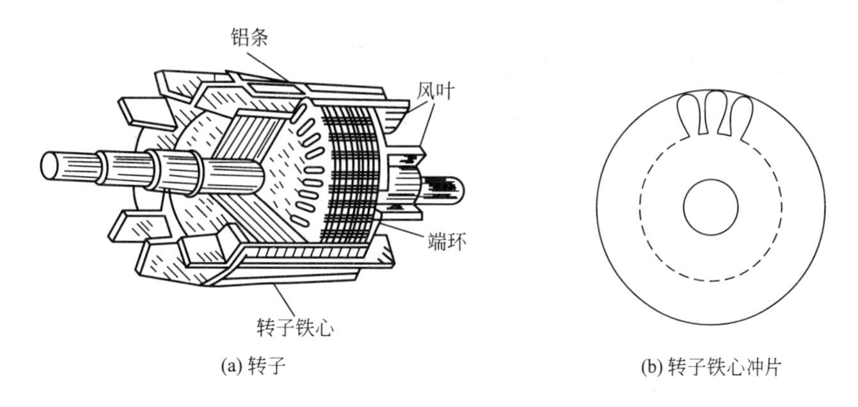

(a) 转子　　(b) 转子铁心冲片

图 4.6 转子与转子铁心冲片

(2) 转子绕组。三相异步电动机的转子绕组用来感应电动势及产生电流，同时与旋转磁场作用产生转矩，是电机的重要部件之一。异步电动机的转子绕组按结构分笼型绕组和绕线型绕组两种。

① 笼型绕组。笼型绕组分铜条绕组和铸铝绕组两种。铜条绕组是在转子铁心槽内插入铜条(又称导条)，铁心两端槽口外用铜环将全部导条焊接，全部导条自行闭合，如图 4.7(a) 所示，其形状为圆柱形“笼子”。

铸铝绕组是将熔化的铝注入转子槽内，同时注上端环和风扇，使导条与端环构成闭合绕组，如图 4.7(b)所示，其形状也是圆柱形“笼子”。

笼型绕组的工艺和结构简单、制造方便、经济耐用。

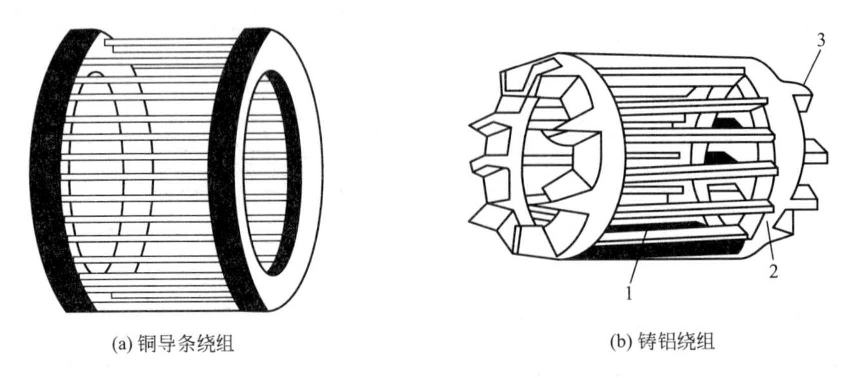

(a) 铜导条绕组　　(b) 铸铝绕组

图 4.7　笼型转子绕组

1—转子导条　2—短路环　3—风扇叶

② 绕线型转子绕组。绕线型转子的铁心槽内嵌放三相对称绕组，与定子绕组相似。绕线型转子外形如图 4.8(a)所示。转子绕组采用Y接线，三相绕组的首端接到转轴上的三个集电环，再通过电刷、滑环间的滑动与外电路连接，如图 4.8(b)所示。

绕线型转子回路中串接外接电阻或其他电气设备，以改善电动机的启动性能和调速性能，因此获得广泛应用。但是结构比笼型电机复杂，而且电刷、滑环还增加了维修工作量。

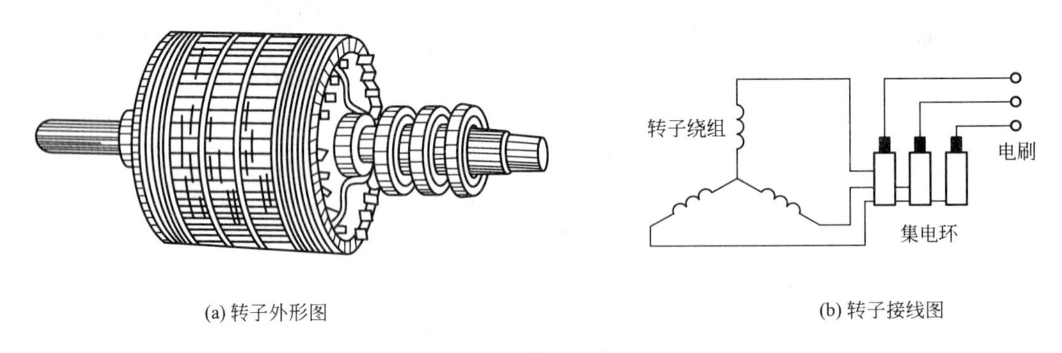

(a) 转子外形图　　(b) 转子接线图

图 4.8　绕线型转子结构

3. 三相异步电动机的铭牌数据

三相异步电动机的机座上都装有铭牌，铭牌上标明了使用电动机应遵循的技术数据和电机型号。

(1) 型号。电机的型号表明了电动机的名称、规格和基本技术条件的产品代号。一般采用大写印刷体的汉语拼音字母和阿拉伯数字组成。其中汉语拼音字母是根据电机的全名称选择有代表意义的汉字，再用该汉字的第一个拼音字母组成，例如Y系列三相异步电动机表示如下：

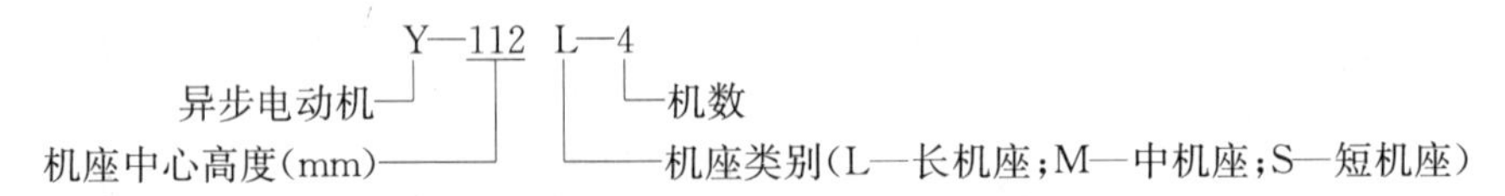

Y 系列异步电机是普通用途的小型鼠笼全封闭、自冷式三相异步电动机。用于金属切

削机床、通用机械、矿山机械、农业机械等。我国生产的异步电动机种类很多，其他类型的异步电动机可参阅产品目录。

（2）额定值。异步电动机按额定值运行称为额定运行状态，异步电动机的额定值有：

① 定功率 P_N。定功率指电动机在额定运行状态时轴上输出的机械功率，单位为 W 或 kW。

② 额定电压 U_N。额定电压指额定运行状态下加在定子绕组上的线电压，单位为 V 或 kV。异步电机为了区分定、转子边的量，在定子边的量加下标 1，如 U_{1N}。转子边的量加下标 2 表示，如 U_{2N}。

③ 额定电流 I_N。额定电流指电动机在定子绕组加额定电压、输出额定功率时，定子绕组中的线电流，单位为 A。也可表示为 I_{1N}(转子为 I_{2N})。

④ 额定频率 f_N。额定频率是指电动机所接电源标准频率，单位为 Hz。我国工业用电的频率是 50Hz。

⑤ 额定转速。额定转速指电动机定子所加电源为额定频率、额定电压，且轴端输出额定功率时电机的转速，单位为 r/min。

⑥ 额定效率 η_N 和额定功率因数 $\cos\varphi_N$。指电动机在额定负载时，电机的效率和定子边的功率因数。电动机额定运行时有

$$P_N=\sqrt{3}U_N I_N \eta_N \cos\varphi_N \tag{4-1}$$

（3）铭牌上的其他重要数据。

① 绝缘等级与额定温升 Q_N。绝缘等级指电机主绝缘所使用的绝缘材料耐热等级。例如 Y 系列小型异步电动机采用 B 级绝缘材料，其最高允许工作温度为 130℃。

额定温升 Q_N，指电动机额定状态下运行时，电机绕组允许的温度升高值。国家标规定：标准环境温度按 40℃计算，若电机绕组温升为 80℃，再考虑 10℃的裕度，则达到了电机绕组绝缘的最高允许工作温度 130℃，所以要采用 B 级绝缘。

② 定子绕组接法。指额定电压下电动机规定的接线方式。国标规定：Y 系列异步电动机，其额定功率 3kW 及以下者采用 Y 接法，4kW 及以上者采用△接法，以便可选用Y-△方式启动。

③ 工作方式：指电动机额定状态运行所允许的持续时间。分“连续”(S1)、“短时”(S2)、“断续”(S3)三种，后两种方式指电动机只能短时、间歇地工作。

④ 防护等级：指为满足环境要求电动机采取的外壳防护型式，通常有开启式(IP11)、防护式(IP22)，和封闭式(IP44)等三类。

异步电动机更详尽的技术数据，可参见产品说明书、电机工程手册等有关资料。

【例 4-1】 已知一台三相异步电动机的额定功率 $P_N=4$kW，额定电压 $U_N=380$V，额定功率因数 $\cos\varphi_N=0.77$，额定效率 $\eta_N=0.84$，额定转速 $n_N=960$r/min，求额定电流 I_N 为多少？

解　额定电流为

$$I_N=\frac{P_N}{\sqrt{3}U_N\eta_N\cos\varphi_N}=\frac{4}{\sqrt{3}\times380\times0.77\times0.84}=9.4(\text{A})$$

任务实施

三相异步电动机主要由定子、转子和气隙三部分组成。定子主要由定子铁心和定子绕

组组成，定子铁心一般由 0.5mm 厚的硅钢片被冲制成一定的形状后叠压而成，目的是为了减小铁心损耗。定子绕组由三个完全相同的、在空间互差 120°电角度安放的对称绕组组成，用来产生三相对称的电动势和旋转磁场，三相对称绕组可以联结成Y形或△形。转子主要由转子铁心和转子绕组组成，转子铁心也是由冲制好的硅钢片叠压而成。转子绕组分为笼型和绕线型两类。为了提高功率因数和减小励磁电流，应尽可能减小气隙。

任务小结

1. 三相异步电动机的主要结构，磁路部分：定子铁心、转子铁心；电路部分：定子绕组、转子绕组(绕线形与笼形)；机械部分：机座、端子、轴和轴承等。

2. 铭牌数据

每台电机的铭牌上都标注了电机的型号、额定值和额定运行情况下的有关技术数据。按铭牌上所规定的额定值和工作条件下运行，称为额定运行。铭牌上的额定值及有关技术数据是正确设计、选择、使用和检修电机的依据。

思考与练习

1. 异步电动机的额定功率 P_N 是输入功率还是输出功率?
2. 三相异步电动机中的空气隙为什么必须做得很小?
3. 异步电机的转子有哪两种类型? 各有何特点?
4. 为什么三相鼠笼式异步电动机直接启动电流只有额定电流?
5. 三相绕线式异步电机能否短接转子绕组直接启动? 电动机启动后，定子缺相能否运行? 会不会烧电机?
6. 三相绕线式异步电机定子绕组与转子绕组接反，电机是否能转起来?
7. 三相鼠笼型异步电动机定子缺相能否启动?

任务 4.2　三相异步电动机的基本工作原理

教学目标	(1)理解旋转磁场产生的原理； (2) 能够分析旋转磁场的转速与极对数的关系； (3) 理解三相异步电动机的工作原理。

任务引入

三相异步电动机的工作原理是，安放定子上的三相对称绕组中通以对称三相交流电流时产生旋转磁动势及相应的旋转磁场。这种旋转磁场切割转子绕组，在转子绕组中感应出电动势及电流，转子电流与旋转磁场相互作用产生电磁转矩，使转子旋转。

三相交流异步电动机中的“异步”是什么意思?

任务分析

“异步”是指电机的旋转磁场的转速与电动机的转子的转速不同步。

相关知识

4.2.1　旋转磁场

当三相定子绕组通入三相交流电源后，在定子内的空间产生一个旋转的磁场，旋转磁场与转子绕组内的感应电流相互作用，产生电磁转矩，从而使转子转动。因此，旋转磁场的产生是三相异步电动机工作的基础

1. *旋转磁场的产生*

为了便于分析，如图 4.9 所示三相定子绕组，假设三相异步电动机的定子铁心有六个槽，三相定子绕组 U_1U_2、V_1V_2、W_1W_2 对称放置在槽内，各首端之间相差 120°的空间角，并作星形联接。接上三相交流电源后，设电流的参考方向如图，在定子绕组中便有三相对称电流：

$$i_u = I_m \sin\omega t$$
$$I_v = I_m \sin(\omega t - 120°)$$
$$I_w = I_m \sin(\omega t + 120°)$$

其波形如图 4.10 所示。

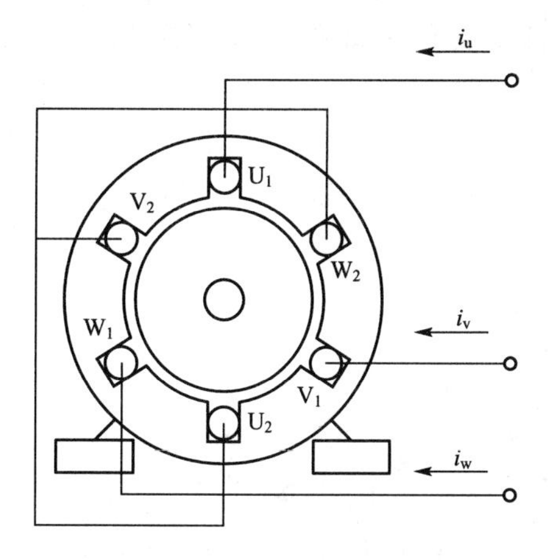

图 4.9　三相定子绕组

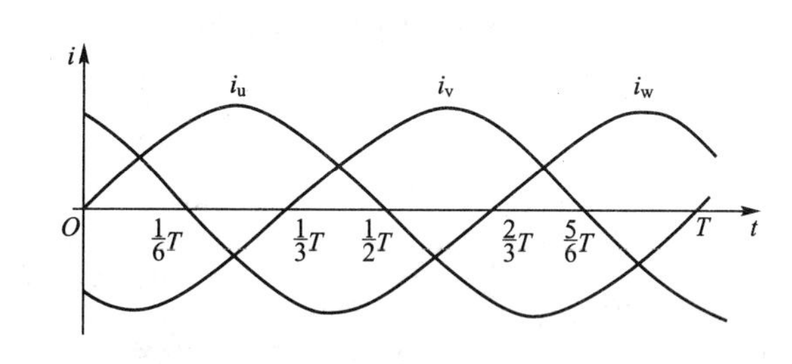

图 4.10　三相对称电流波形

由波形图可知，在 $t=0$ 的时刻，$i_u=0$。i_v 为负，说明实际电流的方向与 i_v 的参考方向相反，即 V_2 端流进，V_1 端流出；I_w 为正，说明实际电流方向与 i_w 参考方向一致，即 W_1 端流进，W_2 端流出。合成磁场的方向由右螺旋定则判断可知为自上而下，如图 4.11(a) 所示。

当时间到达 $t=\frac{1}{3}T$ 时，I_u 变为正值，电流从 U_1 端流进，U_2 端流出；$I_v=0$，I_w 为

负值，电流从 W_2 端流进，W_1 端流出。此时合成磁场如图 4.11(b)所示。由图中可以看出，合成磁场在空间沿顺时针方向转过了 120°。

当时间到达 $t=\frac{2}{3}T$ 时，I_u 为负值，电流从 U_2 端流进，U_1 端流出；I_v 为正值，电流从 V_1 端流进，V_2 端流出；$I_w=0$。此时合成磁场如图 4.11(c)所示。由图中可以看出，合成磁场沿顺时针方向又转过了 120°。

当时间到达 $t=T$ 时，三相电流与 $t=0$ 的情况相同，合成磁场沿顺时针方向又转过了 120°，回复到 $t=0$ 时的位置，如图 4.11(d)所示。

由此可见，当三相对称定子绕组通入三相对称的电流时，产生的合成磁场为在空间不断旋转着的旋转磁场。

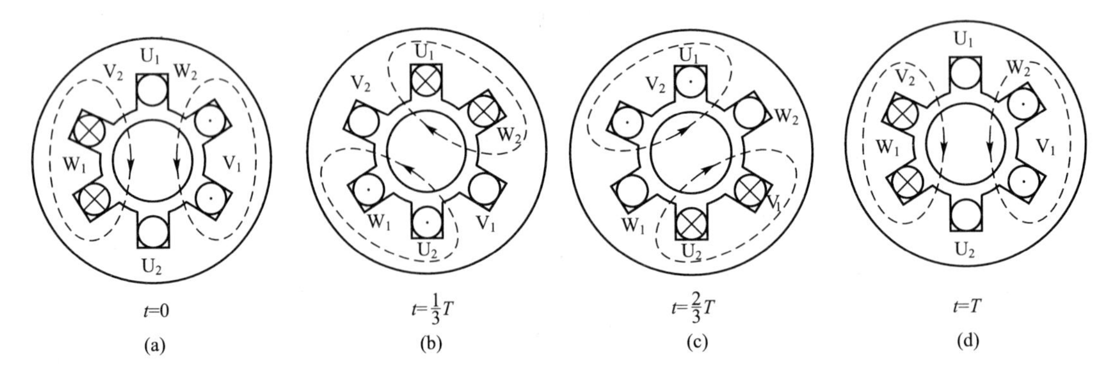

图 4.11　三相两极旋转磁场图($P=1$)

2. 旋转磁场的转速

上述旋转磁场具有一对磁极($P=1$)。此时，电流每变化一周期，磁场在空间也正好旋转一周。设电源频率为 f_1，则旋转磁场的转速为 $n_1=60f_1$ r/min。若三相定子的每相绕组改由两个线圈串联，各线圈的首端(或末端)之间在空间彼此相隔 60°，然后通入三相交流电，就可以产生两对磁极($P=2$)的旋转磁场，如图 4.12 所示。这时，电流变化了一周期，而旋转磁场在空间旋转了半周，即

$$n_1=\frac{60f_1}{2}\quad (\text{r/min})$$

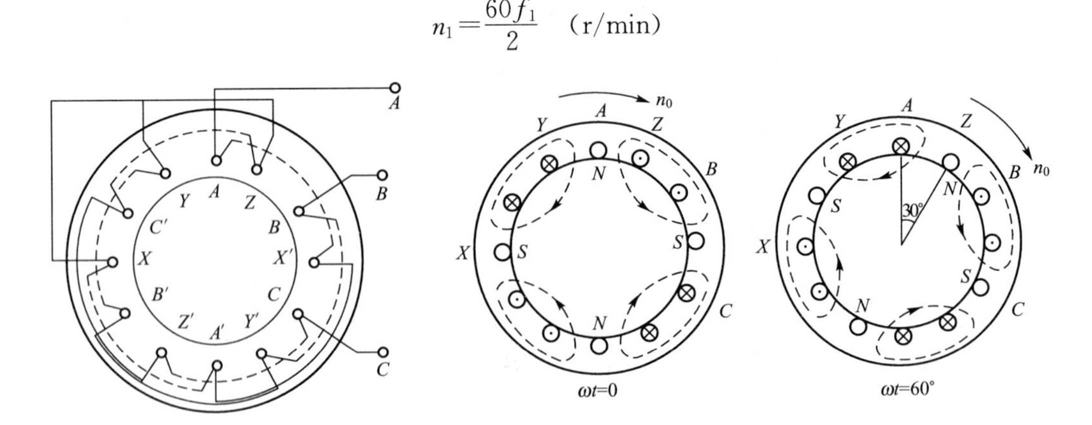

图 4.12　$P=2$ 的定子绕组及旋转磁场图

由此可以推知，对于 P 对磁极的旋转磁场，其转速应为

$$n_1=\frac{60f_1}{P}\quad(\text{r/min})$$

旋转磁场的转速又称同步转速，它取决于定子电流的频率及磁场的磁极对数，而磁极对数又取决于三相绕组的布置和连接。

在我国，工频为 50Hz。当一台电动机磁极对数确定后，其 n_1 也是确定的，所以 P 为 1，2，3，4 时，对应的 n_1 分别为 3000r/min，1500r/min，1000r/min，750r/min，等。

3. *旋转磁场的旋转方向*

由图 4.11 可知，当定子绕组中电流的相序是 U－V－W 即顺相序时，旋转磁场按顺时针方向旋转，若改变定子绕组中三相电流的相序，则仍如图 4.11 所示可知，旋转磁场将按逆时针方向旋转。因此旋转磁场的方向与通入电流的相序一致。

4.2.2 三相异步电动机的转动原理

三相对称的定子绕组中通入三相对称的电流时，便产生以同步转速 n_1 旋转的磁场。如图 4.13 所示，设其按顺时针方向旋转，与静止的转子之间产生相对运动，相当于转子导体沿逆时针方向切割磁力线从而产生感应电动势，其方向可用右手定则判定。由于转子绕组电路通过短接环自行闭合，所以在感应电动势作用下，转子将产生感应电流。

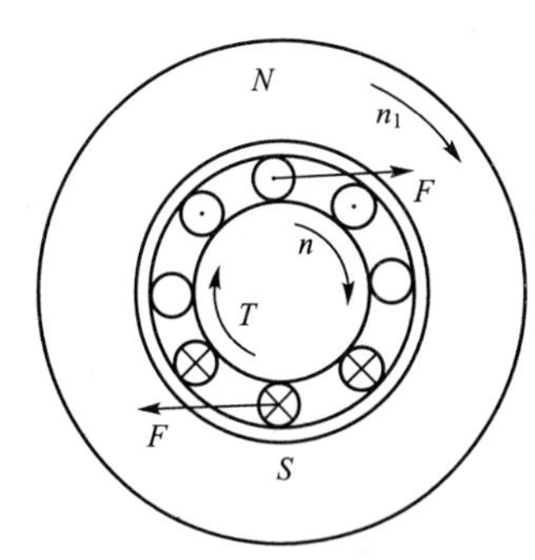

图 4.13 异步电动机转动原理

载流转子导体在旋转磁场中受到电磁力的作用，方向可由左手定则判断。这些电磁力对转轴形成电磁转矩 T，其方向与旋转磁场的转向一致。转子在电磁转矩作用下，沿着旋转磁场旋转的方向转动起来，转速为 n。异步电动势转子的转速 n 总是小于并接近于同步转速 n_1。若 $n=n_1$，则转子与旋转磁场间无相对运动，转子导体将不再切割磁力线，因而其感应电动势、感应电流和电磁转矩均为零，转子便不可能继续以 n_1 的转速转动。因此，转子转速与旋转磁场转速之间始终有差别，即：$n<n_1$，这就是“异步”电动机的由来。又因为转子电流是由电磁感应产生的，所以又称为感应电动机。

电动机的同步转速与转子的转速之差称为转差，转差与同步转速的比值称为转差率。用 S 表示为

$$S=\frac{n_1-n}{n_1}\times 100\% \tag{4-2}$$

转差率是分析异步电动机运行情况的一个重要参数。当起动瞬间 $n=0$ 时，$S=1$，转差率最大；在理想空载情况，即 $n=n_1$ 时，$S=0$。一般 S 在 0～1 之间变化。稳定运行时工作转速与同步转速比较接近，S 较小。通常异步电动机的额定转差率 $S_N=2\%\sim8\%$。

【例 4－2】 某三相 50Hz 异步电动机的额定转速 $n_N=720$r/min。试求该电动机的额定转差率及极对数。

解 由于异步电动机的额定转速略低于它的同步转速，所以该电机的同步转速必为比 $n_N=720$r/min 略高的 $n_1=750$r/min。其极对数为

$$P=\frac{60f_1}{n_1}=\frac{60\times 50}{750}=4$$

则其额定转差率

$$s_N=\frac{n_1-n_N}{n_1}=\frac{750-720}{750}=0.04$$

任务实施

因为只有在转子与旋转磁场有相对运动时，才能在转子绕组中感应出电动势以及电流，所以异步电动机的转速 n 与旋转磁场的转速 n_1 之间总存在着转速差 n_1-n，这是异步电动机运行的必要条件，通常用转差率 s 来表示。

任务小结

电动机是利用电磁感应原理实现电能转换为机械能的旋转机械，其基本结构包括定子和转子两部分。

旋转磁场是三相异步电动机工作的基础。对称三相交流电通入对称三相定子绕组产生的合成磁场为旋转磁场，其方向与电流的相序一致，并决定了电动机转子的转动方向。

思考与练习

1. 异步电动机的转速与哪些因素有关？对转速影响最大和最经常的因素是哪些？
2. 将单相异步电动机的两根电源进线对调，其转子能否反转？为什么？
3. 已知某三相异步电动机的磁极对数 $p=4$，电源频率 $f=50\text{Hz}$，问 $S=4\%$时转速是多少？
4. 异步电机的基本工作原理是什么？为什么异步电动机的转速只能低于同步转速？
5. 一台三相异步电动机铭牌上标明 $f=50\text{Hz}$，额定转速 $n_N=1460\text{r/min}$，该电动机的极数是多少？额定运行时的转差率是多少？
6. 一台三相异步电动机，额定频率为 $f_N=50\text{Hz}$，已知运行在 $n_N=960\text{r/min}$，求：(1)该电机的极对数；(2)额定转差率。

任务 4.3　三相异步电动机的工作特性

学习目标	(1)理解并掌握三相异步电动机的机械特性； (2) 掌握三相异异步电动机的起动、调速和制动方法。

任务引入

三相异步电动机的机械特性是分析异步电机电力拖动的基础。本章研究了三相异步电

动机的机械特性、机械特性的计算，以及为了满足不同负载运行需要的各种人为机械特性和异步电机在电力拖动时的常见运行状态。学习和掌握异步电机的机械特性是非常重要的。那么，如何启动三相异步电动机？

任务分析

三相异步电动机的起动电流很大，对容量较大或起动频繁的鼠笼式电动机可采用Y-△或自耦变压器降压起动，限制了起动电流，但起动转矩却下降。而绕线式电动机可以在转子电路中串联电阻起动，既减小了起动电流，又可使起动转矩增大。

相关知识

4.3.1 三相异步电动机的电磁转矩和机械特性

1. 电磁转矩和转矩特性

电磁转矩 T 是三相异步电动机最重要的物理量之一，异步电动机的电磁转矩 T 是由转子电流与旋转磁场相互作用产生的。电磁转矩的物理表达式可用下面公式确定，即

$$T=K_{\mathrm{T}}\Phi I_2\cos\varphi_2 \tag{4-3}$$

式中，K_{T} 是与电动机结构有关的常数；Φ 为旋转磁场每极磁通；I_2 为转子电路电流；$\cos\Phi_2$ 为转子电路的功率因数。

电磁转矩公式还可用其参数表达式表示为

$$T=KU_1^2\frac{SR_2}{R_2^2+(SX_{20})^2} \tag{4-4}$$

式中，K 是一常数；R_2 为转子每相绕组的电阻；X_{20} 为转子静止时转子电路漏磁感抗，通常也是常数。

式(4-4)表明，当电源电压 U_1 一定时，电磁转矩 T 是转差率 S 的函数，其关系曲线如图 4.14 所示，通常称 $T=f(S)$ 曲线为异步电动机的转矩特性。

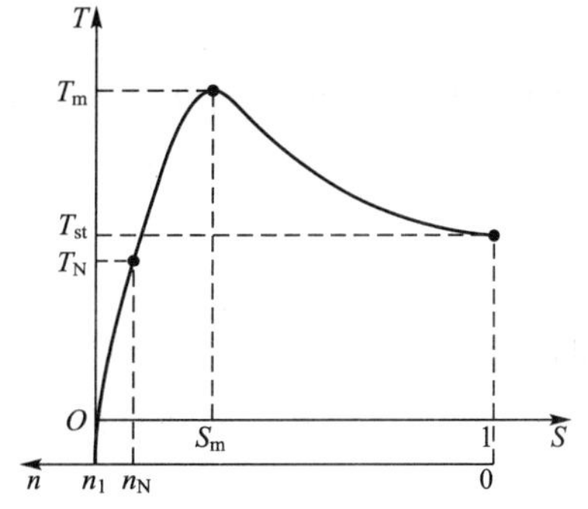

图 4.14 转矩特性

由转矩特性可知，当 $S=0$，即 $n=n_1$ 时，$T=0$，为理想空载运行；随着 S 的增大，T 也开始增大，但到达最大值 T_{m}，称为最大转矩，对应于 T_{m} 的 S_{m} 称为临界转差率。

由式(4-4)可知，电磁转矩 T 与电源电压 U_1^2 成正比，当电源电压波动时，对转矩的影响较大，从而影响电动机的运行和工作质量。

2. 机械特性

要获得机械特性只须将转矩特性 $T=f(S)$ 曲线沿顺时针方向旋转 90°，并将其纵坐标由 S 改为 n，便得到表示电动机转速 n 与电磁转矩 T 之间的关系，即 $n=f(T)$ 曲线，也就

是电动机的机械特性曲线，机械特性是异步电动机的主要特性。如图 4.15 所示。必须掌握在转矩特性曲线和机械特性曲线上的三个重要转矩。

(1) 起动转矩 T_{st}。起动瞬间，即电动机刚与电源接通，转子还未转动时，转速 $n=0$，转差率 $S=1$，对应的转矩 T_{st}为起动转矩。将 $S=1$ 代入式(4-4)得

$$T_{ST}=K'_T\frac{R_2U_1^2}{R_2^2+X_{20}^2} \tag{4-5}$$

可见 T_{st}与 U_1^2 及 R_2 有关。当电源电压 U_1 降低时，起动转矩会减小，如图 4.16；当转子电阻 R_2 适当增大时，T_{st}将增大；当 R_2 等于 X_{20}时，$T_{st}=T_m$，$S_m=1$，但继续增大 R_2 时，T_{st}就要随着减小，如图 4.17 所示。

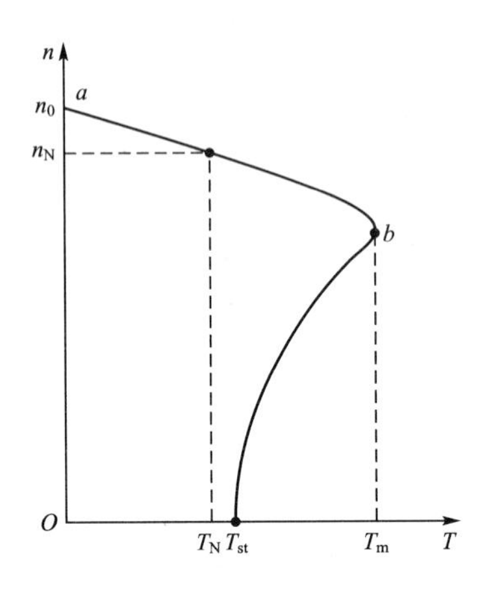

图 4.15　机械特性

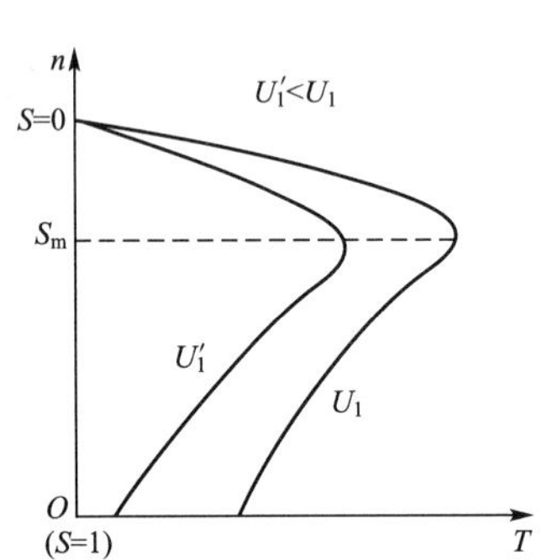

图 4.16　U_1 变化时的 $n=f(T)$ 曲线

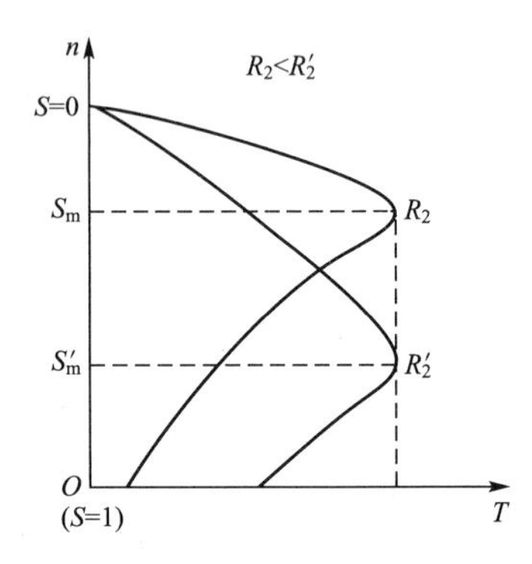

图 4.17　R_2 变化时的 $n=f(T)$ 曲线

(2) 额定转矩 T_N。电动机在额定电压下带上额定负载，以额定转速运行，输出额定功率时的转矩称为额定转矩。即

$$T_N=\frac{P_{2N}}{\omega_N}=\frac{P_{2N}\times10^3}{\frac{2\pi n_N}{60}}=9550\frac{P_{2N}}{n_N} \tag{4-6}$$

式中，P_{2N}为异步电动机额定功率，单位为 kW；n_N 为异步电动机的额定转速，单位为 r/min；T_N 为异步电动机的额定转矩，单位为 N·m；额定转矩是电动机在额定负载时的电磁转矩，可由电动机铭牌上的额定功率 P_{2N}和额定转速 n_N 的数值求得。

(3) 最大转矩 T_m。最大转矩 T_m 是表示电动机所能产生的最大电磁转矩值。它对应于机械特性上的 b 点，又称为临界转矩，对应于最大转矩的转差率称为临界转差率，用 S_m 表示，由数学推导可得临界转差率为

$$S_m=\frac{R_2}{X_{20}} \tag{4-7}$$

代入式(4-4)得

$$T_m=K'_T\frac{U_1^2}{2X_{20}} \tag{4-8}$$

由此可见，T_m 与 R_2 无关，而与 U_1^2 成正比，S_m与 R_2 有关，R_2 愈大，S_m也愈大。

电动机正常运行时最大负载转矩不可超过最大转矩，否则电动机将带不动，转速越来

越降低，发生“闷车”现象，电动机电流将升高6～7倍，使电动机过热，甚至烧毁。

电动机短时过载是容许的，通常用最大转矩 T_m 与额定转矩 T_N 的比值来表示，称为过载系数 λ，即

$$\lambda=\frac{T_m}{T_N} \tag{4-9}$$

三相异步电动机的过载系数一般为1.8～2.2。

4.3.2 三相异步电动机的使用

1. 三相异步电动机的起动

电动机接通电源，转速由0r/min上升到稳定值的过程称为起动过程。起动开始时 $n=0$，$S=1$，旋转磁场和静止转子间的相对转速最大，因此转子中的感应电动势和电流也很大，定子从电源吸取的电流也必然很大，这时定子电流(指线电流)称为起动电流。对中小型笼式异步电动机，起动电流可达到额定电流的4～7倍。但因起动过程很短，如果不是频繁起动，则电动机内部发热的问题不会很大。况且一经起动，电动机的转速很快升高，电流也会很快下降。但是，过大的起动电流在输电线路造成的压降较大，会影响同一电网上的其他用电设备的正常运行，例如使其他电动机因电压降低，电磁转矩变小，转速下降，甚至导致停转。由此可知，三相异步电动机起动时的起动电流较大，但起动转矩并不大，为了减小起动电流，同时又要有足够大的起动转矩，必须采用适当的起动方法。

(1) 直接起动。用开关将额定电压直接加到定子绕组上使电动机直接起动，又叫全压起动。这种起动方法设备简单，操作方便，起动迅速，但起动电流较大，如图4.18所示。

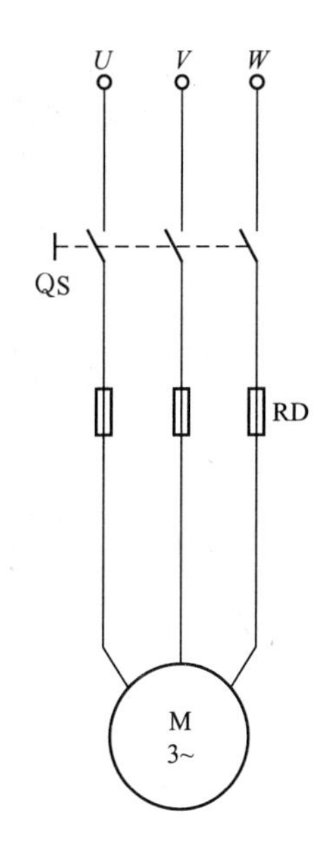

图4.18 直接起动

一台电动机能否直接起动，电力管理部门有一定的规定，如果用户由独立的变压器供电，对频繁起动的电动机，其容量不超过变压器容量的20%时，允许直接起动；对于不经常起动的电动机，其容量不超过变压器容量的30%时，可以直接起动。如果用户没有独立的变压器供电，电动机直接起动时引起的电压降不应超过5%。

(2) 降压起动。如果电动机容量较大或起动频繁，为了限制起动电流，通常采用降压起动。也就是在起动时降低加在定子绕组上的电压，待电动机转速升高到接近稳定时，再加上额定电压运行。

由于起动时电压降低，起动电流减小，但起动转矩也大大减小，所以这种方法只能在轻载或空载下起动，起动完毕再加上机械负载。常用的降压起动方法有两种：

① Y-△起动。Y-△起动就是把正常工作时作三角形联接的定子绕组，在起动时接成星形，待转速上升到接近额定转速时，再换接成三角形。其电路如图4.19所示，起动时将转换开关 QS_2 投向下方，使定子绕组联接成星形；起动完毕，再将转换开关 QS_2 投向上方，使定子绕组联接成三角形。

图4.20是定子绕组的两种联接方法，定子绕组每相的阻抗大小为 z，电源线电压为 U_1。

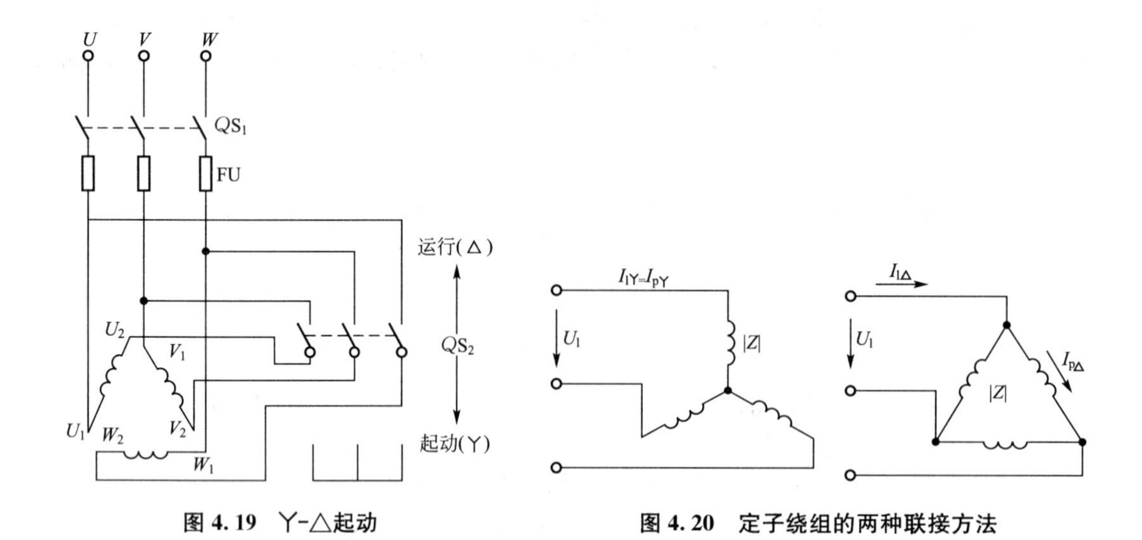

图 4.19　Y-△起动　　　　图 4.20　定子绕组的两种联接方法

当定子绕组联接成星形，降压起动时，其线电流

$$I_{l\mathrm{Y}}=I_{p\mathrm{Y}}=\frac{\frac{U_1}{\sqrt{3}}}{z} \tag{4-10}$$

当定子绕组连成三角形，即直接起动时，

$$I_{l\triangle}=\sqrt{3}I_{\mathrm{P}\triangle}=\sqrt{3}\frac{U_1}{z} \tag{4-11}$$

比较式(4－10)、式(4－11)可得

$$\frac{I_{l\mathrm{Y}}}{I_{l\triangle}}=\frac{1}{3} \tag{4-12}$$

因此用Y-△降压起动时的起动电流为直接起动时的 1/3。但由于起动时每相定子绕组的电压为额定电压的 $1/\sqrt{3}$，而电动机的转矩与每相定子绕组电压的平方成正比，所以起动转矩也减小到直接起动的 1/3。因此，这种方法只适合于电动机正常运行时定子绕组为△联接的空载或轻载时起动。

② 自耦变压器降压起动。这种方法利用三相自耦变压器来降低起动时加在定子绕组上的电压，如图 4.21 所示。起动前，先将 Q_2 投向“起动”位置，电网电压经自耦变压器降压后送到电动机定子绕组上。起动完毕，将 Q_2 接至“工作”位置，自耦变压器被切除，三相电源直接接在电动机定子绕组上，在额定电压下正常运行。自耦变压器常备有 3 个抽头，其输出电压分别为电源电压的 73%、64%和 55%，可以根据起动转矩的不同要求选用不同的输出电压。自耦变压器降压起动的优点是起动电压可根据需要选择，但设备比较笨重，成本较高，因此只适用于容量较大的电动机或正常运行时；联接成星形不能采用Y-△起动的笼型异步电动机。

③ 绕线式异步电动机的起动。绕线式异步电动机可以在转子电路中串联电阻起动，图 4.22 为原理接线图。起动时，转子绕组电路中接入外接电阻，在起动过程中逐步切除起动电阻，起动完毕时将外接电阻全部短接，电动机进入正常运行。

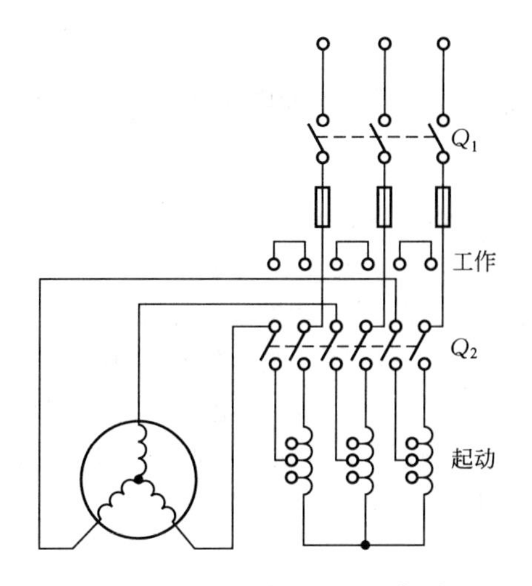

图 4.21 自耦变压器降压起动

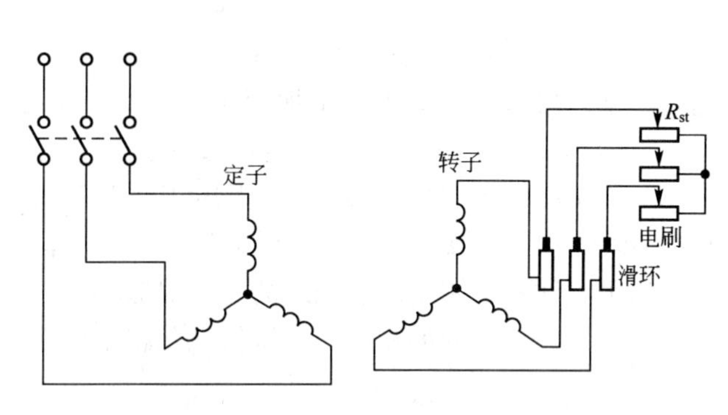

图 4.22 绕线式异步电动机的起动

转子电路接入电阻以后，由于转子电路电阻的增加，减小了起动电流，并可使起动转矩增大，可见，其起动性能优于鼠笼式电动机，故常用于起动频繁及起动转矩要求较大的生产机械上(如起重机械等)。

【例 4-3】 上一例题中的电动机采用直接起动时起动电流和起动转矩是多少？若采用Y-△起动和自耦降压起动(接 64%抽头)，线路上的起动电流和电动机的起动转矩又为多少？

解 直接起动时

$$I_{st}=\left(\frac{I_{st}}{I_N}\right)I_N=6.5\times102.6=666.9(\text{A})$$

$$T_{st}=\left(\frac{T_{st}}{T_N}\right)T_N=1.2\times357.3=428.8(\text{N}\cdot\text{m})$$

Y-△起动时

$$I_{stY}=\frac{1}{3}I_{st\triangle}=\frac{1}{3}\times666.9=222.3(\text{A})$$

$$T_{stY}=\frac{1}{3}T_{st\triangle}=\frac{1}{3}\times428.8=142.9(\text{N}\cdot\text{m})$$

自耦降压起动时：

由于起动时电动机端电压降到电源电压的 64%，故电动机的起动电流(即自耦变压器副边的电流)为直接起动电流的 0.64 倍。则有

$$I'_{st}=0.64I_{st}=0.64\times666.9=426.8(\text{A})$$

根据变压器的变流关系，其原边的起动电流(即线路上的起动电流)为

$$I''_{st}=0.64I'_{st}=0.64\times426.8=273.2(\text{A})$$

因为电动机的电磁转矩与电压的平方成正比，所以电动机自耦降压起动时的起动转矩为

$$T'_{st}=0.64^2T_{st}=0.64^2\times428.8=175.6(\text{N}\cdot\text{m})$$

2. 三相异步电动机的调速

调速是指在负载一定的情况下，人为地改变电动机的转速，以满足各种生产机械的需求。调速的方法很多，可以采用机械调速和电气调速，而采用电气调速可大大简化机械变

速机构，并获得较好的调速效果。

由公式 $n=(1-S)n_1=(1-S)\frac{60f_1}{P}$ 可见，异步电动机可以通过改变电源频率 f_1、磁极对数 P 和转差率 S 三种方法来实现调速。

(1) 变极调速。改变磁极对数实质上就是改变定子绕组的接法，从而得到不同的转速，由于磁极对数 P 只能成倍地变化，所以这种调速方法不能实现无级变速。

如图 4.23 所示为定子绕组两种接法。把 U 相绕组分成两半：线圈 U_1U_2 和 $U'_1U'_2$，图 4.23(a)为两个线圈顺向串联，得出 $P=2$。在图 4.23(b)中两个线圈的反接并联(头尾相接)得 $P=1$。在换极时，一个线圈中的电流方向不变，而另一个线圈中电流方向必须改变。这种方法只适用于定子绕组的磁极对数可以改变的鼠笼式异步电动机。此外，在变极的同时必须改变电源的相序，以维持电动机的转动方向不变。

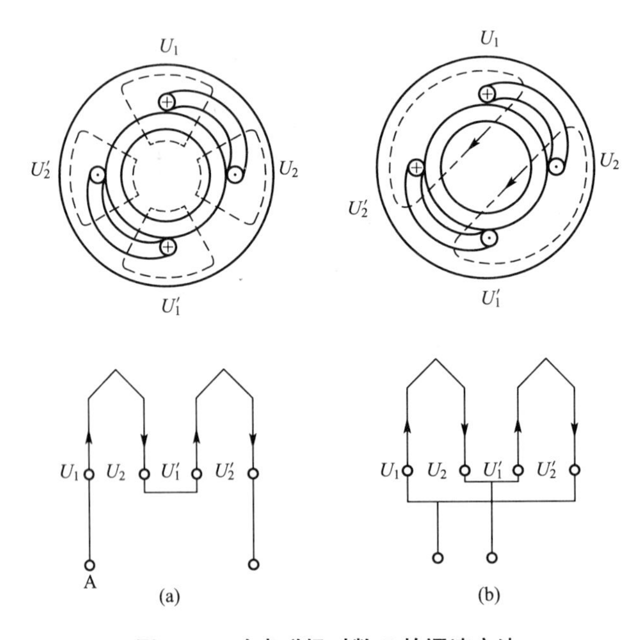

图 4.23　改变磁极对数 P 的调速方法

这种调速方法显然会使定子绕组的联接和引线变得十分复杂，因此，变极调速是有限的，最多不超过 4 速，双速电动机用得比较多。

(2) 变频调速。异步电动机的同步转速和电源的频率成正比，随着电力电子技术的发展，很容易实现大范围且平滑地改变电源频率 f_1，因而可以得到平滑的无极调速，且调速范围较广，有较硬的机械特性。因此，这是一种比较理想的调速方法，是交流调速的发展方向，目前国内外都大力研究，新的变频调速技术不断出现。

工频电源频率是固定的 50Hz，所以要改变电源频率 f_1 来调速，需要一套变频装置，目前变频装置有两种：交—直—交变频装置(简称 VVVF 变频器)和交—交变频装置。

(3) 变转差率调速。改变 S 实质上就是在绕线式电动机的转子电路中接入一个调速电阻(和起动电阻一样接入)，改变电阻的大小，就可以调速。在同一负载的转矩下，增大调速电阻，转差率 S 上升，而转速 n 下降。这种调速的方法的优点是设备简单、调速平滑，但能量消耗大。它广泛应用于起重设备等恒转矩负载中。

3. 三相异步电动机的制动

制动就是刹车。当电动机断电后，由于电动机及生产机械的惯性，总是需要较长的时间电动机才能停转。为了提高生产率及安全起见，必须对电动机制动。

制动的方法有机械制动和电气制动。所谓电气制动，就是在电动机转子导体内产生一个与转动方向相反的电磁转矩，迫使电动机停止转动。可见，电动机制动状态的特点是电磁转矩与转动方向相反，此时的电磁转矩就成为一种制动转矩。常用的电气制动方法有反接制动、能耗制动、发电反馈制动等，下面对电气制动的方法分别加以说明。

(1) 反接制动。在要求电动机停车时，将接到电源的三根相线中的任意两根对调位置，此时旋转磁场反向，而转子由于惯性仍沿原方向转动，因而产生的电磁转矩方向与电动机转动方向相反，如图 4.24 所示，使电动机因制动而迅速减速。当转速接近于零时，利用控制电器将电源自动切断，否则电动机将反转。

反接制动的优点是制动比较简单，制动力矩较大，停车迅速；但制动瞬间电流较大，消耗也较大，在制动过程中机械冲击强烈，易损坏传动部件。反接制动一般用于不经常起动和制动的场合。

(2) 能耗制动。如图 4.25 所示，在切断三相电源的同时给定子绕组通入直流电，在定子与转子之间形成一个固定的磁场，由于转子因机械惯性仍按原方向转动，而切割固定磁场，根据右手定则可知在转子电路中将产生与原来方向相反的感应电动势和电流，转子电流和固定磁场相互作用，产生一个与转子旋转方向相反电磁转矩，使电动机迅速停止。制动转矩的大小与通入的直流电流的大小有关，直流电流的大小一般为电动机额定电流的 0.5～1 倍。图中的可变电阻 R 用来调节直流电流以改变制动的效果。

这种方法是把转子的动能转换为电能，在转子电路中以热能迅速消耗掉的制动方法，故称为能耗制动。其优点是制动能量消耗小，制动平稳，但需要直流电源。能耗制动一般用于制动要求准确、平稳的场合。

(3) 发电反馈制动。异步电动机的发电反馈制动主要用于起重机械。当重物快速下放时，由于受重物拖动，转子转速 n 将会超过同步转速 n_1。转子导体切割旋转磁场的磁力线所产生的感应电动势、感应电流和电磁转矩的方向与原来相反，如图 4.26 所示。也就是说是电磁转矩变为制动转矩，使重物不至于下降过快。此时，重物的位能转换为电能反馈到电网中去，电动机以转入发电状态运行，因此，这种制动方式称为发电反馈制动。

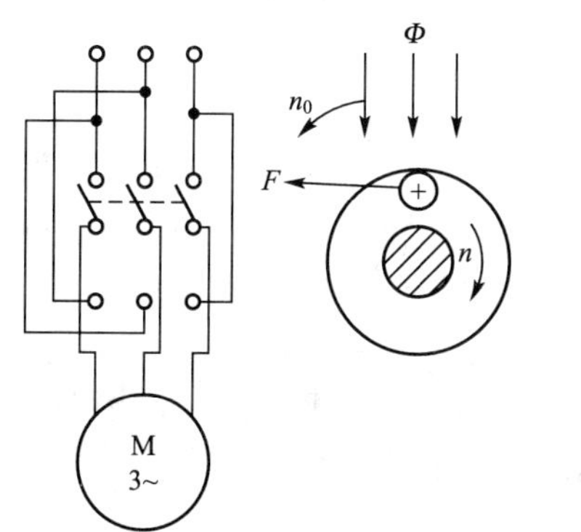

图 4.24 反接制动

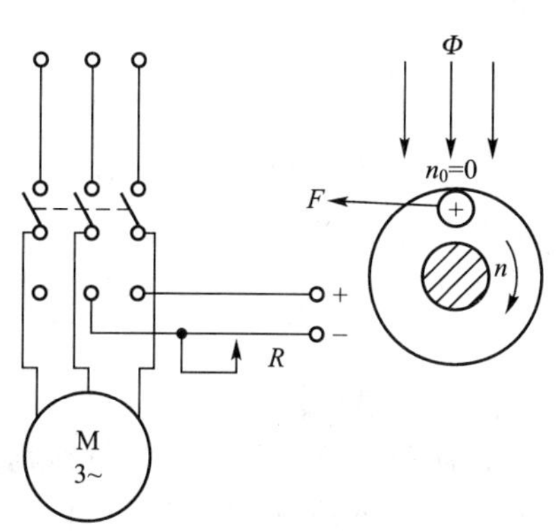

图 4.25 能耗制动

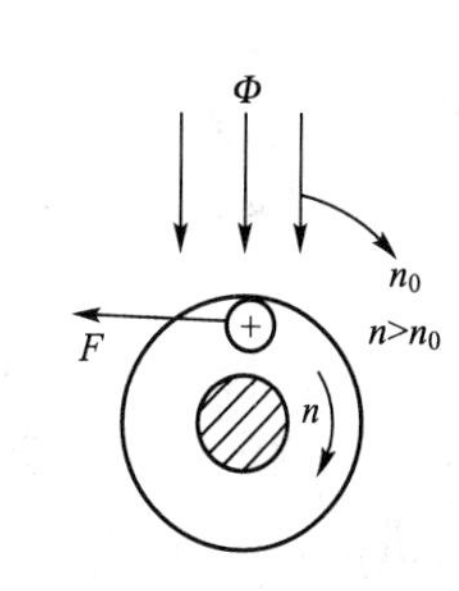

图 4.26 发电反馈制动

4.3.3 三相异步电动机的选用

三相异步电动机在生产上应用最为广泛，如在制冷空调设备中，全封闭和半封闭式各种类型的压缩机一般都使用耐氟三相电动机。选择的电动机是否合理，对运行安全和良好的经济、技术指标有很大影响。在选择电动机时，应根据实际需要和经济、安全出发合理选择其功率、种类、型号等。

1. 电动机种类的选择

选择电动机的类型可根据电源类型、机械特性、调速与起动特性、维护及价格等方面来考虑。

(1) 因三相电源为最普通的电力电源，如果没有特殊要求，交流电动机优于直流电动机。

(2) 选择交流电动机时，鼠笼式的结构、价格、可靠性、维护等优于绕线式。

(3) 起动、制动频繁且具有较大起动、制动转矩和小范围调速要求的，可选用绕线式。

(4) 要求转速恒定或改善功率因数且容量较大时，选用同步电动机。

2. 功率的选择

电动机功率的选择，是由生产机械决定的。如果功率选定过大，虽然能保证正常运行，但不经济，而且由于电动机常在轻载下运行，其运行效率和功率因数都较低。如果电动机功率选的太小，长期的过载运行将使电动机烧毁而造成严重的事故。根据电动机运行情况的不同，电动机容量的选择方法也有所区别。

(1) 连续运行电动机的功率的选择。当电动机在连续运行时，选择电动机功率的原则是：电动机的额定功率等于或稍大于拖动生产机械所需要的功率，即

$$P_N \geqslant \frac{P_L}{\eta_L \eta} \tag{4-13}$$

式中，P_L 是生产机械的功率；η_L 是生产机械本身的效率；η 是电动机与生产机械之间的传动效率。

(2) 短时运行电动机功率的选择。当电动机在恒定负载下按给定的时间运行而未达到热稳定状态时即行停机，称为短时工作，此时电动机允许适当过载。电动机在短时运行时，通常根据过载系数 λ 来选择电动机的功率。电动机的额定功率可以是生产机械所要求的功率的 $1/\lambda$。

(3) 电动机电压等级的选择。电动机电压等级的选择，要根据电动机的类型、功率以及使用地点的电源电压来决定。大容量的电动机(大于 100kW)在允许条件下一般选用如 3kV 或 6kV 高压电动机，小容量的 Y 系列笼型电动机的额定只有 380V 一个等级。

(4) 电动机额定转速的选择。电动机额定转速取决于生产机械的要求和传动机构的变速比。额定功率一定时，转速越高，则体积越小，价格越低，但需要的变速比大的传动减速机构就越复杂。因此，必须综合考虑电动机和机械传动方面的因素。

任务实施

异步电动机的固有机械特性是指不改变异步电机的任何额定值和基本参数(绕线式异步电机转子不串电阻)时的机械特性。

为了适应于对不同负载的拖动需要，异步电机的固有机械特性常常不能满足运行要求，因此需要采用降低定子电压、定子回路串接电阻、定子回路串电抗以及转子回路串电阻等方法来人为地改变固有特性，人为改变后的特性称为异步电机的人为机械特性。为了适应于对不同负载的拖动需要，异步电机必需运行在不同的状态。

1. 电动机状态

异步电机的电动机运行是最常用的一种运行方式，电机从电网取得能量，并转换为机械能由转子输出。

2. 制动状态

制动状态就是使电磁转矩的方向与电动机的转子旋转方向相反，制动时主要任务在改变电机的电磁转矩的方向。异步电动机的制动有如下三种方法。

(1) 能耗制动。将定子绕组的交流电源切除加入直流电源，即将旋转磁场变成静止磁场，改变了转子绕组感应电动势的方向，电磁转矩的方向改变，能耗制动只需小容量的直流励磁电源，可适合各种旋转速度的电动机，简单、实用；

(2) 反接制动。反接制动是将异步电机的三相电源中的两相突然反接(调换)，使异步电机的旋转磁场方向改变，电磁转矩方向改变，起制动作用。反接制动制动效果迅速，其特点是 $s>1$，转子输出的机械功率 $P_2=P_{em}(1-s)<0$(忽略机械损耗和附加损耗)，此时，电动机从生产机械吸取机械能转变为电能，同时还从电网吸收的电能，这些能量一起消耗在转子电阻中，能耗特别大，经济性能较差；

(3) 倒拉反转制动。倒拉反转制动是异步电机的转子转速反向，而旋转磁场转向不变，和反接制动一样，异步电机的电磁转矩和转向相反，起制动作用。同时倒拉反转制动与反接制动有相同的转差率、功率和特性特点。

(4) 回馈制动。回馈制动制动时，虽然电动机的旋转磁场与转子转向相同，但转速高于同步转速(旋转磁场转速)，即 $s<0$，转子电流的有功分量小于0，在制动过程中将电能回馈电网，既简单又经济，可靠性高。

任务小结

电动机的 $T=f(S)$、$n=f(T)$ 曲线分别叫转矩特性和机械特性。

三相异步电动机的起动电流很大，对容量较大或起动频繁的鼠笼式电动机可采用Y-△或自耦变压器降压起动，限制了起动电流，但起动转矩却下降。而绕线式电动机可以在转子电路中串联电阻起动，既减小了起动电流，又可使起动转矩增大，

三相异步电动机可采用变频、变极和变转差率的方法进行调速，常用的制动方法有能耗制动和反接制动。

思考与练习

1. 将两对磁极的三相异步电动机接入380V、50Hz的电网中，求其同步转速。

2. 有一台三相异步电动机，其电源频率 $f=50$Hz，额定转速 $n_N=960$r/min，问这台电动机是几极的？额定转差率 S_N 是多少？

3. 已知某三相异步电动机的磁极对数 $p=4$，电源频率 $f=50$Hz，问 $S=4\%$ 时转速是多少？

4. 某4.5kW三相异步电动机的额定电压 $U_N=380$V，额定转速 $n_N=950$r/min，过载系数 $\lambda=1.6$，求：(1) T_N，T_m；(2)当 U 下降至300V时，它能否带额定负载运行？为什么？

5. 说明电源电压 U 增加时三相异步电动机的转矩平衡过程。

6. 异步电动机的转速与哪些因素有关？对转速影响最大和最经常的因素是哪些？

7. 某三相异步电动机的额定数据如下：功率 $P_N=3$kW，电压为220V/380V，电流11.25/6.5A，功率因数 $\cos\varphi=0.86$，$n_N=1430$r/min，电源频率 $f=50$Hz。试求该电动机的额定功率 η_N、额定转矩 T_N 及额定转差率 S_N。

8. 已知某三相异步电动机的 $T_{st}/T_N=1.3$，若电动机的端电压降低到额定电压的70%，问能否带半载($0.5T_N$)起动？

9. 某10kW的三相鼠笼式异步电动机的额定电压为380V/220V，电源电压为380V，它能否用Y/△起动法起动？为什么？

10. 为什么一根电源线断了，三相就成为单相而不是两相？说明在运转中的三相异步电动机有一根电源线断掉时能继续转动的原因。如果负载不变，则在一根电源线断掉时，电动机将有哪些变化？为什么？

11. 将单相异步电动机的两根电源进线对调，其转子能否反转？为什么？

任务4.4 单相异步电动机的使用

教学目标	(1) 理解单相异步电动机的运行原理； (2) 掌握单相异步电动机的起动方法。

任务引入

由单相电源供电的异步电动机即为单相异步电动机，其工作原理是建立在三相异步电动机的基础上，它的结构与三相笼型异步电动机相似，但又有其自身的特点。它的定子通常有主、辅两个绕组，转子制成笼型。本节主要介绍其工作原理及其起动方法。

为什么三相异步电动机断了一根电源线即成为单相状态而不是两相状态？

任务分析

三相异步电动机断了一根电源线后，电机绕组上只有一相线电压和一相线电流而没有两相电压和相应的两相电流，因此电机此时只能成为单相状态而不是两相状态。

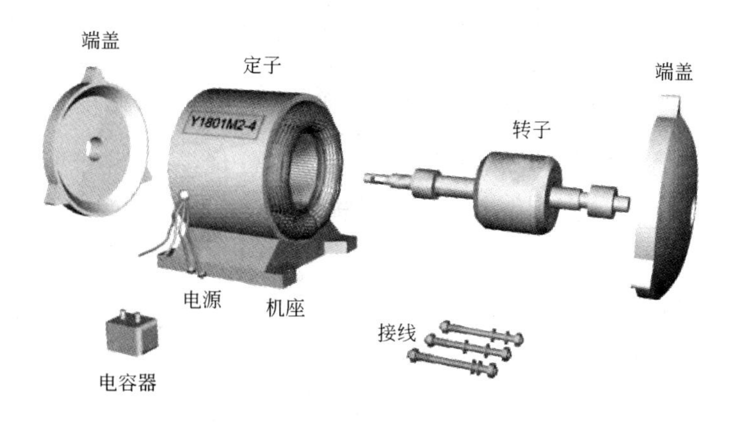

图 4.27 单相异步电动机结构图

相关知识

4.4.1 单相异步电动机的基本结构和工作原理

单相异步电动机是只有单相定子绕组、用单相电源供电的电动机。它适用于只有单相电源的小型工业设备和家用电器中，例如用在电风扇、电冰箱压缩机、搅拌机、小型电动机工具等，功率一般在 1kW 以下。

单相电动机也是由定子和转子两部分组成的。转子多为鼠笼式。定子铁心由硅钢片叠成，分为隐极和凸极两种。隐极电机的定子绕组为分布绕组，凸极电机则为集中绕组，如图 4.28(a)和(b)所示。与三相异步电动机一样，单相异步电动机的基本工作原理仍然是电磁感应原理，即通过磁场与转子电流之间的相互作用来产生电磁转矩。但与三相异步电动机相比，单相异步电动机在磁场和起动方法等方面有很多特点。

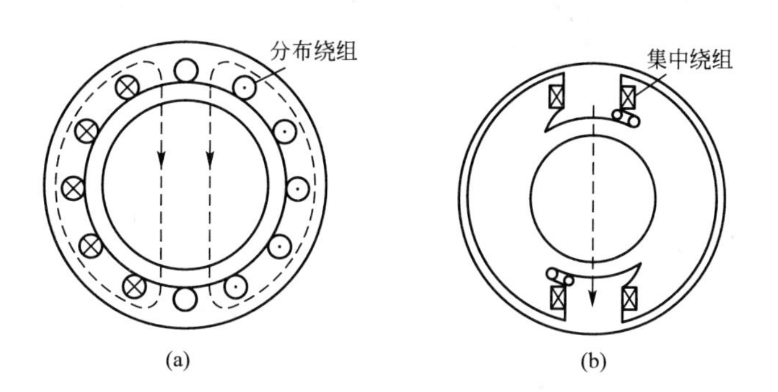

图 4.28 单相异步电动机的定子结构

1. 单相异步电动机的磁场

当单相正弦电流通过定子绕组时，产生一个其轴线在空间位置上保持不变而气隙中各点的磁感应强度则按正弦变化的交变脉动磁场。

可以认为交变脉动磁场是由两个大小相等(幅值各等于原磁感应强度最大值 1/2)、同

步转速相同$\left(n_1=\frac{60f_1}{p}\right)$、旋转方向相反的两个旋转磁场合成的，如图 4.29 所示。图中，$B'_m=B''_m=\frac{1}{2}B_m$。$B'_m$表示正向旋转磁场(设为顺时针旋转)，$B''_m$表示反方向旋转磁场(逆时针旋转)。当电流变化一周时，脉动磁场的磁通就变化一周，正向和反向旋转磁场在空间也各自旋转一周。某一瞬间它们的矢值和就是电机中某点原磁场感应强度在该时刻的瞬时值。

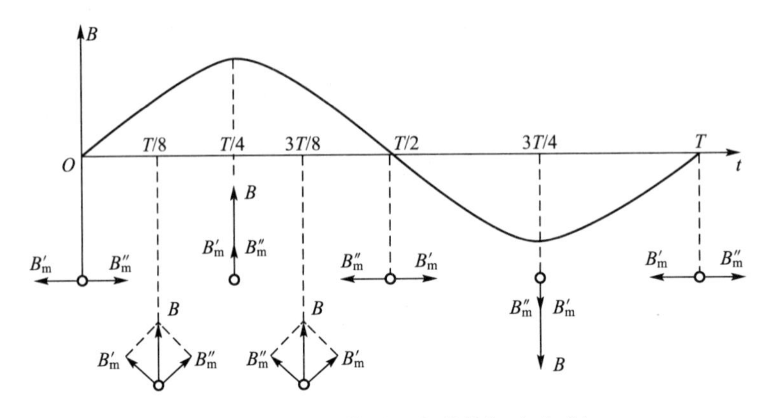

图 4.29　两个旋转磁场合成单相脉动磁场

2. 单相异步电动机的电磁转矩

由上面所述的正向旋转磁场和反向旋转磁场所产生的电磁转矩，便合成了单相电动机总的电磁转矩。当电动机转子静止不动时，这两个旋转磁场与转子的相对转速相等，它们分别在转子导体中感应出大小相等而方向相反的感应电动势和电流，因此产生的电磁转矩也是大小相等、方向相反的，即正向旋转磁场产生的转矩与旋转磁场产生的转矩相互抵消，转子总的起动转矩为零，转子不能转动。但是如果加一外力使转子向某一方向转动一下(设为顺时针方向)，那么电动机就会朝这个方向继续转动，并且能承受一定的机械负载。这是因为此时正向旋转磁场对转子的转差率和电量频率分别为

$$S'=\frac{n_1-n}{n_1}$$

$$f'=S'f$$

而反向旋转磁场对转子的转差率和转子电量的频率为

$$S''=\frac{-n_1-n}{-n_1}=\frac{n_1+n}{n_1}=\frac{n_1+(1-S')n_1}{n_1}=2-S'$$

$$f''=S''f=(2-S')f\approx 2f$$

很明显，反向旋转磁场的转差率大，虽然在转子导体中产生的感应电动势大，但由于转子电量的频率差不多是电源频率的两倍，因此转子中对应的感抗也很大，功率因数很小，即决定转矩大小的 I_2 和 $\cos\varphi_2$ 都很小，致使正向旋转磁场产生的转矩 T' 大于反向旋转磁场产生的转矩 T''，合成转矩 $T=T'-T''$ 不为零。在这个合成转矩的作用下，电动机便继续旋转。单相异步电动机的 $T=f(S)$ 曲线如图 4.30 所示。从图中可以看出，当 $S=1$ 时，$T'=T''$，$T=0$，即单相异步电动机没有起动转矩，因此需要某种特殊的起动装置才能起动。

4.4.2　单相异步电动机的起动方法

1. 电容分相法

图 4.31 所示是一电容分相异步电动机，它由工作绕组 A 和起动绕组 B 组成，两个绕组在空间交成 90°，绕组 B 中串联电容器，使用两个绕组的电流相位差接近 90°，亦即分成两相。这样，两相电流流过在空间位置相差 90°的两个绕组，就能产生旋转磁场。

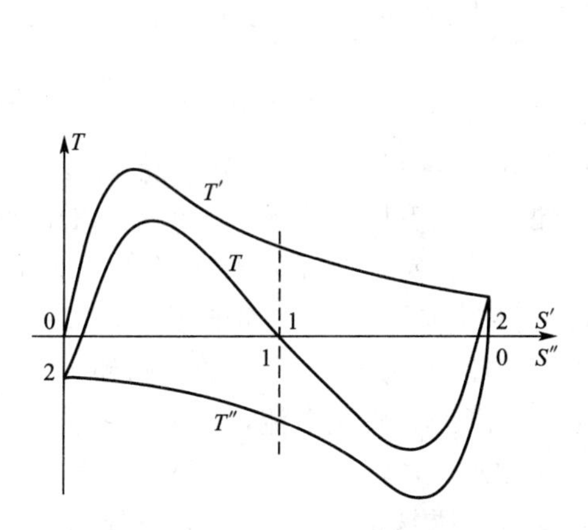

图 4.30　单相异步电动机的 $T=f(S)$ 曲线

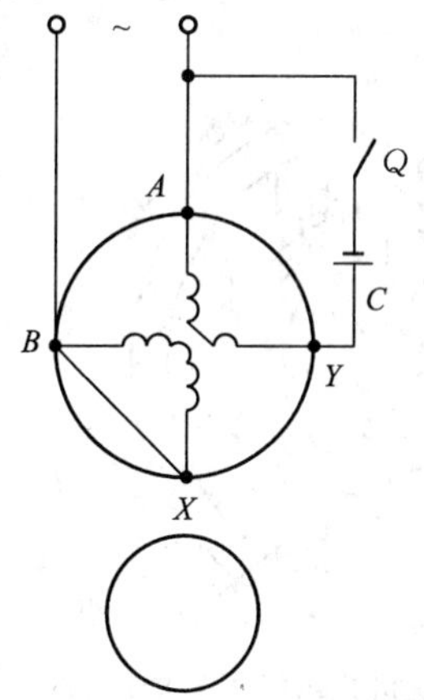

图 4.31　电容分相异步电动机

与分析三相异步电动机的旋转磁场相似，设两相电流为

$$i_A = I_{Am}\sin\omega t$$

$$i_B = I_{Bm}\sin(\omega t + 90°)$$

其波形如图 4.32 所示。$\omega t=0°$，45°，90°，180°瞬时的磁场情况如图 4.33 所示。

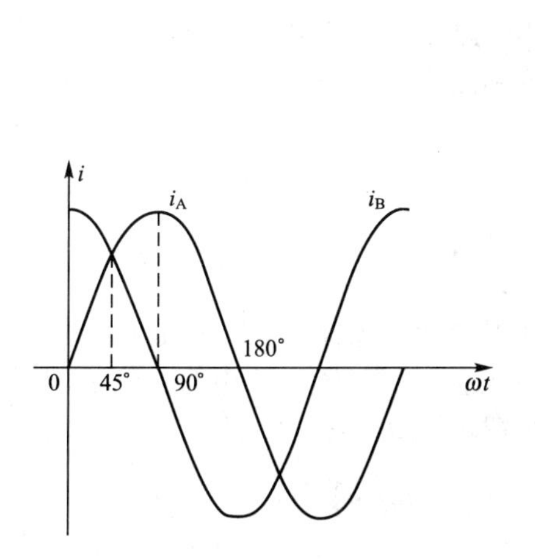

图 4.32　两相电流

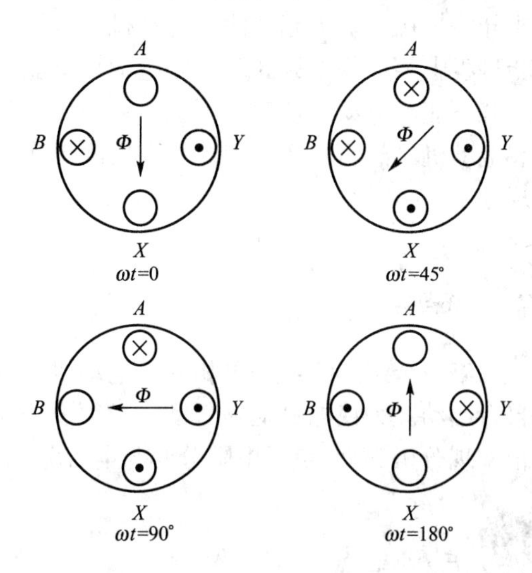

图 4.33　两相旋转磁场

在这个旋转磁场的作用下，电动机就能起动，在转速接近额定值时，借助离心力的作用使开关断开，从而切除起动绕组。电容分相法的电容器只作起动之用，因通电时间短，

故可以偏大一些，可以采用交流电解电容器。

也有把电容分相异步电动机的起动绕组设计成能长期接在电源上工作的，即不必设置开关，起实质相当于一台两相异步电动机在运行。这种电动机称为电容运转电动机。由于电容器长期接在电源上，故在选择电容器时应考虑有较好的运行性能，一般采用油浸式或密封蜡浸纸介质电容器。

2. 罩极法

定子铁心为凸极式、铁心上绕有集中绕组的单相异步电动机是采用罩极法来产生起动转矩的。图 4.34 所示为罩极式单相异步电动机的示意图。

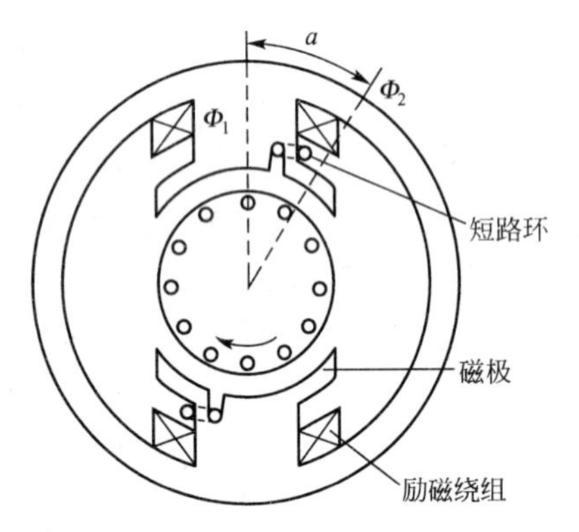

图 4.34　罩极式单相异步电动机

它的磁极面上开一条小槽，嵌进短路铜环，短路环罩住 1/3～1/4 的极面。当定子绕组通入单相交流电后，便产生交变脉动磁场。这个磁场的磁通由两部分组成：一部分穿过极面的未罩部分，如图中的 Φ_1；另一部分穿过被短路环罩住的极面，如图中的 Φ_2。因为电流、磁场都是交变的，故短路环内要产生感应电动势，使环内有感应电流，这个电流会产生阻碍原磁通变化的磁通，使得 Φ_2 滞后于 Φ_1，因此在空气间隙中，就好像磁场的轴线从未罩部分向被罩部分移动，从而能在转子中产生一定的起动转矩，其方向与磁场移动的方向一致。罩极在铁心中的位置是固定的，因而电动机的转向也是一定的。

罩极式电动机起动转矩小，效率低，但结构简单，因此在小型单相异步电动机中也有所应用。

如果三相异步电动机的某一相定子绕组开路，就同单相异步电动机的情况类似。如果一相开路是在电动机起动前，电动机会因没有起动转矩而不能起动，此时电流很大；若在运转过程中某一相因故断路，则电动机仍能继续运转，这种情况称为缺相运行。此时，如果负载不变，电动机功率也不变，就会导致其他两相电路中的电流超过额定电流，可能会引起电动机过热而损坏。因此，在实际工作中必须特别注意三相异步电动机运行时有无缺相现象。

任务实施

只有一个工作绕组的单相异步电动机，其单相绕组产生肪振磁场，没有起动转矩，不能自行起动。为使电机能够起动，必须设法在气隙中建立旋转磁场。常用的方法是加辅助绕组实现分析起动(包括电阻分相与电容分相起动)和罩极起动。

任务小结

1. 单相异步电动机磁场

单相异步电动机定子绕组为单相绕组，转子一般为鼠笼式。当定子绕组接入单相交流

电流电源时，定转子气隙中将产生一个交变脉动磁场，此磁场在空间不旋转，只是磁通或磁感应强度的大小随时间作正弦变化。

2. 单相异步电动机机械特性

单相异步电动机机械特性特点：单相异步电动机一相绕组通电时无起动转矩，不能自行起动；旋转方向不固定，具体的转向由外力矩确定；由于存在反向电磁转矩的制动作用，因此，单相异步电动机的过载能力、效率、功率因数较低。

3. 单相异步电动机的起动

由于单相异步电动机不能自行起动，需加入附加力矩帮助才能起动运行，常用的方法有分相式起动与罩极式起动两种。

4. 单相异步电动机的调速

单相异步电动机常用的速调方法：变频调速、串电容调速、和抽头调速等。在小容量家用电器拖动调速应用中，采用串电抗器调速和抽头调速较普遍。

思考与练习

1. 为什么一根电源线断了，三相就成为单相而不是两相？说明在运转中的三相异步电动机有一根电源线断掉时能继续转动的原因。如果负载不变，则在一根电源线断掉时，电动机将有哪些变化？为什么？

2. 将单相异步电动机的两根电源进线对调，其转子能否反转？为什么？

3. 一台单相异步电动机通电后不能起动，但用手轻轻一拨，电机转运并运行正常，试分析这种现象的原因？

4. 电容分相式单相异步电动机有哪几种不同型式，各有什么优缺点？如何改变电容分相式单相异步电动机的转向？

5. 单相异步电动机主要分哪几种类型？

6. 一台定子绕组 Y 接的三相鼠笼式异步电动机轻载运行，若一相引出线突然断线，电动机还能否继续运行？停下来后能否重新起动？为什么？

任务 4.5　直流电机的使用

教学目标	(1)理解直流电机的工作原理； (2) 掌握直流电机的起动、制动和调速的方法； (3) 学会给制直流电机的机械特性曲线。

任务引入

直流电机是人类最早发明和应用的一种电机。与交流电机相比，直流电机因结构复杂、维护困难、价格较贵等缺点，应用不如交流电机广泛。但由于直流电动机具有优良的起动、调速和制动性能，因此在工业领域中仍占有一席定地。本节首先讨论直流电机的工

作原理、基本结构等共性问题，然后再分别介绍直流电机的运行并析、功率和转矩等问题。

如何判断一台电机是直流电动机还是直流发电机?

任务分析

直流电机是电能和机械能相互转换的旋转电机之一。它如果将机械能转换为直流电能，称之为直流发电机，如果将直流电能转换为机械能，称之为直流电动机。

相关知识

4.5.1 直流电机的结构

直流电机的结构型式多种多样，如图 4.35 所示是直流电机的结构，如图 4.36 所示为横截面结构，直流电机主要由定子和转子两大部分组成。定子用来安置磁极和作电机的机械支撑，它包括主磁极、换向极、机座、端盖、轴承等，静止的电刷装置也固定在定子上。转子上用来感应电动势而实现能量转换的部分称为电枢，它包括电枢铁心和电枢绕组，还有换向器、轴、通风冷却用的风扇等。

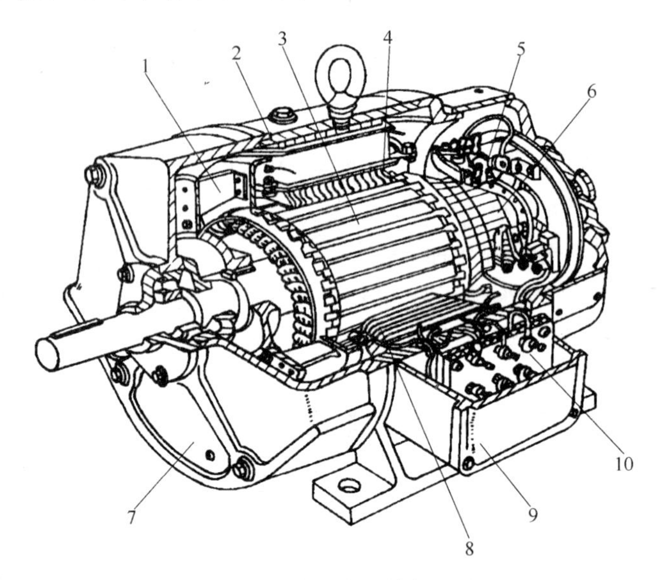

图 4.35　直流电机的剖面图

1—风扇　2—机座　3—电枢　4—主磁极　5—刷架　6—换向器
7—端盖　8 换向极　9—出线合　10—接线版

1. 定子

定子通常指磁路中静止部分及其机械支撑，包括机座、主磁极、换向极等。某种直流电机的定子如图 4.35、图 3.36 所示。

(1) 机座。直流机的机座有两种型式：整体机座和叠片机座。机座的主体部分作为磁

极间磁的通路，这部分称为磁轭。机座同时又用来固定主极、换向极和端盖，并借底脚把电机固定在基础上。

机座，既作为电机的机械支撑，又是磁极间磁通的通路。所用的材料要求具有较好的导磁性能，因此一般不用铸铁，而用铸钢或钢筒做成。为了使磁路中的磁通密度不致太高，要求有一定的导磁截面积。这常使其在机械强度和刚度上大有富余。

(2) 主磁极。主磁极的作用，是使电枢表面的气隙磁通密度在空间按一定形状分布，并且能在磁极上固定励磁绕组，如图 4.37 所示。

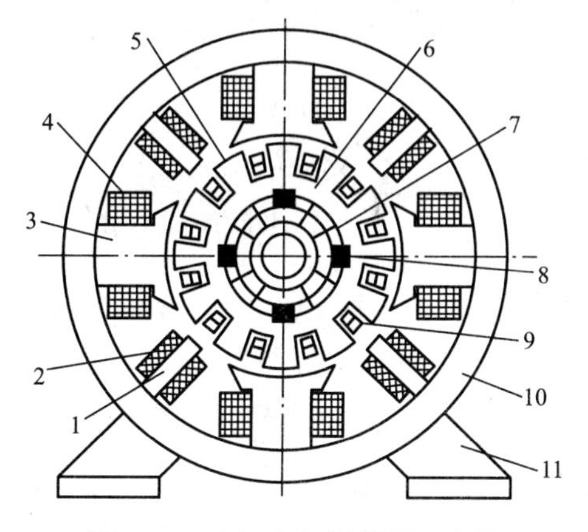

图 4.36 直流电机横截面示意图

1—换向极铁心 2—换向极绕组 3—主机铁心 4—励磁绕组 5—电枢齿 6—电枢铁心 7—换向器 8—电刷 9—电枢绕组 10—机座 11—底脚

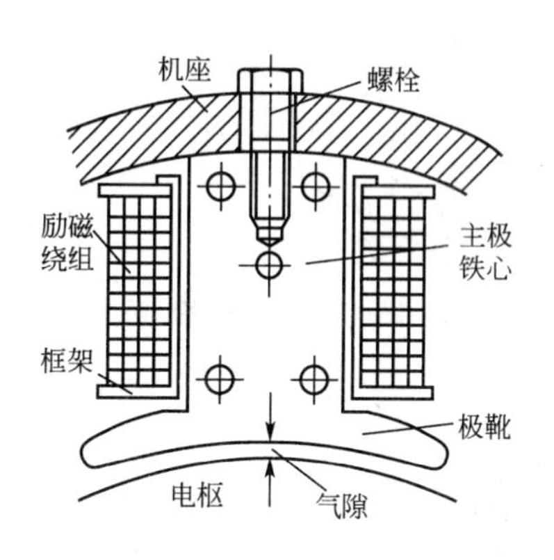

图 4.37 主磁极

主磁极通常用 0.5mm～3mm 厚的低碳钢板冲成一定形状的冲片，然后叠压成整体，再用螺栓固定在机座上。主磁极分成极身和极靴两段，极身较窄，外装励磁绕组，极靴两边伸出于极身之外的部分称为极尖。极靴面向电枢的曲面称为极弧，极弧与电枢外圆之间的间隙称为气隙。极弧的形状对电机运行性能有一定的影响，通常两极尖下的气隙较极中心处大。

各个主极上的励磁线圈组成励磁绕组，励磁绕组与电枢之间可以串联，称串励；也可并联，称为并励。各主极的励磁线圈常用串联方式联接，这样可以保证各主极线圈的电流一致。主磁极在电机中总是成对出现，其极性沿圆周是 N、S 交替排列，因此串联时，相邻两主磁极线圈中电流环绕的方向是相反的。

小型和微型直流电机常采用永磁体作为主极。大型直流电机还常在主极极靴上开一些槽，槽中嵌放补偿绕组。

(3) 换向极。容量大于 1kW 的直流电机，在相邻两主磁极之间装设换向极，也称附加极。它的作用是帮助换向。换向极形状比较简单，因此常用厚钢板制成。有些电机的换向极也要求用钢片绝缘后叠装而成。换向极上装有换向极绕组，一般由粗的扁铜线绕成，只有几匝，换向极绕组总是与电枢绕组串联的。如图 4.38 所示。

(4) 电刷装置。直流电机电枢绕组和电流均通过电刷装置与外电路相接。电刷本身是由石墨等做成的导电块，放在刷握内。刷握再装于刷架上，根据电流大小的不同，每个刷

架上装有一个电刷或一组并联的电刷，同极性刷架上的电流汇集到一起后，引向接线板，再通向机外，如图 4.39 所示。

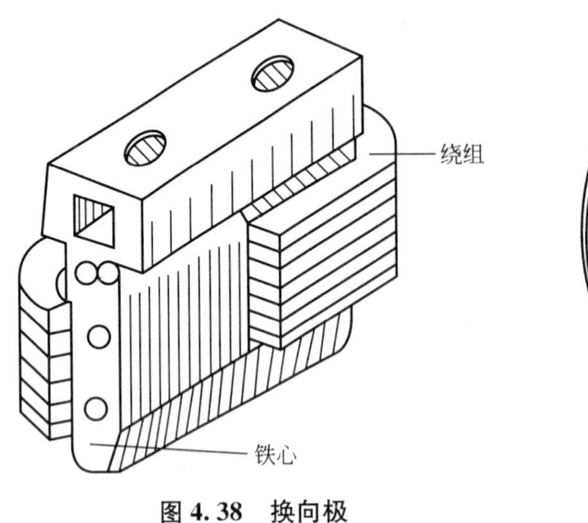

图 4.38　换向极

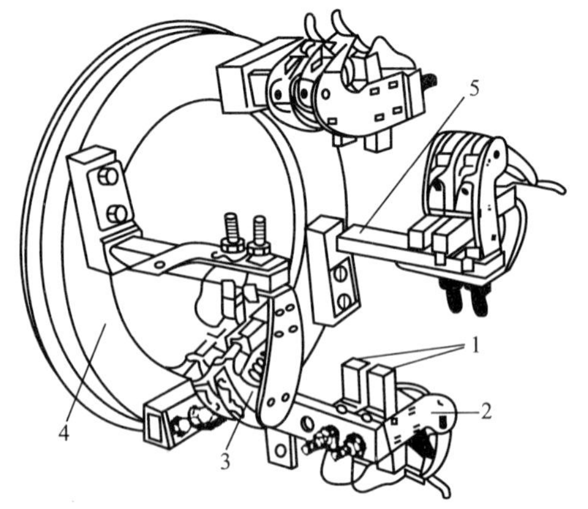

图 4.39　电刷装置

1—电刷　2—刷握　3—弹簧压板
4—刷架座　5—刷杆

电刷顶部有细铜丝编织成的引线(称刷辫)，以便引出电流。电刷装于刷握中时，还压以弹簧，保证电枢转动时电刷与换向器表面有良好的接触。弹簧的压力可以进行调节。

2. 转子部分

转子部分包括电枢铁心、电枢绕组、换向器、风扇、转轴和轴承。直流电机的转子如图 4.40 所示。

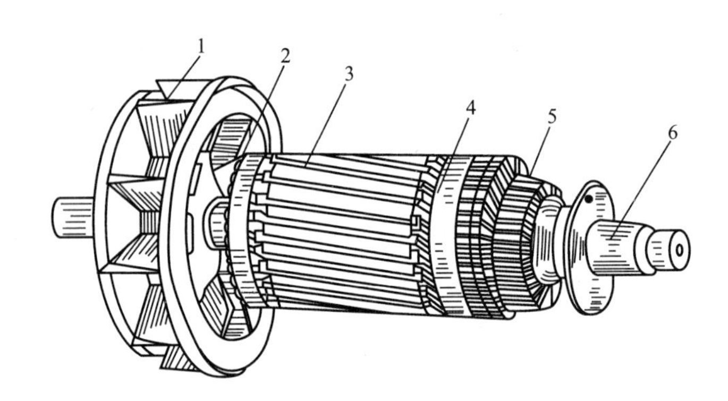

图 4.40　直流电机的转子

1—风扇　2—绕组　3—电枢铁心　4—绑带　5—换向器　6—轴

(1) 电枢铁心。它提供主极下磁通的通路。当电枢在磁场中旋转时，铁心中的磁通方向不断变化，因而也会产生涡流及磁滞损耗。电枢铁心通常用 0.5mm 厚的低硅硅钢片或冷轧硅钢片叠成，片间涂绝缘漆以减少损耗。硅钢片上还冲出转子槽，以便嵌放电枢绕组。

(2) 电枢绕组。用带绝缘的铜导线绕成一个个的线圈元件，嵌放在电枢铁心的槽中，

各元件按一定的规律联结到相应的换向片上，全部这些元件就组成了电枢绕组。电枢绕组的联结规律将在后续内容中介绍。

(3) 换向器。换向器由许多换向片组成。这些换向片彼此以云母片相互绝缘，全部又以云母环对地绝缘。换向片由铜料制成，尾端开沟或接有联结片(称升高片)，以供电枢绕组元件端线焊于其中，如图4.41所示。

3. 气隙

气隙是定子主极和电枢之间的间隙，是主磁路的重要组成部分，气隙磁场是电机进行能量转换的媒介，气隙的大小和气隙磁场的分布及其变化对电机运行影响很大。

在小容量电机中，气隙约1mm～3mm；在大电机中，可达10mm～12mm，如图4.37所示。

为分析工作原理，直流电机的组成部件简化如图4.42所示，定子是凸极结构，磁极上有一个或多个励磁线圈，励磁绕组中通过励磁电流时产生的磁通，旋转的电枢绕组与旋转的换向器与静止的电刷相连接。为了简单起见，通常采用图4.43所示的直流电机的电路符号。

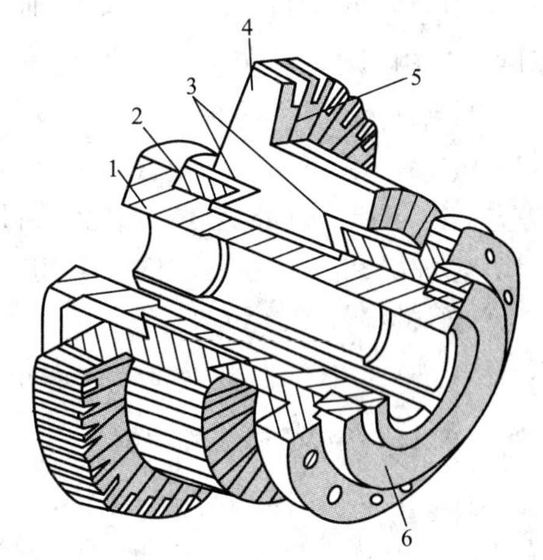

图4.41 换向器

1—套筒 2—压圈 3—V形云母环 4—换向片 5—云母片 6—压圈

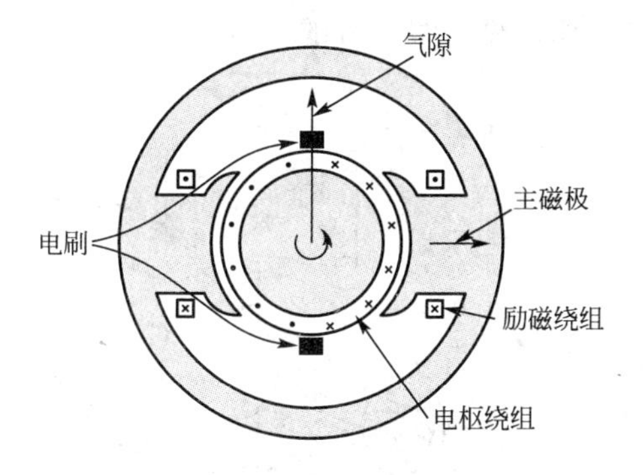

图4.42 直流电机的结构示意图

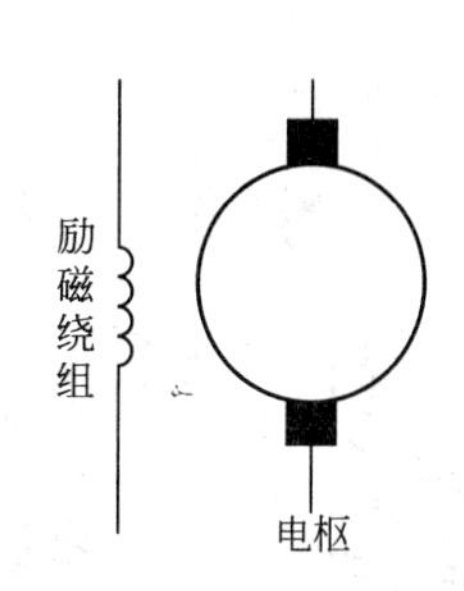

图4.43 直流电机的电路符号

4.5.2 直流电机的工作原理

1. 直流发电机的工作原理

如图4.43所示是一个最简单的直流电机模型，在两个空间固定的磁极 N 极和 S 极之间，有一个的硅钢片叠成的圆柱体(称为电枢铁心)。电枢铁心与磁极之间的间隙称为气隙。图4.44中两根导体ab和cd连接成为一个线圈，并敷设在电枢铁心表面上。线圈的首、末端分别连接到两片圆弧形的铜片，称为换向片1、2。换向片固定于转轴上，换向片之间以及换向片与转轴都互相绝缘。这种由换向片构成的整体称为换向器。整个转动部分称为电枢。为了把电枢和外电路接通，特别装置了两个电刷A和B。电刷在空间上是固定不动的。

由原动机以恒定转速 n 沿顺时针拖动电枢旋转，它就成为一台直流发电机。由电磁感

应定律，每根导体的感应电动势的瞬时值为

$$e=Bvl \tag{4-14}$$

式中，B 为导体所处位置的磁通密度；v 为正交于磁通密度 B 的线速度；l 为导体的有效长度，即每根导体切割磁力线部分的长度。

感应电动势的方向，用右手定则来确定，电机中磁力线的方向从N极出来回到S极。图4.44中电刷A只能与处于N极下的导体相接触，电刷B只能与处于S极下的导体相接触。当导体ab转到N极下时，电动势方向由a到b，同时导体cd也转到S极下，电动势方向由c到d。电刷B的极性为“+”，A的极性为“－”。当导体ab转到S极下时，电动势方向由b到a，同时导体cd也转到N极下，电动势方向由d到c。这样当导体ab、cd分别切割N极和S极各一次时，其电动势方向变化了一次。但是，电刷A的极性始终为“－”，B的极性始终为“+”。显然，直流发电机的线圈两端的感应电动势为方向交变的交流电势，而电刷A和B上为方向不变的直流电势，这就是直流发电机的工作原理。

2. 直流电动机的工作原理

直流电动机的工作原理如图4.45所示。如果在电刷A、B两端加上直流电压，电刷A为“+”，B为“－”，则电流 i 的方向为从电刷A流进电枢，从电刷B流出。根据“毕—萨电磁力定律”载流导体ab，cd受电磁力为

$$f=Bil \tag{4-15}$$

式中，f 为作用于载流导体上力的大小，方向用左手定则来确定；i 为导体内流过的直流电流；l 为导体的有效长度，即每根导体切割磁力线部分的长度。

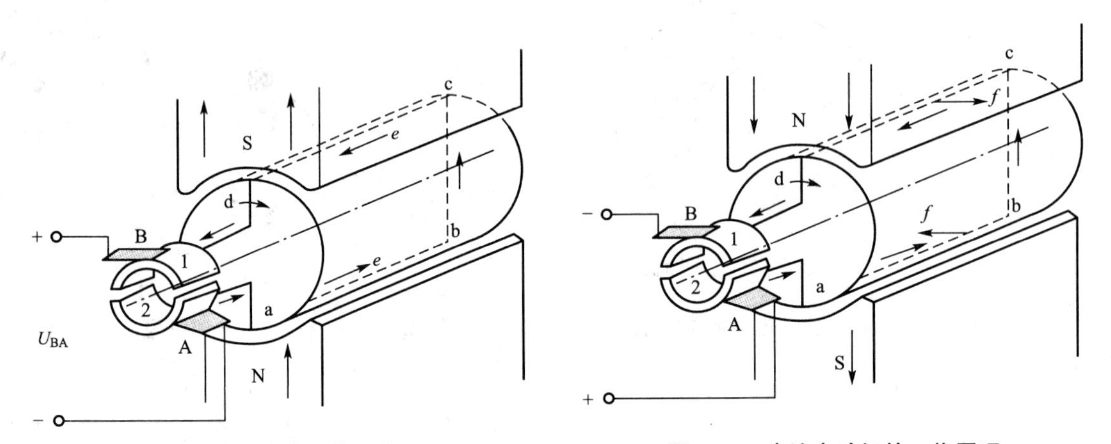

图4.44　直流发电机的工作原理　　图4.45　直流电动机的工作原理

从图4.45可见，两个载流导体ab，cd所受到的力均为 f，f 与电枢半径的乘积就是转矩，称为电磁转矩。这里电磁转矩的方向是顺时针的，电磁转矩就是直流电动机的驱动转矩。

显然当电刷A，B两端加上直流电压不变时，旋转的载流导体ab和cd中的电流方向是交变的，即S极下电流方向始终从里到外，而N极下的电流方向始终从外到里。

4.5.3　直流电机的铭牌数据

每一台直流电机上都有一个铭牌，上面标明电机的额定数据，它是用户使用电机的依

据。这些数据分别是以下几种。

1. 额定功率 P_N

额定功率是在铭牌规定的额定运行条件下的输出功率，单位是 W 或 kW。对发电机，指出线端所输出的电功率；对电动机，指轴上输出的机械功率。

2. 额定电压 U_N

额定电压指在额定工作情况下的，电机出线端的电压值单位为 V。直流电机的额定电压一般不高。我国生产的中小型直流电动机的额定电压多为 110V，220V，440V；发电机的额定电压为 115V，230V，460V；大型直流电机的额定电压约为 1000V。

3. 额定电流 I_N

额定电流是电机在额定电压下运行，输出功率为额定功率时，通过出线的线路电流单位为 A。直流电机的额定电流可由下式计算

直流发电机的额定电流

$$I_N=\frac{P_N\times 10^3}{U_N} \tag{4-16}$$

直流电动机的额定电流

$$I_N=\frac{P_N\times 10^3}{U_N\eta_N} \tag{4-17}$$

式中，η_N 为电动机在额定状况下运行时的效率。

4. 额定转速 n_N

额定转速是在额定电压下运行，输出功率为额定功率时转子的转速，单位为 r/min。对无调速要求的电机，一般不允许电机运行时的最大转速超过 $1.2n_N$。

5. 额定效率 η_N

额定效率是电机在额定工况下，输出功率与输入功率之比的百分数。

6. 额定励磁电压 U_f

定额定励磁电压是指电机在额工况下，励磁绕组两端的电压，单位是 V。

7. 额定励磁电流 I_f

定额定励磁电流是指电机在额工况下，励磁绕组中的电流，单位是 A。

直流电动机轴上的额定转矩用 T_{2N} 表示，其大小为

$$T_{2N}=\frac{P_N}{\Omega_N}=\frac{P_N}{2\pi n_N/60}=9.55\frac{P_N}{n_N} \tag{4-18}$$

式中，P_N 的单位为 W；n_N 的单位为 r/min；T_{2N} 的单位为 N·m。若 P_N 的单位为 kW 时，系数 9.55 应改为 9550。

【例 4-4】 一台直流电动机的额定值为：$P_N=160\text{kW}$，$U_N=220\text{V}$，$n_N=1500\text{r/min}$，$\eta_N=90\%$，求该电机的额定输入功率 P_{1N}、额定电流 I_N、额定输出转矩 T_{2N}。

解 额定输入功率 P_{1N} 为

$$P_{1N}=\frac{P_N}{\eta_N}=\frac{160}{0.9}=177.8\text{kW}$$

额定电流 I_N 为

$$I_N=\frac{P_{1N}}{U_N}=\frac{177.8}{220}=808.2\text{A}$$

额定输出转矩 T_{2N} 为

$$T_{2N}=9.55\times\frac{160\times10^3}{1500}=1018.67\text{N}\cdot\text{m}$$

或

$$T_{2N}=9550\frac{P_N}{n_N}=9550\times\frac{160}{1500}=1018.67\text{N}\cdot\text{m}$$

4.5.4 直流电机的运行过程

从原理上讲，不论是交流电机，还是直流电机，都可以在一种条件下，作为发电机运行，把机械能转变为电能；而在另一种条件下，作为电动机运行，把电能转变为机械能。这个原理叫做电机的可逆原理。

1. 直流电机作发电机运行

以他励直流电机为例来说明这个原理。一台他励直流电机作发电机运行，直流电机端电压 U_d 保持不变，其原理如图 4.46 所示。图中所标方向为直流发电机各电量的实际方向。

由图 4.46 可见，在发电机状态运行时，电枢感应电动势 E_a 必须大于电源电压 U_d，即 $E_a>U_d$。电枢电流 I_a 为正，即电流由电机流向电网，电功率 $P=U_dI_a$ 为正，表示电机向电网输出电功率。此时，拖动转矩 T_1 与转速 n 同方向，表示由原动机输入机械功率。电磁功率 $P_{em}=E_aI_a=T_{em}\Omega$ 为正，机械功率转变成了电功率。这时，电磁转矩 T_{em} 与转速 n 的方向相反，是制动转矩。

2. 直流电机作电动机运行

一台他励直流电机作电动机运行，直流电机端电压 U_d 保持不变，直流电机中各电量按电动机定向，其原理如图 4.47 所示。

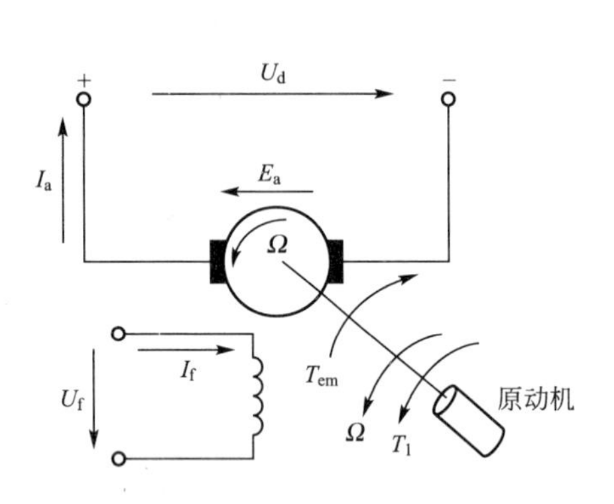

图 4.46　他励直流发电机运行原理

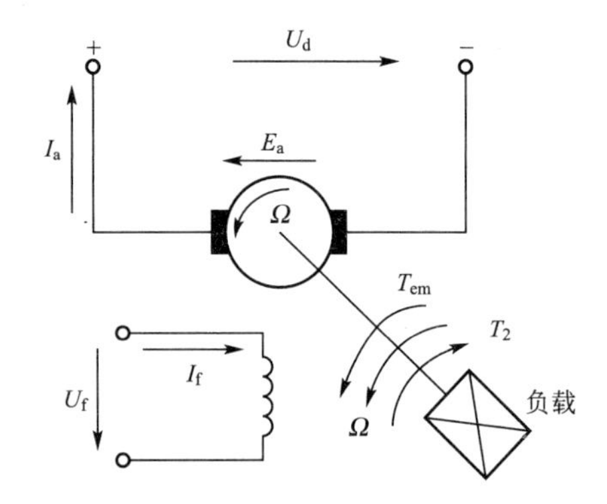

图 4.47　他励直流电动机运行原理

直流电机作电动机运行时，感应电动势 E_a 小于电源电压 U_d，即 $E_a<U_d$。电枢电流 I_a 为正值，电流由电源流向电机，电功率 $P=U_dI_a$ 为正，表示向电动机输入电功率。由于电磁功率 $P_{em}=E_aI_a=T_{em}\Omega$ 为正，表示由电磁功率转变成了机械功率。这时，负载转矩 T_2

与转速 n 的方向相反，是制动转矩。

比较图 4.44 和图 4.45 可见，发电机惯例和电动机惯例的定向只有电流方向不同。在电机拖动中，常常只用电动机惯例描述直流电机。因此，根据电动机惯例定向时，直流电机的运行状态可以如下判断：

(1) 当 $E_a > U_d$ 时，I_a 与 U_d 方向不同，即符号相反(或 I_a 为负)，T_{em} 与 n 不同方向，是发电机运行状态。

(2) 当 $E_a < U_d$ 时，I_a 与 U_d 方向相同，即符号相同，T_{em} 与 n 同方向，是电动机运行状态。

4.5.5 直流电机的基本方程

1. 直流电机的稳态电压平衡方程

直流电机的稳态是指电机的电压、电流、转矩和转速均保持不变的一种运行状态。

在推导直流电机的电压方程之前，首先应确定各物理量的参考方向。按电机拖动的常用定向，即电动机惯例定向，它的特点是按电动机惯例确定的参考方向与电动机运行的实际方向一致，参考方向一旦确定，在分析计算时不能更改。当然电机运行状态是可以变化的，如果按电动机惯例确定的参考方向，计算的电枢电流 I_a 为正，表示电机在电动机运行，为负发电机运行。

(1) 直流电动机稳态电压平衡方程式。他励直流电动机按电动机惯例确定参考方向的原理如图 4.48 所示。

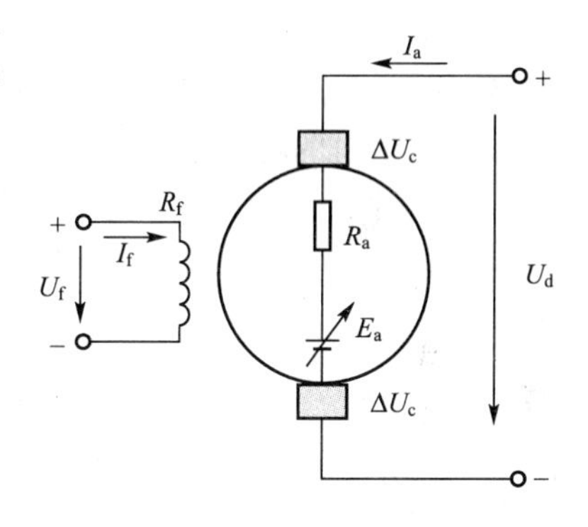

图 4.48 他励直流电动机等效电路及参考方向

图 4.48 中，U_d 为端电压；I_a 为电枢电流；I_f 为励磁电流；$E_a = C_e \Phi n$ 为电枢电动势，随转速 n 改变；R_a 为电枢电阻；R_f 为励磁电阻；U_f 为励磁电压；ΔU_c 为电刷接触电压降，对于石墨电刷 $2\Delta U_c \approx 2\text{V}$，对于金属石墨电刷 $2\Delta U_c \approx 0.6\text{V}$。电动机中电动势 E_a 与电流 I_a 方向相反，称为反电势。

根据图 4.48 中的参考方向，可列出他励直流电动机的电压平衡方程式为

$$U_d = E_a + I_a R_a + 2\Delta U_c = I_a R_a + C_e \Phi n + 2\Delta U_c \tag{4-19}$$

励磁电流 $i_f = U_f / R_f$ 产生主磁场，电枢电流 I_a 与主磁场作用产生电磁转矩，使电动机旋转。

当直流电机的电压、电流、转矩和转速中有部分参数随时间发生变化时，电机处与暂态(即过渡过程)，其电压方程为

$$U_d = E_a + I_a R_a + 2\Delta U_c + L_a \frac{di_a}{dt}$$

式中，L_a 为电枢回路的总电感。

(2) 直流发电机稳态电压平衡方程式。他励直流发电机按发电机惯例确定参考方向的原理如图 4.49 所示。

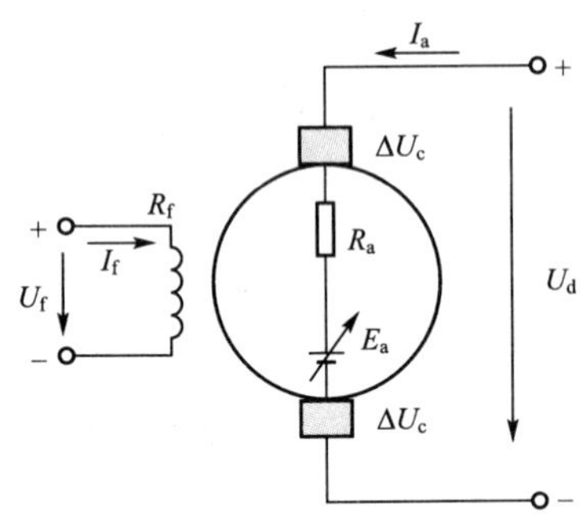

图 4.49 他励直流发电机等效电路及参考方向

直流发电机由原动机带动电枢旋转，电枢绕组感应电动势，当直流发电机接负载后，有电流流向负载，电枢电流方向与电动势方向相同，对应电枢回路的电压平衡方程为

$$E_a = I_aR_a + 2\Delta U_c + U_d \tag{4-20}$$

其暂态方程为

$$E_a = U_d + I_aR_a + 2\Delta U_c + L_a\frac{di_a}{dt}$$

2. 功率平衡方程式

(1) 电磁功率。直流电机的电磁功率为电磁转矩 T_{em}与转子角速度 Ω 的乘积，即 $P_{em}=T_{em}\Omega$，他反映直流电机经过气隙传递的功率。在直流电机中可以用电机感应电势 E_a 和电枢电流 I_a 来表示，即

$$\begin{aligned} P_{em} &= T_{em}\Omega = C_T\Phi I_a\Omega = \frac{Np}{2a\pi}\Phi I_a\frac{2\pi n}{60} \\ &= \frac{Np}{60a}n\Phi I_a = C_e\Phi nI_a = E_aI_a \end{aligned} \tag{4-21}$$

式(4-21)表示了直流电机电磁功率的电气和机械两种表达式。它描述了直流电机气隙传递功率的情况。对于直流电动机，通过气隙将电气电磁功率 E_aI_a转变为机械功率 $T_{em}\Omega$，对于直流发电机，则通过气隙将机械功率 $T_{em}\Omega$ 转变为电气功率 E_aI_a。

所以，无论是发电机还是电动机，电磁功率均指能量转换过程中机械能转换为电能或者电能转换为机械能所相对应的那部分功率。

(2) 电动机的功率平衡方程式。直流电动机电压平衡方程式(4-19)两边同乘以电枢电流 I_a，可得电动机的功率平衡方程式

$$U_dI_a = I_a^2R_a + E_aI_a + 2\Delta U_cI_a \tag{4-22}$$

式中，$U_dI_a=P_1$ 为电动机输入的电功率；$I_a^2R_a=p_{Cua}$为电枢回路绕组电阻损耗；$E_aI_a=P_{em}$为电动机的电磁功率；$2\Delta U_cI_a=p_c$ 为电刷的接触损耗。式(4-22)中，各功率均以电量表示，因此是电动机电枢回路的电功率平衡方程式。

根据以上功率的定义，电动机电枢回路的功率平衡方程式可写为

$$P_1 = P_{em} + p_{Cua} + p_c \tag{4-23}$$

当电动机电枢转动时，转动部分有如下三种机械损耗：

① 机械损耗 p_{mec}。机械损耗 p_{mec}包括轴承摩擦损耗、电刷摩擦损耗、定转子与空气的摩擦及通风的风摩损耗。

② 铁心损耗 p_{Fe}。铁心损耗 p_{Fe}是由于电枢转动时主磁通在电枢铁心内交变，引起齿部及电枢铁轭中的磁滞损耗和涡流损耗。铁心损耗 p_{Fe}与磁通交变频率及磁通密度最大值有关，实际计算中统称为铁心损耗。

③ 杂散损耗 p_{ad}。杂散损耗 p_{ad}又称附加损耗，产生的原因很多，也很难准确计算，通常用估计办法来确定。无补偿绕组电机的直流电机在额定负载时杂散损耗约为额定功率的1%，有补偿绕组电机为额定功率0.5%，这样处理的结果，相当于把附加损耗看作为不变损耗了。

这样，当电动机拖动负载转动时，直流电动机的功率平衡方程式为

$$P_1=P_{em}+p_{cua}+p_c=P_2+p_{cua}+p_c+p_{mec}+p_{Fe}+p_{ad}=P_2+\sum p \tag{4-24}$$

式中，P_2为电动机轴上输出的机械功率。转动引起的损耗 $p_{mec}+p_{Fe}+p_{ad}=p_0$ 又称为空载损耗。$\sum p$ 为电动机总损耗。功率流动如图 4.50所示。

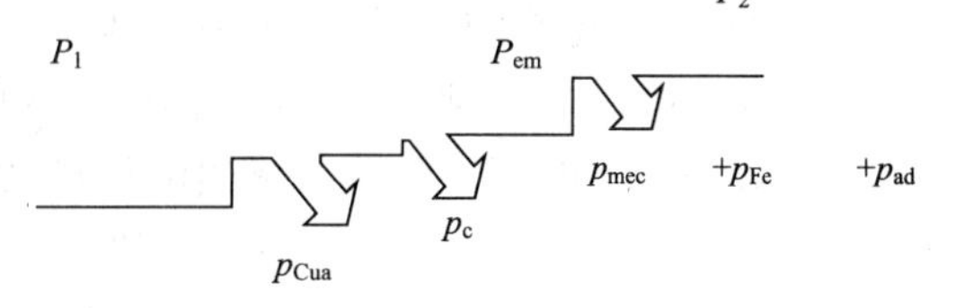

图 4.50　他励直流电动机功率流程图

在并励直流电动机功率消耗中还应考虑励磁电阻损耗 $P_{cuf}=I_f^2R_f$。

(3) 发电机的功率平衡方程式。当原动机拖动发电机转动时，发电机的输入机械功率的功率平衡方程式为

$$P_1=P_{em}+p_0=P_2+p_{cua}+p_c+p_{mec}+p_{Fe}+p_{ad}=P_2+\sum p \tag{4-25}$$

式中，P_1为发电机输入的机械功率；P_2为输出的电功率。

3. 转矩平衡方程

(1) 发电机转矩平衡方程。根据发电机运行时的机械功率平衡方程，即式(4-25)，在方程两边同除以角速度Ω，得到转动体的转矩与功率关系为

$$\frac{P_1}{\Omega}=\frac{P_{em}}{\Omega}+\frac{p_0}{\Omega}$$

式中，$P_1/\Omega=T_1$ 为原动机输入发电机的拖动机械转矩；$P_{em}/\Omega=T_{em}$为发电机电枢的电磁转矩；$P_0/\Omega=T_0$为发电机的空载转矩。因此，发电机转矩平衡方程为

$$T_1=T_{em}+T_0 \tag{4-26}$$

上式表明，当发电机稳定在角速度Ω下运行时，从原动机输入的拖动转矩 T_1，与发电机内部的电磁制动转矩 T_{em}和空载制动转矩 T_0相平衡。

(2) 电动机转矩平衡方程式。与分析发电机转矩方程的方法相同，可得电动机的转矩方程为

$$T_{em}=T_2+T_0 \tag{4-27}$$

上式表明，当电动机稳定在角速度Ω下运行时，电磁转矩 T_{em}与电动机输出的负载转矩 T_2和空载制动转矩 T_0相平衡。

4. 效率关系式

根据直流电机的输入功率 P_1、输出功率 P_2和总损耗$\sum p$，可得直流电机的效率为

$$\eta=\frac{P_2}{P_1}=\frac{P_1-\sum p}{P_1}100\% \tag{4-28}$$

直流电机的总损耗$\sum p$ 根据与负载的关系可以分两部分：一部分为空载损耗 p_0，与负载电流的变化无关，称为定值损耗；另一部分为铜损耗，随负载电流的变化而变，称为变值损耗。不难证明，当电机中的定值损耗和变值损耗相等时，电机效率达到最大值，直流电机的效率最大值通常出现在功率为(0.75～1)P_N 的范围内。

4.5.6　直流电动机的工作性特

直流电动机的稳态运行特性包括两大类：即工作特性和机械特性，首先讨论工作特性。

1. 他励直流电动机的工作特性

他励直流电动机的运行特性是指，当外加电压为额定值(即 $U_d=U_N$)，励磁电流为额定值(即 $I_f=I_{fN}$)，电机带有机械负载条件下：电动机的转速 n、电磁转矩 T_{em}、效率 η 以及输出功率 P_2 与电枢电流 I_a 的关系，即 n、T_{em}、η 与 I_a 的关系。

关于直流电动机的额定励磁电流是这样规定的：当直流电动机加上额定电压 $U_d=U_N$，带上负载后，电枢电流、转速、输出的机械功率都达到额定值时，电机的励磁电流为额定励磁电流 $I_f=I_{fN}$。

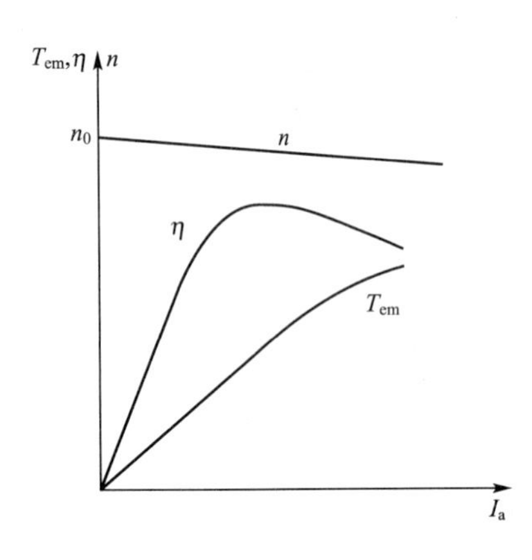

图 4.51　他励直流电动机的工作特性

图 4.51 是他励直流电动机的工作特性，下面说明它们的变化规律。

(1) 转速特性 $n=f(I_a)$。根据直流电动机电动势平衡方程式，可得转速特性为

$$n=\frac{U_d-I_aR_a}{C_e\Phi}=\frac{U_d}{C_e\Phi}-\frac{I_aR_a}{C_e\Phi}=n_0-\frac{I_aR_a}{C_e\Phi} \qquad (4-29)$$

从式(4-29)可见，当电枢电流 I_a 增加时，如气隙磁通中不变，转速 n 将随 I_a 的增加而直线下降。一般他励直流电动机电枢回路电阻 R_a 的值很小，转速下降不多。如果考虑去磁的电枢反应，Φ 会变小，转速下降会更小些，如图 4.51 所示。

(2) 转矩特性 $T_{em}=f(I_a)$。由 $T_{em}=C_T\Phi I_a$ 可知，当气隙磁通不变时，电磁转矩 T_{em} 与电枢电流 I_a 成正比，转矩特性应是直线关系。实际上，随着电枢电流 I_a 的增加，气隙磁通必略有减少。因此，转矩特性略有减小。如图 4.51 所示。

(3) 效率特性 $\eta=f(I_a)$。前面已经得出直流电机的效率为 $\eta=(P_1-\sum p)/P_1$，其中 $\sum p=I_a^2R_a+2\Delta U_cI_a+p_{mec}+p_{Fe}+p_{ad}$。可见电流较小时，$\sum p$ 随电流 I_a 增加较小，效率 η 增加较快，当电流 I_a 较大时，$\sum p$ 随电流 I_a 增加较大，效率 η 增加变慢。在一定 I_a 时，η 达到最大值，之后随电流 I_a 增加，效率 η 反而减小。如图 4.51 所示。

在额定负载时，小容量电动机的效率约为 0.75～0.85；中大容量电动机的效率在 0.85～0.94。

2. 并励直流电动机的工作特性

并励直流电动机与他励直流电动机的区别是在联结方法上使励磁绕组与电枢回路并联。所以它的工作特性以及机械特性与他励直流电动机的相同，这里不再赘述。

3. 串励直流电动机的工作特性

串励直流电动机的原理电路如图 4.52(a)所示，它的励磁绕组与电枢回路串联，电流关系为 $I_a=I_f$。显然，串励直流电动机的气隙磁通 Φ 随电枢电流而变化，这是它的主要特点。

如果不计磁路不饱和，串励电动机的气隙磁通 Φ 与电枢电流和励磁电流成正，即

$$\Phi=kI_f=kI_a \qquad (4-30)$$

将式(4-30)代入转矩公式，得串励电动机的电磁转矩为

$$T_{em}=C_T\Phi I_a=C_TkI_a^2=C_TkI_f^2 \qquad (4-31)$$

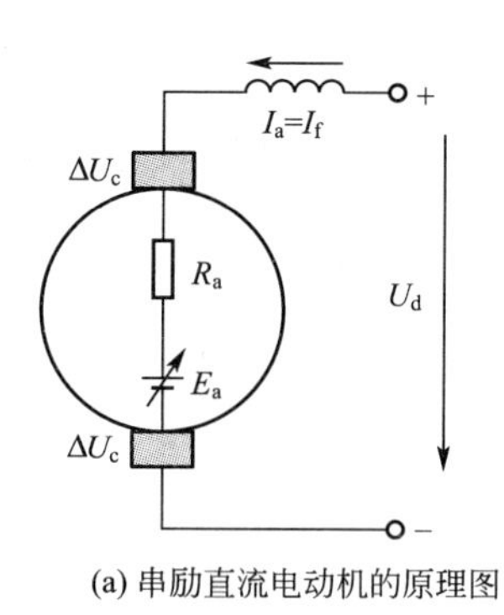

(a) 串励直流电动机的原理图

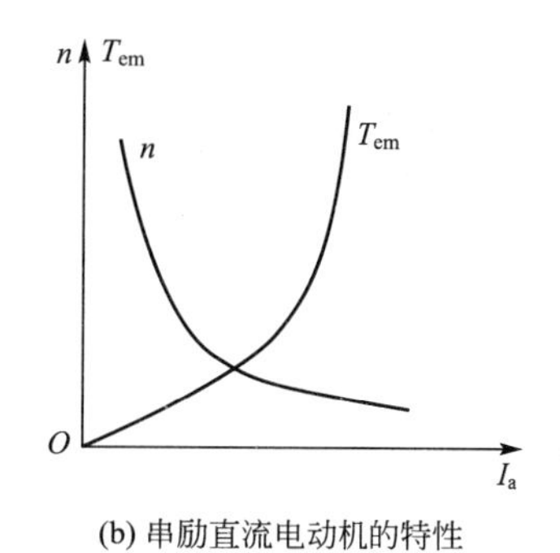

(b) 串励直流电动机的特性

图 4.52　串励直流电动机

转矩特性如图 4.52(b)所示。

如果不计电刷的接触电压降 ΔU_c，串励电机得转速公式为

$$n=\frac{U_d-I_a(R_a+R_f)}{C_e\Phi}=\frac{U_d}{C_e kI_a}-\frac{(R_a+R_f)}{C_e k} \tag{4-32}$$

图 4.52(b)画出了 $n=f(I_a)$曲线。

串励电动机的机械特性是软特性。随着电磁转矩 T_{em}(即 I_a)的增大，转速下降很快。当电磁转矩 T_{em}较小时，由于气隙磁通的减小，转速迅速增大，T_{em}为零时，理想空载转速为无穷大。由此可见，串励直流电动机不允许空载运行，也不允许以平皮带传动方式带动负载。因为不慎皮带脱落时，可能引起电动机过速。

空载时会产生“飞速”是串励电动机的不足之处，要保持串励电动机的优点，而又不发生“飞速”现象，应采用复励电动机。

4. 复励直流电动机的运行特性

他励直流电动机速率特性很硬，串励直流电动机的速率特性很软，且不能空载运行。复励直流电动机则折中二者的特性。如果复励电机中得串励绕组磁动势与并励绕组的磁动势方向相同，叫积复励直流电动机；方向相反的，叫差复励直流电动机。后者使用时，易发生不稳定现象，通常不用。

为了便于比较，将几种不同励磁方式的电动机的转速特性画在同一图中，如图 4.53 所示。其中曲线 1 是他励直流电动机的转速特性；曲线 2 是并励为主的复励电动机转速特性；曲线 3 是以串励为主的复励电机转速特性；曲线 4 是串励的转速特性；曲线 5 是差复励时的转速特性。

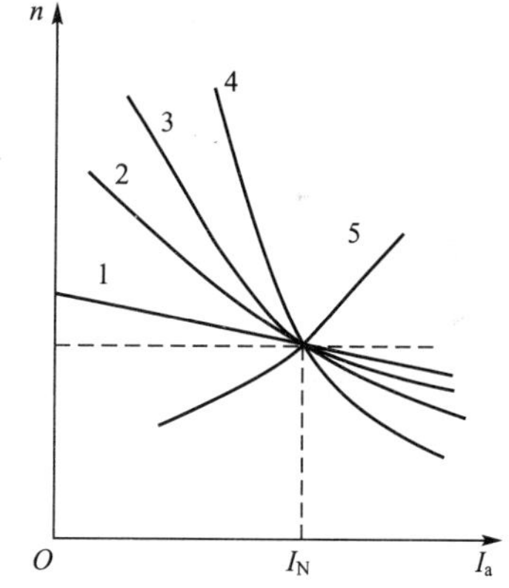

图 4.53　直流电动机的转速特性

1—他励电机　2—并励为主的复励电机　3—串励为主的复励电机　4—串励电机　5—差复励电机

4.5.7　直流电机的机械特性

电动机的机械特性是指电动机的转速 n 与电磁转矩 T_{em}之间的关系，即 $n=f(T_{em})$，机械特性是电动机机械性能的主要表现，它与运动方程式相联系，是分析电动机起动、调速、制动等问题的重要工具。

1. 直流电机的机械特性

他励直流电动机的机械特性方程式可从电动机的基本方程式导出。他励直流电动机的电路原理如图 4.54 所示。

根据图 4.54 可以列出电动机的基本方程式为

感应电动势方程

$$E_a = C_e \Phi n$$

电磁转矩

$$T_{em} = C_T \Phi I_a$$

电压平衡方程式

$$U_d = I_a R_\Sigma + E_a$$

电枢总电阻

$$R_\Sigma = R_a + R_e$$

磁通

$$\Phi = f(i_f)$$

励磁电流

$$i_f = \frac{U_f}{R_f}$$

将 E_a 和 T_{em} 的表达式代入电压平衡方程式中，可得机械特性方程式的一般表达式为

$$n = \frac{U_d}{C_e \Phi} - \frac{R_\Sigma}{C_e C_T \Phi^2} T_{em} \tag{4-33}$$

在机械特性方程式(4-33)中，当电源电压 U_d、电枢总电阻 R_Σ、磁通 Φ 为常数时，即可画出他励直流电动机的机械特性 $n=f(T_{em})$，如图 4.55 所示。

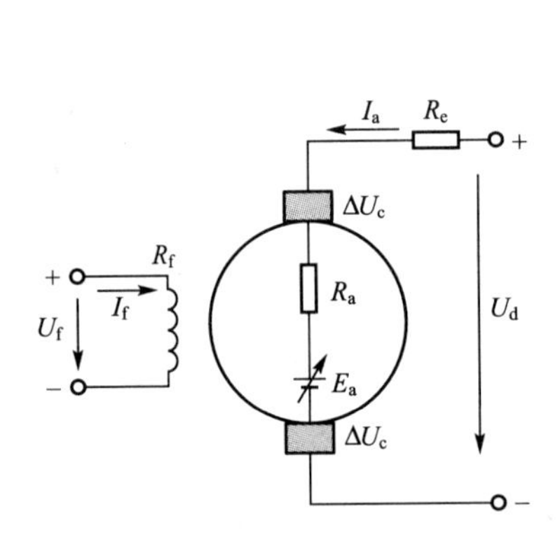

图 4.54 他励直流电动机的电路原理

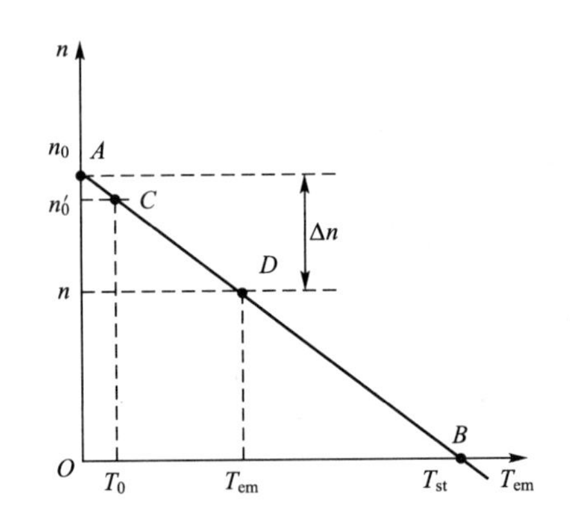

图 4.55 他励直流电动机的机械特性

由图 4.55 中的机械特性曲线可见，转速 n 随电磁转矩 T_{em} 的增大而降低，是一条向下倾斜的直线。这说明：电动机加上负载，转速会随负载的增加而降低。

下面讨论机械特性上的两个特殊点和机械特性直线的斜率。

(1) 理想空载点 A(0, n_0)。在表达式(4-33)中，当 $T_{em}=0$ 时，$n=U_d/C_e\Phi=n_0$ 称为理想空载转速，即

$$n_0 = \frac{U_d}{C_e \Phi} \tag{4-34}$$

由式(4－34)可见，调节电源电压U_d或磁通Φ，可以改变理想空载转速n_0的大小。必须指出，电动机的实际空载转速n_0'比n_0略低，如图4.55所示。这是因为，电动机在实际的空载状态下运行时，其输出转矩$T_2=0$，但电磁转矩T_{em}不可能为零，必须克服空载阻力转矩T_0，即$T_{em}=T_0$，所以实际空载转速n_0'为

$$n_0'=\frac{U_d}{C_e\Phi}-\frac{R_\Sigma}{C_eC_T\Phi^2}T_0=n_0-\frac{R_\Sigma}{C_eC_T\Phi^2}T_0 \tag{4-35}$$

(2) 堵转点或起动点B(T_{st}，0)。在图4.55中，机械特性直线与横轴的交点B为堵转点或起动点。在堵转点，$n=0$，因而$E_a=0$，此时电枢电流$i_a=U_d/R_\Sigma=i_{st}$称为堵转电流或起动电流。与堵转电流相对应的电磁转矩T_{st}称为堵转转矩或起动转矩。

(3) 机械特性直线的斜率。表达式(4－1)中，右边第二项表示电动机带负载后的转速降，用Δn表示，则

$$\Delta n=\frac{R_\Sigma}{C_eC_T\Phi^2}T_{em}=\beta T_{em} \tag{4-36}$$

式中，$\beta=\frac{R_\Sigma}{C_eC_T\Phi^2}$为机械特性直线的斜率，在同样的理想空载转速下，$\beta$越小，$\Delta n$越小，即转速随电磁转矩的变化较小，称此机械特性为硬特性。β越大，Δn也越大，即转速随电磁转矩的变化较大，称此机械特性为软特性。

将公式(4－34)及式(4－36)代人式(4－33)，得机械特性方程式的简化式为

$$n=n_0-\beta T_{em}. \tag{4-37}$$

2. 直流电机的固有机械特性

当他励电动机的电源电压$U_d=U_N$、磁通$\Phi=\Phi_N$、电枢回路中没有附加电阻，即$R_e=0$时，电动机的机械特性称为固有机械特性。固有机械特性的方程式为

$$n=\frac{U_N}{C_e\Phi_N}-\frac{R_a}{C_eC_T\Phi_N^2}T_{em} \tag{4-38}$$

根据式(4－38)可绘出他励直流电动机的固有机械特性如图4.56所示。其中D点为额定运行点。由于R_a较小，$\Phi=\Phi_N$数值最大，所以特性的斜率β最小，他励直流电动机的固有机械特性较硬。

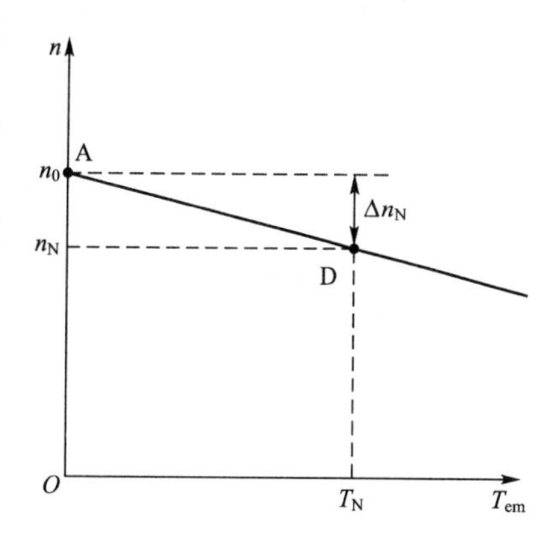

图4.56　他励直流电动机的固有机械特

3. 直流电机的人为机械特性

改变固有机械特性方程式中的电源电压U_d，气隙磁通Φ和电枢回路串附加电阻R_e这三个参数中的任意一个、两个或三个参数，所得到的机械特性为人为机械特性。

(1) 电枢回路串接电阻R_e时的人为机械特性。此时$U_d=U_N$，$\Phi=\Phi_N$，$R_\Sigma=R_a+R_e$电枢串接电阻R_e时的人为机械特性方程为

$$n=\frac{U_N}{C_e\Phi_N}-\frac{R_a+R_e}{C_eC_T\Phi_N^2}T_{em} \tag{4-39}$$

与固有机械特性相比，电枢回路串接电阻R_e时的人为机械特性的特点是：

① 理想空载点$n_0=\frac{U_N}{C_e\Phi_N}$保持不变。

② 斜率 β 随 R_e 的增大而增大，使转速降 Δn 增大，特性变软。图 4.57 所示是不同 R_e 时的一组人为机械特性，它是从理想空载点 n_0 发出的一组射线。

③ 对于相同的电磁转矩，转速 n 随 R_e 的增大而减小。

(2) 改变电源电压 U_d 时的人为机械特性。当 $\Phi=\Phi_N$，电枢不串接电阻($R_e=0$)，改变电源电压 U_d 时的人为机械特性方程式为

$$n=\frac{U_d}{C_e\Phi_N}-\frac{R_a}{C_eC_T\Phi_N^2}T_{em} \tag{4-40}$$

根据式(4-40)可以画出改变电源电压 U_d 时的人为机械特性如图 4.58 所示。

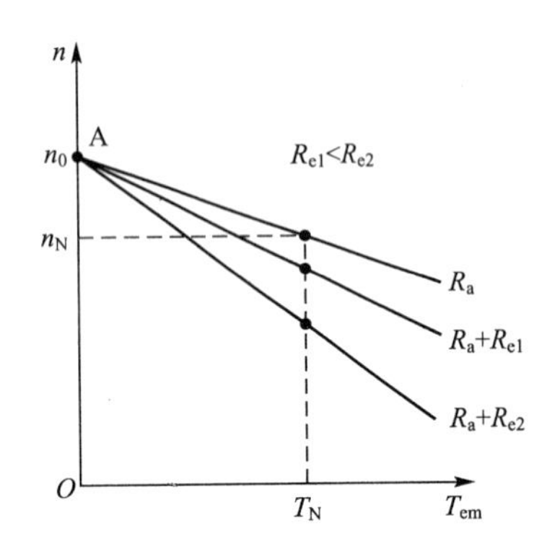

图 4.57　不同 R_e 时的人为机械特性

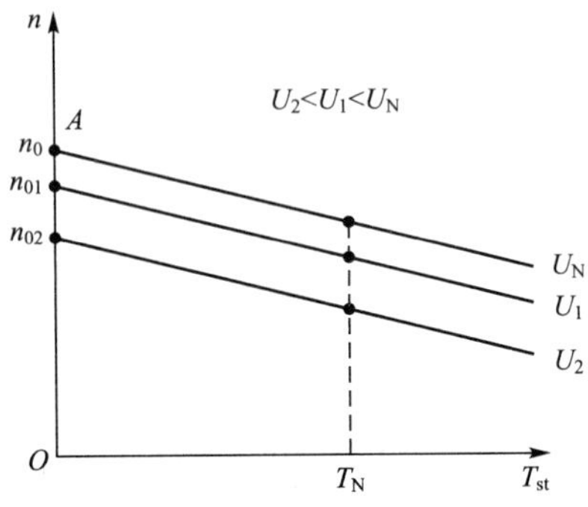

图 4.58　改变电源电压 U_d 时的人为机械特性

与固有机械特性相比，改变电源电压 U_d 时的人为机械特性的特点是：

① 理想空载转速 n_0 随电源电压 U_d 的降低而成比例降低。

② 斜率 β 保持不变，特性的硬度不变。图 4.58 所示的是不同电压 U_d 时的一组人为机械特性，该特性为一组平行直线。

③ 对于相同的电磁转矩，转速 n 随 U_d 的减小而减小。

特别提示

由于受到绝缘强度的限制，电压只能从额定值 U_N 向下调节。

(3) 改变磁通 Φ 时的人为机械特性。一般他励直流电动机在额定磁通 $\Phi=\Phi_N$ 下运行时，电机已接近饱和。改变磁通只能在额定磁通以下进行调节。此时 $U_d=U_N$，电枢不串接电阻($R_e=0$)、减弱磁通时的人为机械特性方程式为

$$n=\frac{U_N}{C_e\Phi}-\frac{R_a}{C_eC_T\Phi^2}T_{em} \tag{4-41}$$

根据式(4-41)可以画出改变磁通 Φ 时的人为机械特性如图 4.59 所示。

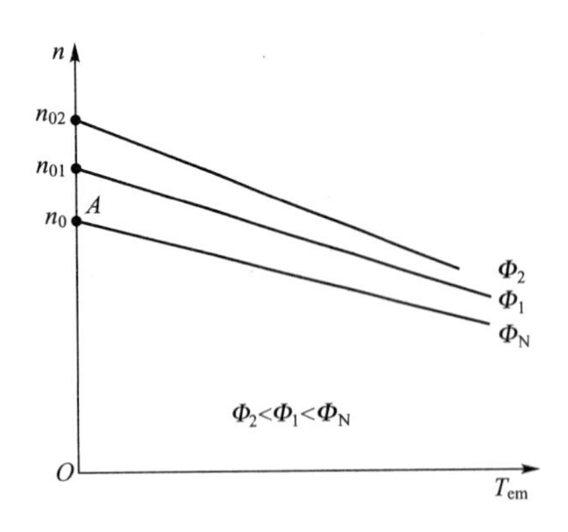

图 4.59　改变磁通 Φ 时的人为机械特性

与固有机械特性相比，减弱磁通 Φ 时的人为机械特性的特点是：

① 理想空载点 $n_0=U_N/C_e\Phi$ 随磁通 Φ 减弱而升高；

② 斜率 β 与磁通 Φ 成反比，减弱磁通 Φ，使斜率 β 增大，特性变软。图 4.59 所示为弱磁时的一组人为机械特性，该特性随磁通 Φ 的减弱，理想空载转速 n_0 升高、曲线斜率变大。

显然，在实际应用中，同时改变两个、甚至三个参数时，人为机械特性同样可根据特性方程式得到。

4. 机械特性的绘制

在工程设计中，可根据产品目录或电动机的铭牌数据计算和绘制出电动机的机械特性。

① 固有机械特性的绘制。他励直流电动机的固有机械特性是一条直线，只要求出直线上两个点的数据，就可绘制出固有机械特性。一般选择理想空载点($T_{em}=0$，n_0)和额定点(T_N，n_N)。

对于理想空载点，只需求 n_0，即

$$n_0=\frac{U_N}{C_e\Phi_N}$$

当 $U_d=U_N$ 已知，$C_e\Phi_N$ 可由额定状态下的电势方程式求得，即

$$C_e\Phi_N=\frac{U_N-I_NR_a}{n_N} \tag{4-42}$$

式中，I_N，n_N 均已知，只有 R_a 未知。R_a 可以实测，也可用下式估算

$$R_a=\left(\frac{1}{2}\sim\frac{2}{3}\right)\frac{U_NI_N-P_N}{I_N^2} \tag{4-43}$$

式(4-43)是一个经验公式，表示在额定负载下，电枢绕组的铜损耗占电机总损耗的1/2～2/3。这样，按公式(4-43)估算出 R_a 后，代入公式(4-42)，即可算出 $C_e\Phi_N$，因而可得理想空载点。

对于额定点，只需求 T_N，即

$$T_N=9.55C_e\Phi_NI_N \tag{4-44}$$

理想空载点和额定点求出后，通过该两点连线即为固有机械特性。

② 人为机械特性的绘制。对于各种人为机械特性，只需要将相应的参数代入机械特性方程式中，求出任意两点(理想空载点和额定负载点)的数据，即可绘出。

下面通过实例来说明机械特性的绘制。

【例 4-5】 他励直流电动机，$U_N=220\text{V}$，$I_N=68.6\text{A}$，$n_N=1500\text{r/min}$，$P_N=13\text{kW}$，求解：(1)绘制固有机械特性。(2)分别绘制下列三种情况下的人为机械特性：电枢回路串入电阻 $R_e=0.9\Omega$；电源电压降至额定电压的 1/2，即 $U_d=110\text{V}$；磁通减弱为额定磁通的 2/3，即 $\Phi=2/3\Phi_N$ 三种情况下的机械特性。

解 (1) 绘制固有机械特性。

估算 R_a

$$R_a=\frac{1}{2}\frac{U_NI_N-P_N}{I_N^2}=\frac{1}{2}\frac{220\times68.6-13000}{68.6^2}=0.22(\Omega)$$

计算 $C_e\Phi_N$：

$$C_e\Phi_N=\frac{U_N-I_NR_a}{n_N}=\frac{220-68.6\times0.22}{1500}=0.136$$

理想转速

$$n_0=\frac{U_N}{C_e\Phi_N}=\frac{220}{0.136}=1620(\text{r/min})$$

额定电磁转矩

$$T_N=9.55C_e\Phi_NI_N=9.55\times0.136\times68.6=88.5(\text{N}\cdot\text{m})$$

根据理想空载点(0，1620r/min)和额定运行点(88.5N·m，1500r/min)绘出固有机械特性，如图4.60中直线0所示。

(2) 绘制人为机械特性。

① 电枢回路串入电阻 $R_e=0.9\Omega$，理想空载转速不变，$T_{em}=T_N$ 时电动机的转速

$$n_1=n_0-\frac{R_a+R_e}{C_eC_T\Phi_N^2}T_N=1620-\frac{0.22+0.9}{9.55\times0.136^2}\times88.5=1060(\text{r/min})$$

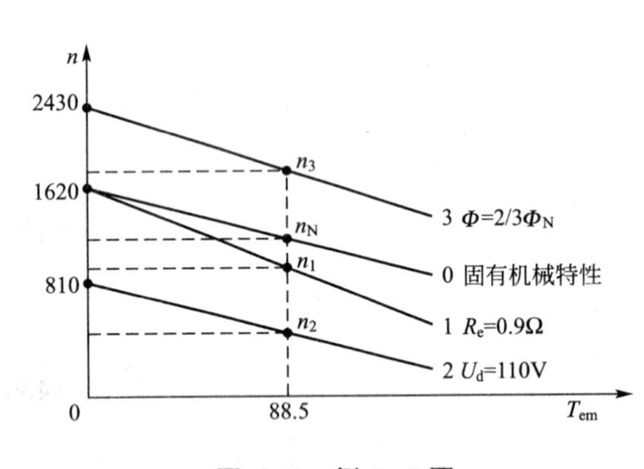

图4.60　例4-5图

因此，人为机械特性是过(0，1620r/min)和(88.5N·m，1060r/min)两点的直线，如图4.60中直线1所示。

② 电源电压 $U_d=110\text{V}$，理想空载转速降为

$$n_0'=\frac{U_d}{C_e\Phi_N}=\frac{110}{0.136}=810(\text{r/min})$$

$T_{em}=T_N$ 时电动机的转速

$$n_2=n_0'-\frac{R_a}{C_eC_T\Phi_N^2}T_N$$

$$=810-\frac{0.22}{9.55\times0.136^2}\times88.5=700(\text{r/min})$$

因此，人为机械特性是过(0，810r/min)和(88.5N·m，700r/min)两点的直线，如图4.60中直线2所示。

③ 磁通减弱为 $\Phi=2/3\Phi_N$，理想空载转速升为

$$n_0''=\frac{U_N}{C_e\Phi}=\frac{220}{0.136\times2/3}=2430(\text{r/min})$$

$T_{em}=T_N$ 时电动机的转速

$$n_3=n_0''-\frac{R_a}{9.55(C_e\Phi_N\times2/3)^2}T_N=2430-\frac{0.22}{9.55\times(0.136\times2/3)^2}\times88.5=2260(\text{r/min})$$

因此，人为机械特性是过(0，2430r/min)和(88.5N·m，2260r/min)两点的直线，如图4.60中直线3所示。

4.5.8　他励直流电动机拖动时的运行状态

1. 他励直流电动机的起动和反转

(1) 他励直流电动机的起动。电动机从接入电源开始转动，到达稳定运行的全部过程称为起动过程或起动。电动机在起动的瞬间，转速为零，此时的电枢电流称为起动电流，

用 I_{st} 表示。对应的电磁转矩称为起动转矩，用 T_{st} 表示。直流电动机的起动性能指标：起动转矩 T_{st} 足够大($T_{st}>T_L$)；起动电流 I_{st} 不可太大，一般限制在一定的允许范围之内，一般为(1.5～2)I_N；起动时间短，符合生产机械的要求；起动设备简单、经济、可靠、操作简便。

直流电动机常用的起动方法有三种：

① 直接起动。直接起动就是将电动机直接投入到额定电压的电网上起动。他励直流电动机起动时，必须先保证有磁场，而后加电枢电压，其控制电路如图 4.61 所示。

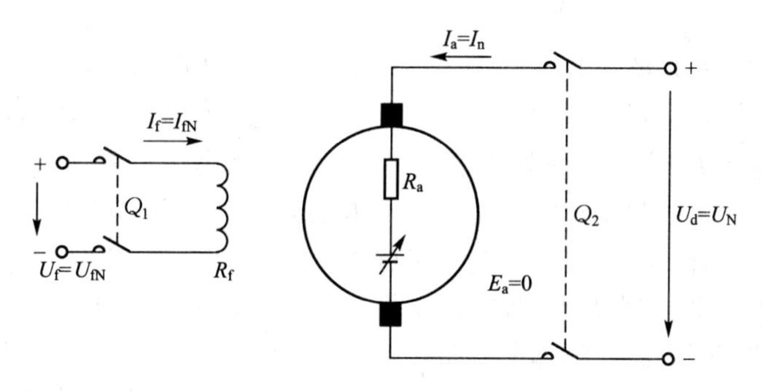

图 4.61　直接起动控制电路

起动时，先合 Q_1，然后合 Q_2。起动瞬间，因机械惯性，电机转子保持静止 $n=0$，电枢电势 $E_a=0$，由电势方程式 $U_d=I_aR_a+E_a$ 可知起动电流和起动转矩为

$$I_{st}=\frac{U_N}{R_a} \tag{4-45}$$

$$T_{st}=C_T\Phi I_{st} \tag{4-46}$$

当 T_{st} 大于拖动系统的总阻力转矩时，电动机开始转动并加速。随着转速升高，I_{st} 增大，使电枢电流下降，相应的电磁转矩也减小，但只要电磁转矩大于总阻力转矩，n 仍能增加，直到电磁转矩降到与总阻力转矩相等时，电机达到稳定恒速运行，起动过程结束。

【例 4-6】　一台他励直流电动机，$U_N=220V$，$I_N=207.5A$，$n_N=1500r/min$，$P_N=40kW$，$R_a=0.067\Omega$，计算：

(1) 直接起动时的起动电流为额定电流的几倍？

(2) 在额定磁通下起动的起动转矩？

解　(1) 求起动电流倍数

$$I_{st}=\frac{U_N}{R_a}=\frac{220}{0.067}=3283.6(A),\quad \frac{I_{st}}{I_N}=\frac{3283.6}{207.5}=15.82(倍)$$

(2) 求起动转矩

$$C_e\Phi_N=\frac{U_N-I_NR_a}{n_N}=\frac{220-207.5\times0.067}{1500}=0.137$$

$$T_{st}=9.55C_e\Phi_NI_{st}=9.55\times0.0137\times3283.6=4308.6(N\cdot m)$$

直接起动的优点：直接起动不需要起动设备，操作简单，起动转矩大，但严重的缺点是起动电流大(由上例可知)。过大的起动电流将引起电网电压的下降，影响到其他用电设备的正常工作，对电机自身会造成换向恶化、绕组发热严重，同时很大的起动转矩将损坏拖动系统的传动机构，所以直接起动只限用于容量很小的直流电动机。一般直流电动机在起动时，都必须设法限制起动电流。为了限制起动电流，可以采用降低电源电压和电枢回

路串联电阻的起动方法。

② 降压起动。降压起动，即起动前将施加在电动机电枢两端的电压降低，以限制起动电流，为了获得足够大的起动转矩。起动电流通常限制在(1.5～2)I_N内，则起动电压应为

$$U_{st}=I_{st}R_a=(1.5\sim2)I_NR_a \tag{4-47}$$

【例4-7】 一台他励直流电动机，$U_N=220V$，$I_N=207.5A$，$n_N=1500r/min$，$P_N=40kW$，$R_a=0.067\Omega$，如果采用降压起动使起动电流为1.5I_N时，电源电压应为多少？

解 求电源电压

$$U_{st}=I_{st}R_a=1.5I_NR_a=1.5\times207.5\times0.067=20.85(V)$$

由以上计算可知，在降压起动的瞬间，由于电源电压较低，起动电流I_{st}不大，且随着转速n的上升。电势E_a增大，使起动电流下降，相应的起动转矩也减小。因此在起动过程中，为保证有足够大的起动转矩，需使I_{st}保持在(1.5～2)I_N范围内，电源电压U_d必须不断升高，直到电压升至额定电压，电动机进入稳定运行状态，起动过程结束。

降压起动的优点是：在起动过程中能量损耗小，起动平稳，便于实现自动化，但需要一套可调节电压的直流电源，增加了设备投资。

③ 电枢回路串电阻起动。电枢回路串电阻起动时，电源电压为额定值且恒定不变，在电枢回路中串接起动电阻R_{st}，达到限制起动电流的目的。电枢回路串电阻起动时的起动电流为

$$I_{st}=\frac{U_N}{R_a+R_{st}} \tag{4-48}$$

【例4-8】 一台他励直流电动机，$U_N=220V$，$I_N=207.5A$，$n_N=1500r/min$，$P_N=40kW$，$R_a=0.067\Omega$。如果采用电枢回路串电阻起动使起动电流为1.5I_N时、应串入多大电阻？

解

$$R_{st}=\frac{U_N}{I_{st}}-R_a=\frac{220}{1.5I_N}-R_a=\frac{220}{1.5\times207.5}-0.067=0.64(\Omega)$$

在电枢回路串电阻起动的过程中，应相应地将起动电阻逐级切除，这种起动方法称为电枢串电阻分级起动。因为在起动过程中，如果不切除电阻，随着转速的增加，电枢电势E_a增大。使起动电流下降，相应的起动转矩也减小，转速上升缓慢，使起动过程时间延长，且起动后转速较低。如果把起动电阻一次全部切除，会引起过大的电流冲击。

下面以三级起动为例，说明电枢串电阻分级起动的过程。图4.62表示他励电动机分三级起动时的接线图。

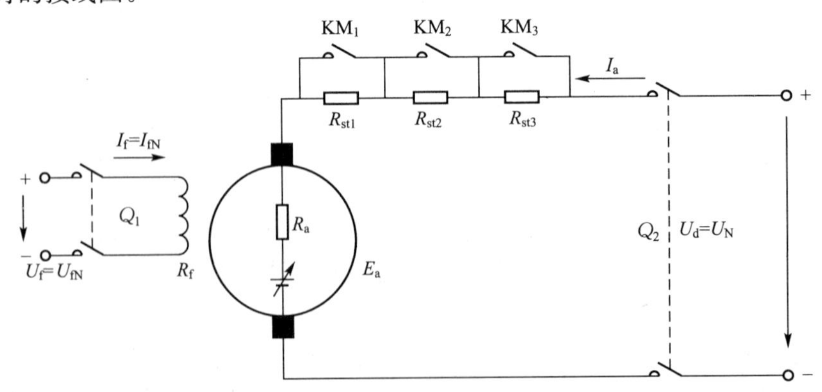

图4.62 他励直流电机串电阻分级起动

当合上 Q_1 开关，电动机励磁回路通电后，合上 Q_2 开关，其他接触器触点(KM_1，KM_2，KM_3)断开，此时电枢和三段电阻 R_{st1}、R_{st2} 及 R_{st3} 串联接上额定电压，起动电流为

$$I_{st1}=\frac{U_N}{R_a+R_{st1}+R_{st2}+R_{st3}}$$

由起动电流 I_{st1} 产生起动转矩 T_{st1}，如图 4.63 所示。图 4.63 同时表示了他励直流电动机分三级起动时的机械特性。

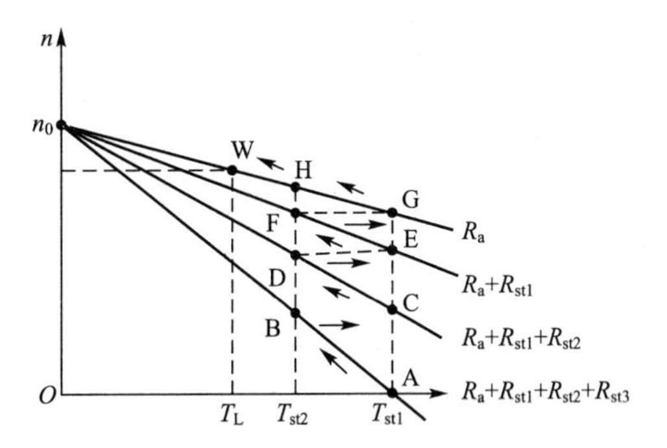

图 4.63　他励直流电动机电枢串电阻分级起动的人为机械特性

由图 4.63 可见，由于 $T_{st1}>T_L$，电动机开始起动，转速上升，转矩下降，电机的工作点从 A 点沿特性 $\overline{AB}$ 上移，加速逐步变小。为了得到较大的加速，到 B 点 KM_3 闭合，电阻 R_{st3} 被切除，B 点的电流 I_{st2} 为切换电流。电阻 R_{st3} 切除后，电机的机械特性变成直线 $\overline{CDn_0}$。电阻切除瞬间，由于机械惯性，转速不能突变，电势 E_a 也保持不变，因而电流将随 R_{st3} 的切除而突增，转矩也按比例增加，电机的工作点从 B 点过渡到特性 $\overline{CDn_0}$ 上的 C 点。如果电阻设计恰当，可以保证 C 点的电流与 I_{st1} 相等，电机产生的转矩 T_{st1} 保证电机又获得较大的加速度。电机由 C 点加速到 D 点时，再闭合 KM_2，切除 R_{st2}。运行点由 D 点过渡到特性 $\overline{EFn_0}$ 上的 E 点，电动机的电流又从 I_{st2} 回升到 I_{st1}，转矩由 T_{st2} 增至 T_{st1}。电机由 E 点加速到 F 点时，KM_1 闭合，切除电阻 R_{st1}，运行点由 F 点过渡到固有特性上的 G 点，电动机的电流再一次从 I_{st2} 回升到 I_{st1}，转矩由 T_{st2} 增至 T_{st1}，拖动系统继续加速到 W 点稳定运行，起动过程结束。

必须指出，分级起动时使每一级的 I_{st2}(或 T_{st2})与 I_{st1}(或 T_{st1})大小一致，可以使电机有较均匀的加速度，并能改善电动机的换向，缓和转矩对传动机构与生产机械的有害冲击。一般取起动转矩 $T_{st1}=(1.5\sim2)T_N$，$T_{st2}=(1.1\sim1.3)T_N$。相应的起动电流 I_{st2}、I_{st1} 也是额定电流的相同倍数。

电枢回路串电阻分级起动能有效地限制起动电流，起动设备简单及操作简便，广泛应用于各种中、小型直流电动机。但在起动过程中能量消耗大，不适用经常起动的大、中型直流电动机。

(2) 他励直流电动机的反转——反向电动机运行。

他励直流电机作反向电动机运行时，必须改变电磁转矩的方向。根据左手定则，电磁转矩的方向由磁场方向和电枢电流的方向决定，所以，只要将磁通 Φ 和电枢电流 I_a 中任意一个参数的方向改变，电磁转矩即改变方向。所以他励直流电机作反向电动机运行时，其电磁转矩方向改变，即 $T_{em}<0$，$n<0$，T_{em} 与 n 仍为同方向，T_{em} 仍然是拖动性转矩。在直流拖动系统中，通常采用改变电枢电压极性，即将电枢绕组反接，而保持励磁绕组两端的电压极性不变的方法实现反向电动机运行。

但在电动机容量很大时，对于反转速度要求不高的场合，则因励磁电路的电流和功率小，为了减小控制电器的容量，可采用改变励磁绕组极性的方法来实现电动机的反转。

2. 他励直流电动机的调速

绝大多数生产机械都有调速要求。他励直流电动机的机械特性为

$$n=\frac{U_d}{C_e\Phi}-\frac{R_\Sigma}{C_eC_T\Phi^2}T_{em}$$

稳态时，电机的电磁转矩 T_{em} 由负载 T_L 决定，故要调节转速 n，可以改变电压 U_d、改变电枢回路总电阻 R_Σ、改变磁通 Φ 三种方法。

(1) 降低电源电压调速。降压调速的原理可用图 4.64说明。设电动机拖动恒转矩负载 T_L，在额定电压 U_N 下运行于 A 点，转速为 n_A，如图 4.64 中曲线 1 所示。现将电源电压降为 U_1，忽略电磁惯性，电动机的机械特性如图 4.64 中曲线 2 所示。由于电机的转速不能突变，由特性 1 变为特性 2，转速不变，于是，电动机的运行点由 A 点变为 C 点。在 C 点，对应的电磁转矩为 T_C，$T_C<T_L$，电动机将减速。随着转速的下降，反电动势 E_a 减小，电流增加，电磁转矩亦增大，减速过程沿特性 2 由 C 点至 B 点，到达 B 点以后，$T_B=T_L$ 电动机进入新的稳态以转速 n_B 运行。

当将电源电压从 U_1 降为 U_2，同理，电动机稳定后，在转速 n_D 下运行。从图 4.64 中可看出，当逐步降低电源电压时，稳态转速也依次降低。

降压调速可以得到较大的调速范围，只要电源电压连续可调，就可实现转速的平滑调节，即无级调速。

(2) 电枢回路串电阻调速。电枢串电阻调速原理可用图 4.65 来说明。设电动机拖动恒转矩负载，运行于 A 点，当电枢回路串入电阻 R_{e1}，电动机的机械特性变为 $\overline{n_0\mathrm{B}}$。由于电动机的转速不能突变，于是，电动机的运行点将由 A 点变为 C 点，C 点所对应的电磁转矩为 T_C，显然 $T_C<T_L$，电动机将减速，在到达 B 点以前，T_{em} 始终小于 T_L，故减速过程沿机械特性 $\overline{n_0\mathrm{B}}$ 由 C 点向 B 点进行，在 B 点 $T_B=T_L$ 进入新的稳态，于是电动机的转速由 n_A 至 n_B。

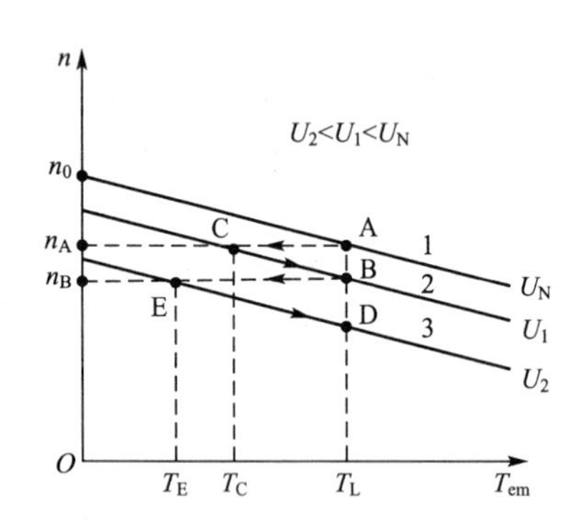

图 4.64 他励直流电动机的降压调速

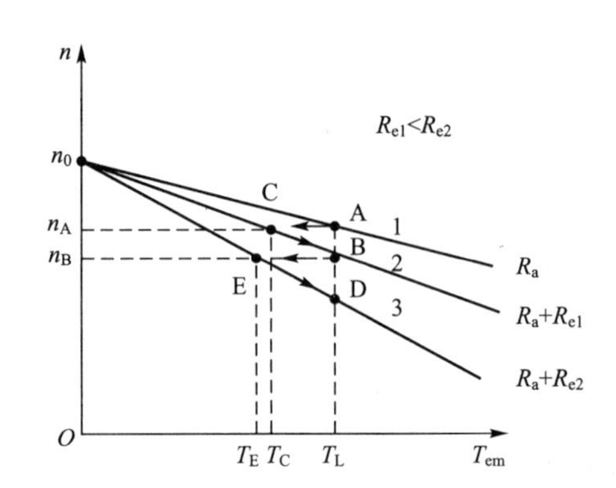

图 4.65 他励直流电动机电枢串接电阻调速

当电枢回路串入电阻 R_{e1} 变为 R_{e2}，同理，电动机稳定后，在转速 n_D 下运行。从图 4.65 中可看出，当电枢回路串入电阻变大时，稳态转速也依次降低。

这种调速方法在低速时电能损耗较大。对于恒转矩负载，调速前后稳态电流不变，故从电网吸收的功率不变，降低转速使输出功率减小，说明损耗增大。所以，串电阻调速在低速时，电源提供的功率有较大部分转变为电阻损耗，从而使系统效率降低。

从机械特性还可看出，当空载或轻载时，调速范围很小；而速度调的越低，特性越软，转速的稳定性较差。此外，这种调速方法只能实现有级调速，平滑性较差。这种调速方法的优点是设备不太复杂，操作比较简单。

(3) 弱磁调速。弱磁调速原理可用图 4.66 来说明。

设电动机带恒转矩负载 T_L，运行于固有特性 1 上的 A 点。弱磁后，机械特性变为直线 $\overline{BC}$，因转速不能突变，电动机的运行点由 A 点变为 C 点。由于磁通减小，反电动势也减小，导致电枢电流增大。尽管磁通减小，但由于电枢电流增加很多，使电磁转矩大于负载转矩，电动机将加速，一直加速到新的稳态运行点 B 点。使电机的转速大于固有特性的理想空载转速，所以一般弱磁调速用于升速。

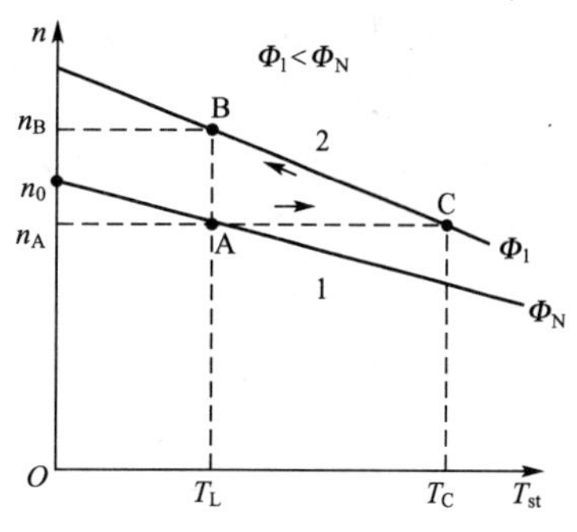

图 4.66 他励直流电动机弱磁调速

弱磁调速是在励磁回路中调节，因电压较低，电流较小而较为方便，但调速范围一般较小。直流调速一般在额定转速以下用降压调速，而在额定转速以上用弱磁调速。

3. 他励直流电动机的制动

对于一个拖动系统，制动的目的是使电力拖动系统停车(制停)，有时也为了限制拖动系统的转速(制动运行)，以确保设备和人身安全。制动的方法有自由停车、机械制动、电气制动。

自由停车是指切断电源，系统就会在摩擦转矩的作用下转速逐渐降低，最后停车，这称为自由停车。自由停车是最简单的制动方法，但自由停车一般较慢，特别是空载自由停车，更需要较长的时间。机械制动就是靠机械装置所产生的机械摩擦转矩进行制动。这种制动方法虽然可以加快制动过程，但机械磨损严重，增加了维修工作量。电气制动是指通过电气的方法进行制动，对需要频繁快速起动、制动和反转的生产机械，一般采用电气制动。

他励直流电动机的制动属于电气制动。这时电机的电磁转矩与被拖动的负载转向相反。电机的电磁转矩称为制动转矩。制动时，可以使能量回馈到电网，节约能源消耗。

电气制动便于控制，容易实现自动化，比较经济。常用他励直流电动机的制动方法有能耗制动、反接制动、回馈制动(再生制动)。

下面分别讨论三种电气制动的物理过程、特性及制动电阻的计算等问题。

(1) 能耗制动。能耗制动是把正在做电动运行的他励直流电动机的电枢从电网上切除，并接到一个外加的制动电阻 R_b 上构成闭合回路。图 4.67 为他励直流电动机能耗制动的电路原理图。

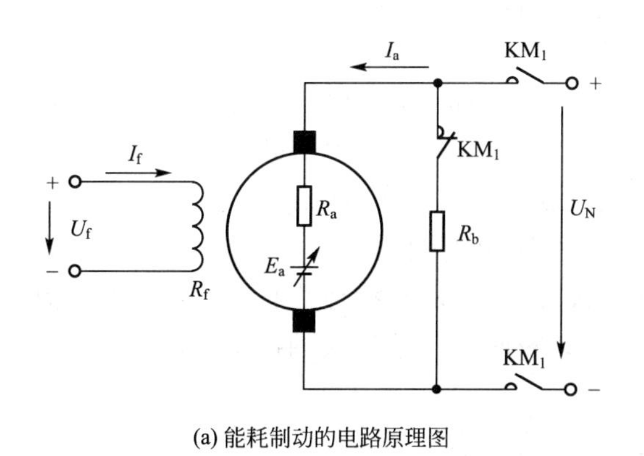

(a) 能耗制动的电路原理图

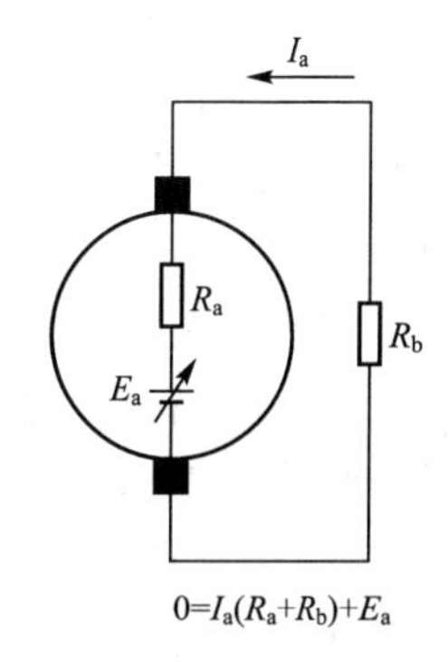

(b) 发电机运行时的参考方向

图 4.67 他励直流电动机能耗制动的电路原理图

为了便于比较，在图 4.67(a) 中标出了电机在电动状态时各物理量的方向。制动时，保持磁通不变，接触器 KM1 常开触点断开，电枢切断电源，同时常闭触点闭合把电枢接到制动电阻 R_b 上，电动机进入制动状态，如图 4.67(b)所示。电动机开始制动瞬间，由于惯性，转速 n 仍保持与原电动状态相同的方向和大小，因此电枢电势 E_a 在此瞬间的大小和方向也与电动状态时相同，此时 E_a 产生电流 I_a，其 I_a 的方向与 E_a 相同($I_a<0$)。能耗制动时根据电势平衡方程可得：

$$0=E_a+I_a(R_a+R_b) \tag{4-49}$$

$$I_a=-\frac{E_a}{R_a+R_b} \tag{4-50}$$

式中，电枢电流 I_a 为负值，其方向与电动状态时的正方向相反。由于磁通保持不变，因此，电磁转矩反向，与转速方向相反，反抗由于惯性而继续维持的运动、起制动作用，使系统较快地减速。在制动过程中，电动机把拖动系统的动能转变成电能并消耗在电枢回路的电阻上，因此称为能耗起制动。

能耗制动时的特点是：$U_d=0$，$R_\Sigma=R_a+R_b$，能耗制动机械特性方程式为

$$n=\frac{U_d}{C_e\Phi}-\frac{R_\Sigma}{C_eC_T\Phi^2}T_{em}=-\frac{R_a+R_b}{C_eC_T\Phi^2}T_{em} \tag{4-51}$$

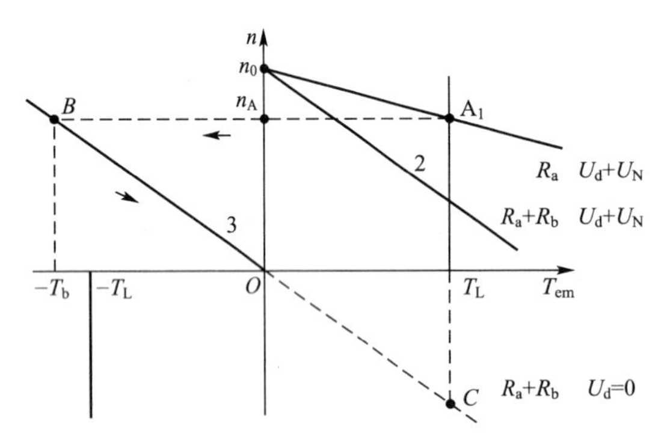

图 4.68 能耗制动时的机械特性曲线

由式(4-51)可见，n 为正时，T_{em} 为负，$n=0$ 时，$T_{em}=0$，所以能耗制动时的机械特性曲线是一条过坐标原点的直线，如图 4.68 所示。

① 能耗制动过程。如果能耗制动前电动机拖动反抗性负载，运行于图 4.68 中的 A 点，在能耗制动瞬间，由于转速 n 不能突变，电动机的工作点从 A 点跳变至能耗制动机械特性的 B 点。此时，电磁转矩反向，电磁转矩与负载转矩共同阻碍系统转动，在它们的作用下，电机沿曲线 $\overline{BO}$ 减速，随着 $n\downarrow\rightarrow E_a\downarrow\rightarrow I_a\downarrow\rightarrow$电磁转矩 $|-T_{em}|\downarrow$，直至 0 点，$n=0$、$T_{em}=0$、$E_a=0$、$I_a=0$，拖动系统最终在 0 点停止运转。电机特性位于第Ⅱ象限。

② 能耗制动运行。若负载为位能性负载，电动机转速到零以后，拖动系统在位能性负载转矩的作用下，开始反转，n 反向，E_a 反向，I_a 和 T_{em} 也反向，这时机械特性位于第Ⅳ象限，如图 4.68 中虚线所示。随着转速的增加，电磁转矩也不断增大，直到 $T_{em}=T_L=T_C$(图 4.68 中 C 点) 转速稳定，重物匀速下放，此状态称为稳定能耗制动运行。

从式(4-51)可以看出，特性曲线的斜率决定于能耗制动电阻 R_b 的大小。R_b 越大，特性线越斜，制动转矩越小，制动越慢；R_b 越小，机械特性线越平，制动转矩越大，制动就越快。但 R_b 又不宜太小，否则，在制动瞬间会产生过大的冲击电流。根据允许的最大制动电流选择制动电阻 R_b，则

$$R_b=-\frac{E_a}{I_{amax}}-R_a \tag{4-52}$$

式中，I_{amax} 为电枢电流最大值(负值)，E_a 为制动瞬间的电枢电势(正值)。

特别提示

在一定转速下进行能耗制动时，电枢回路必须串接电阻R_b，否则电枢电流将过大，在高速时甚至接近短路电流的数值。

能耗制动的控制线路比较简单，制动过程中不需要从电网吸收电功率，比较经济、安全。常用于反抗性负载的电气制动停车，有时也用于下放重物。

【例4-9】 一台他励直流电动机额定数据如下：$U_N=220V$，$I_N=116A$，$P_N=22kW$，$R_a=0.174\Omega$，$n_N=1500r/min$，用这台电动机来拖动升起机构。求：(1) 在额定负载下进行能耗制动，欲使制动电流等于$2I_N$，电枢回路中应串接多大制动电阻？(2)在额定负载下进行能耗制动，如果电枢直接短接，制动电流应为多大？(3) 当电动机轴上带有一半额定负载时，要求在能耗制动中以800r/min的稳定低速下放重物，求电枢回路中应串接多大制动电阻？

解 (1) 根据直流电机电压方程$U_N=E_a+I_NR_a$，额定负载时，电动机的电势

$$E_a=U_N-I_NR_a=220-116\times0.174=199.8(V)$$

能耗制动时，电枢电路中应串入的制动电阻

$$0=E_a+I_a(R_a+R_b)=E_a+(-2I_N)\times(R_a+R_b)$$

$$R_b=-\frac{E_a}{-2I_N}-R_a=-\frac{199.8}{-2\times116}-0.174=0.687(\Omega)$$

(2) 如果电枢直接短接，即$R_b=0$，则制动电流

$$I_a=-\frac{E_a}{R_a}=-\frac{119.8}{0.174}=-688.5(A)$$

此电流约为额定电流的6倍，由此可见能耗制动时，不许直接将电枢短接，必须接入一定数值的制动电阻。

(3) 求稳定能耗制动运行时的制动电阻

$$U_N=E_a+I_NR_a=C_e\Phi_Nn_N+I_NR_a$$

$$C_e\Phi_N=\frac{U_N-I_NR_a}{n_N}=\frac{199.8}{1500}=0.133$$

因负载为额定负载的一半，则稳定运行时的电枢电流为$I_a=0.5I_N$，把已知条件代人直流电机能耗制动时的电势方程式，得

$$0=E_a+I_a(R_a+R_b)$$

$$=C_e\Phi_Nn+(0.5I_N)\times(R_a+R_b)$$

$$0=0.133\times(-800)+(0.5I_N)\times(R_a+R_b)$$

$$R_b=1.66(\Omega)$$

(2) 他励直流电动机的反接制动。反接制动就是将正向运行的他励直流电动机的电源电压突然反接，同时电枢回路串入制动电阻R_b来实现，如图4.69所示。

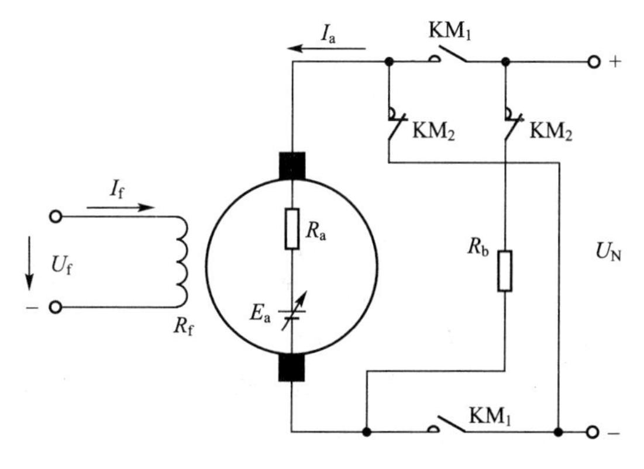

图4.69 他励直流电动机的反接制动电路

从图4.69可见，当接触器KM_1接通，KM_2断开时，电动机稳定运行于电动状态。为使生产机械迅速停车或反转时，

突然断开 KM_1，并同时接通 KM_2，这时电枢电源反接，同时串入了制动电阻 R_b。在电枢反接瞬间，由于转速 n 不能突变，电枢电势 E_a 不变，但电源电压 U_d 的方向改变，为负值，此时电势方程和电枢电流为

$$-U_N = E_a + I_a(R_a + R_b) \tag{4-53}$$

$$I_a = \frac{-U_N - E_a}{R_a + R_b} \tag{4-54}$$

从式(4-54)可见：反接制动时 I_a 为负值，说明制动时电枢电流与制动前相反，电磁转矩也相反(负值)。由于制动时转速未变，电磁转矩与转速方向亦相反，起制动作用。电机处于制动状态，此时电枢被反接，故称为反接制动。拖动系统在电磁转矩和负载转矩的共同作用下，电机转速迅速下降。

反接制动的电路特点是：$U_d = -U_N$，$R_\Sigma = R_a + R_b$。由此可得反接制动时他励直流电机的机械特性方程式为

$$n = \frac{U_d}{C_e\Phi} - \frac{R_\Sigma}{C_e C_T \Phi^2} T_{em} = \frac{-U_N}{C_e\Phi} - \frac{R_a + R_b}{C_e C_T \Phi^2} T_{em} \tag{4-55}$$

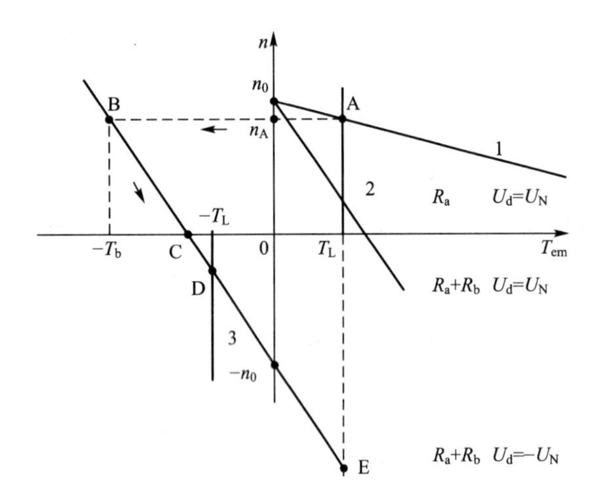

图 4.70 电枢电压反接的机械特性

可画出机械特性曲线，如图 4.70 中 $\overline{BCED}$所示，是一条通过 $-n_0$ 点，位于象限Ⅱ、Ⅲ、Ⅳ的直线。

如果制动前电机运行于电动状态，如图 4.70 中的 A 点。在电枢电压反接瞬间，由于转速 n 不能突变，电动机的工作点从 A 点跳变至电枢反接制动机械特性的 B 点。此时，电磁转矩反向(与负载转矩同方向)，在它们的共同作用下，电动机的转速迅速降低，工作点从 B 点沿特性下降到 C 点，此时 $n=0$，但 $T_{em} \neq 0$，机械特性为第Ⅱ象限的$\overline{BC}$段，为电枢电压反接制动过程的恃性曲线。

如果制动的目的是为了停车，则必须在转速到零以前，及时切断电源，否则系统有自行反转的可能性。

例如，当负载是反抗性恒转矩负载时，在 C 点，若电磁转矩 $|-T_{em}| < |-T_L|$，则电动机堵转；若 $|-T_{em}| > |-T_L|$，则电动机将反向起动，沿特性曲线至 D 点。在 D 点，由于 $-T_{em} = -T_L$，电机在此处于反向电动状态稳定运行，机械特性在第Ⅲ象限，为反向电动状态特性。当负载是位能性恒转矩负载时，电机反向转速继续升高，工作点沿特性曲线到 E 点，$T_{em} = T_L$，并在此稳定运行，此时电机属于反向回馈制动状态稳定运行，机械特性在第Ⅳ象限，有关反向回馈制动问题在下面将进行详细分析。

从电压反接制动的机械特性可看出，在整个电压反向制动过程中，制动转矩都比较大，因此制动效果好。从能量关系看，在反接制动过程中，电动机一方面从电网吸取电能，另一方面将系统的动能或位能转换成电能，这些电能全部消耗在电枢回路的总电阻 $(R_a + R_b)$ 上，很不经济。

反接制动适用于快速停车或要求快速正、反转的生产机械。

(3) 倒拉反转制动运行。这种制动运行一般发生在起重机下放重物的情况，如图 4.71 所示的控制电路。

电动机提升重物时，接触器 KM_1 常开触点闭合，电动机运行在固有机械特性的 A 点(电动状态)，如图 4.72 所示。

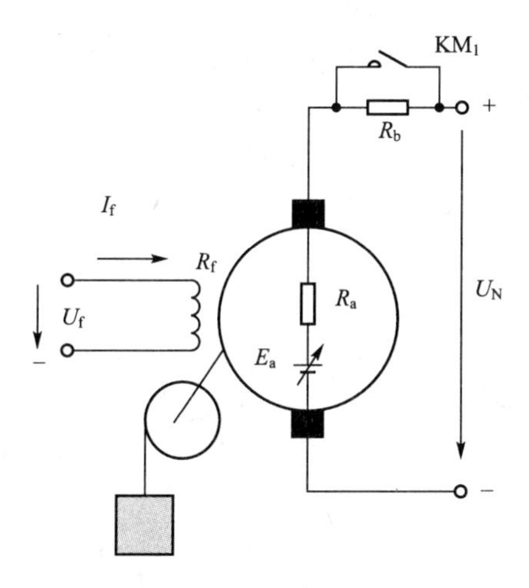

图 4.71　他励直流电动机的倒拉反转制动电路图

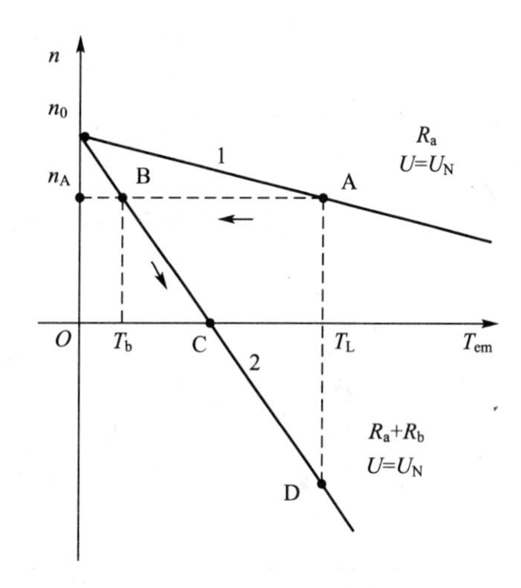

图 4.72　他励直流电动机速度反向的机械特性

下放重物时，将接触器 KM_1 常开触点打开，此时电枢回路内串入了较大电阻 R_b，由于电机转速不能突变，工作点从 A 点跳至对应的人为机械特性 B 点上，在 B 点，由于 $T_{em}<T_L$，电机减速，工作点沿特性曲线下降至 C 点。在 C 点，$n=0$，但仍有 $T_{em}<T_L$，在负载重力转矩的作用下，电动机接着反转，重物被下放，此时，由于 n 反向(负值)，E_a 也反向(负值)，电枢电流为

$$U_N=-E_a+I_a(R_a+R_b) \tag{4-56}$$

$$I_a=\frac{U_N+E_a}{R_a+R_b} \tag{4-57}$$

式中，电枢电流为正值，说明电磁转矩保持原方向，与转速方向相反，电动机运行在制动状态，由于 n 与 n_0 方向相反，即负载倒拉着电动机转动，因而称为倒拉反转制动。这种反接制动状态是由位能性负载转矩拖动电动机反转而形成的。

重物在下放的过程中，随着电机反向加速，E_a 增大，I_a 与 T_{em} 也相应增大，直至 D 点，$T_{em}=T_L$，电动机在 D 点以此速度匀速下放重物。

倒拉反转制动的特点是：$U_d=U_N$，$R_\Sigma=R_a+R_b$，其机械特性方程式为

$$n=\frac{U_d}{C_e\Phi}-\frac{R_\Sigma}{C_eC_T\Phi^2}T_{em}=n_0-\frac{R_a+R_b}{C_eC_T\Phi^2}T_{em} \tag{4-58}$$

倒拉反转制动运行时，由于电枢回路串入了大电阻，电动机的转速会变为负值，所以倒拉反转制动运行的机械特性在第Ⅳ象限 CD 段。电动机要进入倒拉反转制动状态必须满足两个条件：一是负载一定为位能性负载；二是电枢回路必须串入大电阻。

倒拉反转制动的能量转换关系与反接制动时相同，区别仅在于机械能的来源不同。倒拉反转制动运行中的机械能来自负载的位能，因此制动方式不能用于停车，只可以用于下放重物。

(4) 回馈制动。他励直流电动机在电动状态下运行时，由于电源电压 U_d 大于电枢电

势 E_a，电枢电流 I_a 从电源流向电枢，电流与磁场作用产生拖动转矩，电源向电动机输入的电功率 $U_dI_a>0$；回馈制动是指，当电源电压 U_d 小于电枢电势 E_a，E_a 迫使 I_a 改变方向，电磁转矩也随之改变方向成为制动转矩，此时由于 U_d 与 I_a 方向相反，I_a 从电枢流向电源。$U_dI_a<0$，电动机向电源回馈电功率，所以把这种制动称为回馈制动。也就是说，回馈制动就是电动机工作在发电机状态。回馈制动可能出现下列两种情况。

① 正向回馈制动运行。正向回馈制动是指电机转速高于理想空载转速 n_0，电机运行于制动状态的制动形式。图 4.73 表示电动车组在平直道上行驶时的情况，这时电动机的电磁转矩 T_{em}与反抗性负载转矩 T_L(动车组运行基本阻力转矩)相平衡，电机稳定运行在正向电动状态，工作点在固有机械特性的 A 点，如图 4.73 所示。

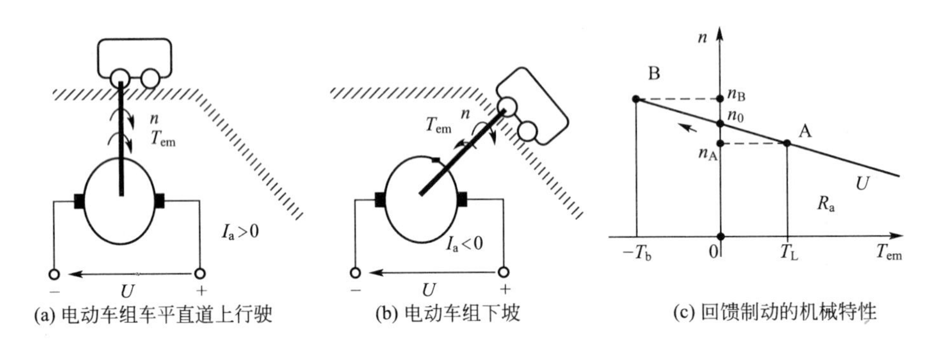

图 4.73　电动车组下坡时的回馈制动

当电动车组下坡时，虽然基本运行阻力转矩依然存在，但由电车重力所形成的坡道阻力为负值，并且坡道阻力转矩绝对值大于基本阻力转矩，则合成后的阻力转矩 $-T_b$ 与 n 同方向(为负值)，在 $-T_b$ 和电磁转矩的共同作用下，电动机做加速运动，工作点沿固有机械特性上移。到 $n>n_0$ 时，$E_a>U_d$，I_a 反向(与 E_a 同方向)，T_{em}反向(与 n 反方向)，电动机运行在发电机状态，这就是正向回馈制动状态。随着转速的继续升高，起制动作用的电磁转矩在增大，当 $-T_{em}=-T_b$ 时，电动机便稳定运行，工作点在固有机械特性的 B 点。

这种制动的特点是：电动机的电源接线不变，但在正向回馈制动时，由于起制动作用的电磁转矩是负值，所以 $n>n_0$，特性曲线位于第Ⅱ象限。

② 反向回馈制动。反向回馈制动是指电机的反向转速值 $|-n|$ 大于反向理想空载转速值 $|-n_0|$，即 $|-n|>|-n_0|$，电机运行于制动状态的制动形式。

例如，电枢反接制动，当负载为位能性负载，在 $n=0$ 时，如不切除电源，电机便在电磁转矩和位能性负载转矩的作用下迅速反向加速；当 $|-n|>|-n_0|$ 时，电机进入反向回馈制动状态，此时因 n 为负，$T_{em}>0$，机械特性位于第Ⅳ象限，如图 4.70 所示。反向回馈制动状态在高速下放重物的系统中应用较多。

电动机工作在回馈制动状态时，负载带动电机，电机把获得的机械功率扣除电机空载损耗后转变为电磁功率 E_aI_a，电磁功率 E_aI_a 的大部分(U_dI_a)回馈给电网，小部分变为电枢回路的铜耗，电机变为一台与电网并联运行的发电机。

③ 降低电枢电压调速时的回馈制动过程。在降低电压的降速过程中，也会出现回馈制动。当突然降低电枢电压，感应电势还来不及变化时，就会发生 $E_a>U$ 的情况，即出现了回馈制动状态。

图 4.74 绘出了他励电动机降压调速中的回馈制动特性。当电压从 U_N 降到 U_1 时，理想空载转速由 n_0降到 n_{01}，机械特性向下平移，转速从 n_A 到 n_{01} 期间，由于 $E_a>U_d$，将产生回馈制动，此时电流 I_a 将与正向电动状态时反向，即 I_a 与 T_{em}均为负，而 n 为正，故回馈制动特性在第Ⅱ象限。

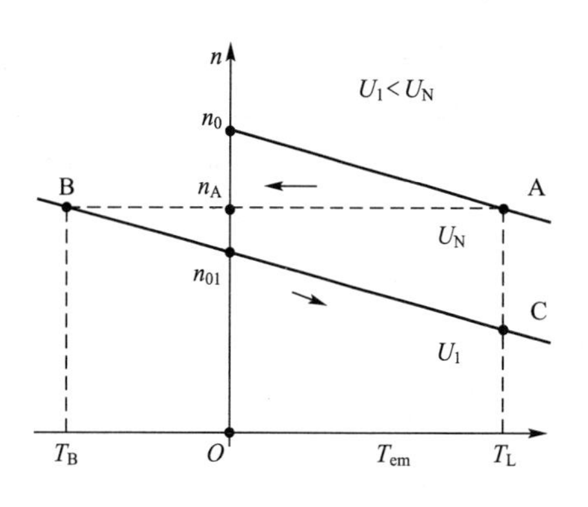

图 4.74　降压调速回馈制动

如果减速到 n_{01}时，不再降低电压，则转速将继续降低，但转速低于 n_{01}，则 $E_a<U_d$，电流 I_a 且将恢复到正向电动机状态时的方向，电机恢复到电动状态下工作。

如果想继续保持回馈制动状态，必须不断降低电压，以实现在回馈制动状态下系统的减速。回馈制动同样会出现在他励电动机增加磁通 Φ 的调速过程中，请读者自行分析。在回馈制动过程中，电功率 U_dI_a 回馈给电网。因此与能耗制动及反接制动相比，从电能消耗来看，回馈制动是经济的。

(5) 他励直流电动机的四象限运行。电动机各种运行状态的机械特性可以置于直角坐标系的四个象限之中，如图 4.75 所示。

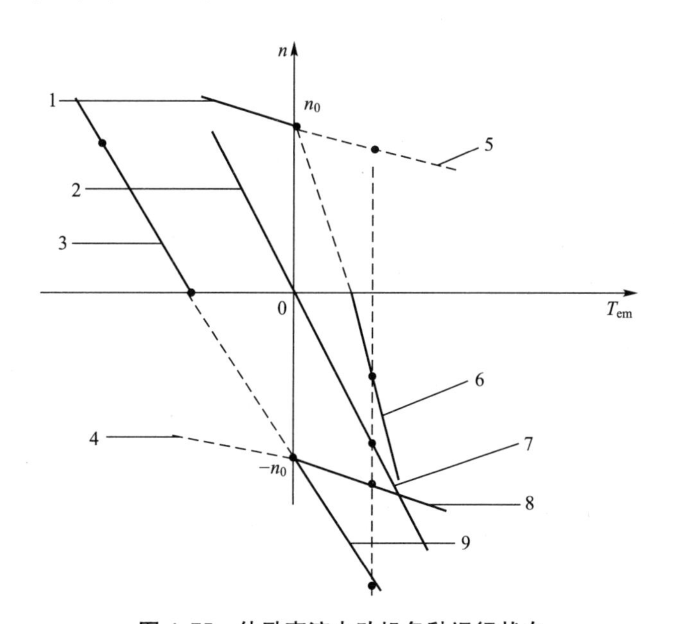

图 4.75　他励直流电动机各种运行状态

1—正向回馈制动　2—能耗制动　3—反接制动　4—反向电动　5—正向电动
6—倒拉反转制动　7—能耗制动　8—反向回馈制动　9—反接回馈制动

由图 4.75 可见，在第Ⅰ、Ⅲ象限内，T_{em}与 n 同方向，为电动运行状态；在第Ⅱ、Ⅳ象限内，T_{em}与 n 反方向，为制动运行状态。

【例 4-10】　一台他励直流电动机，其机械特性如图 4.76，$U_N=220V$，$I_N=31A$，$P_N=5.6kW$，$R_a=0.4\Omega$，$n_N=1000r/min$，负载转矩 $T_L=49N\cdot m$，电枢电流不得超过 2 倍额定电流(忽略空载转矩)，试计算：(1)电动机拖动反抗性负载，若采用反接制动停车，电阻最小值是多少？(2)电动机拖动位能性恒转矩负载，要求以 300r/min 的速度下放重物，

采用倒拉反转制动运行，电枢回路应串入多大电阻？(3)若采用能耗制动，电枢回路应串入多大电阻？(4)若使电机以 $n=-1200\text{r/min}$ 的速度在电压反向回馈制动运行状态下下放重物，电枢回路应串入多大的电阻？

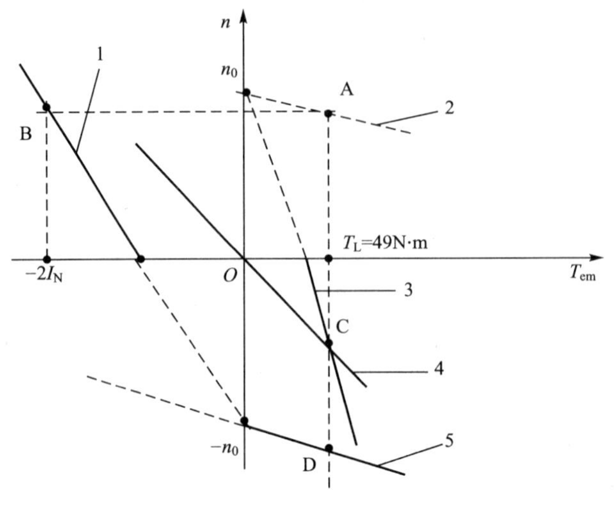

图 4.76　例 4-10 图

1—反接制动　2—正向电动　3—倒拉反转制动
4—能耗制动　5—反向回馈制动

解　(1) $C_e\Phi_N=\dfrac{U_N-I_NR_a}{n_N}=\dfrac{220-31\times0.4}{1000}=0.208$

电动状态的稳定转速

$$n_A=\frac{U_N}{C_e\Phi_N}-\frac{R_a}{C_eC_T\Phi_N^2}T_{em}=\frac{220}{0.208}-\frac{0.4}{9.55\times0.208^2}\times49=1010(\text{r/min})$$

$$E_a=C_e\Phi_Nn_A=0.208\times1010=210(\text{V})$$

电枢反接制动的电势方程，即在 B 点。

$$-U_N=E_a+I_a(R_a+R_b)$$

$$R_b=\frac{-U_N-E_a}{I_a}-R_a=\frac{-220-210}{-2\times31}-0.4=2.99(\Omega)$$

(2) 计算倒拉反转制动稳定运行时，即在 C 点。

$$U_N=E_a+I_a(R_a+R_b)=C_e\Phi_Nn_c+I_a(R_a+R_b)$$

$$I_a=\frac{T_{em}}{9.55C_e\Phi_N}=\frac{49}{9.55\times0.208}=24.67(\text{A})$$

$$R_b=\frac{U_N-E_a}{I_a}-R_a=\frac{220-0.208\times(-300)}{24.67}-0.4=11.05(\Omega)$$

(3) 计算能耗制动稳定运行时的所串的电阻，即在 C 点。

$$0=E_a+I_a(R_a+R_b)=C_e\Phi_Nn_c+I_a(R_a+R_b)$$

$$R_b=\frac{0-E_a}{I_a}-R_a=\frac{0-0.208\times(-300)}{24.67}-0.4=2.13(\Omega)$$

(4) 计算电压反向回馈制动运行时的电阻，即在 D 点。

$$-U_N=E_a+I_a(R_a+R_b)=C_e\Phi_Nn_d+I_a(R_a+R_b)$$

$$R_b \frac{-U_N-E_a}{I_a}-R_a=\frac{-220-0.208\times(-1200)}{24.67}-0.4=0.8(\Omega)$$

任务实施

他励直流电动机起动有降压法和电枢回路串电阻分级起动法。降压起动可通过晶闸管整流的闭环系统实现。串电阻分级起动的基本思想是：开始起动时，在电枢回路串入较大电阻，以限制电流，随着 n 升高，E_a 增大，需逐段切除所串电阻，使起动过程中 I_a 既保持较大值，又不超过允许值。

他励直流电动机可采用电枢回路串电阻、降压、弱磁等方法进行调速。电枢回路串电阻调速设备简单，但效率低，低速时速度稳定性差；降压调速性能较好，但设备总投资较大；弱磁调速较易实现，但调速范围较小。

他励直流电动机还有能耗制功、回馈制动、倒拉反转制动和反接制动等运行方式，其共同特点是 T_{em}与 n 方向相反。能耗能动、反接制动可用于快速停车；能耗制动、倒拉反转制动运行、回馈制动均可用于恒速下放重物。回馈制动时电机的转速高于理想空载转速，电机工作于发电机状态。

直流电动机三个最常用的转速控制方法是：控制励磁电流，电枢电路串联的电阻，电枢端电压的调节。转矩控制方法是直接控制电枢电流。

任务小结

直流电机是根据电磁感应原理实现机械能与直流电能相互转换的旋转电机。电机中能量转换是可逆的。同一台电机既可作发电机运行也可作电动机运行。

直流电机的结构可分为定子与转子两大部分。定子的主要作用是建立磁场和机械支撑，转子的作用是感应电势、产生电磁转矩实现能量转换。

磁场是传递能量的媒介。

电机稳定运行时，各物理量之间相互制约，其制约关系由基本方程式表示。直流电机的基本方程式可分析直流电机的特性及进行定量计算。对于直流电动机的特性，应重点掌握和熟悉。

目前所使用的直流电机的发展离不开电机形式与结构的改进，即磁路系统、电枢结构、电刷和换向器结构的改进，已有许多新型直流电机广泛应用在各行各业。

思考与练习

1. 直流电机磁路中的磁通 Φ 一般为不变值，为什么电枢铁心都用硅钢片迭成，而且在片间还涂绝缘漆？
2. 在直流发电机中，电刷之间的电势与导体中的感应电势有何不同？
3. 在直流电机里，换向器起了什么作用？
4. 直流电机空载时气隙磁密是如何分布的？
5. 用什么办法能改变直流电动机转向？
6. 并励直流电动机在运行时若励磁绕组断线，会出现什么后果？

7. 如何判断直流电机运行于发电机状态还是电动机状态？它们的功率关系有何不同？

8. 为什么直流电机能发出直流电？如果没有换向器，直流电机能不能发出直流电流？

9. 试判断下列情况下，电刷两端电压的性质：

(1) 磁极固定，电刷与电枢同时旋转；

(2) 电枢固定，电刷与磁极同时旋转。

10. 如何判断直流电机运行于发电机状态还是电动机状态？它们的 T_{em}、n、I_a、U、E_a 的方向有何不同？能量转换关系如何？

11. 一台他励直流电机并于220V电网上运行，已知 $a=1$，极对数 $p=2$，总导体数 $N=372$，$n_N=1500$r/min，每极气隙磁通 $\Phi=0.011$Wb，$R_a=0.208\Omega$，铁耗 $P_{Fe}=362$W，机械损耗 $P_{mec}=362$W，求

(1) 此电机是电动机还是发电机？

(2) 电磁转矩、输入功率和效率各多少？

12. 一台并励直流电动机的额定数据如下：$P_N=17$kW，$U_N=220$V，$I_N=88.9$A，$n_N=3000$r/min，$R_a=0.114\Omega$，$R_f=181.5\Omega$，忽略电枢反应影响。求

(1) 电动机的额定输出转矩；

(2) 在额定负载时的电磁转矩；

(3) 额定负载时的效率；

(4) 在理想空载 $I_a=0$A 时的转速；

(5) 当电枢回路串入电阻 $R_b=0.15\Omega$ 时，在额定转矩时的转速。

13. 一台他励直流电动机数据：$P_N=54$kW，$U_N=220$V，$I_N=270$A，$n_N=1150$r/min，$\eta_N=0.925$，求

(1) 额定运行时电势 E_a；

(2) 额定运行时电磁转矩 T_N、轴上输出额定转矩 T_2、空载转矩 T_0；

(3) 理想空载转速 n_0。

14. 他励直流电动机的机械特性指的是什么？根据哪几个方程式推导出来的？

15. 什么是他励直流电动机的固有机械特性？什么叫做人为机械特性？

16. 为什么电枢回路串入电阻后不影响理想空载转速？为什么所串电阻越大，机械特性越软？

17. 为什么改变他励直流电动机的电枢电压的人为机械特性是一簇平行线？

18. 已知他励直流电动机为 $\Phi_N I_N$ 时产生的电磁转矩为额定，问：减少磁通而电磁转矩仍为额定时，对应电枢电流是增大或减少或不变？

19. 一般他励直流电动机为什么不能直接起动？采用什么启动方法起动比较好？

20. 他励直流电动机启动前，励磁绕组断线，启动时，在下面两种情况下会有什么后果？

(1) 空载起动；

(2) 负载启动，$T_L=T_N$。

21. 一台他励直流电动机拖动的卷扬机，当电枢所接电源电压为额定电压，电枢回路串入电阻时拖动重物匀速上升，若把电源电压突然倒换极性，电动机最后稳定运行于什么状态？重物提升还是下放？画出机械特性，说明其中经过了什么运行状态？

22. 分析他励直流电动机的调速方法。

23. 分析他励直流电动机的转速控制方法。

24. 一台他励直梳电动机，$U_N=220V$，$I_N=53.8A$，$P_N=10kW$，$n_N=1500r/min$，$R_a=0.286\Omega$，计算：

(1) 直接起动时起动电流 I_{st}；

(2) 限制启动电流不超过 100A，采用电枢串电阻起动最小应串人多大起动电阻？

(3) 有拖动负载转矩为 $T_L=T_N$ 的恒转矩负载起动时，采用降压起动的最低电压应为多少？这时启动电流多大？

25. 一台他励直流电动机，$U_N=110V$，$I_N=185A$，$P_N=17kW$，$n_N=1000r/min$ 已知电动机最大允许电流 $I_{max}=1.8I_N$，电动机拖动 $T_L=0.8T_N$ 负载电动运行。求：

(1) 者采用能耗制动停车，电枢回路应串人多大电阻？

(2) 若采用反接制动停车，电枢回路应串入多大电阻？

(3) 两种制动方法在制动开始瞬间的电磁转矩各是多大？

(4) 两种制动方法在制动到 $n=0$ 时的电磁转矩各是多大？

26. 他励直流电动机拖动起重装置，已知电机数据为 $U_N=440V$，$I_N=76A$，$P_N=29kW$，$n_N=1000r/min$，$R_a=0.065R_N(R_N=U_N/I_N)$，若不计空载损耗及传动机构损耗。求：(1)电动机以 500r/min 吊起 $T_L=0.8T_N$ 负载时，在电枢回路应串入多大电阻？(2)用哪几种方法可使 $T_L=0.8T_N$ 负载以 500r/min 速度下放？求每种方法在电枢回路内串入电阻。(3)在 500r/min 吊起 $T_L=0.8T_N$ 负载时，忽将电源反接，并使电流不超过 I_N，求最后稳定转速。

27. 已知他励直流电动机 $U_N=220V$，$I_N=62A$，$P_N=12kW$，$n_N=1340r/min$，$R_a=0.25\Omega$，求：(1)拖动额定负载在电动状态下运行时．采用电源反接制动，允许的最大制动转矩为 $2T_N$，那么此时制动电阻为多大？(2)电源反接后转速下降到 $0.2n_N$ 时，换接到能耗制动，使其准确停车。求能耗制动最大转矩 $2T_N$ 时，转子回路应串入电阻。

28. 已知一直流电机接在 220 伏电网上运行，电机为单波绕组，$2p=4$，$N=370$，$n=1500r/min$，$\Phi=1.1\times10^{-2}$韦，电枢回路总电阻(包括电刷接触电阻)$R_a=0.208$ 欧，$p_{Fe}=362W$，$p_{mec}=204W$，试问：(1)此直流电机是发电机还是电动机？(2)电磁转矩、输入功率、效率各位多少？

29. 一台 17kW，110V，185A，1000r/min 的并励电动机。额定励磁电流 $I_{fN}=4.02A$，电枢电路总电阻(包括电刷接触电阻)$R_{a75^\circ}=0.0566$ 欧，运行在额定工况。采用能耗制动方式停车，在它的电枢电路里串入 1.5 欧的电阻。试求制动初瞬的电枢电流和减转矩。

30. 某并励电动机，$P_N=22kW$，$U_N=110V$，$n_N=1500r/min$，$\eta_N=86\%$，$I_{fN}=3.18A$，$R_{a25^\circ}=0.023\Omega$，一对电枢接触压降 2 伏，求下列各种损耗：(1)电枢绕组铜耗和电刷接触损耗；(2)励磁损耗；(3)铁耗和机械损耗。(假定附加损耗为 1%输入功率)

31. 一台 220V，72.1A，750r/min 的并励直流电动机，满载励磁电流为 2.085A，空载时电动机电枢电流为 2.12A，$R_{a75^\circ}=0.313\Omega$，一对电枢接触压降 2V，满负载时增加的附加损耗 $\Delta p_{ad}=100W$，求电动机的额定效率

32. 一台 220V 并励电动机 $R_a=0.25\Omega$，空载电枢电流 $I_{a0}=6A$，空载转速 $n_0=1200r/min$。求串入电枢电阻 R_e 后使 $n=600r/min$，电流 $I_a=30A$ 时电机的效率以及 R_e 上消耗的功率。

模块5

电工仪表及电工测量

电工仪表及测量技术对从事电气技术工作的人员来说是十分重要的。不论是电气设备的安装、调试、实验、运行、维修，还是对电气产品进行检验、测试、鉴定都会涉及电磁测量方面的技术问题。电工仪表是实现电工测量过程所需技术工具的总称。电工仪表测量指使用电工仪表对电量或磁量进行测量的过程。电学量又分为电量与电参量。通常要求测量的电量有电流、电压、功率、电能、频率等；电参量有电阻、电容、电感等。通常要求测量的磁学量有磁感应强度、磁导率等。电工仪表及电工测量广泛应用于等工农业生产、生活、国防、科研等领域（如变电所、配电室、发电厂、电力监控网、家用电能计量表）。

任务 5.1 熟悉电工测量和电工仪表

教学目标	(1) 熟悉常用电工仪器仪表的组成结构及工作原理； (2) 了解常用电工仪表的分类、型号和标志； (3) 掌握电工指示仪表误差的分类及误差的三种表示方法； (4) 了解电工指示仪表的主要技术要求； (5) 熟悉常用的电工测量方法、测量误差产生的原因及消除方法。

任务引入

鉴于职业教育对学生操作实践能力越来越重视，学生首先要对电工仪表及测量的一些基本概念有个较好的了解。本任务是通过在实验台上的一个基本电路电流电压的测量，来展开介绍相关概念。任务中要求学生按照要求连接好电路并选用仪表进行电流、电压的测量并分析误差原因及解决措施。

任务分析

通过任务实施，加深对电工仪表及测量各种概念的理解，并掌握各种电磁量(电量+磁量)的测量方法，相应仪表的原理、结构、使用操作技术以及测量误差与数据处理的技术。锻炼在试验台上动手的能力。

相关知识

5.1.1 电工测量基本知识

1. 测量基本知识

(1) 测量：所谓测量，是指用实验的方法，将被测量(未知量)与已知的标准量进行比较，以得到被测量大小的过程，是对被测量定量认识的过程。

(2) 电工测量：是指把被测的电量或磁量直接或间接地与作为测量单位的同类物理量(或者可以推算出被测量的异类物理量)进行比较的过程。

(3) 测量单位：把测量中的标准量定义为“单位”。单位是一个选定的标准量，独立定义的单位称“基本单位”，由物理关系导出的单位称“导出单位”。

(4) 测量方式分类。电工仪表测量方式可分为直接测量、间接测量、组合测量和比较测量四种。

① 直接测量：直接测量指的是被测量与度量器直接进行比较，或者采用事先刻好刻度数的仪器进行测量，从而在测量过程中直接求出被测量的数值。

② 间接测量：如被测量不便于直接测定，或直接测量该被测量的仪器不够准确，那

么就可以利用被测量与某种中间量之间的函数关系，先测出中间量，然后通过计算公式，算出被测量的值。如测长、宽求面积；测电流电压求功率等。

③ 组合测量：如果被测量有多个，虽然被测量(未知量)与某种中间量存在一定函数关系，但由于函数式有多个未知量，对中间量的一次测量是不可能求得被测量的值。这时可以通过改变测量条件来获得某些可测量的不同组合，然后测出这些组合的数值，解联立方程求出未知的被测量。

④ 比较测量：比较法是指被测量与已知的同类度量器在比较器上进行比较，从而求得被测量的一种方法。这种方法用于高准确度的测量。比较测量主要有表 5 - 1 中的几种方法。

表 5 - 1　比较测量法分类

名称	概　　念	案　　例
零位法	被测量与已知量进行比较，使两者之间的差值为零	电桥、天平、杆秤、检流计法
偏位法	被测量直接作用于测量机构，使指针等偏转或位移以指示被测量大小	指针式指示仪表
替代法	替代法是将被测量与已知量先后接入同一测量仪器，在不改变仪器的工作状态下，使两次测量仪器的示值相同，则认为被测量等于已知量	曹冲称象

2. 测量误差

(1) 误差基本概念。

① 真值：在一定条件下，被测量客观存在的确定值，称为真值。

② 误差：测量值与真值相差的程度。

③ 误差公理：测量的过程必然存在着误差，误差自始至终存在于一切科学实验和测量的过程之中。

研究误差规律，并尽量减小误差是测量的任务之一。

(2) 误差的产生原因。仪器本身即仪表的误差。因为任何仪器都有一定的灵敏域和精确度。仪表的误差指仪表指示值与被测量真值之间相差程度。仪表误差的产生原因有：在规定条件下，仪表本身所产生的误差；在规定条件之外，所产生的附加误差；环境的变更如温度，纬度，湿度，电磁场的变化引起误差；实验方法所限引起误差；操作人员的素质等。

特别提示

误差不是错误，测量结果包含了误差范围恰恰是测量结果正确和科学的表达。测量结果数值要用有效数字来表示。

(3) 误差的表示方法。常用误差的表示方法有绝对误差、相对误差、引用误差等。

① 绝对误差Δ：测量值A_X与被测量真值A_0之差

$$\Delta=A_X-A_0 \tag{5-1}$$

② 相对误差γ：绝对误差Δ与真值A_0之比，并用百分数表示。

$$\gamma=\frac{\Delta}{A_0}\times 100\% \tag{5-2}$$

③ 引用误差γ_n：仪表某一刻度点读数的绝对误差Δ比上仪表量程上限A_m，并用百分数表示。

$$\gamma_n=\frac{\Delta}{A_m}\times 100\% \tag{5-3}$$

④ 最大引用误差γ_{mn}：仪表在整个量程范围内的最大示值的绝对误差Δ_m比仪表量程上限A_m，并用百分数表示。

$$\gamma_{mn}=\frac{\Delta_m}{A_m}\times 100\% \tag{5-4}$$

通常仪表的绝对误差在仪表标尺的全长上基本保持恒定，因而相对误差会随着被测量的减小逐渐增大，所以相对误差的数值并不能说明仪器的优劣，只能说明测量结果的准确程度。引用误差则由于式中的分子、分母都由仪表本身性能所决定，不随被测量变化，所以用其来表示仪表的准确程度。

(4) 约定真值。实际上，真值是很难得到的，实际操作中，人们通常用两种方法来近似确定真值，并称之为约定真值。真值的表示方法有以下几种。

① 采用相应的高一级精度的计量器具所复现的被测量值来代表真值；

② 在相同条件下多次重复测量的算术平均值来代表真值；

③ 产品检测中某项被测量的设计指标，即标称值视作已知真值；

④ 用理论值作为真值。

(5) 误差从性质分类。误差从性质上可分为三大类，即：系统误差，随机(偶然)误差，疏失误差(粗大误差、过失误差)。

① 系统误差：系统误差是指按一定规律出现的误差。在同一条件下，多次重复测试同一量时，误差的数值和正负号有较明显的规律。系统误差通常在测试之前就已经存在，而且在试验过程中，始终偏离一个方向，在同一试验中其大小和符号相同。例如，电压表示值的偏差等。其特征为有其对应的规律性，它不能依靠增加测量次数来加以消除，一般可通过试验分析方法掌握其变化规律，并按照相应规律采取补偿或修正的方法加以消减。

② 随机误差(偶然误差)：在同一条件下，对某一量多次重复测量时，各次的大小和符号均以不可预定的规律变化的误差，称为随机误差或偶然误差。随机误差是具有不确定性的一类误差。它的产生是由测量过程中出现的各种各样不显著而又难于控制的随机因素综合影响所造成。其特征为个别出现的偶然性而多次重复测量总体呈现统计规律，服从高斯(GASS)分布，也称正态分布；无法消除。其统计特征如下：有界性；对称性；单峰性；递减性。由于随机误差具有以上这些特性，所以在工程上可以对被测量进行多次重复测量的算术平均值表示被测量的真值。

③ 疏失误差(过失误差)：测量误差明显地超出正常值，由于人员的疏失，如测错、读错、记错或计算错误等；或测试条件突变所致。含有过失误差的测量数据是不能采用的，必须利用一定的准则从测得的数据中剔除。如比赛中采用的“去掉一个最大值和最小

值的计分方法，以及数据处理中常采用的 3σ 原则等即是典型的例子。

特别提示

上述三类误差之间在一定条件下是可以互相转化的。对于某一具体误差，在此条件下为系统误差，而在另一条件下可为随机误差，反之亦然。

掌握误差转化的特点，就可将系统误差转化为随机误差，用概率统计的方法来减小误差的影响；或将随机误差的某些成分分离出来，作为系统误差处理，用修正方法减小其影响，疏失误差有时亦很难区别于随机误差，故常用随机误差来处理。

5.1.2 电工仪表基本知识

1. 电工仪表基本概念

电工仪表指测量各种电磁量的仪器仪表，是实现电工测量过程所需技术工具的总称。电工仪表的测量对象主要是电学量与磁学量。电学量又分为电量与电参量。通常要求测量的电量有电流、电压、功率、电能、频率等；电参量有电阻、电容、电感等。通常要求测量的磁学量有磁感应强度、磁导率等。电工仪表不仅可以用来测量电磁量，还可以通过各种变换器用来测量各种非电磁量（如温度、压力、速度等）。

2. 电工仪表的种类

(1) 电工仪表按测量方法可分为比较式和直读式两类。

比较式仪表需将被测量与标准量进行比较后才能得出被测量的数量，常用的比较式仪表有电桥、电位差计等。比较式仪表的结构较复杂，造价较昂贵，测量过程也不如直读法简单，但测量的结果较直读式仪表准确。

直读式仪表将被测量的数量由仪表指针在刻度盘上直接指示出来，常用的电流表、电压表等均属直读式仪表。直读式仪表测量过程简单，操作容易，但准确度不可能太高；记录仪表和示波器也属于直读式仪表如 X—Y 记录仪、光线示波器。

(2) 按被测量的种类可分为电流表(又分安培表、毫安表、微安表)、电压表(又分为伏特表、毫伏表等)、功率表、频率表、欧姆表、相位表、电能表等。

(3) 按测量电流种类可分为直流、交流和交直流两用仪表。

(4) 按工作原理可主要分为磁电式、电磁式、电动式仪表等。其他还有感应式、振动式、热电式、热线式、静电式、整流式、光电式和电解式等类型的指示仪表。

(5) 按显示方法可分为指针式(模拟式)和数字式。指针式仪表用指针和刻度盘指示被测量的数值。数字式仪表先将被测量的模拟量转化为数字量，然后用数字显示被测量的数值，如数字万用表、数字频率计等。

(6) 按准确度可分为0.1、0.2、0.5、1.0、1.5、2.5和5.0共7个等级。仪表的级别即仪表准确度的等级。GB 776—76《电测量指示仪表通用技术条件》给仪表规定了 7 个等级准确度。仪表的准确度指在规定使用条件下，仪表最大引用误差绝对值的百分数，它表示仪表指示值与被测量真值之间接近的程度。

(7) 按使用方式可分为安装式仪表和可携式仪表。

(8) 按使用环境条件分类，指示仪表可分为 A、B、C 三组。

A 组：工作环境为 0～+40℃，相对湿度在 85%以下。

B 组：工作环境为−20～+50℃，相对湿度在 85%以下。

C 组：工作环境为−40～+60℃，相对湿度在 98%以下。

(9) 按对外界磁场的防御能力分类，指示仪表有Ⅰ、Ⅱ、Ⅲ、Ⅳ 4 个等级。

(10) 按外壳防护性能可分为普通、防尘、防溅、防水、水密、气密、隔爆等七个类型。

(11) 按读数装置可分为指针式、光指示式仪表。

对于扩大量程装置和变换器，如分流器、附加电阻、电流互感器、电压互感器等可以看成是仪表的附件，不单独列成一类。

3. 电测量指示仪表的组成和基本原理

如图 5.1 所示用直流电压电流表测量发光二极管两电极的电压，可以很清楚看到仪表的指针偏转了角度，通过仪表指示刻度数值可以得到被测的输出电压值。这个到底是什么原理？仪表的结构又是怎样的呢？

直流电压电流表一般用的磁电式仪表。磁电式仪表广泛应用于直流电流和直流电压的测量，它与整流元件配合，可以用于交流电流与电压的测量；与变换电路配合，可以用于功率、频率、相位等其它电量的测量，还可以用来测量多种非电量，例如温度，压力等。当采用特殊结构时，可制成检流计。磁电式仪表问世最早，由于近年来磁性材料的发展使它的性能日益提高，成为最有发展前景的指示仪表之一。这里采用磁电式仪表对电测量指示仪表的组成和基本原理进行讲解。

磁电式仪表由测量输入部分、测量机构部分、指示装置即指针式的指针与度盘、光标式的光路系统和刻度尺、调零器、平衡锤、止动器、外壳等部分组成。电测仪表测量的原理可以用如图 5.2 表示。

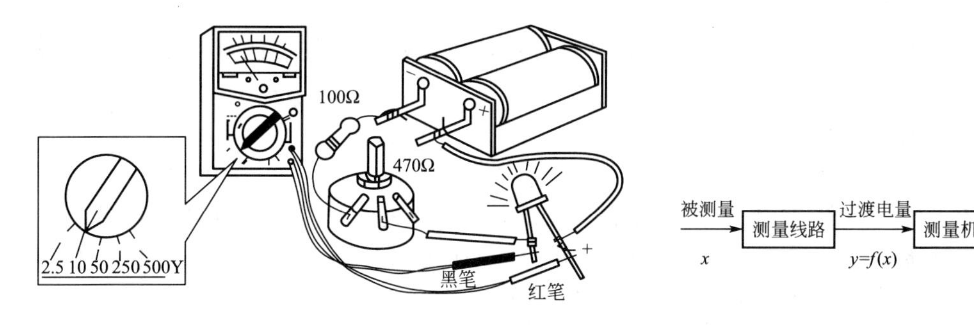

图 5.1　万用表测量电压

图 5.2　电测仪表测量原理图

图 5.2 中测量线路的作用是把被测量 x 转换为测量机构可接受的过渡量 y（例如转换为电流）；然后，再通过测量机构把过渡量 y 转换为指针的角位移 α。

测量机构是电测量指示仪表的核心，没有测量机构就不成为电测量指示仪表，而测量线路则根据被测对象的不同而配置，如果被测对象可以直接为测量机构接受，也可以不配置测量线路。例如变换式仪表，就是用磁电系仪表作为测量机构，不论是功率表、频率表、相位表都用相同的测量机构做表芯，然后配上不同的变换器（即测量线路）以达到测量不同被测量的目的。为此在下面着重讨论一下测量机构的组成。

测量机构包括驱动装置、控制装置和阻尼装置，见图 5.3 仪表测量机构驱动、控制装置和图 5.4 仪表阻尼装置所示。

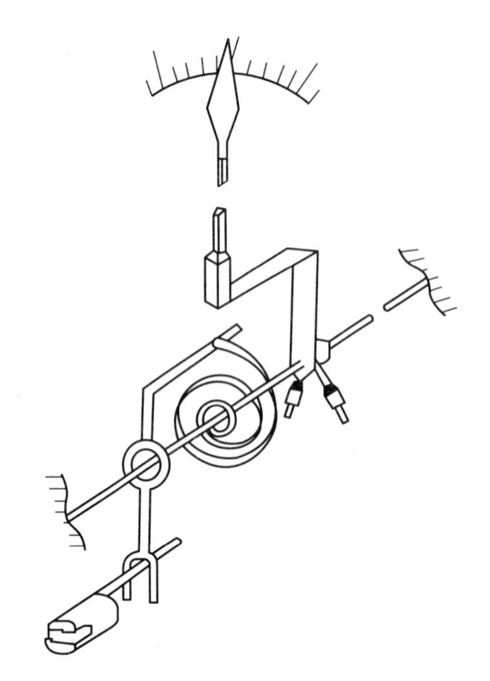

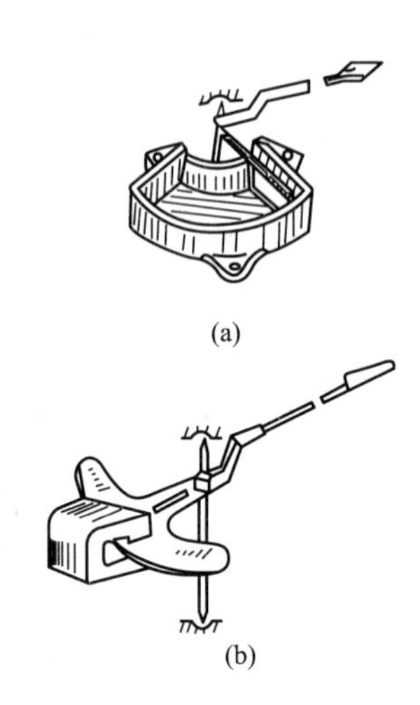

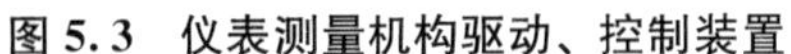
图 5.3　仪表测量机构驱动、控制装置

图 5.4　仪表阻尼装置

驱动装置由固定部分和可动部分组成。为了使电测量指示仪表的指针能够在被测量的作用下产生偏转，就必须有一个能产生转动力矩的驱动装置，不同类型的仪表，驱动原理也不一样。对磁电系仪表有

$$M=F(X) \tag{5-5}$$

表明产生的驱动力矩 M 和被测量是线性关系，所以磁电式仪表的刻度盘刻度是均匀的。

对电磁系、电动系仪表有

$$M=F(X,\alpha) \tag{5-6}$$

表明产生的驱动力矩 M 除了和被测量有关，还和偏转的角度有关，和被测量呈非线性关系。所以电磁系、电动系仪表的刻度盘刻度不均匀。

测量机构的控制装置作用是产生反作力矩 M 的装置。如果测量机构只有驱动装置，而没有控制装置，则不论被测量 X 是大还是小，可动部分在转动力矩作用下，总是偏转到尽头，好象一杆不挂秤砣的秤，不论被测重量多大，秤杆总是向上翘起。驱动力矩 M 与可动部分偏转角 α 的关系为

$$M=D\times\alpha \tag{5-7}$$

D 表示反作用力矩系数(弹性模量)；α 表示可动部分偏转角。

测量机构的阻尼装置指产生阻尼力矩 M_d 的装置。由于测量机构的可动部分具有一定的转动惯量，会造成指针在平衡位置附近来回摆动为了尽快读数，测量机构必须设有吸收这种振荡能量的阻尼装置，以便产生与可动部分运动方向相反的力矩，即阻尼力矩。

常用的阻尼装置有两种，一种是空气阻尼器，另一种是电磁阻尼。

测量机构的原理：测量线路的作用是把被测量转换为测量机构可接受的过渡量。然后，再通过测量机构把过渡量转换为指针的角位移。在转动到一对应角度后当转动力矩等于反作用力矩时，可动部分就停止，这时对应的偏转角 α 可按下式推得，对于磁电系仪表有

$$F(X)=D\times\alpha \tag{5-8}$$

得

$$\alpha=\frac{F(X)}{D} \tag{5-9}$$

如果用图形表示，则假设转动力矩 M 是 X 的函数，而与可动部分所在的位置 α 无关，转矩曲线是一条与 α 坐标平行的直线，测量机构力矩和反力矩曲线见图 5.5 所示。而 M_α 与 α 成正比，所以反作用力矩曲线是一条向上倾斜的直线。两线的交点就是可动部分平衡点，对应的角度就是停止位置。转动力矩 M 不同时，例如 $M=M'$ 或 $M=M''$，对应的 α 也不同。从图上可以看出，当外界因素(如振动)使可动部分偏离平衡位置时，将使 $M\neq M_\alpha$，从而产生差力矩 $M_b=M-M_\alpha$，这个力矩我们称之为定位力矩。

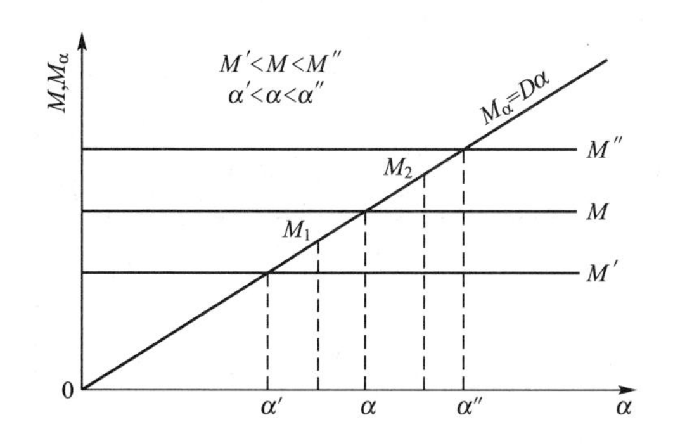

图 5.5 测量机构力矩和反力矩曲线

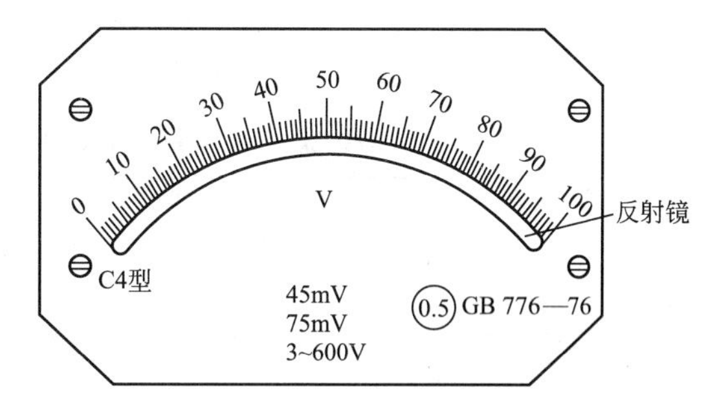

图 5.6 电工仪表的表盘标记

定位力矩将力图使仪表的可动部分返回原来的平衡位置。但是由于轴尖与轴间总是存在摩擦力，可动部分总是没有办法回到原来的平衡点，从而造成仪表的示数误差，这种误差也称为摩擦误差，它是仪表基本误差的一个部分。

为了减少摩擦误差，可以提高游丝反作用力矩系数 D，以便增加定位力矩，也可以想法减轻可动部分的重量，或提高制造精度减少摩擦力矩。

除了用游丝产生反作用力矩外，还可以用张丝、吊丝或重力装置，也有用电磁力产生反作用力矩，例如比率型电表。

4. 电测量仪表的主要技术性能

在国家标准中规定了各类仪表技术性能，其主要指标有：仪表灵敏度；仪表误差；仪表的阻尼时间；机表的功率损耗；仪表的坚固性与可靠性等。

5. 电工仪表的表面标记和型号定义

为了表明电工仪表的基本技术特性，仪表的表面应该有各种相应的标记符号。国家规定每一只仪表应有测量对象的电流种类、单位、工作原理系别、准确等级、工作位置、外

界条件、绝缘强度、仪表型号以及额定值等标志。

常用电工仪表的符号和意义见表5-2。

表5-2 常用电工仪表的符号和意义

分类	符号	名称	被测量的种类
电流种类	—	直流电表	直流电流、电压
	～	交流电表	交流电流、电压、功率
	≃	交直流两用表	直流电量或交流电量
	≋ 或 3～	三相交流电表	三相交流电流、电压、功率
测量对象	(A) (mA) (uA)	安培表、毫安表、微安表	电流
	(V) (kV)	伏特表、千伏表	电压
	(W) (kW)	瓦特表、千瓦表	功率
	[kW·h]	千瓦时表	电能量
	(φ)	相位表	相位差
	(f)	频率表	频率
	(Ω) (MΩ)	欧姆表、兆欧表	电阻、绝缘电阻

任务实施

1. 设备与器材

(1) 电工综合实验台：一台

(2) 电流、电压连接线：若干

(3) 电工常用工具：一套

2. 操作实践内容

(1) 在实验台上，按图5.7所示连接好电路。

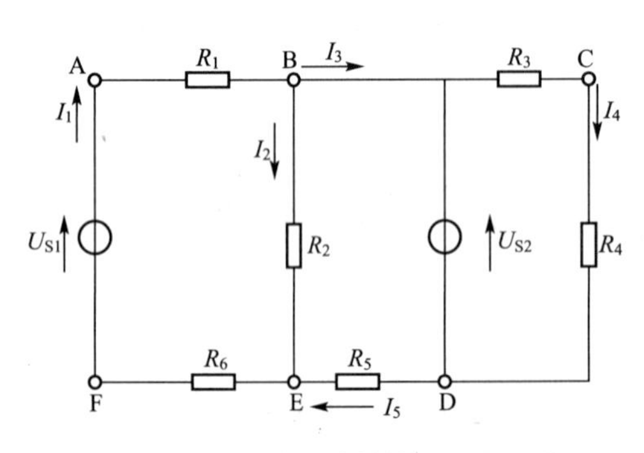

图5.7 实验接线原理图

(2) 图5.7中$U_{S1}=6V$，$U_{S2}=6V$，为直流稳压电源，$R_1=R_3=200\Omega$，$R_2=R_5=R_6=150\Omega$，$R_4=100\Omega$。

(3) 检查电路连接无误后，打开电源开关，开始测量。

(4) 以图5.7中的F点作为电位参考点，用电压表分别测量A、B、C、D、E各点的电位值V及相邻两点之间的电压值U_{AB}、U_{BC}、U_{CD}、U_{DE}、U_{EF}及U_{FA}，数据列于表中。

(5) 在图 5.7 中，用电流表分别测量流过 R_1、R_2、R_3、R_4、R_5 的电流 I_1、I_2、I_3、I_4、I_5，并将测量的数据填入表 5-3(a)、5-3(b)内。

表 5-3(a)

V与U	V_A	V_B	V_C	V_D	V_E	V_F	U_{AB}	U_{BC}	U_{CD}	U_{DE}	U_{EF}	U_{FA}
计算值												
测量值												
相对误差												

表 5-3(b)

电流	I_1	I_2	I_3	I_4	I_5
计算值					
测量值					
相对误差					

3. 误差分析

(1) 在分析数据时往往发观绝对误差大的测量数据，但其误差占其实值百分比可能还小，这表明不能用绝对误差来表误测量的数据，因此衡量对测量结果的影响，要用相对误差。

(2) 上述测量和理论真值有误差，其原因是测量过程中存在系统误差，随机(偶然)误差和疏失误差造成的。

引起各类误差的因素，往往是多方面的，错综复杂的。但可归结为几个主要方面列于表 5-4 中。

表 5-4 引起误差的因素表

方面	系统误差	随机误差
测量方法	依据近似的计算公式，采用近似的测量方法，设计、工艺测量基准不一致等	
测量工具	标准器具或量仪由于设计、制造、装配、调试和使用等造成的缺点	仪器零件形状、尺寸、运动链的间隙、摩擦、磨损及元器件性能不稳定
测量环境	温度、湿度、气压、振动、电磁场等按一定规律变化的干扰	多种环境因素同时变化的综合影响
测量人员	生理特点或不良习惯造成的观测偏差	工作不细，致使在观测、操作等方面造成的随意性差错

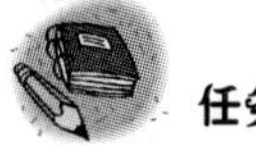

任务小结

本任务要求学生掌握电工仪表的基础知识、仪表使用注意事项和基本操作方法和基本

的电工安全常识。如何正确使用电流电压表的量程和正确读数。

练习按照接线图进行实物接线。并记录数据和分析数据。

测量数据中绝对误差大的测量项，但误差对测量结果的影响，却不见得是最大的。衡量对测量结果的影响，要用相对误差。造成上述测量值和理论真值有误差，其原因是测量过程中存在系统误差、随机(偶然)误差和疏失误差造成的。

引起各类误差的因素，往往是多方面的，错综复杂的。但可归结为几个主要方面列于表 5-5 中。

表 5-5　引起误差的因素

方面	系统误差	随机误差
测量方法	依据近似的计算公式，采用近似的测量方法，设计、工艺测量基准不一致等	
测量工具	标准器具或量仪由于设计、制造、装配、调试和使用等造成的缺点	仪器零件形状、尺寸、运动链的间隙、摩擦、磨损及元器件性能不稳定
测量环境	温度、湿度、气压、振动、电磁场等按一定规律变化的干扰	多种环境因素同时变化的综合影响
测量人员	生理特点或不良习惯造成的观测偏差	工作不细，致使在观测、操作等方面造成的随意性差错

思考与练习

1. 电工仪表测量方式可分哪几类？电工仪表可以分为哪几类？
2. 误差的产生原因是什么？请简述误差常用表示方法。
3. 什么是电工仪表的准确度等级？
4. 请简述磁电式测量指示仪表的组成和基本原理
5. 用 1.0 级量程为 250V、500V 电压表测量 220V 电压各一次，试分别计算其最大相对误差各为多少？并说明正确选择量程的意义。
6. 待测电压约为 100V，现有 0.5 级 0—300V 和 1.0 级 0—100V 两个电压表，问用哪一个电压表测量较好？为什么？
7. 电测量仪表的主要技术性能有哪些？
8. 用量程为 10A 的电流表测实际值为 8A 的电流时，实际读数为 8.1A，求测量的绝对误差和相对误差。
9. 模拟式仪表的指示装置由哪几部分组成，有何用途？

任务 5.2　单相日光灯控制电路接线测试

教学目标	(1) 掌握磁电系、电磁系电流表和电压表的构成、工作原理及扩大量程的方法； (2) 掌握万用表的常用测量原理及使用方法； (3) 掌握单相电能表的构造、工作原理及接线方法。

任务引入

进一步了解和掌握常用的电压电流表、万用表等基本原理和使用方法，针对民用照明线路进行训练和简单照明电路的装接。通过任务的实施，学习装接照明电路过程、分析与使用万用表测量线路以及检查线路与排除故障的方法。

任务分析

在熟练日光灯照明电路的工作原理后进行电路安装和检测，掌握通电前的电路检测技能，使用万用表来检测白炽灯照明电路常见故障方法。本任务的重点是万用表的使用方法。

相关知识

按工作原理，电工仪表可以分为磁电式仪表、电磁式仪表、电动式仪表等。

5.2.1　磁电式仪表

1. 结构

磁电式仪表的基本测量机构由固定部分和可动部分组成，如图 5.8 所示，其特点是由一个或几个永久磁铁和一个或几个载流线圈所构成的磁场能量来推动可动部分偏转。可动部分的转动力矩中由永久磁铁与载流线圈的磁场相互作用产生的。磁电式测量机构根据可动部分是载流线圈还是永久磁铁，可分为动圈式和动磁式两类。在动圈式仪表中根据永久磁铁安装的位置不同，又分为三种：外磁式、内磁式和内外磁相结合三种形式。固定的磁路由马蹄形永久磁铁、磁轭、极掌和圆柱形铁心组成，在它们之间的空隙内，形成强辐射状的均匀磁场。安装在气隙中的动框，是一个用绝缘细导线绕制成的矩形线圈。动框上下的侧面固定着带轴尖的轴尖座，轴尖支撑在轴承的凹槽中，使可动部分可以在气隙中转

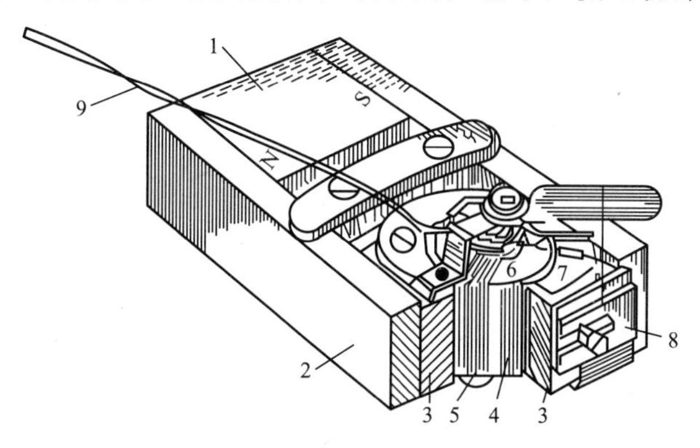

图 5.8　磁电系测量机构

1—永久磁铁　2—磁轭　3—极掌　4—圆柱形铁心
5—动框　6—游丝　7—平衡锤　8—磁分路　9—指针

动。两对游丝的盘旋方向相反，内端与轴固定，外端固定的支架上。游丝不仅产生阻尼力矩，而且是电流引入和引出线。轴上的平衡锤可用来调节可动部分的机械平衡，使可动部分的重心在转轴上。

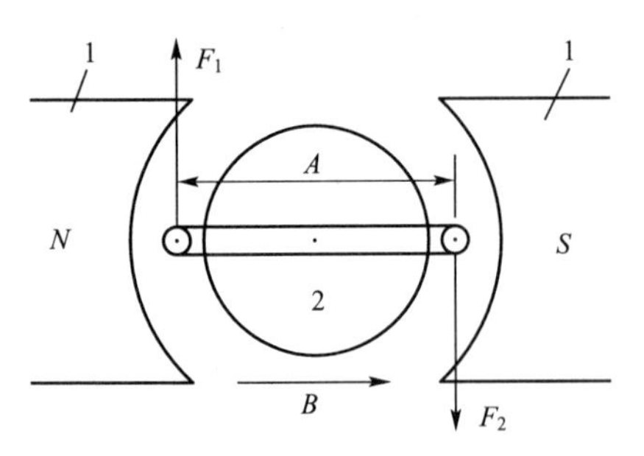

图 5.9　磁电作用原理

1—永久磁铁　2—圆柱形磁铁

3—可动线圈

2. 工作原理

磁电式仪表的工作原理是以永久磁铁间隙中的磁场与载流线圈相互作用为基础。当可动线圈中有电流通过时，根据左手定理，在可动线圈的两个侧边上将产生如图 5.9 所示的 F_1 和 F_2

$$F=F_1=F_2=BNIl \tag{5-10}$$

式中，B 为空气隙中的磁感应强度，N 为线圈的匝数，I 为通过线圈的电流，l 为线圈中受力边的长度，若在线圈上产生的转动力矩为 M，则

$$M=\frac{b}{2}F_1+\frac{b}{2}F_2=bF=bBNIl=SBNI \tag{5-11}$$

式中，b 为线圈非受力边的长度，即线圈的宽度；S 为线圈的有效面积，即 $S=bI$ 在转矩的作用下，使可动部分转动。此时仪表的游丝被扭转而产生一个反作用力矩 M_α。当偏转角随着测量电流 I 增大时，游丝的反作用力矩也增大，因此有

$$M_\alpha=D\cdot\alpha \tag{5-12}$$

式中，D 为游丝反矩系数，α 为指针的偏转角。当转动力矩与反作用力矩相等时，表头上的指针就静止在稳定的偏转位置，此时有 $M=M_\alpha$。即

$$\alpha=\frac{SBN}{D}I=S_iI \tag{5-13}$$

式中，S_i 称为测量机构的电流灵敏度。可见，仪表线圈的偏转角与线圈的面积 S、匝数 N、磁感应强度 B、以及通过线圈的电流 I 成正比，与游丝的反作用力矩系数 D 成反比。电表中的 S、N 和 D 都是定值。由于磁间隙中的磁场是均匀辐射的，在工作范围内，B 值也是不变的。因此线圈的偏转角仅与线圈中通过的电流 I 成正比，而且刻度尺是均匀的。

磁电式仪表只能用于直流电路测量，交流会使仪表线圈发热，电流过大时甚至可能使仪表线圈烧毁，但不会使仪表可动部分发生偏转，仪表可动部分受惯性影响，其偏转只能反映瞬时转矩的平均值。对于正弦波形的交流电来说，在一个周期内的转矩平均值为零，仪表无指示。因此磁电式仪表不能在交流电路中使用。

磁电式仪表的特点：

(1) 准确度高；

(2) 灵敏度高；

(3) 刻度均匀；

(4) 功耗小；

(5) 过载能力小；

(6) 只能测量直流。

3. 技术特性和应用范围

磁电式仪表与其它指示仪表相比具有以下特点：灵敏度高、工作稳定可靠、功率消耗

小、受环境外磁场的影响小、刻度均匀、制成多量程的仪表比较容易实现。其缺点是只能测量直流、过载能力小、结构复杂和成本高等。磁电式仪表按测量对象不同，可分为电流表和电压表。

如果可动线圈通入交流电，转矩 M 的方向也会随之变化。如果电流变化的频率小于可动部分的固有频率，指针将会随电流变化左右摇摆。如果电流变化的频率高于可动部分的固有频率，指针偏转角将与一个周期内的转矩平均值有关，对于正弦变化的交流电其平均转矩为零，也就是指针将停在原处不动，所以磁电系仪表不能用于测量交流，只有配上整流器组成整流式仪表后才能用于交流测量。

5.2.2　电磁式仪表

1. 结构

电磁式仪表是一种交直流两用的测量仪表，其测量机构主要由通过电流的固定线圈和处于固定线圈内的可动软磁铁心组成，可分为吸引型、排斥型和排斥-吸引型三种基本类型。一般结构由固定线圈和偏心装在转轴的可动铁心、转轴上装的指针、阻尼翼片、游丝组成。下面介绍吸引型的测量机构工作原理。

吸引型测量机构如图 5.10 所示。它是扁平型的固定线圈和可动的软磁铁心所组成。扁线圈中的中间有一条窄缝。在可动部分的转轴上，还固定有指针、游丝、平衡锤和阻尼片。当被测量的电流通过固定线圈时，在线圈的窄缝中就产生磁场。在磁场的电磁力作用下，软磁铁心被吸入线圈的窄缝，带动可动部分偏转，当偏转到的转动力矩与游丝的反作用力矩平衡时，指针就稳定下来。当被测量电流的方向改变时，则磁场方向及铁心被磁化的极性也同时改变，所以相互之间的吸引作用仍保持不变，也就是转动力矩的方向不变，由此可知转动力矩的方向与电流方向的变化无关，因此电磁系仪表能用于交流电路的测量。

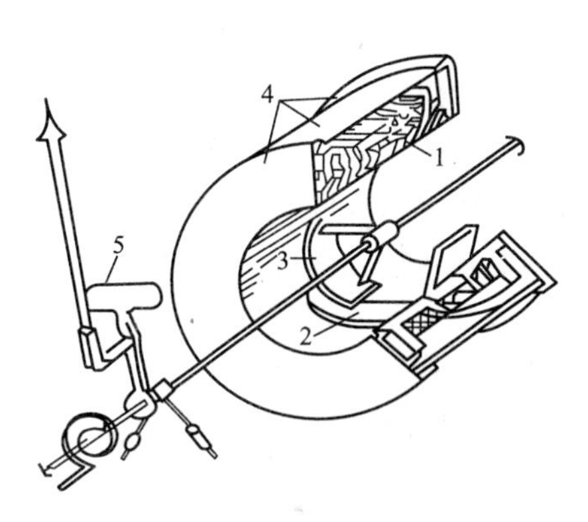

图 5.10　电磁系线圈测量机构

1—线圈　2—固定线圈　3—可动铁心
4—磁屏蔽　5—磁感应阻尼片

2. 工作原理

当线圈通有电流时，产生磁场，偏心铁片被磁化，而与固定线圈互相吸引，产生偏心力矩，而带动指针偏转。在线圈通有交流电流的情况下，由于两铁片的极性同时改变，所以仍然产生推斥或吸引力。

在交流电路中，固定线圈的磁场使可动体发生偏转的电磁能量为

$$W=\frac{1}{2}Li^2 \tag{5-14}$$

式中，i 为通过线圈的电流，L 为线圈的电感。此时电磁能量是用来产生转矩的，测量机构的瞬时转动力矩为

$$M_t=\frac{dW}{dt}=\frac{1}{2}i^2\frac{dL}{d\alpha} \tag{5-15}$$

可动部分的平均转矩为

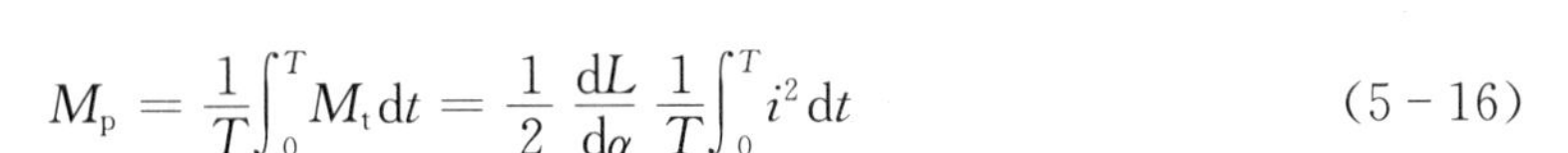

$$M_p = \frac{1}{T}\int_0^T M_t \mathrm{d}t = \frac{1}{2}\frac{\mathrm{d}L}{\mathrm{d}\alpha}\frac{1}{T}\int_0^T i^2 \mathrm{d}t \tag{5-16}$$

式中，$\frac{1}{T}\int_0^T i^2 \mathrm{d}t = I^2$（$l$ 是交流电流的有效值）。因此电磁系仪表的转动力矩为

$$M_p = \frac{1}{2}I^2\frac{\mathrm{d}L}{\mathrm{d}\alpha} = K_f I^2 \tag{5-17}$$

式中，K_f表示频率为 f 时仪表的系数。若电磁系仪表用于直流电路时，则转矩为

$$M = K_0 I^2 \tag{5-18}$$

式中，K_0 为直流条件下仪表的系数。反作用力矩由游丝产生，反作用力矩为

$$M_\alpha = D \cdot \alpha \tag{5-19}$$

当转动力矩平衡时，$M_p = M_\alpha$，即

$$D \cdot \alpha = \frac{1}{2}I^2\frac{\mathrm{d}L}{\mathrm{d}\alpha} \tag{5-20}$$

$$\alpha = \frac{1}{2D}I^2\frac{\mathrm{d}L}{\mathrm{d}\alpha} \tag{5-21}$$

由于当 $\mathrm{d}L/\mathrm{d}\alpha$ 为常数时，偏转角与通过线圈的电流的平方成正比，所以电磁系仪表的刻度特性是非线性，前密后疏。

3. 技术特性和应用范围

电磁式仪表是测量交流电压与交流电流的最常用一种仪表。它具有结构简单，过载能力强、造价低廉以及交直流两用等一系列优点。在实验室和工程仪表中应用十分广泛。

电磁式仪表即可用于测量直流，也可以用于测量交流。因为线圈电流方向改变时，线圈磁极性和铁心磁极性同时改变，而保持受力方向不变。这是电磁系仪表特点之一。

电磁式仪表特点：

(1) 仪表结构简单；

(2) 仪表中铁磁物质存在着磁滞误差；

(3) 灵敏度较低，受外磁场影响大、功耗大；

(4) 感抗大、不易用于高频测量。

5.2.3 电动式仪表

1. 结构

电动式测量机构是利用载流导线间的互相作用来推动可动部分的偏转。测量机构如图 5.11 所示。电动式仪表的测量机构是由固定部分和可动部分两部分组成的。固定部分是固定线圈；可动部分是由装在轴上的可动线圈、游丝、指针、平衡锤及空气阻尼片等构成，固定线圈通常分成两个部分，并且在空间上相距一定的距离，以使由固定线圈产生的磁场比较均匀。两个线圈可以接成

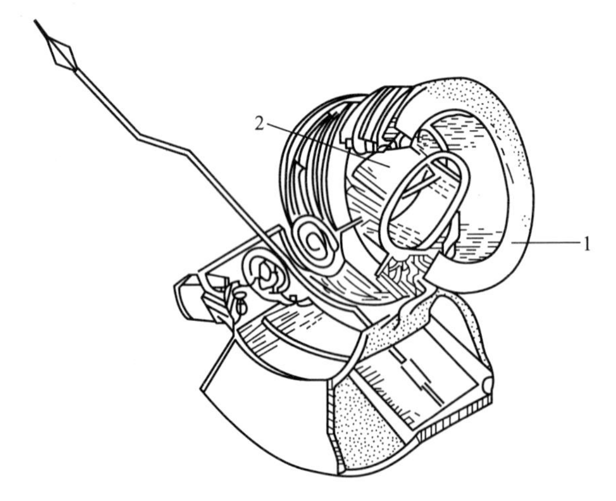

图 5.11 电动式测量机构

1—固定线圈 2—可动线圈

串联或并联。可动线圈可以在固定线圈两部分之间的空间里自由转动。一对游丝彼此是相互绝缘的，它也是可动线圈的电流引入或导出线。

2. 工作原理

电动式仪表是由可动线圈中电流所产生的磁场与一个或几个固定线圈中的电流所产生的磁场相互作用而工作的仪表。

其工作原理是当固定线圈通入电流 i_1 时，产生磁场；可动线圈通入电流 i_2，则载流线圈在磁场中受到磁场力作用从而产生转动力矩。反作用力矩由游丝产生，阻尼力矩由阻尼片产生。在直流工作时，固定线圈的电流为 I_1、自感为 L_1、可动线圈的电流 I_2、自感为 L_2，固定线圈与可动线圈的互感为 M_{12}，则机构的系统能量为

$$W=\frac{1}{2}L_1I_1^2+\frac{1}{2}L_2I_2^2+M_{12}I_1I_2 \tag{5-22}$$

转动力矩为

$$M=\frac{\mathrm{d}W}{\mathrm{d}\alpha}=\frac{1}{2}I_1^2\frac{\mathrm{d}L_1}{\mathrm{d}\alpha}+\frac{1}{2}I_2^2\frac{\mathrm{d}L_2}{\mathrm{d}\alpha}+I_1I_2\frac{\mathrm{d}M_{12}}{\mathrm{d}\alpha} \tag{5-23}$$

当可动部分偏转时，固定线圈和可动线圈的电感 L_1 和 L_2 是不变的，因此转动力矩可写为

$$M=I_1I_2\frac{\mathrm{d}M_{12}}{\mathrm{d}\alpha} \tag{5-24}$$

当转动力矩等于反作用力矩时，可动部分平衡，则有

$$I_1I_2\frac{\mathrm{d}M_{12}}{\mathrm{d}\alpha}=D\alpha \tag{5-25}$$

$$\alpha=\frac{1}{D}I_1I_2\frac{\mathrm{d}M_{12}}{\mathrm{d}\alpha} \tag{5-26}$$

因此，偏转角正比于电流的乘积及互感对偏转角的导数。当电流 I_1 和 I_2 方向同时改变时，转动力矩的方向保持不变，因此这种测量机构可以测量直流，也可以测量交流。

当线圈通入交流电时，若两个交流电流的瞬时值分别为 i_1 和 i_2，则可动部分的瞬时转动力矩为

$$M_{\mathrm{t}}=i_1i_2\frac{\mathrm{d}M_{12}}{\mathrm{d}\alpha} \tag{5-27}$$

由于电动式测量机构的可动部分转动惯性较大，不能及时随瞬时转矩变化，所以它的偏转取决于一个周期内的平均转矩 M_{p}

$$M_{\mathrm{p}}=\frac{1}{T}\int_0^T M_{\mathrm{t}}\mathrm{d}T=\frac{\mathrm{d}M_{12}}{\mathrm{d}\alpha}\cdot\frac{1}{T}\int_0^T i_1i_2\mathrm{d}t \tag{5-28}$$

若电流 i_1 和 i_2 按正弦规律变化，两者之间的相位差为 φ，则平均转矩可写为

$$M_{\mathrm{p}}=I_1I_2\cos\varphi\cdot\frac{\mathrm{d}M_{12}}{\mathrm{d}\alpha}=K_\alpha I_1I_2\cos\varphi \tag{5-29}$$

式中，I_1 和 I_2 为电流 i_1 和 i_2 的有效值。

当转矩和反作用力矩平衡时偏转角为

$$\alpha=\frac{1}{D}I_1I_2\cos\varphi\cdot\frac{\mathrm{d}M_{12}}{\mathrm{d}\alpha}=KI_1I_2\cos\varphi \tag{5-30}$$

电动式仪表有其独特的优点。采用这种结构不仅可以制成精确度等级为 0.5 以上的仪

表，用来准确地测量电流、电压和功率，而且还可以用来测量功率因数、频率、电容及电感等。电流表、电压表和功率表不仅可以在直流电路中使用，而且可以在频率为 15Hz 至 2500Hz 甚至更高的频率的交流电路中使用。

3. 技术特性和应用范围

电动式仪表用于交流精密测量及作为标准表，与电磁式相比最大区别是以可动线圈代替可动铁心，可以消除磁滞和涡流的影响，使它的准确度得到提高。另外电动式有固定和可动两套线圈，可以用来测量功率、电能等与两个电量有关的物理量。

电动式仪表的特点：

(1) 准确度高；

(2) 可以交直流两用，可精确测量电压、电流、功率还可以测量功率因数、频率、电容、电感和相位差；

(3) 易受外磁场影响；

(4) 本身消耗的功率较大；

(5) 过载能力小；

(6) 电动系电流表、电压表的标度尺刻度不均匀。

各类仪表的符号及测量范围比较见表 5－6。

表 5－6　各类仪表的符号及测量范围比较

型式	符号	被测量的种类	电流的种类与频率
磁电式		电流、电压、电阻	直流
整流式		电流、电压	工频及较高频率的交流
电磁式		电流、电压	直流及工频交流
电动式		电流、电压、功率、功率因数、电能量	直流及工频与较高频率的交流

5.2.4　电工仪表电流、电压的测量

通常测量直流电流用磁电式电流表，而测量交流电流主要采用电磁式电流表。

测量电流时电流表应串联在电路中。为了使电路的工作不受接入电流表的影响，电流表的内阻必须很小。采用磁电式电流表测量电流时，为了扩大它的量程，在测量机构上并联一个称为分流器的低值电阻 R_A。电流表与分流器接线示意原理图如图 5.12 所示。图中 I_0 与 I 的关系为

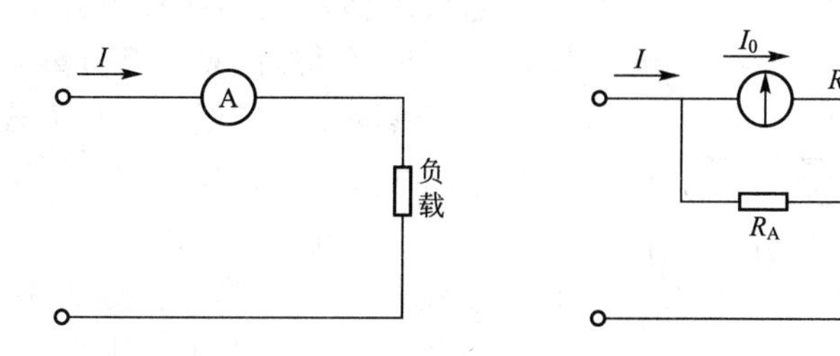

图 5.12　电流表与分流器接线示意原理图

$$I_0=\frac{R_A}{R_0+R_A}I \tag{5-31}$$

即

$$R_A=\frac{R_0}{\frac{I}{I_0}-1} \tag{5-32}$$

式中，R_0是测量机构的电阻

注意：用电流互感器扩大电磁式电流表的量程，而不用分流器。

测量直流电压常用磁电式电压表，而测量交流电压常用电磁式电压表。电压表应并联在欲测电压的负载、电源或一段电路中。为了使电路的工作不受接入电压表的影响，电压表的内阻必须很大。为了扩大电压表的量程，应在测量机构上串联一个称为倍压器的高值电阻R_V。

电压表和倍压器接线示意原理图如图 5.13 所示。

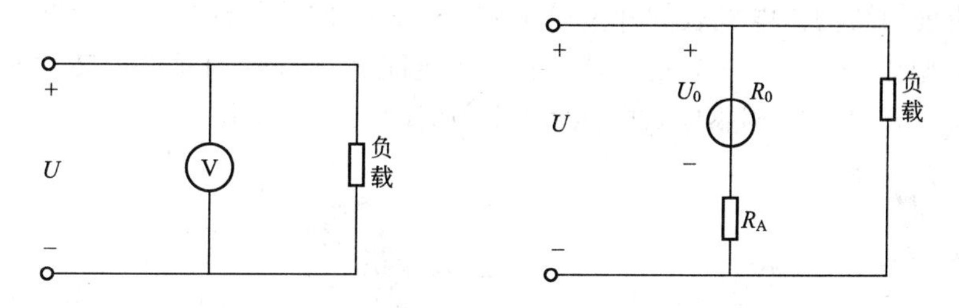

图 5.13　电压表和倍压器接线示意原理图

由图中可得

$$\frac{U}{U_0}=\frac{R_0+R_V}{R_0} \tag{5-33}$$

即

$$R_V=R_0\left(\frac{U}{U_0}-1\right) \tag{5-34}$$

5.2.5　功率表与电能表

1. 电功率表

(1) 功率表的工作原理。多数功率表是根据电动式仪表的工作原理来测量电路功率的。

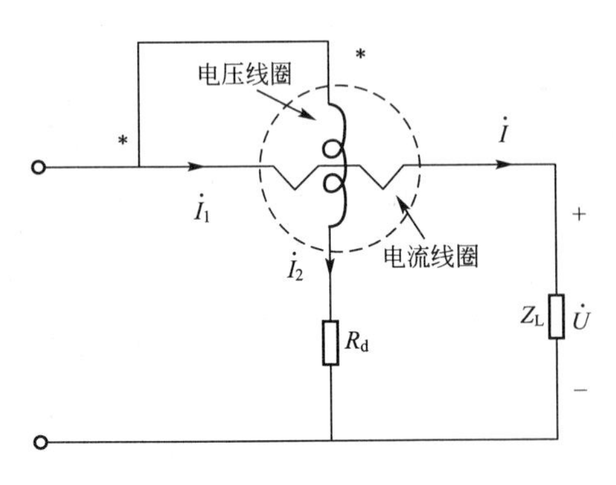

图 5.14　电动系功率表测量线路

电动系功率表的测量电路如图 5.14 所示，固定线圈和可动线圈是相互分离的。在一般情况下，电流线圈是固定线圈，与负载串联；电压线圈是可动线圈，与分压电阻 R_d 串联后与负载并联。功率标的电压线圈和电流线圈的接线端都有一端标有“ * ”符号，称为电源端，接线时应并联在一起。如果把电流线圈接反，指针将反转。

(2) 功率表的选择。在选择功率表时，首先要考虑功率表的量程，必须使其电流量程能允许通过负载电流，电压量程能承受负载电压。

(3) 功率表的使用。电动式功率表指针的偏转方向是由通过电流线圈的电流方向决定的，如果改变其中一个线圈中电流的方向，指针就将反转。对于三相平衡负载电路总功率的测量，由于三相平衡负载的每相负载所消耗的功率相同，只需用一只功率表测量一相负载的功率，然后乘以 3 即可得三相总功率。

在三相四线制电路中，三相负载不平衡，要测量其总功率需使用三只功率表。

2. 电能表

电能表是计量电能的仪表，即能测量某一段时间内所消耗的电能。电能表按用途分为有功电能表和无功电能表两种，它们分别计量有功功率和无功功率；按结构分为单相表和三相表两种，单相电能表外观如图 5.15 所示。

(1) 电能表的结构。电能表的种类虽不同，但其结构是一样的。它由两部分组成：一部分是固定的电磁铁，另一部分是活动的铝盘。电能表都有驱动元件、转动元件、制动元件、计数机构等部件。单相感应式电能表的结构如图 5.16 所示。

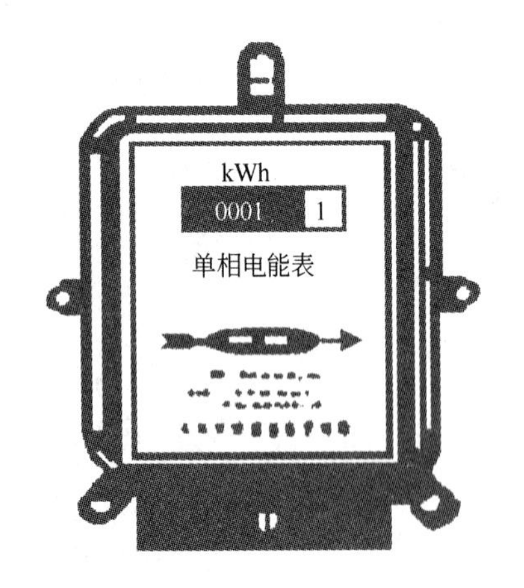

图 5.15　单相电能表外观图

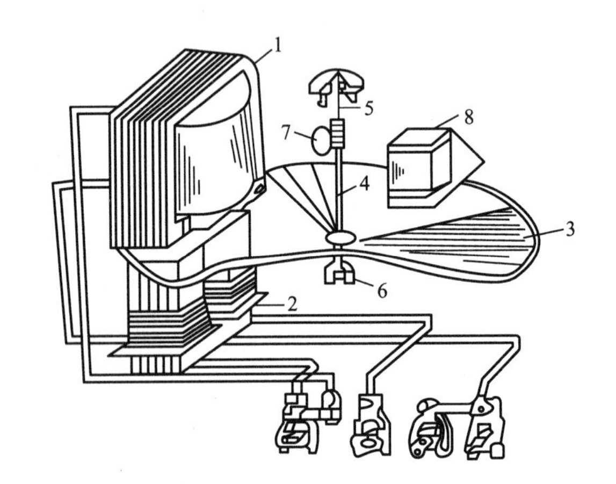

图 5.16　单相感应式电能表的结构

1—电压组件　2—电流组件　3—铝制圆盘　4—转轴
5—上轴承　6—下轴承　7—计数器　8—制动磁钢

三相与单相感应式电能表在结构上的不同点是电磁组件和铝制圆盘个数不等，因而基架、底座、外壳等都存在一定的差异，但其转动原理都完全一样，由测量机构和辅助组件

两大部分组成。测量机构是电能表的核心部分，它包括以下五个部分。

驱动部分：也称驱动组件，它由电压组件 1 和电流组件 2 组成。其作用是产生驱动磁场，并与圆盘相互作用产生驱动力矩，使电能表的转动部分作旋转运动。

转动部分：由铝制圆盘 3 和转轴 4 组成，并配以支撑转动的轴承。轴承分为上、下两部分，上轴承 5 主要起导向作用；下轴承 6 主要用来承担转动部分的全部重量，它是影响电能表准确度及使用寿命的主要部件，因此对其质量要求较高。感应式长寿命技术电能表一般采用没有直接摩擦的磁力轴承。

制动部分：它由永久磁铁和磁轭组成，其作用是在铝制圆盘转动时产生制动力矩使其匀速旋转，并使转速与负荷的大小呈正比。

计数部分：即计数器 7，蜗轮通过减速轮、字码轮把电能表铝制圆盘的转数变成与电能量相对应的指示值，其显示单位就是电能表的计量单位，有功电能表的计量单位是 kW·h，无功电能表的计量单位是 kVar·h。

辅助部件：它包括基架、底座、表盖、端钮盒和铭牌等。

(2) 电能表转动原理。有功电能表接入被测电路后，被测电压加在电压线圈上，在铁心中形成一个交变磁通，这个磁通的一部分由经磁板穿过圆盘回到铁心中而闭合，磁板由铁板制成，一端固定在左右铁轭，另一端伸入圆盘下部，与隔着圆盘的电压元件铁心相对应，构成电压线圈工作磁通回路。另一部分非工作磁通，不穿过圆盘，由左右铁轭构成回路。负荷电流通过电流线圈后，也在电流线圈的铁心中形成一个交变磁通，这个磁通由铁心的一端由下至上穿过圆盘，再由上至下穿过圆盘回到铁心的另一端。

穿过圆盘的两个交变磁通，是在不同位置穿过圆盘，因此在各自穿过圆盘的位置附近产生感应涡流。这些感应涡流与穿过圆盘的两个磁通相互作用，便在圆盘上形成了推动圆盘转动的转动力矩。可以证明，转动圈数 $nt=CPt=CW$，过程如下。

平均转矩 M_P 与被测电路的有功功率成正比，即：

$$M_P=K_U I\cos\Phi=KP \tag{5-35}$$

式中，K 为比例常数。

圆盘转动切割制动元件的磁通 Φ_f，在圆盘上产生涡流 i_f，i_f 与 Φ_f 相互作用，形成作用于圆盘上与其转动方向相反的制动力矩 M_f。制动力矩和圆盘转速 n 成正比，即：

$$M_f=Rn \tag{5-36}$$

式中，R 为比例常数。

当制动力矩与转动力矩平衡时，转速稳定，可得平衡条件 $M_P=M_f$，将公式(5-36)代入公式(5-35)

$$Rn=KP \tag{5-37}$$

转速

$$n=\frac{R}{K}P=CP \tag{5-38}$$

式中，C 为电能表比例常数(每千瓦时盘转数)，将式(5-38)两端乘以测量时间 t 得

$$nt=CPt=CW \tag{5-39}$$

式中，nt 是在测量时间 t 内电能表的圆盘总转数，以 N 表示，所以被测负荷在时间 t 内所消耗的电能为 CW。在设计电能表积算机构的传动比中，已经考虑了这个常数 C，并标注在电能表的铭牌上，所以从积算器字轮窗口上可以直接读出被测电能表量值。

在任何时候，当负荷增加时，转动力矩超过制动力矩，转盘即呈加速转动，但当转盘增速时，切割磁场而产生的制动力矩也相应增加，结果使制动力矩与转动力矩相平衡，转速重新作恒速运动。即负荷与转盘速度成正比。

现有单相电能表分转盘式和电子式两种，电子式有插卡式和分时段计价等多种，目前普遍采用的还是转盘式，正在推广使用的是分时段计价的电子电能表。单相电能表的接线盒内共有四个接线桩，从左到右按 1、2、3、4 编号。1、3 号桩接电源进线，2、4 号桩接出线，1、2 号柱为火线，3、4 号柱为中性线。在实际使用中以接线盒盖所示接线图为准。

5.2.6 万用表

万用表可测量多种电量，有指针式和数字式两种。虽然其准确度不高，但是使用简单，携带方便，特别适用于检查线路和修理电气设备，万用表外形图见图 5.17 所示。磁电式万用表由磁电式微安表、若干分流器和倍压器、半导体二极管及转换开关等组成，可用来测量直流电流、直流电压、交流电压和电阻等。以磁电式万用表 MF－30 为例讲解。

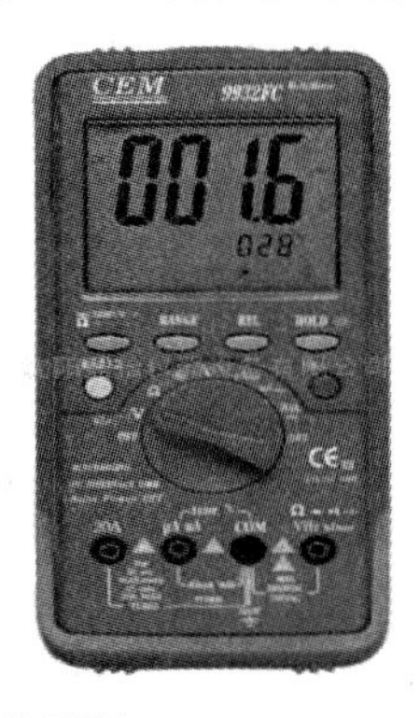

图 5.17　万用表外形图

1. 直流电流的测量

使用万用表电流挡测量电流时，应将万用表串联在被测电路中，因为只有串联连接才能使流过电流表的电流与被测支路电流相同。测量时，应断开被测支路，将万用表红、黑表笔串接在被断开的两点之间。注意红、黑表棒的极性，红表棒要接在被测电路的电流输入端，黑表棒接在被测电路的电流输出端。

针对图 5.12 测量电流有时不能满足测量范围的需要可采用独立分挡式或闭路抽头式电流表。抽头式直流表的测量如图 5.18 所示，直流电流的测量如图 5.18 所示，被测电流从“＋”、“－”两端进出。RA1～RA5 是分流器电阻，改变转换开关的位置，就可改变电流的量程。

2. 直流电压的测量

电压测量时，让万用表并联在电路中，并使转换开关一定要在直流电压挡的合适量程上。

针对图 5.13 测量直流电压一般不能满足要求，当要测量不同范围的电压值时，必须改进电路，从而产生了独立分挡式、串联抽头式和混合式直流电压表。串联抽头式直流电压表的测量如图 5.19 所示，直流电压的测量如图 5.19 所示，被测电压加在“＋”、“－”两端。R_{V1}、R_{V2}…是倍压器电阻，改变转换开关的位置，就可改变电压的量程。量程愈大，倍压器的电阻也愈大。仪表的灵敏度可以表明这一特征。

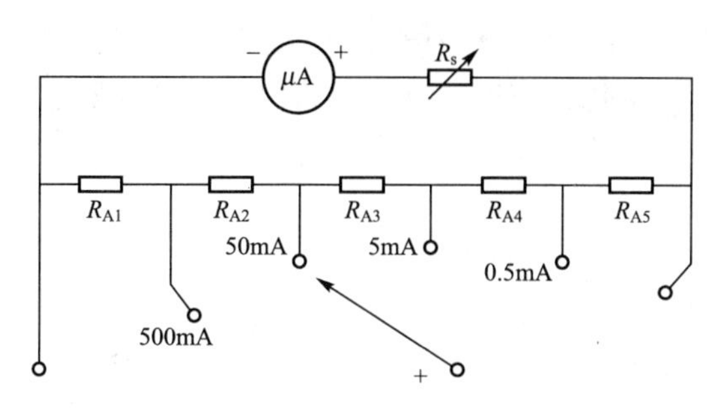

图 5.18 直流电流的测量

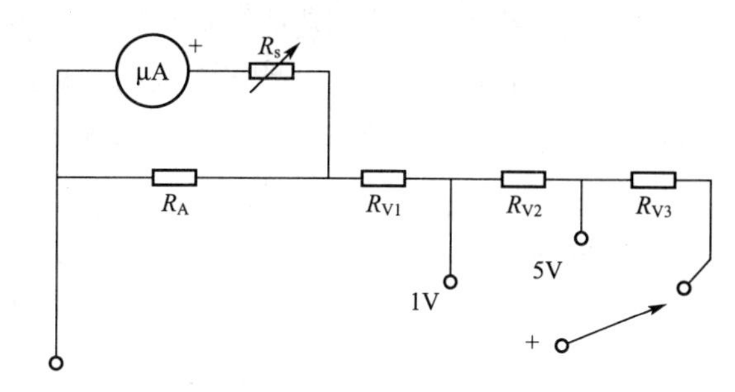

图 5.19 直流电压的测量

仪表的灵敏度是用仪表总内阻除以电压量程。灵敏度愈高，被测电路受仪表的影响愈小。MF－30 万用表在直流电压 25V 挡上仪表的总内阻为 500kΩ，则这挡的灵敏度为 500kΩ/25V＝20kΩ/V。

3. 交流电压的测量

交流电压测量电路是在直流电压测量基础上配上整流电路组合而成的。在交流电压测量中，扩大量程的倍率器结构与直流电压测量用的倍率器相同，测量的原理有多种，其中串阻抽头半波整流式交流电压的测量如图 5.20 所示，交流电压的测量如图 5.20 所示，被测电压加在“＋”、“－”两端。在正半周时，设电流从“＋”流进，经二极管 D_1，部分电流经微安表流出。在负半周时，电流直接经 D_2 从“＋”端流出。可见，通过微安表的是半波电流，读数为该电流的平均值。为此，表中加一 600Ω 交流调整电位器，用来改变表盘刻度；R_{V1}、R_{V2}，是倍压电阻，用以改变电压量程。万用表交流电压挡的灵敏度一般较直流电压挡低。MF－30 万用表交流电压挡的灵敏度为 5kΩ/V。

4. 电阻的测量

电阻的测量主要是依据流经电阻的电流和电压之间的关系来确定的，MF－30 万用表测量电阻的电路如图 5.21 所示，由图可知测量电阻需要万用表自带电源，同时可推导待测电阻值和电流表头的示值有一定的函数关系，说明从表头的示值可读出待测电阻值。测量电阻时，先把范围选择开关调至测量电阻(Ω)范围内合适挡位上，如×1 档。被测电阻加在“＋”、“－”两端。测量前应将“＋”、“－”两端短接，看指针是否偏转最大而指在零，否则应转动零欧姆调节电位器进行校正。然后把两根表笔搭在欲测电阻的两端，就可在电阻标度线上读出指针所指的数值，该数值乘以范围选择开关所指的倍数就得到所测电阻的阻值。

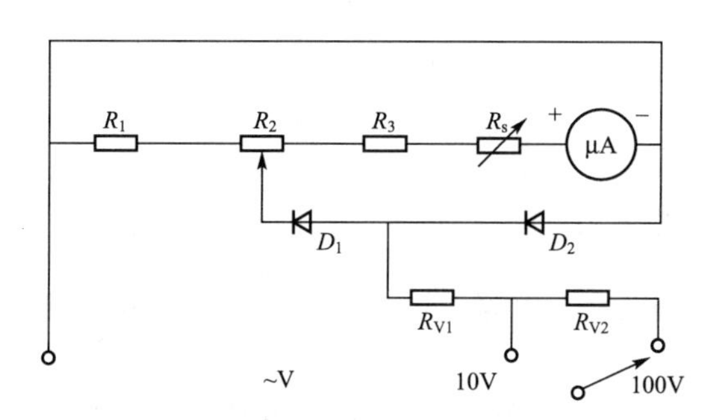

图 5.20 交流电压的测量

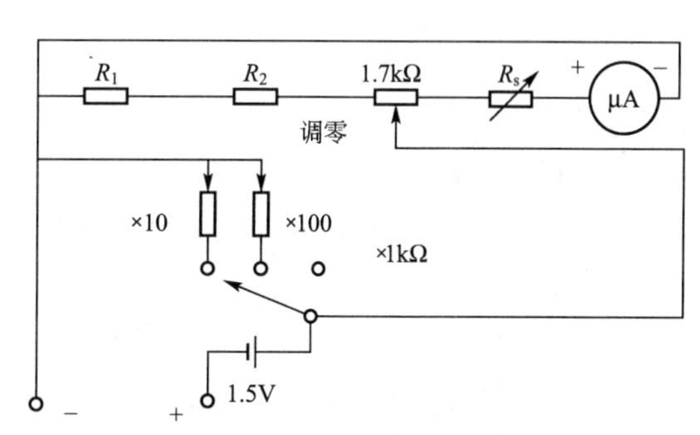

图 5.21 电阻的测量

数字万用表的结构和功能从被测输入端到接入表头的部分与模拟表部分相同，其与模拟表的区别在于数字万用表是将测量的结果进行数字化，使用AD转换将测量值变成数字值，通过数字显示驱动电路，将测量结果以数字的形式由液晶显示屏显示出来。

特别提示

万用表使用注意事项

使用电阻挡绝对不能在带电线路上测量电阻。用毕将转换开关转到高电压挡。

万用表使用前准备：将万用表水平放置；检查指针；插好表笔；检查电池；选择项目和量程。

万用表测电流方法：选择量程；将万用表与被测电路串联；正确读数。

万用表测电压方法：选择量程；将万用表与被测电路并联；正确读数。

万用表测电阻方法：选择量程；欧姆调零；测量电阻。

万用表的维护：拔出表笔；将量程选择开关拨到“OFF”或交流电压最高档，防止下次开始测量时不慎烧坏万用表；若长期搁置不用时，应将万用表中的电池取出，以防电池电解液渗漏而腐蚀内部电路；平时对万用表要保持干燥、清洁，严禁振动和机械冲击。

用万用表检测线路：用交流电压表检查电源时可用万用表交流电压挡检查电源电压是否为220V或380V。用万用表电阻挡检查电路接线情况时，断开总开关，选用倍率适当的电阻挡，并欧姆调零。

(1) 导线连接检查：将表笔分别搭在同一根导线两端上，万用表读数应为“0”。

(2) 电路检查：接通负载开关时，万用表读数应有读数；断开负载开关时，万用表读数应为“∞”。

任务实施

1. 设备与器材

(1) 万用表：一块

(2) 单相电能表：一块

(3) 单相空气开关：两个

(4) 日光灯：一个

(5) 白炽灯：一个

(6) 2.5mm^2 铝塑导线：若干

(7) 电工常用工具：一套

2. 操作实践内容

进行简单照明电路的装接。装接照明电路、分析与使用万用表测量线路的方法；检查线路与排除故障。

图5.22是日常生活中常见的日光灯照明电路图。电路由电能表、开关、白炽灯、日光灯和插座等电器组成。

(1) 将照明线路安装接线完。安装完检查无误后合上电源空气开关QF_1后，单相电能表不转；再合上QF_2，此时电路进入通电状态。

(2) 合上开关K_1，白炽灯EL点亮，电能表表盘旋转(从左到右转)，开始计量电能。

(3) 合上K_2，日光灯点亮，由于日光灯和白炽灯同时点亮，负荷增大，电能表转速比

刚才的速度快了。

(4) 插座接通，左边是零线，右边是火线。电压是相电压 220V。

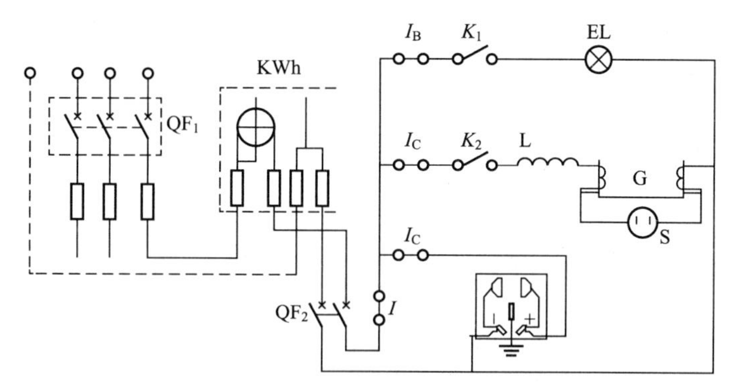

图 5.22 日光灯照明电路图

3. 工作实践过程

(1) 按图 5.22 所示电路准备好所需的元器件。按电路图或接线图从电源端开始，逐段核对接线有无漏接、错接之处，检查导线接点是否符合要求，压接是否牢固，以免带负载运行时产生闪弧现象。

(2) 用万用表测量所用元件的好坏。根据测量各种开关、白炽灯、镇流器、日光灯等判断他们的好坏。

(3) 根据工艺要求按图装接好线路。

(4) 用万用表检查线路情况，将万用表置于 2K 欧姆档，两表笔放在 QF_2 下方火线零线上，如果一开始读数为零，则说明线路火线零线有直接短路现象，要马上寻找短路点。寻找短路点，也采用万用表 2K 欧姆档测电阻方法测量，一是检查线路有无短接，二是检查白炽灯、日光灯和插座用电设备有无短路现象。若一开始有某具体读数时，可按下开关 K_1 读数为无穷大或是一开始读数无穷大按下开关 K_1 后读数有一定电阻值表明火线到零线线路正常，也表明白炽灯线路正常。

(5) 分开 QF_2，合上 QF_1，将万用表打到交流电压挡，测量 QF_2 上端头有否 220V 的交流电压。

(6) 通过上述检查正确无短路后，合上开光 QF_1、QF_2 接通电源，合上 K_1、K_2 观察白炽灯、日光灯的发光情况。

(7) 用万用表交流电压挡测量插座上的电压是否为 220V，是否是左零右火。

(8) 通电完毕，断开 QF_2、QF_1，切断电源。

特别提示

注 意 事 项

(1) 电压源不可短路，电流源不可开路，不可超过量程，不能误用电流挡去量测电源电压。

(2) 测量交流电压/电流时应先预估待测节点电压/支路电流，选择大一档量程读取数据，按挡位换算。

(3) 测量直流电压/电流时，红色表笔为正，黑色为负。如果反偏，说明实际电压/电流方向与参考方向相反，对调表笔即可。

(4) 测量电阻时待测电路或元件必须不带电，可用于判断电路通断。

(5) 不同挡位如何读数？

① 先进行调零，使指针指向“0”。

② 选择合适挡位，表盘格数为100，计算每格对应读数。

③ 如果挡位是10V，则实际读数为32.5×0.1V=3.25V。

任务小结

本任务讲解了基本的电流、电压、电阻、功率(电能)等测量的基本原理和测量方法。通过一个单相交流照明电路来要求学生接线并调试电路的任务来理解掌握相关的知识和能力。并要求学生在操作时要重点注意以下内容。

(1) 电压源不可短路，电流源不可开路，不可超过量程，不能误用电流挡去量测电源电压。

(2) 测量交流电压/电流时应先预估待测节点电压/支路电流，选择大一档量程　读取数据，按挡位换算。

(3) 测量直流电压/电流时，红色表笔为正，黑色为负。如果反偏，说明实际电压/电流方向与参考方向相反，对调表笔即可。

(4) 测量电阻时待测电路或元件必须不带电，可用于判断电路通断。

思考与练习

1. 一个磁电系测量机构，满刻度电流为100μA，内阻为500Ω，如果将其制成量程为50V和500V的多量程串联式电压表，求各分压电阻值，并画出原理图。

2. 现用量程为2A、300V的功率表测量功率，如果功率表的标度尺分格数为150格，指针指示为90格，求负载的实际消耗功率为多少？

3. 一磁电系测量机构，满刻度电流为100μA，内阻为500Ω，如果要将其改制成量程为1mA、10mA、100mA和1A的闭环式多量程的电流表，求各分流电阻值，并画出原理图。

4. 电压表与电流表有何区别？

5. 电动系仪表用于测量交流或直流时，其偏转特性有何不同？

6. 为什么磁电系结构的测量仪只能测直流电，而不能测交流电，怎样才能测交流电？

7. 单相电能表接线时相线与中性线是否可以颠倒，为什么？

8. 请简述单相电能表的工作原理。

9. 请简述万用表使用前准备和测量电压、电流、电阻等参数的过程。

10. 按工作原理电工仪表可以主要分为几种？

任务5.3　新装电机试转前的试验

学习目标	(1) 掌握绝缘电阻的测量的方法； (2) 了解掌握直流电桥的工作原理和测量方法； (3) 了解变压器直流电阻测试仪的方法； (4) 掌握钳式电流表的使用方法； (5) 了解工业电动机投运前要做的相关试验。

任务引入

除盐水系统是火力发电厂化学水系统重要组成部分。除盐水系统调试要求电气专业先将电气部分调试结束后才能进行。电气专业应完成了电气回路的铺设、开关调试结束，电机本体检查及安装等工序。本任务电机的控制 MCC 柜安装完成并已送电，MCC 柜上有显示母线电压的电压表，每个 MCC 柜的馈线均设计了电流表监视电机运行的电流。根据国家安装工程质量标准和要求电气专业试运前要做好以下实验项目，参数合格后方可电机带机务专业试转。主要测量的参数有：电机空载电流值；电动机的启动电流；电机三相电流相对值；电机绕组绝缘电阻；电机绕组的直流电阻等。

本任务由于 MCC 柜内已安装接线完成的电流电压表和电流互感器(具体见前面变压器内容)，实验项目只需要万用表、绝缘摇表、电机电阻测试仪、钳式电流表等实验仪器。

任务分析

电动机试转前做相关试验是电动机安全运行和维护的重要环节和有效手段之一。所测得的数据可作为以后电动机维护的重要依据。对低压电动机空载电流一般不超过其额定值的 30%。启动电流为额定值 4～12 倍，是保护装置完整的重要依据。电动机其余几项试验是反映电动机是否接地或匝间短路故障。本任务的难点是电动机直流电阻的测量。

相关知识

1. 绝缘电阻的测量

兆欧表是一种利用磁电式流比计线路来测量高电阻的仪表，常用于测量各种电机、电缆、变压器、电讯元器件、家用电器和其他电气设备的绝缘电阻，故又叫绝缘电阻表。主要由磁电式流比计与手摇直流发电机组成，绝缘电阻表原理和实物图如图 5.23 所示。

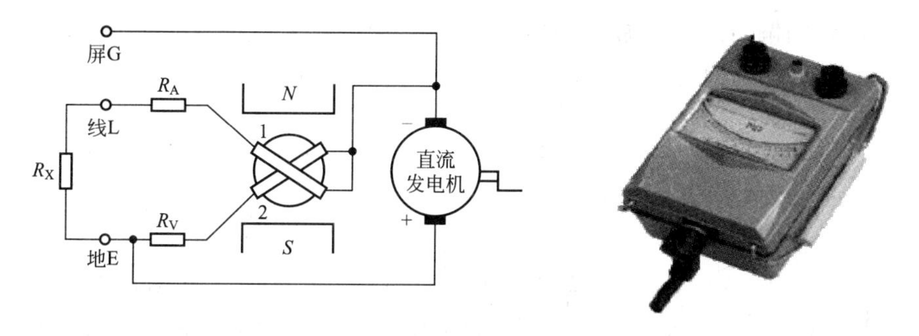

图 5.23　绝缘电阻表原理和实物图

流比计是用电磁力代替游丝产生反作用力矩的仪表。它与一般磁电式仪表不同，除了不用游丝产生反作用力矩外，还有两个区别，一是空气隙中的磁感应强度不均匀，二是可动部分有两个绕向相反且互成一定角度的线圈。线圈 1 用于产生转动力矩，线圈 2 用于产生反作用力力矩。被测电阻接在 L(线)和 E(地)两个端子上，形成了两个回路，一个是电

流回路，一个是电压回路。电流回路从电源正端经被测电阻 R_X、限流电阻 R_A、可动线圈 1 回到电源负端。电压回路从电源正端经限流电阻 R_V、可动线圈 2 回到电源负端。由于空气隙中的磁感应强度不均匀，因此两个线圈产生的转矩 T_1 和 T_2 不仅与流过线圈的电流 I_1、I_2 有关，还与可动部分的偏转角 α 有关。当 $T_1=T_2$，可动部分处于平衡状态，其偏转角 α 是两个线圈电流 I_1、I_2 比值的函数(故称为流比计)，具体如下。

测量时两线圈中的电流分别为

$$I_2=\frac{U}{R_V+R_2};\quad I_1=\frac{U}{R_A+R_1+R_X} \tag{5-40}$$

两线圈受磁场作用产生两个方向相反的转矩，分别为

$$T_1=K_1I_1f_1(\alpha);\quad T_2=K_2I_2f_2(\alpha) \tag{5-41}$$

平衡时

$$T_1=T_2$$

即

$$\frac{I_1}{I_2}=\frac{K_2f_2(\alpha)}{K_1f_1(\alpha)} \tag{5-42}$$

或

$$\alpha=f\left(\frac{I_2}{I_1}\right) \tag{5-43}$$

偏转角 α 与两线圈中电流之比有关，故称为流比计。

由于

$$\frac{I_2}{I_1}=\frac{R_A+R_1+R_X}{R_V+R_2}$$

所以

$$\alpha=f\left(\frac{R_A+R_1+R_X}{R_V+R_2}\right)=f'(R_X) \tag{5-44}$$

可见 α 与被测电阻有一定的函数关系，因此仪表刻度尺可以直接按电阻来分度。

因为限流电阻 R_A、R_V 为固定值，在发电机电压不变时，电压回路的电流 I_1 为常数，电流回路电流 I_2 的大小与被测电阻 R_X 的大小成反比，所以流比计指针的偏转角 α 能直接反映被测电阻 R_X 的大小。

流比计指针的偏转角与电源电压的变化无关，电源电压 U 的波动对转动力矩和反作用力矩的干扰是相同的，因此流比计的准确度与电压无关。但测量绝缘电阻时，绝缘电阻值与所承受的电压有关。摇手摇发电机时，摇的速度须按规定，而且要摇够一定的时间。常用的兆欧表的手摇发电机的电压在规定转速下有 500V 和 1000V 两种，可根据需要选用。因电压很高，测量时应注意安全。

兆欧表的接线端钮有 3 个，分别标有“G(屏)”、“L(线)”、“E(地)”。被测的电阻接在 L 和 E 之间，G 端的作用是为了消除表壳表面 L、E 两端间的漏电和被测绝缘物表面漏电的影响。在进行一般测量时，把被测绝缘物接在 L、E 之间即可。但测量表面不干净或潮湿的对象时，为了准确地测出绝缘材料内部的绝缘电阻，就必须使用 G 端，图 5.24 所示为绝缘电阻表测量电缆绝缘电阻的接线图。

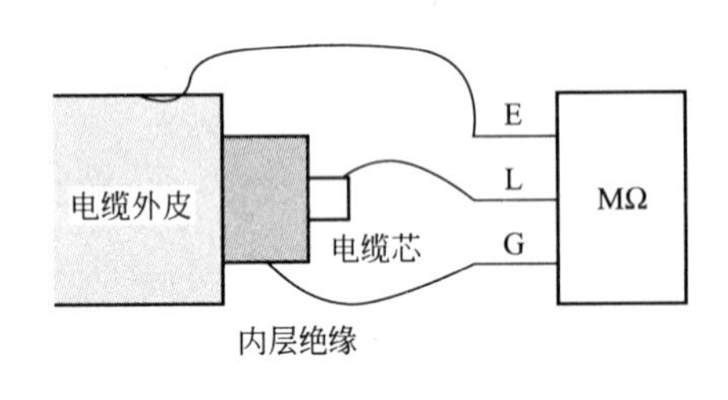

图 5.24　绝缘电阻表测量电缆绝缘电阻的接线图

2. 直流电阻测量

不同测量直流电阻的仪器的原理是不同的，但是他们的基本原理都是建立在欧姆定律的基础之上。即在需要测试的试品上输入一个直流电流，从而测量出它的直流电阻。

用于测量直流电阻的仪器有以下两种方法，一是测量小容量元器件的电阻值方法，二是测量大容量感性设备的电阻值方法。前者多采用电桥来测量，后者多采用专用的变压器直流电阻仪来测量。下面分别对它们的原理和使用方法进行详细的介绍。

(1) 直流电桥。电桥是一种利用电位比较的方法进行测量的仪器，因为具有很高的灵敏度和准确性，在电测技术和自动控制测量应用极为广泛。电桥可分为直流电桥与交流电桥。直流电桥又分直流单电桥和直流双电桥。直流单电桥(惠斯通电桥)适于测量 $10\sim10^6\Omega$ 中阻值电阻。直流双电桥(开尔文电桥)适于测量 $10^{-5}\sim10\Omega$ 低阻值电阻。

① 单电桥测电阻原理。惠斯通电桥是最常用的直流电桥，单臂电桥原理图见图5.25所示。由三个精密电阻及一个待测电阻组成四个桥臂。对角A、C两端接电源，B、D之间连接一个检流计作“桥”，直接比较两端的电位。当达到平衡时桥两端电位相等，$I_g=0$。此时

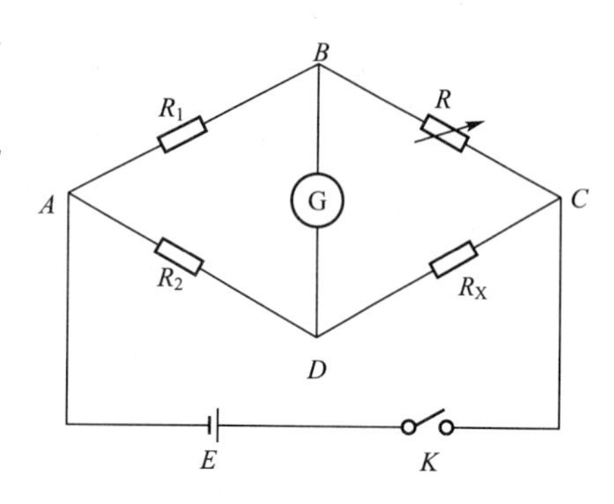

图 5.25　单臂电桥原理图

$$\frac{R_X}{R}=\frac{R_2}{R_1} \tag{5-45}$$

根据电桥的平衡条件，若已知其中三个臂的电阻，就可以计算出另一个桥臂的电阻

$$R_X=\frac{R_2}{R_1}R=CR \tag{5-46}$$

QJ-23型携带式直流单臂电桥是一种常见的惠斯通单电桥。

QJ-23型携带式单电桥介绍，如图5.26所示，单电桥电路图如图5.27所示。

图 5.26　QJ-23型携带式单电桥

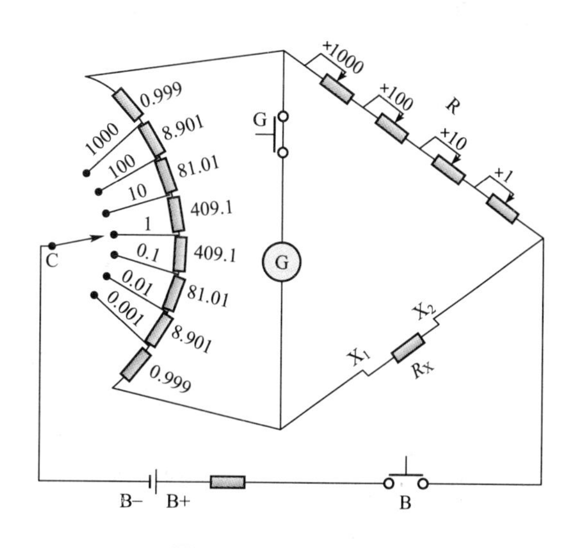

图 5.27　单电桥电路图

刻度盘示值 $C=R_2/R_1$，分为 0.001.0.01.0.1.1.10.100.1000 共七挡；

测量臂 R：由四个十进位电阻盘组成×1000，×100，×10，×1；

端钮 X_1 和 X_2 接被测电阻；

电流计 G 用作平衡指示器；

电源 B，使用内带电池，接通 B、G 按钮。

② 双电桥测低电阻的原理。单电桥测几欧姆的低电阻时，由于引线电阻和接触电阻 r（约 $10^{-2}\sim10^{-4}\Omega$）已经不可忽略，致使测量值误差较大。改进办法是将其中的低电阻桥臂改为四端接法，并增接一对高电阻，如图 5.28 所示为双臂电桥原理图。

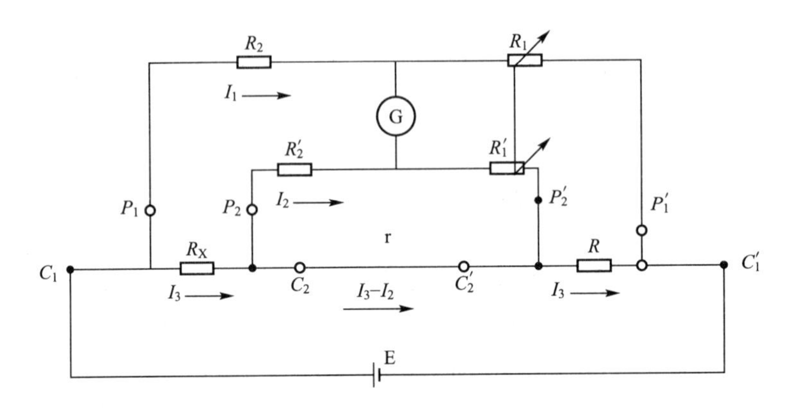

图 5.28　双臂电桥原理图

改用四线接法后的等效电路如图 5.29 所示。

四线接法等效电路图如图 5.30 所示。r_1，r_2 串联在电源回路中，其影响可忽略。r_3，r_4 接高电阻，其影响也可忽略。

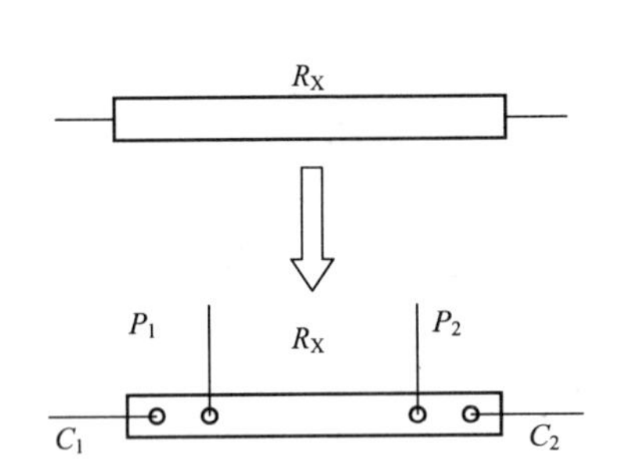

图 5.29　四线接法

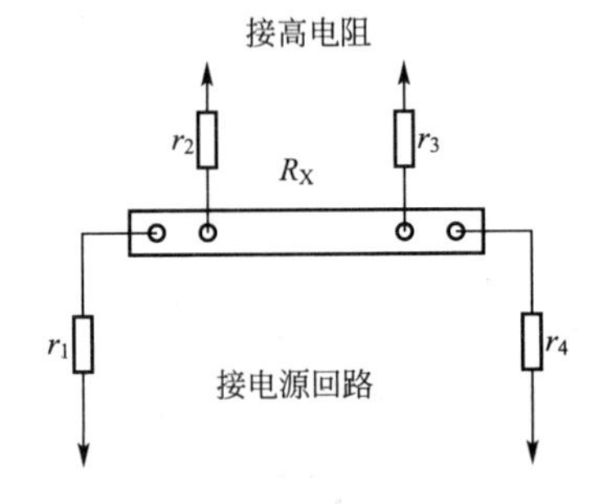

图 5.30　四线接法等效电路图

由电路方程解得

$$R_X=\frac{R_2}{R_1}R+\frac{rR_1'}{R_1'+R_2'+r}\left(\frac{R_2}{R_1}-\frac{R_2'}{R_1'}\right) \tag{5-47}$$

使 r 尽量小，并将两对比率臂做成联动机构，尽量使$\frac{R_2'}{R_1'}=\frac{R_2}{R_1}$，则

$$R_X=\frac{R_2}{R_1}R=CR \tag{5-48}$$

QJ－44型携带式直流双臂电桥是一种常见的直流双电桥。

QJ－44型携带式双电桥介绍：

QJ－44型携带式双电桥见图5.31所示双电桥电路图如图5.32所示。

图5.31　QJ－44型携带式双电桥

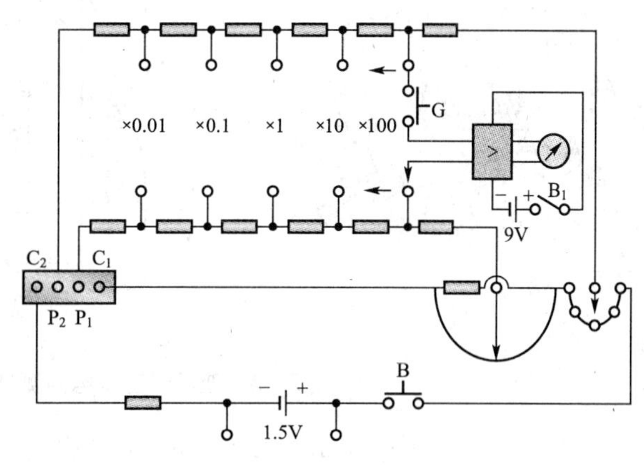

图5.32　双电桥电路图

比率C：$C=R_2/R_1$，分为×0.01，×0.1，×1，×10，×100五档；

测量盘：由粗调盘和细调盘组成。粗调盘有0.01～0.1十档，细调盘从0.0000～0.001连续可调，还应再估读一位；

高灵敏度电流计：由放大器和电流表组成。灵敏度旋钮逆时针转到头为迟钝位置，顺时针转到头为最灵敏位置，内接放大器电源：由开关B_1接通，不用时务必断开B_1，以免耗电。调零旋钮每改变灵敏度，要调整零点；

另外B，G按钮宜跃按；待测低电阻必须采用四端接法。

③ 直流电桥测量电阻的过程。

单电桥测电阻过程：

a. 测量前，接好电源，调节电流计零点。

b. 预置C、R根据待测电阻的大约值及$R_X=CR$的关系，将R盘置为千位数，再定C的大小。如欲测100Ω的电阻，将R置于1000，C选0.1，可测出四位有效位数。

c. 跃按B、G按钮，调节测量盘R直到平衡。

d. 稍微改变R值，记下ΔR，同时观察检流计并记下指针偏转的格数Δd。

e. 将所得数据填入表格。

f. 实验完毕，要还原仪器。

双电桥测低电阻过程：

a. 测量前接好电源，接通放大器开关，调节电流计零点。

b. 预置C、R，选择原则也是使有效位数尽量多。

c. 从灵敏度最迟钝位置测起，跃按B、G，先调节R粗调盘，再调细调盘，逐步提高灵敏度再测，直到最灵敏时测得值方为准确值。同时注意检查此时的电流计零点。

d. 实验完毕，放大器电源B_1置于“断”。

(2) 变压器直流电阻测试仪。

① 变压器直流电阻测试仪是专为大容量变压器、电动机等感性负载设备测量直流

电阻专门设计的仪器．比如 3381 变压器直流电阻测试仪，原理图与实物图见图 5.33 所示。

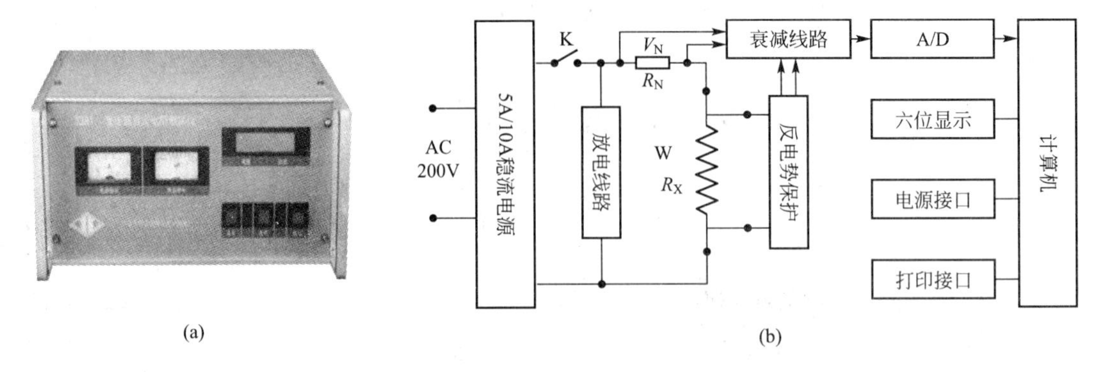

(a)　　　　(b)

图 5.33　变压器直流电阻测试仪实物图与原理图

其中 W 代表绕组，R_X为绕组 W 的直流电阻，当开关 K 闭合时，稳流电源向绕组供电，一开始由于绕组中电感作用电流不能突变，电源工作于非稳流状态，随着供电时间增加，供电电流逐渐增大，当达到稳流电流状态时，即 $dI/dt=0$，绕组表现为纯组性状态，这时测量标准电阻 R_N和绕组 W 两端电位差 V_N及 V_X就可知被测绕组的直流电阻 R_X。

$$R_X=V_X/V_N\times R_N \tag{5-49}$$

绕组测量信号 V_X范围为 0 到 20V，为保证测量精度，V_X先经衰减线路归一到某一范围，这个信号和 V_N送放大器放大，然后送四位半双积型 A/D 进行转换，转换的数字量输入计算机系统做进一步处理。

② 电阻测量按如下步骤进行。

a. 用电源线把仪器与外部 AC 220V 电源连接，合电源开关。为保证测量精度请预热 10 分钟，LCD 后两位为预热时间；进行工作方式选择，按方式键 LCD 前 4 位显示测量方式。

3381 变压器直流电阻测试仪工作方式选择表具体见表 5-7。

表 5-7　3381 变压器直流电阻测试仪工作方式选择表

<table>
<tr><th>LCD 显示位数</th><th colspan="3">LCD 显示内容含义</th></tr>
<tr><td rowspan="3">第一位</td><td rowspan="3">代表测量状态，共分为三钟</td><td>1—表示普通测试</td><td rowspan="7">选择测试方式、输出电流后启动仪器达稳态后显示的数值为测得的电阻值</td></tr>
<tr><td>2—表示铁心五柱，低压角接测试</td></tr>
<tr><td>3—表示温升测试</td></tr>
<tr><td rowspan="4">第二、三位</td><td rowspan="4">表示供电电流</td><td>05—表示 5A 电源供电</td></tr>
<tr><td>10—表示 10A 电源供电</td></tr>
<tr><td>20—表示 20A 电源供电</td></tr>
<tr><td>40—表示 40A 电源供电</td></tr>
</table>

（续）

LCD 显示位数	LCD 显示内容含义		
第四位	表电源状态	0—表示仪器内部稳流电源供电	选择测试方式、输出电流后启动仪器达稳态后显示的数值为测得的电阻值
		1—外扩展电流供电	
第五、六位	时间	预热时间等，以钟为单位，30 秒闪烁一次	

b. 启动。方式选择完毕按下启动键测试开始，电流指示表头指示充电电流，状态指示表头往右偏，代表充电，后两位 LCD 非温升方式时清零，开始纪录测试时间，前四位 LCD 顺序显示如下：

4.0.0.0—仪器内部自检，如闪烁显示表示仪器自检不合格，应复位重新启动。

5.0.0.0—过渡程判断，仪器向绕组供电，输出电流未达到选择的稳流值时显示 5.0.0.0。

6.0.0.n—选择挡位，n 代表挡位，仪器共分六档。

c. 读取数据。仪器自动完成选档后进行直组测试，前四位 LCD 显时组值，单位为 mΩ，待数据稳定后记录或打印。

d. 复位。测试完成后按复位键，电流指示表头为零，仪器放电回路工作，放电计时开始，状态指示表头向左偏，代表放电，回零代表放电结束。

e. 关机。放电完毕，仪器开关至关。

3. 钳形电流表

通常用普通电流表测量电流时，需要将电路切断停机后才能将电流表接入进行测量，这是很麻烦的，有时正常运行的电动机不允许这样做。此时，使用钳式电流表就显得方便多了，可以在不切断电路的情况下来测量电流。指针式交流钳形电流表结构示意图如图 5.34 所示。数显式钳形电流表结构与指针式相似，只不过显示的采用了液晶屏。数显式钳形电流表实物如图 5.35 所示。

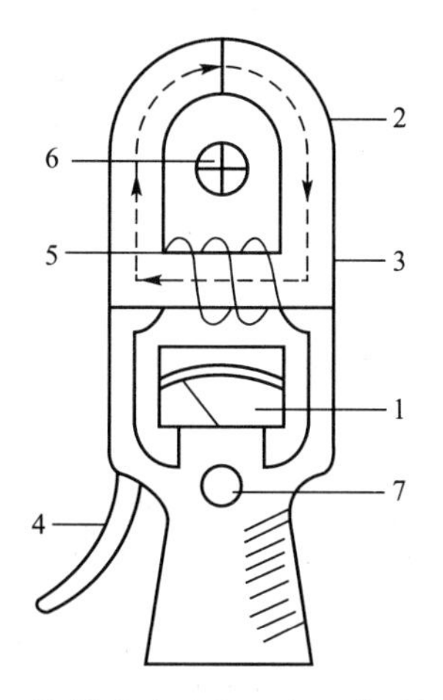

图 5.34　指针式交流钳形电流表结构示意图

1—电流表　2—电流互感器　3—铁心　4—手柄

5—二次绕组　6—被测导线　7—量程开关

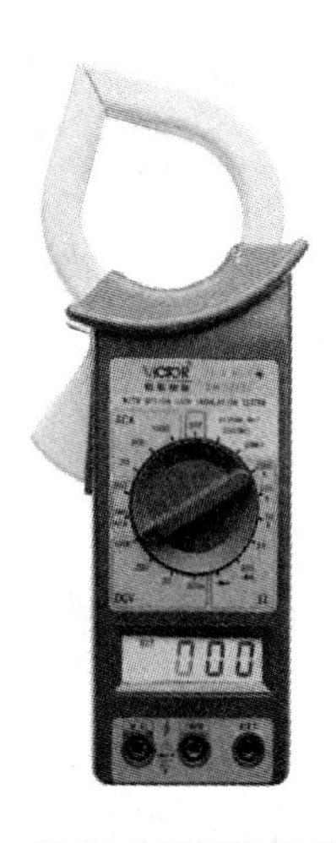

图 5.35　数显式钳形电流表实物图

(1) 钳形电流表工作原理。钳形电流表是由电流互感器和电流表组合而成。电流互感器的铁心在捏紧手柄时可以张开；被测电流所通过的导线可以不必切断就可穿过铁心张开的缺口，当放开扳手后铁心闭合。穿过铁心的被测电路导线就成为电流互感器的一次线圈，其中通过电流便在二次线圈中感应出电流。从而使二次线圈相连接的电流表便有指示即测出被测线路的电流。

钳形表可以通过转换开关的拨档，改换不同的量程。但拨档时不允许带电进行操作。钳形表一般准确度不高，通常为 2.5～5 级。为了使用方便，表内还有不同量程的转换开关供测不同等级电流以及测量电压的功能。多用钳形电流表由钳形电流互感器与万用表组合而成。若将钳形互感器拨出，将表笔插入仪表上方插孔内，便可作为万用表使用。

(2) 钳形电流表的使用注意事项。钳形电流表准确度等级不高，常用于对测量要求不高的场合；测量前应根据被测电路的电流大小，选择相应的测量量程；当被测电路的电流难以估算时，应将量程开关置于最大测量量程；钳形电流表表盘上标尺刻度通常有多条，测量时应对应选择量程开关所置量程的标度尺；当被测量频率较低或正弦波有较大失真时，钳形电流表误差较大；当被测电流较小，表头无法显示时，可将被测导线在钳口来回多绕几圈，所测数据只需除以在钳口所绕圈数，就可反映被测电流值；测量完毕后，应将钳形电流表量程开关置于最高测量量程。

任务实施

1. 设备与器材

(1) 万用表：一块

(2) 绝缘摇表：一台

(3) 直流电桥：一台

(4) 钳式电流表：一个

(5) 2.5mm 铝塑导线：若干

(6) 电工常用工具：一套

2. 操作实践内容

(1) 测量电机相间及相对地绝缘电阻。

(2) 测量电机绕组直流电阻。

(3) 电机绕组交流耐压试验。

(4) 测量电缆绝缘电阻。

(5) 电缆交流耐压试验。

(6) 拆除联轴器连接螺栓，点动电机，确定方向是否正确，如果方向无误则用钳式电流表测量电机启动电流。

(7) 用钳式电流表测电机空载三相电流。

(8) 试运行 2 小时，注意观察电机温度、噪音及电流，并作好记录，如有异常，应立即停机检查，排除故障后再试。

(9) 恢复好联轴器连接螺栓，等机务通知带载试转。

3. 填写电机试验报告

400V电动机试验报告如表5-8。

表5-8　400V电动机试验报告

温度：30℃　湿度：45％　　　　2001年6月28日

装设位置：化水处理室　　　　装设用途：＃1除盐水泵

一、铭牌：

型号：Y250M-2　　城额定功率：55kW　　额定电压：380V　　额定电流：102.6A

额定转速：2970r/min　　频率：50Hz　　相数：3　　接线方式：△

出厂日期：2000.8　　出厂编号：＃981743

制造商：长沙电机厂

二、绝缘电阻：

定子绕组	绝缘电阻(MΩ)
*U*相对*V*、*W*相及地	2500
*V*相对*U*、*W*相及地	2500
*W*相对*V*、*U*相及地	1500

三、直流电阻：

相别	电阻值(Ω)	绕组温度
*U*1*U*2	0.07254	*t*=30℃
*V*1*V*2	0.07215	
*W*1*W*2	0.07218	

四、极性：*U*1、*V*1、*W*1同极性

五、定子绕组交流耐压：

相别	绝缘电阻(MΩ)		加压(kV)	时间(分钟)
	试前	试后		
U	2000	2500	1	1
V	2000	2500	1	1
W	1500	1500	1	1

六、试验仪器：ZC-11D，2500V动摇表；

D9-V电压表，0.5级，＃521·6；

3381直流电阻测试仪，＃101；

工频变压器。

七、判断依据：“GB 50150—91”；

厂家试验报告；

三方约定会议纪要。

八、结论：合格

任务小结

通过本任务的实施，期望进一步加深学生对工业电工测量的知识理解和技能掌握。主要从绝缘电阻测量，小电阻测量，大电感负载电阻测量，运行电路电流测量等几个方面进行。值得注意的是除了本次电机投运前的这些试验外，一般电气设备在投运前要做国家规定的相应绝缘预防性试验，这是保证设备安全运行的重要措施，通过试验，可以发现设备绝缘的缺陷，避免设备绝缘在运行电压下击穿，造成设备损坏。

任务中为什么用兆欧表测量大容量绝缘良好设备的绝缘电阻时，其数值越来越高？实际上，用兆欧表测量绝缘电阻实际上是给绝缘物加上一个直流电压，在此电压作用下，绝缘物产生一个电流 i，所测的得绝缘电阻 $R_j=U/i$。由研究和试验分析得知：在绝缘物上加直流后，产生的总电流 i 由三部分组成：即电容电流、吸收电流、电导电流。测量绝缘电阻时，由于兆欧表电压线圈的电压是固定的，而流过兆欧表电流线圈的电流随时间的延长而变小，故兆欧表反映出来的电阻值越来越高。设备容量越大，吸收电流和电容电流越大，绝缘电阻随时间升高的现象就越明显。

思考与练习

1. 钳形电流表有什么用途？使用时应注意什么问题？
2. 用万用表的绝缘电阻档测量电阻时为什么要“调零”，怎么调？
3. 用绝缘电阻表测量绝缘电阻时受哪些主要因素影响？
4. 使用绝缘电阻表测量绝缘电阻前应做什么准备工作？
5. 为什么不能用万用表的欧姆挡测量电气设备的绝缘电阻？
6. 请简述单电桥和双电桥测量直流电阻的区别？
7. 变压器直流电阻测试仪是专为什么性质的设备测量直流电阻专门设计的仪器？
8. 简述变压器直流电阻测试仪的工作原理。
9. 简述变压器直流电阻测试仪测量电阻的步骤。
10. 简述新装电动机投运前要做哪些试验项目？

模块 6

工业企业供电与安全用电

随着电能应用的不断拓展，以电能为介质的各种电气设备广泛进入企业、社会和家庭生活中，与此同时，使用电气所带来的不安全事故也在不断发生。为了实现电气安全，对电网本身的安全进行保护的同时，更要重视用电的安全问题。因此，学习安全用电基本知识，掌握常规触电防护技术，这是保证用电安全的有效途径。电气危害有两个方面：一是对系统自身的危害，如短路、过电压、绝缘老化等；二是对用电设备、环境和人员的危害，如触电、电气火灾、电压异常升高造成用电设备损坏等，其中尤以触电和电气火灾危害最为严重。触电可直接导致人员伤残、死亡。另外，静电产生的危害也不能忽视，它是电气火灾的原因之一，对电子设备的危害也很大。

任务 6.1　学习供配电基本知识

学习目标	(1) 了解工业企业供配电的基本知识； (2) 了解安全用电的基本常识。

任务引入

电能是人类现代生产和生活的重要能源，属于二次能源。发电厂将一次能源(如煤、油、水、原子能)转换成电能，电能的输送、分配简单经济，便于控制、调节和测量，易于转换为其他形式的能量(如机械能、光能、热能)。因此，电能在现代工农业生产及整个国民经济生活中得到广泛应用。

与此同时，使用电气设备所带来的不安全事故也不断发生。安全用电的技术是学生今后生产、生活中保障自身安全的准则之一，为了实现电气安全必须要重视用电的安全问题。

任务分析

本任务重点介绍供配电系统的基本知识和理论。主要内容为：发电和输电概述，我国电力系统简介，电力系统组成，企业配电系统介绍等，任务后面附有思考题和习题，便于自学和复习。任务详细介绍了企业供配电系统配电的过程，并重点突出和其相关的安全用电基本知识。

相关知识

6.1.1　发电和输电概述

电力是现代工业的主要动力，在各行各业中都得到了广泛的应用。电力系统是发电厂、输电线、变电所及用电设备的总称。

1. 世界电力工业概况

1831 年，法拉第电磁感应定律，为发电机的发明创造了前提条件。

1875 年，法国巴黎火车站。

1879 年，第一座试验电厂。

1882 年，爱迪生小型电力系统 pearl street 有 6 台直流发电机，59 个用户，电压等级 110kV。

1884 年，出现变压器。

1985 年交流最高电压等级 1050kV，出现在前苏联和巴西，直流最高等级为 500kV，电网规模不断扩大，如美加已形成同一电网。

2. 我国电力工业和电力系统简介

(1) 基本发展史。

1882年，英国人在中国成立了上海电气公司。

1911年，杨树浦发电厂动工，1913年开始发电，到1924年，共有12台发电机，装机121MW。

1949年以前，有220kV，154kV等电压等级。

1981年，建成平顶山—武汉，我国第一条500kV交流输电线路。

1989年，建成第一条500kV高压直流输电线路，葛洲坝—上海。

(2) 我国主要电力系统简介。

至今，已建成的跨省电力系统有五个，即华东系统、东北系统、华中系统、华北系统和西北系统。另外，还有南方电网、川渝电网、山东电网、福建电网、海南电网、西藏电网、新疆电网和台湾电网。

3. 电力系统组成

电力系统由发电、输电和配电系统组成。

(1) 发电。发电是将水力、火力、风力、核能和沼气等非电能转换成电能的过程。我国以水利和火力发电为主，近几年也在发展核能发电。发电机组发出的电压一般为6～10kV。

(2) 输电。输电就是将电能输送到用电地区或直接输送到大型用电户。输电网是由35kV及以上的输电线路与其相连接的变电所组成，它是电力系统的主要网络。输电是联系发电厂和用户的中间环节。

输电过程中，一般将发电机组发出的6～10kV电压经升压变压器变为35～500kV高压，通过输电线可远距离将电能传送到各用户，再利用降压变压器将35kV高压变为6～10kV也有高压。

直流输电：整流逆变直流输电能耗小，无线电干扰小，输电线路造价较低，我国有部分线路采用直流输电方式，但逆变和整流部分较复杂。直流输电一次示意图见图6.1所示。

图6.1　直流输电一次示意图

(3) 配电。我国电力系统电压等级有有多个电压等级。其中1kV及以上的电压称为高压，比如35，110，330，550kV等。配电是由10kV级以下的配电线路和配电(降压)变压器所组成。它的作用是将电能降为380/220V低压再分配到各个用户的用电设备。1kV及以下的电压称为低压。有220V，380V。3kV、6kV、10kV的称为中压系统。36V以下的电压称为安全电压。我国规定的安全电压等级有：12V、24V、36V等。

电力系统的示意图如图6.2所示。

我国国家标准规定的电力网额定电压有35kV、110kV、220kV、330kV、500kV。市区一般输电电压为10kV左右，通常需要设置降压变电所，经配电变压器将电压降为380/

220V。市区一般输电电压为10kV左右，通常设置降压变电所，经配电变压器降为380/220V，再引出若干条供电线路到各用电点的配电箱上，配电箱将电能分配给各用电设备。配电系统示意图如图6.3所示。

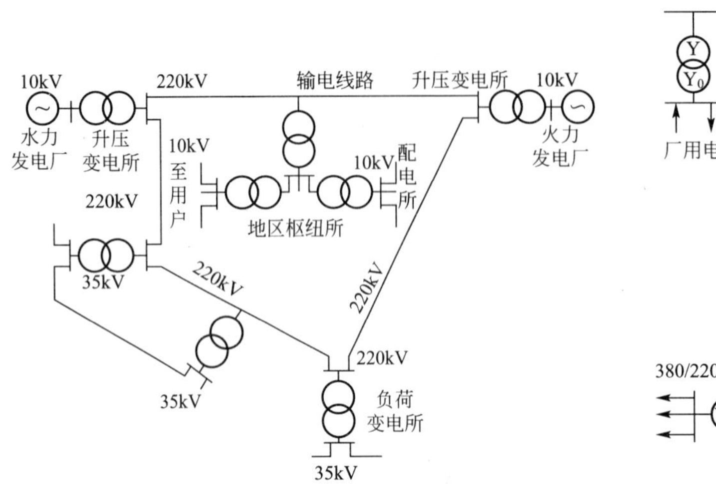

图6.2 电力系统的示意图

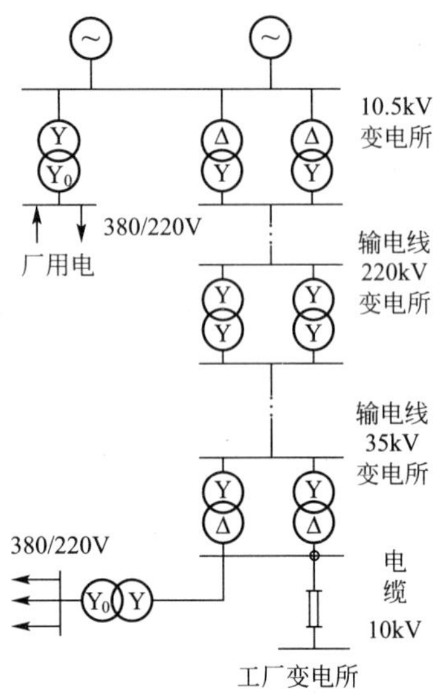

图6.3 配电系统的示意图

6.1.2 工业企业配电

1. 工业企业供电与变电的基本知识

(1) 描述电网的主要参数。

总装机容量：电力系统的总装机容量指该系统中实际安装的发电机组额定有功功率的总和，以千瓦(kW)、兆瓦(MW)、吉瓦(GW)计。

年发电量：指该系统所有发电机组全年实际发出电能的总和，以兆瓦时(MWh)、吉瓦时(GWh)太瓦时(TWh)计。

最大负荷：指规定时间，如一天、一月或一年内，电力系统总有功功率负荷的最大值，以千瓦(kW)、兆瓦(MW)、吉瓦(GW)计。

额定频率：按国家标准规定，我国所有交流电力系统的额定频率均为50Hz。

最高电压等级：同一电力系统中电力线路往往有几种不同电压等级。所谓最高电压等级，是指该系统中最高电压等级电力线路的额定电压，以千伏(kV)计。

地理接线图：电力系统的地理接线图主要显示该系统中发电厂、变电所的地理位置，电力线路的路径，以及它们相互间的连接。

电气接线图：电力系统的电气接线图主要显示该系统中发电机、变压器、母线、断路器、电力线路之间的电气接线。

(2) 电能用户。电能用户又称电力负荷。在电力系统中，一切消费电能的用电设备均称为电能用户。

电能用户分类见表6-1：

表 6-1 电能用户分类

分类依据	类　别	分类依据	类　别
按电流分	直流设备	按频率分	低频(50Hz 以下)
	交流设备		工频(50Hz)
按工作制分	连续运行设备		中、高频(50Hz 以上)设备
	短时运行	按电压分	低压设备：1000V 及以下的设备
	反复短时运行设备		高压设备：高于 1000V 的设备

(3) 电力负荷。所谓电力负荷是指发电厂或电力系统中，在某一时刻所承担的各类用电设备消费电功率的总和，叫电力负荷，单位为 kW。虽然电力负荷的标准单位为 kW，但在实际运行工作中经常用电流来表示负荷。

电力负荷分类的方法比较多，主要有以下几种。

用电负荷：用户的用电设备在某一时刻实际取用的功率的总和。通俗来讲就是用户在某一时刻对电力系统所要求的功率。从电力系统来讲，则是指该时刻为了满足用户用电所须具备的发电出力。

线路损失负荷：电能在输送过程中发生的功率和能量损失称为线路损失负荷。

供电负荷：用电负荷加上同一时刻的线路损失负荷称为供电负荷。

厂用负荷：发电厂厂用设备所消耗的功率称为厂用负荷。

发电负荷：供电负荷加上同一时刻各发电厂的厂用负荷，构成电网的全部生产负荷，称为电网发电负荷。

① 按电力系统中负荷发生的时间对负荷分类：

高峰负荷：是指电网或用户在一天时间内所发生的最大负荷值。通常选一天 24 小时中最高的一个小时的平均负荷为最高负荷。

最低负荷：是指电网或用户在一天 24 小时内发生的用电量最小的一点的小时平均电量。

平均负荷：是指电网或用户在某一段确定时间阶段内的平均小时用电量。

② 根据突然中断供电所造成的损失程度分类：

一级负荷：是指突然中断供电将会造成人身伤亡或会引起周围环境严重污染的；将会造成经济上的巨大损失的；将会造成社会秩序严重混乱或在政治上产生严重影响的。

二级负荷：是指突然中断供电会造成经济上较大损失的；将会造成社会秩序混乱或政治上产生较大影响的。

三级负荷：是指不属于上述一类和二类负荷的其他负荷。

用电负荷的这种分类方法，其主要目的是为确定供电工程设计和建设标准，保证使建成投入运行的供电工程的供电可靠性能满足生产或安全、社会安定的需要。

2. 工业企业供电系统简介

供配电系统由总降压变电所(高压配电所)、高压配电线路、车间变电所、低压配电线路及用电设备组成。

(1) 一次变压的供配电系统。只有一个降压变电所的一次变压供配电系统如图 6.4 所示，将 6～10kV 电压降为 380/220V 电压的变电所。这种变电所通常称为车间变电所。

拥有高压配电所的一次变压供配电系统如图 6.5 所示。

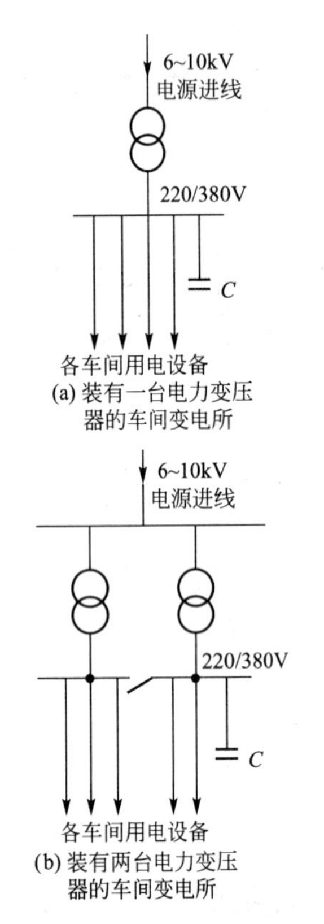

图 6.4　只有一个降压变电所的一次变压供配电系统

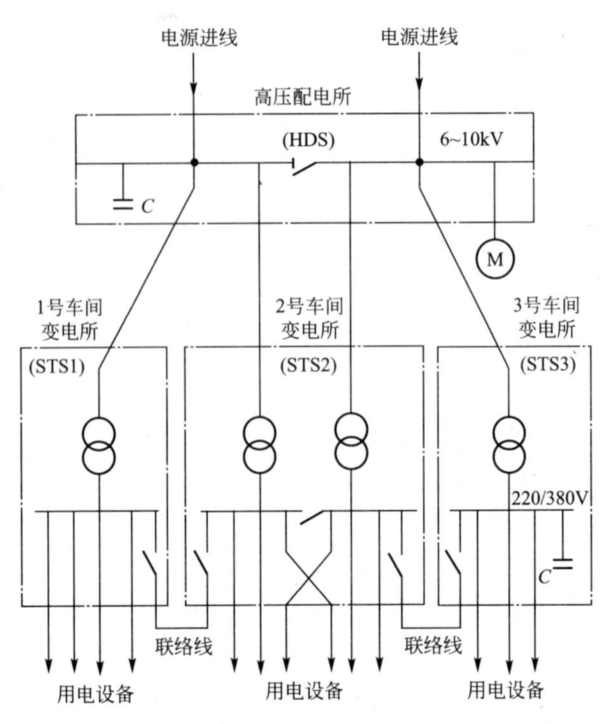

图 6.5　具有高压配电所的一次变压供配电系统

高压深入负荷中心的一次变压供配电系统的特点是节省一级变压，简化了供配电系统，节约有色金属，降低电能损耗和电压损耗，提高了供电质量，而且有利于工厂电力负荷的发展。

(2) 二次变压的供配电系统如图 6.6 所示。大型工厂和某些电力负荷较大的中型工厂，一般采用具有总降压变电所的二次变压供电系统。

(3) 低压供配电系统如图 6.7 所示。无高压用电设备且用电设备总容量较小的小型工

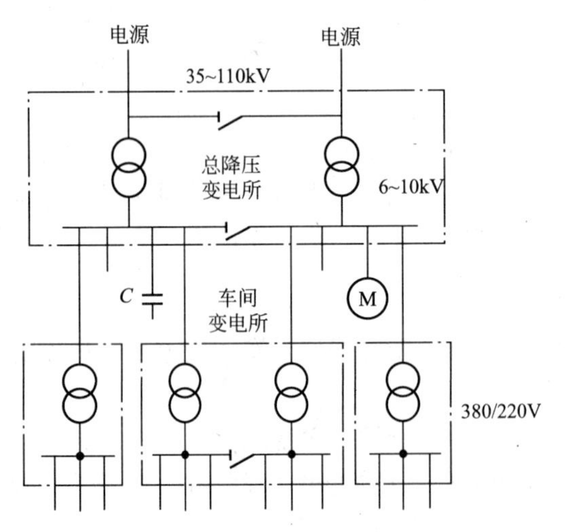

图 6.6　二次变压的供配电系统

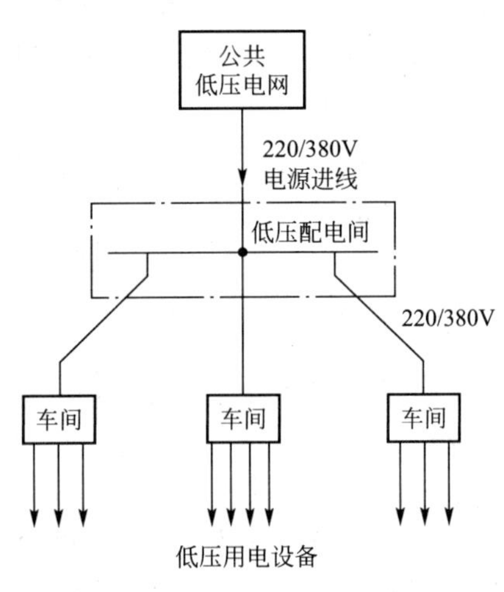

图 6.7　低压供配电系统

厂，直接采用380/220V低压电源进线，只需设置一个低压配电室，将电能直接分配给各车间低压用电设备使用。

3. 供电质量的主要指标

供电电能的质量主要包括额定电压、电压波形、额定频率和供电的连续可靠。

(1) 电压质量对各类用电设备的工作性能、使用寿命、安全及经济运行都有直接的影响。

① 电压偏移：电压偏移又称电压偏差，是指用电设备端电压U与用电设备额定电压U_N之差对额定电压U_N的百分数，即

$$\Delta U\%=\frac{U-U_N}{U_N}\times 100 \tag{6-1}$$

电压偏移的危害：对感应电动机而言，其最大转矩与端电压的平方成正比。当电压降低时，电动机转矩显著减小，以致转差增大，从而使定子、转子电流都显著增大，引起温升增加，绝缘老化加速，甚至烧毁电动机；而且由于转矩减小，转速下降，导致生产效益降低，产量减少，产品质量下降。反之，当电压过高时，激磁电流与铁损都大大增加，引起电机的过热，效率降低。

对电热装置而言，其功率与电压平方成正比。电压过高将损伤设备，电压过低又达不到所需温度。

对白炽灯而言白炽灯的端电压降低10%，发光效率下降30%以上，灯光明显变暗；端电压升高10%时，发光效率将提高1/3，但使用寿命将只有原来的1/3。所以电压偏移对其影响显著，

电压偏移产生的原因：是由于供电系统改变运行方式或电力负荷缓慢变化等因素引起的。

用电设备端子处电压偏移的允许值见表6-2。

表6-2　用电设备端子处电压偏移的允许值

用电设备	电压偏移允许值
电动机	$\pm 5\%\ U_N$
照明灯	一般场所$\pm 5\%\ U_N$；在视觉要求较高的场所$+5\%\ U_N$，$-2.5\%\ U_N$
其他用电设备	无特殊规定时$\pm 5\%\ U_N$

② 波形畸变产生的原因：由于硅整流、晶闸管变流设备、微机及网络和各种非线性负荷的使用，致使大量谐波电流注入电网，造成电压正弦波波形畸变。

波形畸变危害：使电能质量大大下降，给供电设备及用电设备带来严重危害。不仅使损耗增加，还使某些用电设备不能正常运行，甚至可能引起系统谐振，从而在线路上产生过电压，击穿线路设备绝缘；还可能造成系统的继电保护和自动装置发生误动作；并对附近的通讯设备和线路产生干扰。

(2) 频率。我国采用的工业频率(简称工频)为50Hz。

当电网低于额定频率运行时，所有电力用户的电动机转速都将相应降低，因而工厂的产量和质量都将不同程度受到影响。频率的变化还将影响到计算机，自控装置等设备的准

确性。电网频率的变化对供配电系统运行的稳定性影响也很大。

对频率的要求的变化范围一般不应超过±0.5Hz。

(3) 可靠性。衡量供配电可靠性的指标，以全年平均供电时间占全年时间的百分数来表示。

例如：全年时间为8760小时，用户全年平均停电时间87.6小时，即停电时间占全年的1%，则供电可靠性为99%。

4. 电力系统中性点运行方式

电力系统的中性点是指发电机或变压器的中性点。考虑到电力系统运行的可靠性、安全性、经济性及人身安全等因素，电力系统的中性点常采用不接地、经消弧线圈接地、直接接地和经低电阻接地四种运行方式。

(1) 中性点不接地的电力系统。中性点不接地的运行方式，即电力系统的中性点不与大地相接。采用的系统为我国3～66kV系统，特别是3～10kV系统，一般采用中性点不接地的运行方式。单相接地状态不允许长时间运行。因为，如果另一相又发生接地故障，就形成两相接地短路，产生很大的短路电流，从而损坏线路及其用电设备。

(2) 中性点经消弧线圈接地的电力系统。采用经消弧线圈接地的措施来减小接地电流，熄灭电弧，避免过电压的产生。

(3) 中性点直接接地的电力系统。

① 中性点直接接地系统的特点。当这种系统发生单相接地，即通过接地中性点形成单相短路。单相短路电流比线路的正常负荷电流大许多倍。因此，在系统发生单相短路时，保护装置应动作于跳闸，切除短路故障，使系统的其他部分恢复正常运行。

② 中性点直接接地系统的应用。

110kV以上的超高压系统：目前我国110kV以上电力网均采用中性点直接接地方式。因为，高压电器的绝缘问题是影响电器设计和制造的关键，电器绝缘要求的降低，直接降低了电器的造价，同时改善了电器的性能。

380/220V低压配电系统：我国380/220V低压配电系统也采用中性点直接接地方式，而且引出中性线(N线)、保护线(PE线)或保护中性线(PEN线)，这样的系统，称为TN系统。

(4) 中性点经低电阻接地系统。它接近于中性点直接接地的运行方式，在系统发生单相接地时，保护装置会迅速动作，切除故障线路，通过备用电源的自动投入，使系统的其他部分恢复正常运行。我国一些大城市的10kV系统采用了中性点经低电阻接地的方式。

电力系统中性点接地方式是一个很重要的综合性问题，它不仅涉及到电网本身的安全性、可靠性、过电压绝缘水平的选择，而且对通讯干扰、人身安全有重要影响。20世纪50年代以前，我国城市配电网中性点不接地、直接接地和低电阻接地方式都存在过。20世纪50年代至80年代中期，我国6～66kV系统中性点逐步改造为采用不接地或经消弧线圈接地两种方式；20世纪80年代中期我国大中城市10kV配电网发展很快，市区大量敷设电缆，单相接地电容电流增大较快，而且运行方式经常变化，消弧线圈调整困难，当电缆发生单相接地时，相对地电压提高1.7倍，对弱绝缘的击穿机率相对较大，击穿后将发展成为相间短路。为了满足10kV(35kV)电缆线路的要求，降低过电压水平，减少相间故

障，采用中性点经电阻接地方式是一种比较理想的接地方式。

任务实施

简述企业配电系统的组成；电网的主要描述参数有那些；电力系统的中性点接地方式有哪些；简述电力负荷的分类；简述电压偏移对用电设备的影响。

任务小结

任务主要讲解发电和输电、工业企业配电基本概念、供电质量的主要指标和电力系统中性点运行方式等知识，了解电网的主要描述参数和运行方式，为学生后续学习打下基础。

思考与练习

1. 简述电力系统的组成。
2. 电网的主要描述参数有那些？
3. 我国现阶段电网的电压等级有哪些？
4. 简述工业企业配电系统的组成。
5. 电力系统的中性点接地方式有哪些？在运行时能否变换方式？

任务6.2　安全用电

学习目标	（1）掌握用电安全基本技术； （2）了解一般情况下对人体的安全电流和电压，了解触电事故的发生，了解安全用电的原则； （3）培养逻辑思维和利用知识解决实际问题的能力。

任务引入

安全用电的技术是学生今后生产、生活中保障自身安全的准则之一，因此是本章内容的重点。对于触电事故的发生，无论是高压触电还是低压触电都具有不可实验与体验性，要求具有较强的理解能力和分析能力。

任务分析

本任务以讲解安全用电为重点，介绍了人体触电的有关知识、安全用电的方法和触电的原因及急救方法。通过讲解使学生理解安全用电常识和在生活工作中避免触电的危险事故。

相关知识

6.2.1 人体触电类型

1. 触电

人体触电主要有直接触电和间接触电两种类型。直接触电又可分为单相接触和两相接触。间接触电包括跨步电压触电，接触电压触电和剩余电荷触电。

(1) 单相触电。当人站在地面上或其他接地体上，人体的某一部位触及一相带电体时，电流通过人体流入大地(或中性线)，称为单相触电，如图 6.8 所示。图 6.8(a)为电源中性点直接接地时，单相的触电电流途径。图 6.8(b)为中性点不直接接地的单相触电情况。一般情况下，接地电网里的单相触电比不接地电网里的危险性大。

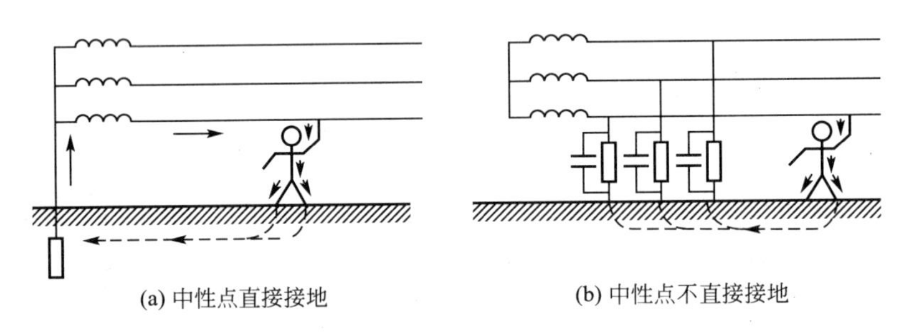

图 6.8 单相触电

由于电流通过人体的心脏，肺部、和中枢神经系统的危险性比较大，特别是电流通过心脏时危险最大。所以从手到脚的电流途径最为危险。

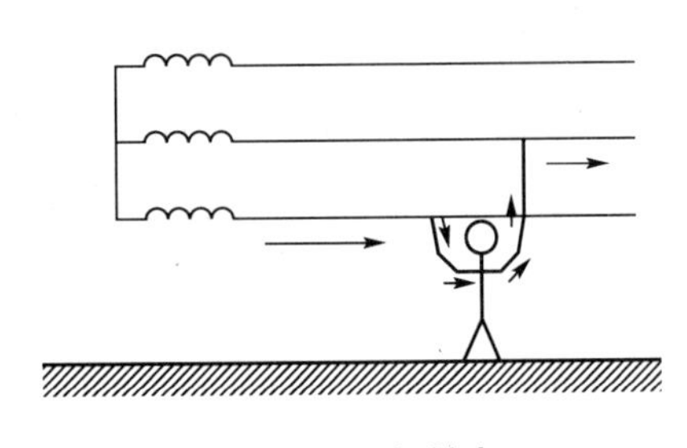

图 6.9 两相触电

(2) 两相触电。两相触电是指人体两处同时触及同一电源的两相带电体，以及在高压系统中，人体距离高压带电体小于规定的安全距离，造成电弧放电时，电流从一相导体流入另一相导体的触电方式，如图 6.9 所示。两相触电加在人体上的电压为线电压，因此不论电网的中性点接地与否，其触电的危险性都最大。两相触电比单相触电更危险，因为此时加在人体心脏上的电压是线电压。

(3) 跨步电压触电。当带电体接地时有电流向大地流散，在以接地点为圆心，半径 20m 的圆面积内形成分布电位。人站在接地点周围，两脚之间(以 0.8m 计算)的电位差称为跨步电压 U_k，如图 6.10 及图 6.11 所示，由此引起的触电事故称为跨步电压触电。高压故障接地处，或有大电流流过的接地装置附近都可能出现较高的跨步电压。离接地点越近、两脚距离越大，跨步电压值就越大。一般 20 米以外就没有危险。

(4) 接触电压触电。导线接地后，不但会产生跨步电压触电，还会产生另一种形式的触电，即接触电压触电。

图 6.10　跨步电压

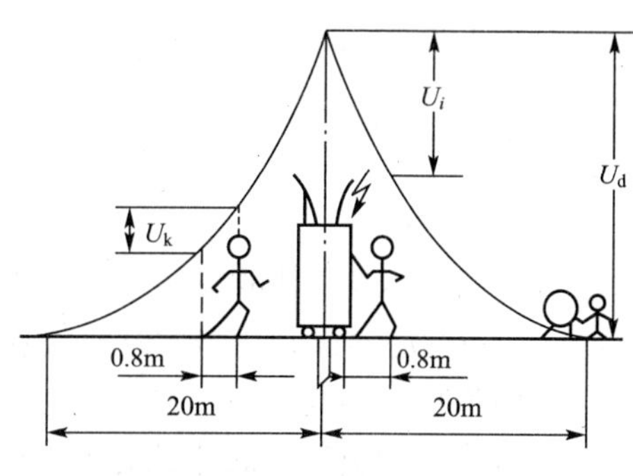

图 6.11　跨步电压触电

由于接地装置布置不合理，接地设备发生碰壳时造成电位分布不均匀而形成一个电位分布区域。在此区域内，人体与带电设备外壳相接触时，便会发生接触电压触电，其电流流向图如图 6.12 所示。接触电压等于相电压减去人体站立地面点的电压。人体站立离接地点越近，则接触电压越小，反之就越大。当站立点距离接地点 20m 以外时，地面电压趋近于零，接触电压为最大，约为电气设备的对地电压，即 220V。

图 6.12　接触电压触电电流流向图

(5) 剩余电荷触电。剩余电荷触电是指当人触及带有剩余电荷的设备时，带有电荷的设备对人体放电造成的触电事故。设备带有剩余电荷，通常是由于检修人员在检修中摇表测量停电后的并联电容器、电力电缆、电力变压器及大容量电动机等设备时，检修前、后没有对其充分放电所造成的。

2. 触电危害

触电危害是指人体触及带电体后，电流对人体造成的伤害。触电危害有两种类型，即电击和电伤。

(1) 电伤。电伤是指电流的热效应、化学效应、机械效应及电流本身作用造成的人体伤害。电伤会在人体皮肤表面留下明显的伤痕，常见的有灼伤、电烙伤和皮肤金属化等现象，是非致命的。

(2) 电击。电击是指电流通过人体内部，破坏人体内部组织，影响呼吸系统、心脏及神经系统的正常功能，甚至危及生命。在触电事故中，电击和电伤常会同时发生。

3. 常见触电原因

产生触电事故有以下几种原因：

(1) 缺乏用电常识，触及带电的导线。

(2) 没有遵守操作规程，人体直接与带电体部分接触。

(3) 由于用电设备管理不当，使绝缘损坏，发生漏电，人体碰触漏电设备外壳。

(4) 高压线路落地，造成跨步电压引起对人体的伤害。

(5) 检修中，安全组织措施和安全技术措施不完善，接线错误，造成触电事故。

(6) 其他偶然因素，如人体受雷击等。

6.2.2 安全用电常识和急救知识

1. 安全用电常识

(1) 电流大小对人体的影响。通过人体的电流越大，人体的生理反应就越明显，感应就越强烈，引起心室颤动所需的时间就越短，致命的危害就越大。按照通过人体电流的大小和人体所呈现的不同状态，工频交流电大致分为下列三种。

感觉电流：指引起人的感觉的最小电流(1mA～3mA)。

摆脱电流：指人体触电后能自主摆脱电源的最大电流(10mA)。

致命电流：指在较短的时间内危及生命的最小电流(30mA)。

(2) 电流的类型。工频交流电的危害性大于直流电，因为交流电主要是麻痹破坏神经系统，往往难以自主摆脱。一般认为 40～60Hz 的交流电对人最危险。随着频率的增加，危险性将降低。当电源频率大于 2000Hz 时，所产生的损害明显减小，但高压高频电流对人体仍然是十分危险的。

(3) 电流的作用时间。人体触电，当通过电流的时间越长，愈易造成心室颤动，生命危险性就愈大。据统计，触电 1～5 分钟内急救，90%有良好的效果，10 分钟内 60%救生率，超过 15 分钟希望甚微。

触电保护器的一个主要指标就是额定断开时间与电流乘积小于 30mA/s。实际产品一般额定动作电流 30mA，动作时间 0.1s，故小于 30mA/s 可有效防止触电事故。

(4) 电流路径。电流通过头部可使人昏迷；通过脊髓可能导致瘫痪；通过心脏会造成心跳停止，血液循环中断；通过呼吸系统会造成窒息。因此，从左手到胸部是最危险的电流路径；从手到手、从手到脚也是很危险的电流路径；从脚到脚是危险性较小的电流路径。

(5) 人体电阻。人体电阻是不确定的电阻，皮肤干燥时一般为 100kΩ 左右，而一旦潮湿可降到 1kΩ。人体不同，对电流的敏感程度也不一样，一般地说，儿童较成年人敏感，女性较男性敏感。患有心脏病者，触电后的死亡可能性就更大。

心脏内流过的电流占人体触电电流的百分率见表 6-3。

表 6-3 心脏内流过的电流占人体触电电流的百分率

触电部位	两脚触电	两手触电	右手至右脚	左手至右脚
通过心脏的电流百分率	0.4%	3.3%	3.7%	6.7%

(6) 安全电压。安全电压是指人体不戴任何防护设备时，触及带电体不受电击或电伤的电压。人体触电的本质是电流通过人体产生了有害效应，然而触电的形式通常都是人体的两部分同时触及了带电体，而且这两个带电体之间存在着电位差。因此在电击防护措施中，要将流过人体的电流限制在无危险范围内，也即将人体能触及的电压限制在安全的范围内。国家标准制定了安全电压系列，称为安全电压等级或额定值，这些额定值指的是交流有效值，分别为：42V、36V、24V、12V、6V 等几种。

拓展阅读

一般而言，工频30mA电流，对人体是个临界值，当人体内通过30mA以上的交流电，将引起呼吸困难，自己已不能摆脱电源，所以有生命危险。于是，根据欧姆定律，对人体来讲，安全电压为

$$U=IR_{m}=30\times10^{-3}\,A\times(800\sim1200\Omega)=24\sim36(V)$$

安全电压是指人体不戴任何防护设备时，触及带电体而不受电击或电伤，这个带电体的电压就是安全电压。严格地讲，安全电压是因人而异的，与触碰带电体的时间长短、与带电体接触的面积和压力等均有关系。

(7) 电气火灾。电器、照明设备、手持电动工具以及通常采用单相电源供电的小型电器，有时会引起火灾，其原因通常是电气设备选用不当或由于线路年久失修，绝缘老化造成短路，或由于用电量增加、线路超负荷运行，维修不善导致接头松动，电器积尘、受潮、热源接近电器、电器接近易燃物和通风散热失效等。

防止电气火灾的防护措施主要是合理选用电气装置。例如，在干燥少尘的环境中，可采用开启式和封闭式；在潮湿和多尘的环境中，应采用封闭式；在易燃易爆的危险环境中，必须采用防爆式。

防止电气火灾，还要注意线路电气负荷不能过高，注意电气设备安装位置距易燃可燃物不能太近，注意电气设备进行是否异常，注意防潮等。

2. 触电急救知识

触电事故虽然总是突然发生的，但触电者一般不会立即死亡，往往是“假死”，现场人员应该当机立断，迅速使触电者脱离电源，立即运用正确的救护方法加以抢救。

触电急救的要点是要动作迅速，救护得法。

(1) 首先要尽快地使触电者脱离电源。人触电以后，可能由于痉挛或失去知觉等原因而紧抓带电体，不能自行摆脱电源。这时，使触电者尽快脱离电源是救活触电者的首要因素。

① 低压触电事故。

a. 触电地点附近有电源开关或插头，可立即断开开关或拔掉电源插头，切断电源。

b. 电源开关远离触电地点，可用有绝缘柄的电工钳或干燥木柄的斧头分相切断电线，断开电源；或用干木板等绝缘物插入触电者身下，以隔断电流。

c. 电线搭落在触电者身上或被压在身下时，可用干燥的衣服、手套、绳索、木板、木棒等绝缘物作为工具，拉开触电者或挑开电线，使触电者脱离电源。

② 高压触电事故。

a. 立即通知有关部门停电。

b. 戴上绝缘手套，穿上绝缘靴，用相应电压等级的绝缘工具断开开关。

c. 抛掷裸金属线使线路短路接地，迫使保护装置动作，断开电源。注意在抛掷金属线前，应将金属线的一端可靠地接地，然后抛掷另一端。就地脱离电源方法见图6.13所示。

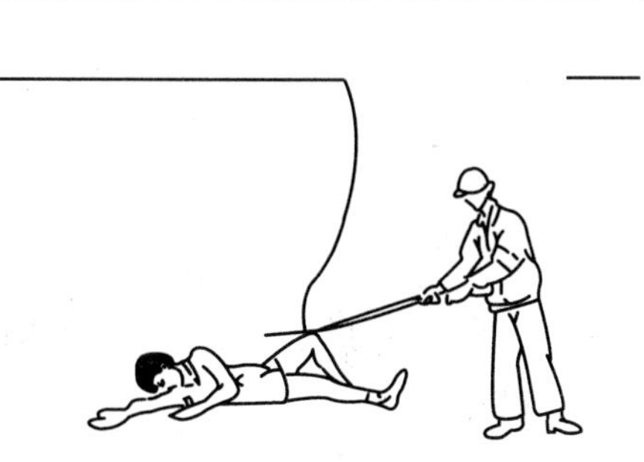

图6.13 触电者就地脱离电源的方法

③ 脱离电源的注意事项。

a. 救护人员不可以直接用手或其他金属及潮湿的物件作为救护工具，而必须采用适当的绝缘工具且单手操作，以防止自身触电。

b. 防止触电者脱离电源后，可能造成的摔伤。

c. 如果触电事故发生在夜间，应当迅速解决临时照明问题，以利于抢救，并避免扩大事故。

(2) 现场急救方法。

当触电者脱离电源后，应当根据触电者的具体情况，迅速地对症进行救护。具体情况基于对触电者的检查，见图 6.14 所示。

现场应用的主要救护方法是口对口人工呼吸法和胸外心脏挤压法。

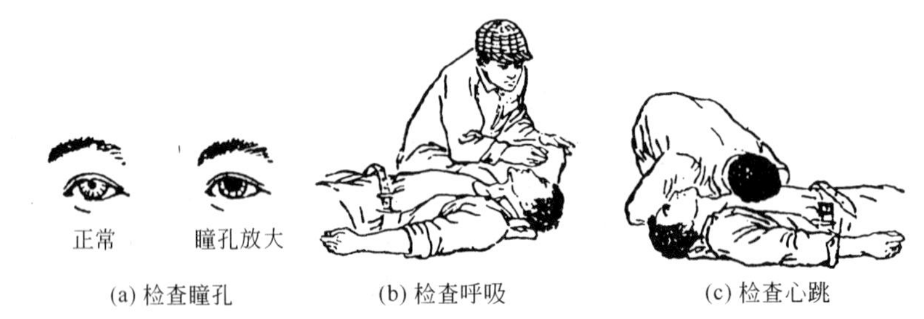

(a) 检查瞳孔　　(b) 检查呼吸　　(c) 检查心跳

图 6.14　对触电者的检查

① 救护触电者需要对症进行救治，大体上按照以下三种情况分别处理：

a. 如果触电者伤势不重，神智清醒，但是有些心慌、四股发麻、全身无力；或者触电者在触电的过程中曾经一度昏迷，但已经恢复清醒。在这种情况下，应当使触电者安静休息，不要走动，严密观察，并请医生前来诊治或送往医院。

b. 如果触电者伤势比较严重，已经失去知觉，但仍有心跳和呼吸，这时应当使触电者舒适、安静地平卧，保持空气流通。同时揭开他的衣服，以利于呼吸，如果天气寒冷，要注意保温，并要立即请医生诊治或送医院。

c. 如果触电者伤势严重，呼吸停止或心脏停止跳动或两者都已停止时，则应立即实行人工呼吸和胸外心脏挤压，并迅速请医生诊治或送往医院。

② 口对口人工呼吸法是在触电者呼吸停止后应用的急救方法。具体步骤如下：

a. 触电者仰卧，迅速解开其衣领和腰带。

b. 触电者头偏向一侧，清除口腔中的异物，使其呼吸畅通，必要时可用金属匙柄由口角伸入，使口张开。

c. 救护者站在触电者的一边，一只手捏紧触电者的鼻子，一只手托在触电者颈后，使触电者颈部上抬，头部后仰，然后深吸一口气，用嘴紧贴触电者嘴，大口吹气，接着放松触电者的鼻子，让气体从触电者肺部排出。每 5s 吹气一次，不断重复地进行，直到触电者苏醒为止，如图 6.15 所示。

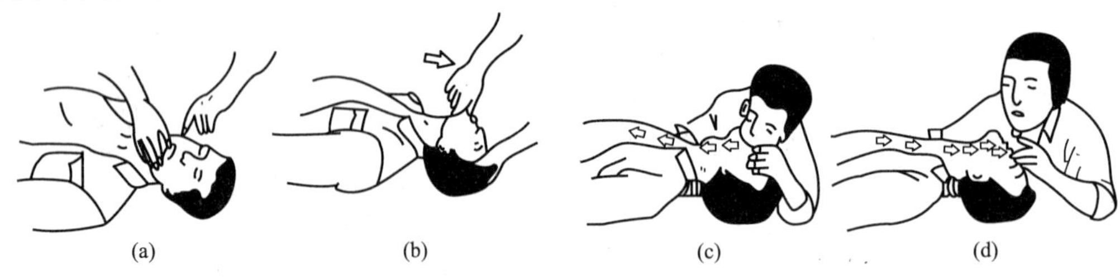

(a)　　(b)　　(c)　　(d)

图 6.15　对轻症状进行救护方法

③ 胸外心脏挤压法是触电者心脏跳动和呼吸均停止后采用的急救方法。如图 6.16 所示。

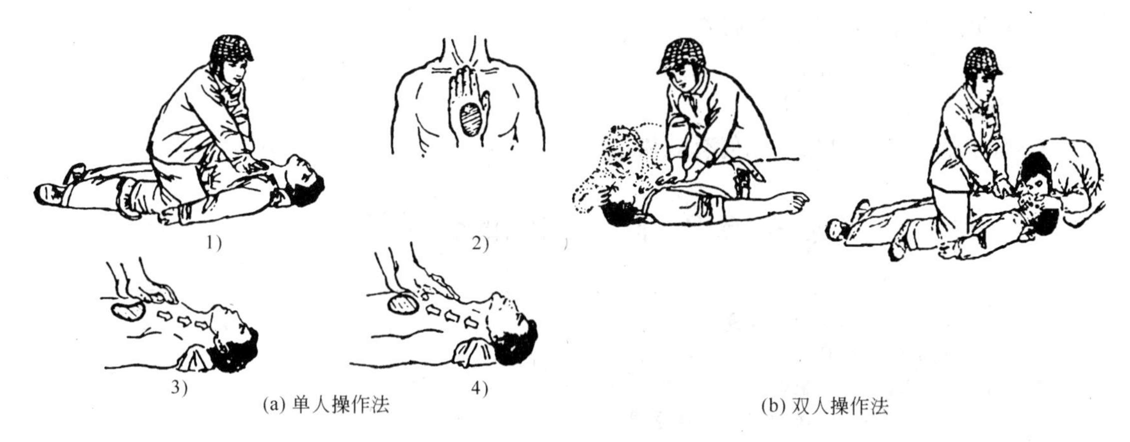

(a) 单人操作法　　(b) 双人操作法

图 6.16　触电者心跳和呼吸均停止后的急救

a. 触电者仰卧在结实的平地或木板上，松开衣领和腰带，使其头部稍后仰(颈部可枕垫软物)，抢救者跨在触电者腰部两侧。

b. 抢救者将右手掌放在触电者胸骨处，中指指尖对准其颈部凹陷的下端，左手掌复压在右手背上(对儿童可用一只手)。

c. 抢救者借身体重量向下用力挤压，压下 3～4cm，突然松开。

挤压和放松动作要有节奏，每秒钟进行一次，每分钟宜挤压 60 次左右，不可中断，直至触电者苏醒为止。要求挤压定位要准确，用力要适当，防止用力过猛给触电者造成内伤和用力过小挤压无效。

d. 触电者呼吸和心跳都停止时，允许同时采用“口对口人工呼吸法”和“胸外心脏挤压法”。单人救护时，可先吹气 2～3 次，再挤压 10～15 次，交替进行。双人救护时，每 5s 吹气一次，每秒钟挤压一次，两人同时进行操作。

抢救既要迅速又要有耐心，即使在送往医院途中也不能停止急救。此外，不能给触电者打强心针、泼冷水或压木板等。

任务实施

了解工作及日常安全用电知识，掌握防止触电、电气火灾的措施；

电气火灾及触电急救事故的解救预演。

任务小结

本任务主要讲述了人体触电类型、触电危害、常见的触电原因、安全电压和触电电流大小对人体的影响等概念。重点让学生知道触电急救的方法，由于触电事故是突然发生的，触电者往往是“假死”，现场人员应该当机立断，迅速使触电者脱离电源，立即运用正确的救护方法加以抢救。触电急救的要点是要动作迅速，救护得法。

思考与练习

1. 常见的触电类型有哪几种?
2. 简述常见触电原因。
3. 解释安全电压的含义。
4. 对于低压触电事故，如何有效快速解救?

任务6.3　防止触电的保护措施

教学目标	(1) 了解接地装置的意义和要求; (2) 掌握保护接地和工作接地的原理; (3) 理解低压配电系统的三种接地形式; (4) 掌握漏电保护器的工作原理。

任务引入

随着我国工农业的现代化发展，越来越多地采用电力作为主要动力来源，人们触电的事故也逐渐增多。由于操作人员素质不高，作业条件差，电气设备和线路安装架设不符合规定要求，缺少安全可靠的技术措施以及管理工作跟不上等原因，每年都有触电死亡的事故发生。要大幅度地降低触电事故，必须对防止触电的保护措施做一些分析。

任务分析

为了达到安全用电的目的，必须采用可靠的技术措施，防止触电事故发生。本任务讲解了安全间距、漏电保护、安全电压、遮栏及阻挡物等都是防止直接触电的防护措施，保护接地、保护接零是间接触电防护措施中最基本的措施。

相关知识

6.3.1　保护接地

所谓接地，就是把设备的某一部分通过接地装置同大地紧密连接在一起。到目前为止，接地仍然是应用最广泛的并且无法用其他方法替代的电气安全措施之一。

接地可分成正常接地和故障接地两类，而正常接地又有工作接地和安全接地之分。安全接地可以分为保护接地和保护接零。

接地的作用主要是防止人身遭受电击、设备和线路遭受损坏、预防火灾和防止雷击、防止静电损害和保障电力系统正常运行。对于性能良好的接地必须有较小的接地电阻即良好的接地装置。

1. 接地装置

接地装置由接地体和接地线组成，埋入地下直接与大地接触的金属导体，称为接地

体，连接接地体和电气设备接地螺栓的金属导体称为接地线。接地体的对地电阻和接地线电阻的总和，称为接地装置的接地电阻。

接地极(体)按其布置方式可分为外引式接地极和环路式接地极两种。若按接地极的形状来分，则有管形、带形等几种基本形式。若按接地极的结构来分，则有自然接地极和人工接地极之分。可用来作为自然接地极的有：上下水的金属管道；与大地有可靠连接的建筑物和构筑物的金属结构；铺设于地下而其数量不少于两根的电缆金属包皮及铺设于地下的各种金属管道，但可燃液体以及可燃或爆炸的气体管道除外。可用来作为人工接地极的，一般有钢管、角钢、扁钢和圆钢等钢材。如在有化学腐蚀性的土壤中，则可采用镀锌的上述几种钢材或铜质的接地极。接地装置的示意如图 6.17 所示。

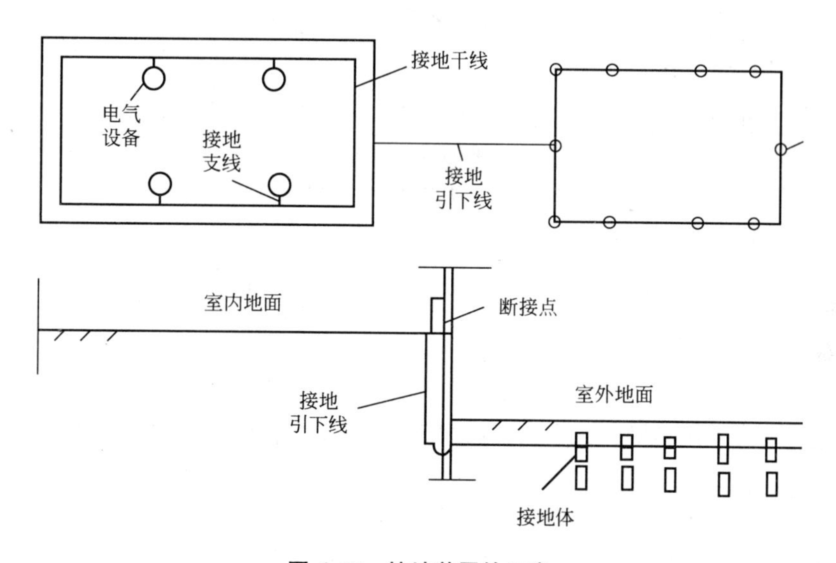

图 6.17　接地装置的示意

外引式接地极与室内接地干线相连接只有两条干线。若这两条干线均发生故障时，整个室内接地干线就与室外接地网断开，此时室内相关设备相当于没有接地。

为了消除单根接地极或外引式接地极的缺点，可以采用环路式接地极，如图 6.18 所示。环路式接地极的电位分布比较均匀，人体接触电压和跨步电压比较小。环路式接地极附近埋设扁钢后的电位变化如图 6.19 所示。

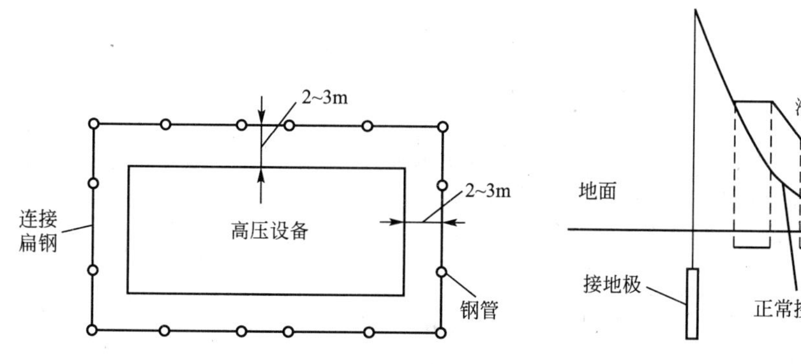

图 6.18　环路式接地极的布置

图 6.19　环路式接地极附近埋设扁钢后的电位变化

对接地装置的安全要求有：

a. 接地电阻要小于该设备要求的接地电阻值；

b. 接地体顶端埋设深度不小于0.6m。

c. 垂直接地体的长度应不小于2.5m。

d. 垂直接地体的间距不宜小于其长度的2倍，水平接地体的间距应根据设计规定，不宜小于5米。

e. 接地体与建筑物的距离不宜小于1.5m。

f. 不得在地下利用裸铝导体作为接地体，不得使用蛇皮管、保温管的金属外皮或金属网等作为接地体。

g. 电气装置的每个接地部分应以单独的接地线与接地干线相连接。不得在一个接地线上串接几个需要接地的部分。

h. 低压设备地面上外露的接地线的截面积应大于表6-4中的数值：(mm^2)

表6-4 外露的接地线的截面积

名　　称	铜	铝	钢
明敷的裸导体	4	6	12
绝缘导体	1.5	2.5	
电缆接地芯或相线包在同一保护外壳内的多芯导体的接地线	1	1.5	

⑨ 接地装置宜采用钢材，如腐蚀较强的场所，应采用镀锌钢接地体，最小规格如表6-5所示：

表6-5 接地装置的截面积

<table>
<tr><th colspan="2" rowspan="2">种类规格</th><th colspan="2">地　　上</th><th rowspan="2">地　　下</th></tr>
<tr><th>室　内</th><th>室　外</th></tr>
<tr><td colspan="2">圆钢(mm)</td><td>5</td><td>6</td><td>8(10)</td></tr>
<tr><td rowspan="2">扁钢</td><td>截面积(mm²)</td><td>24</td><td>48</td><td>48</td></tr>
<tr><td>厚度(mm)</td><td>3</td><td>4</td><td>4(6)</td></tr>
<tr><td colspan="2">角钢(mm)</td><td>2</td><td>2.5</td><td>4(6)</td></tr>
<tr><td colspan="2">钢管管壁厚度(mm)</td><td>2.5</td><td>2.5</td><td>3.5(4.5)</td></tr>
</table>

2. 保护接地原理

电力系统和电气装置的中性点，电气设备的外露导电部分通过导体与大地相连称为接地。接地的目的：一是保证人身安全，使人可能接触到的设备外露导电部分的电位基本降低到接近地电位，当人触及这些部位时，即使这些部位带电，因其电位与地电位基本接近，可以减少电击危险。二是保证电力系统正常、稳定运行。

在中性点不接地系统中，设备外壳不接地且意外带电，外壳与大地间存在电压，人体触及外壳，人体将有电容电流流过，如图6.20(a)所示。

如果将外壳接地，人体与接地体相当于电阻并联，流过每一通路的电流值将与其电阻

的大小成反比。人体电阻通常为600～1000Ω，而接地电阻通常小于4Ω，因此流过人体的电流很小，这样就完全能保证人体的安全，如图6.20(b)所示。

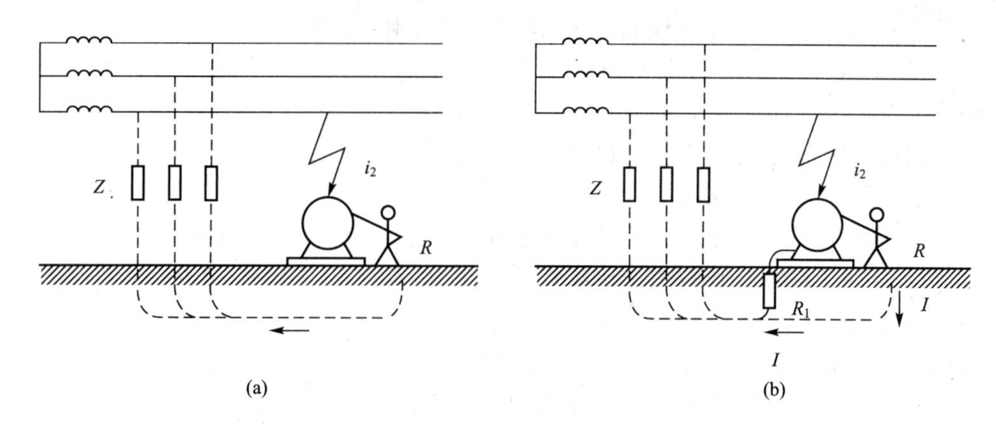

图6.20　保护接地的原理

3. 用电安全技术简介

低压配电系统是电力系统的末端，分布广泛，几乎遍及建筑的每一角落，平常使用最多的是380/220V的低压配电系统。从安全用电等方面考虑，低压配电系统有三种接地形式，IT系统、TT系统、TN系统。TN系统又分为TN—S系统、TN—C系统、TN—C—S系统三种形式。

(1) IT系统。IT系统就是电源中性点不接地、用电设备外壳直接接地的系统。IT系统中，连接设备外壳可导电部分和接地体的导线，就是PE线。

(2) TT系统。TT系统就是电源中性点直接接地、用电设备外壳也直接接地的系统，如图6.21所示。通常将电源中性点的接地叫做工作接地，而设备外壳接地叫做保护接地。TT系统中，这两个接地必须是相互独立的。设备接地可以是每一设备都有各自独立的接地装置，也可以若干设备共用一个接地装置，图6.21中单相设备和单相插座就是共用接地装置的。

(3) TN系统。TN系统即电源中性点直接接地、设备外壳等可导电部分与电源中性点有直接电气连接的系统，它有三种形式，分述如下。

① TN—S系统。TN—S系统如图6.22所示。图中中性线N与TT系统相同，在电源中性点工作接地，而用电设备外壳等可导电部分通过专门设置的保护线PE连接到电源

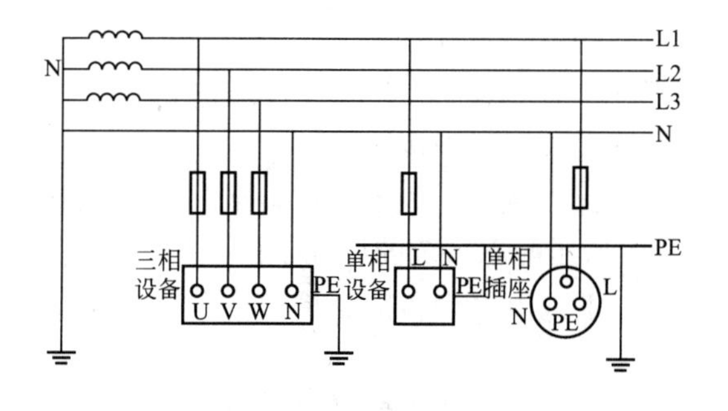

图6.21　TT系统接地

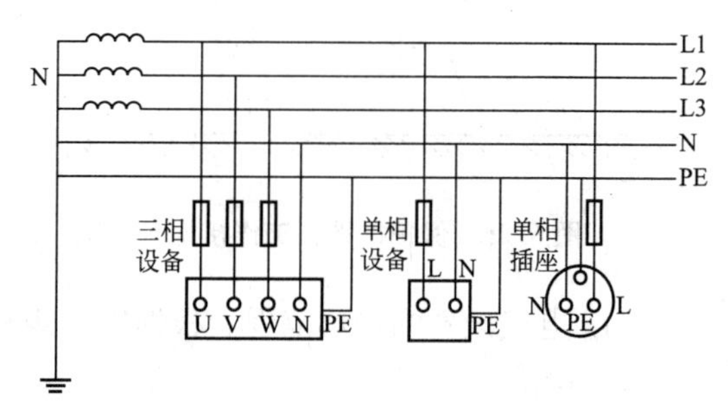

图6.22　TN—S系统接地

中性点上。在这种系统中，中性线N和保护线PE是分开的。TN—S系统的最大特征是N线与PE线在系统中性点分开后，不能再有任何电气连接。TN—S系统是我国现在应用最为广泛的一种系统(又称三相五线制)。新楼宇大多采用此系统。

② TN—C系统。TN—C系统如图6.23所示，它将PE线和N线的功能综合起来，由一根称为保护中性线PEN，同时承担保护和中性线两者的功能。在用电设备处，PEN线既连接到负荷中性点上，又连接到设备外壳等可导电部分。此时注意火线(L)与零线(N)要接对，否则外壳要带电。

TN—C现在已很少采用，尤其是在民用配电中已基本上不允许采用TN—C系统。

③ TN—C—S系统。TN—C—S系统是TN—C系统和TN—S系统的结合形式，如图6.24所示。TN—C—S系统中，从电源出来的那一段采用TN—C系统只起能的传输作用，到用电负荷附近某一点处，将PEN线分开成单独的N线和PE线，从这一点开始，系统相当于TN—S系统。TN—C—S系统也是现在应用比较广泛的一种系统。这里采用了重复接地这一技术。此系统在旧楼改造中适用。

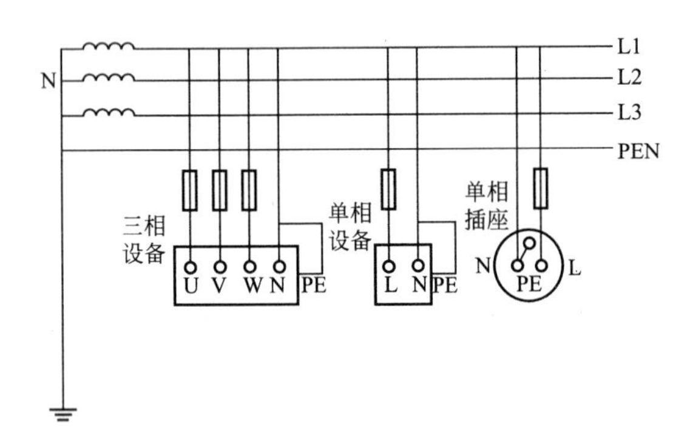

图6.23　TN—C系统接地

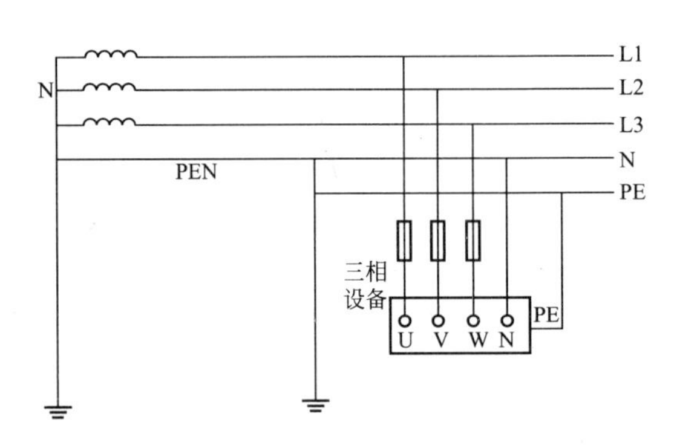

图6.24　TN—C—S系统接地

为降低因绝缘破坏而遭到电击的危险，对于以上不同的低压配电系统型式，电气设备常采用保护接地(如图6.25所示)、保护接零、重复接地等不同的安全措施。

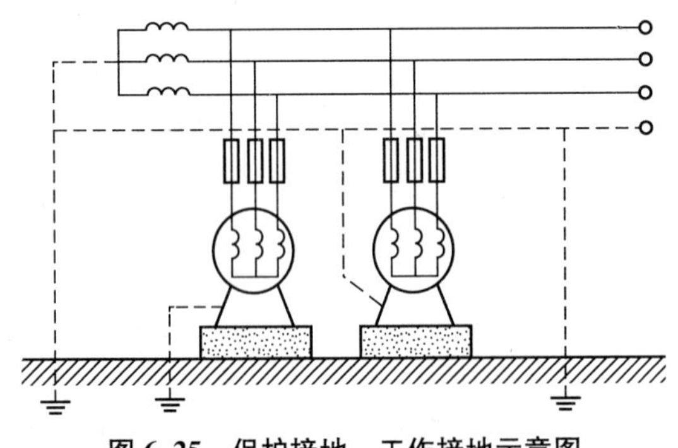

图6.25　保护接地、工作接地示意图

接地可分为工作接地和保护接地。工作接地是指电气设备(如变压器中性点)为保证其正常工作而进行的接地；保护接地是指为保证人身安全，防止人体接触设备外露部分而触电的一种接地形式。在中性点不接地系统中，设备外露部分(金属外壳或金属构架)，必须与大地进行可靠电气连接，即保护接地。

保护接地常用在IT低压配电系统和TT低压配电系统的型式中。

(4) 电气设备的接地范围。根据安全规程规定，下列电气设备的金属外壳应该接地或接零。

① 电机、变压器、电器、照明器具、携带式及移动式用电器具等的底座和外壳，如手电钻、电冰箱、电风扇、洗衣机等。

② 交流、直流电力电缆的接线盒，终端头的金属外壳，电线、电缆的金属外皮，控制电缆的金属外皮，穿线的钢管；电力设备的传动装置，互感器二次绕组的一个端子及铁心。

③ 配电屏与控制屏的框架，室内、外配电装置的金属构架和钢筋混凝土构架，安装在配电线路杆上的开关设备、电容器等电力设备的金属外壳。

④ 在非沥青路面的居民区中，高压架空线路的金属杆塔、钢筋混凝土杆，中性点非直接接地的低压电网中的铁杆、钢筋混凝土杆，装有避雷线的电力线路杆塔。

⑤ 避雷针、避雷器、避雷线等。

6.3.2　保护接零

1. 保护接零

由变压器和发电机中性点引出的中性线称零线。电气设备的某部分直接与零线相连接叫作保护接零。在电源中性点接地的系统中，将设备需要接地的外露部分与电源中性线直接连接，相当于设备外露部分与大地进行了电气连接。使保护设备能迅速动作断开故障设备，减少了人体触电危险。

保护接零适用于 TN 低压配电系统型式。保护接零也能起到与接地相似的安全保护作用。

2. 保护接零的工作原理

当设备正常工作时，外露部分不带电，人体触及外壳相当于触及零线，无危险。当设备发生相线和设备外壳短路时，会使设备外壳对地电压保持在较低水平，更重要的是线路会产生很大的故障电流，使保护设备能迅速动作断开故障设备，减少触电危险。保护接零原理见图 6.26 所示。

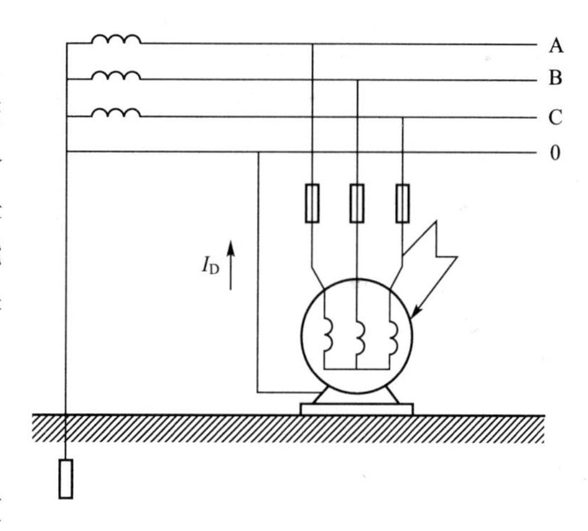

图 6.26　保护接零原理图

3. 采用保护接零时注意事项

工作零线和保护零线不能混淆！

同一台变压器供电系统的电气设备不宜将保护接地和保护接零混用，而且中性点工作接地必须可靠。

保护零线上不准装设熔断器。

在实际工作中，常有一些不规则的保护接地和接零，甚至是错误的保护接地和接零，起不到保护作用或作用不可靠，甚至导致相反作用使事故范围扩大。常见的错误接线见图 6.27 所示。

将家用电器的金属外壳用导线和自来水管联接。此种保护措施是不可靠的，甚至是危险的。因为陆地低压电网采用的是系统中性点接地的供电方式，自来水管的接地电阻远达不到国家规定的要求，尤其采用屋顶水箱供水的自来水管，接地电阻更大。一旦用电器外壳带电，势必导致触电危险，也可能导致其他用电器带电。

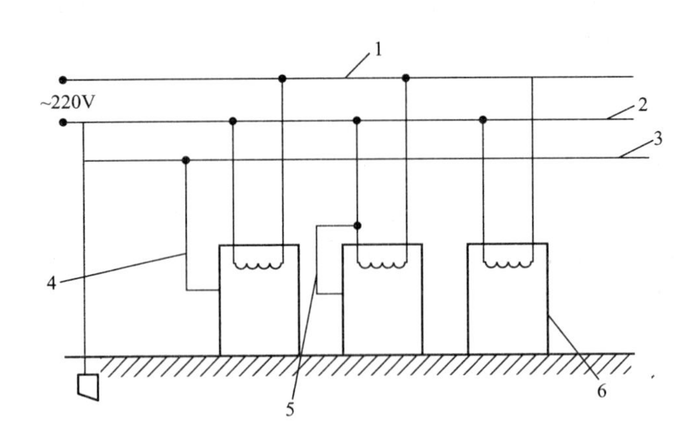

图 6.27　保护接地和保护接零常见错误接线图

1—火线 L　2—工作零线 N　3—保护零线 E

4—正确的接零保护　5—错误的接零保护　6—设备没有接零保护

同一系统中存在两种不同的保护方式。在同一段母线供电的线路中，一部分设备采用保护接地，另一部分采用保护接零，在此种状况下，一旦当某一接地设备的金属外壳漏电而导致零线电位上升，将会使外壳和零线相接的所有处于接零状态下的设备外壳带电。

4. 重复接地

在电源中性线做了工作接地的系统中，为确保保护接零的可靠，还需相隔一定距离将中性线或接地线重新接地，称为重复接地。

从图 1.3－9(a)可以看出，一旦中性线断线，设备外露部分带电，人体触及同样会有触电的可能。而在重复接地的系统中，如图 1.3－9(b)所示，即使出现中性线断线，但外露部分因重复接地而使其对地电压大大下降，对人体的危害也大大下降。不过应尽量避免中性线或接地线出现断线的现象。

重复接地的作用是当电气设备外壳漏电时可以降低零线的对地电压；当零线断线时，也可减轻触电的危险。

当设备外壳漏电时，经过相线、零线构成了短路回路，短路电流能迅速将熔断器熔断，切断电路，金属外壳亦随之无电，避免发生触电的危险性。但是从设备外壳漏电到熔断器熔断要经过一个很短的时间，在这短时间内，设备外壳存在对地电压，其值为短路电流在零线上的电压降。在这很短的时间内，如果有人触及设备外壳，还是很危险的。若在近该设备处，再加一接地装置，即实行重复接地，如图 6.28 所示，设备外壳的对地电压则可降低。

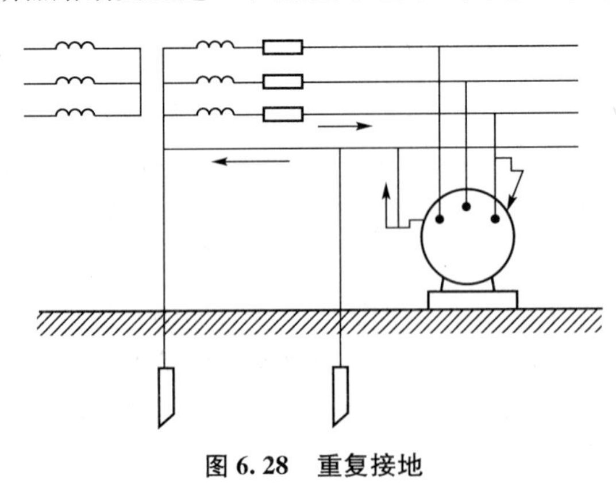

图 6.28　重复接地

此外，如果没有重复接地，当零线某处发生断线时，在断线处后面的所有电气设备就处在既没有保护接零，又没有保护接地的状态。一旦有一相电源碰壳，断线处后面的零线和与其相连的电器设备的外

壳都将带上等于相电压的对地电压，是十分危险的，如图 6.29 所示。

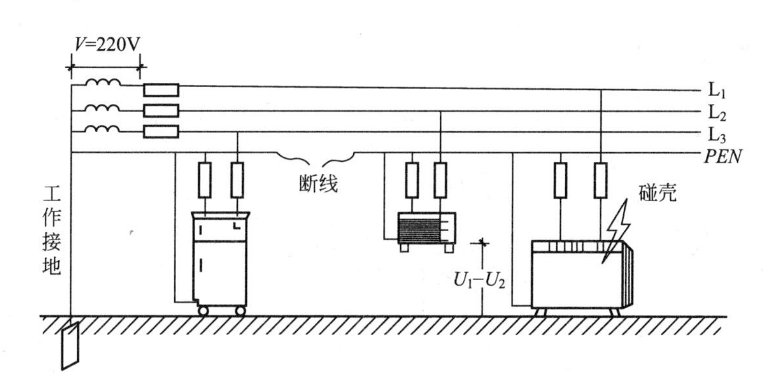

图 6.29 无重复接地零线断线

在低压三相四线制中性点直接接地线路中，施工单位在安装时，应将配电线路的零干线和分支线的终端接地，零干线上每隔 1km 做一次接地。对于距离接地点超过 50m 的配电线路，接入用户处的零线仍应重复接地，重复接地电阻应不大于 10Ω。

以上分析的电击防护措施是从降低接触电压方面进行考虑的。但实际上这些措施往往还不够完善，需要采用其他保护措施作为补充。例如，采用漏电保护器、过电流保护电器等措施。

6.3.3 漏电保护设备

1. 漏电保护开关

漏电保护器(漏电保护开关)是一种电气安全装置。将漏电保护器安装在低压电路中，当发生漏电和触电时，且达到保护器所限定的动作电流值时，就立即在限定的时间内动作自动断开电源进行保护。

漏电保护是近年来推广采用的一种新的防止触电的保护装置。在电气设备中发生漏电或接地故障而人体尚未触及时，漏电保护装置已切断电源；或者在人体已触及带电体时，漏电保护器能在非常短的时间内切断电源，减轻对人体的危害。

漏电保护器按不同方式分类来满足使用的选型。如按动作方式可分为电压动作型和电流动作型；按动作机构分，有开关式和继电器式；按极数和线数分，有单极二线、二极、二极三线等等。按动作灵敏度可分为高灵敏度(漏电动作电流在 30mA 以下)；中灵敏度(30～1000mA)；低灵敏度(1000mA 以上)。

漏电保护器是一种电流动作型漏电保护，它适用于电源变压器中性点接地系统(TT 和 TN 系统)，也适用于对地电容较大的某些中性点不接地的 IT 系统(对相—相触电不适用)。

漏电保护器的种类很多，这里介绍目前应用较多的晶体管放大式漏电保护器。下面以 GB－2 型电子式多功能漏电保护器为例简述其工作原理，该漏电保护器还具有过载和过流双重保护功能，如图 6.30 所示。

该漏电保护器由脱扣电路、过载保护器装置和漏电触发电路三部分组成。过载保护装置由双金属片构成的热元件 EH1、EH2 组成。当电流超过额定电流的 1.2 倍时，因热元

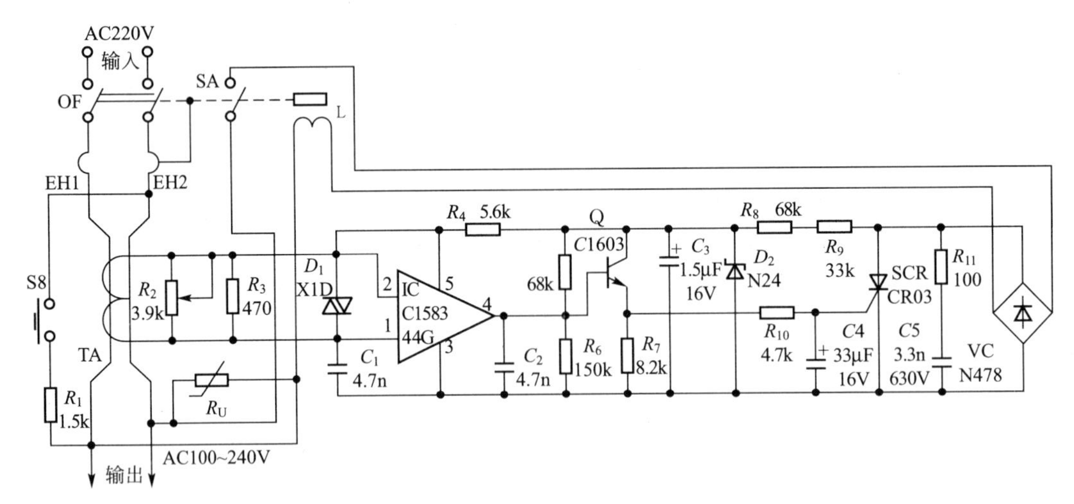

图 6.30　GB－2 型电子式多功能漏电保护器电路图

件两侧的金属膨胀系数不同，而使热元件变形并偏向脱扣顶杆，使开关 QF、SA 跳闸断电。

TA 是零序互感器。平时主回路火线和零线的电流绝对值相等，其电流矢量和为零。无感应电压信号送入专用集成电路 IC，此时其④脚输出为零，可控硅 SCR 因无触发信号而关断。当发生漏电时，主回路电流失去平衡。TA 感应的电压信号经 IC 放大后。启动内部闭锁电路动作使④脚输出跳变为高电平。经射随器 Q 触发 SCR，使 SCR 与整流桥 VC 组成的交流开关接通。脱扣线圈 L 动作，将圆形铁柱吸入并带动脱扣机构将开关断开。此时复位按钮(黄色)自动弹起。

试验按钮 SB 用来模拟漏电电流，以检查漏电保护器工作是否可靠，规定每月试验一次。R_2 用于调节漏电动作电流，其整定值为 22.5mA，误差为±1%。压敏电阻 R_U 用来吸收供电系统的雷电和各种操作过电压，R_U 具有通电容量大，电压范围宽、漏电流小及响应速度快等优点，是最理想的过压保护元件。双向二极管 D_1 用以双向限制过高的感应电压，保护 IC 不致损坏。

2. 漏电保护开关安装

无论是单相负荷还是三相与单相的混合负荷，相线与零线均应穿过零序互感器。

安装漏电保护器时，一定要注意线路中中性线 N 的正确接法，即工作中性线一定要穿过零序互感器，而保护零线 PE 决不能穿过零序互感器。若将保护零线接漏电保护器，漏电保护器处于漏电保护状态而切断电源。即保护零线一旦穿过零序互感器就再也不能用作保护线。

虽然过去在大量使用了剩余电流动作漏电保护器，但事实证明，漏电保护器损坏、人为解除运行现象非常严重。用电损耗问题，安全用电问题仍然严峻。直接原因是漏电保护器的频动、拒动，严重影响了正常用电，使管理、用电人员对漏电保护器失去信心，甚至放弃。

漏电保护器的频动，包括两个方面：一是电网确有接地时，漏电保护器正常动作。二是由于人的触电。由于漏电保护器是信号触发动作的，那么在其他电磁干扰下也会产生信号触发漏电保护器动作，形成误动。当电源开关合闸送电时，会产生冲击信号造成漏电保

护器误动。

从技术原理上分析，漏电保护器也存在可能产生拒动的技术误区。当中性线产生重复接地时，会使漏电保护器产生分流拒动，而中性线重复接地点是很难找到的；当电源缺相，所缺相又正好是漏电保护器的工作电源时，会产生拒动；在上一级漏电保护开关其动作整定值较大也会产生拒动。

从以上分析可以看出，漏电保护器在实际使用中发生的频动、拒动问题，既有客观环境和管理的原因，也有漏电保护器本身技术上的误区。可见漏电保护器的确存在着技术误区，而且这些技术误区与电网中性点接地是密切相关的，而使用漏电保护器时，电网中性点又不能不接地，因此在漏电保护器的技术思路内解决其频动、拒动问题是不大可能的。

6.3.4　安全制度和措施

除了上述保护接线方式和采用防触电的专用设备外，对于高压系统还得在操作安全制度上考虑并采取相应措施。

1. 安全制度

(1) 在电气设备的设计、制造、安装、运行、使用和维护以及专用保护装置的配置等环节中，要严格遵守国家规定的标准和法规。

(2) 加强安全教育，普及安全用电知识。

(3) 建立健全安全规章制度，如安全操作规程、电气安装规程、运行管理规程、维护检修制度等，并在实际工作中严格执行。

2. 安全措施

(1) 停电工作中的安全措施。在线路上作业或检修设备时，应在停电后进行，并采取下列安全技术措施：

① 切断电源。

② 验电。

③ 装设临时地线。

(2) 此外，对电气设备还应采取下列一些安全措施：

① 电气设备的金属外壳要采取保护接地或接零。

② 安装自动断电装置。

③ 尽可能采用安全电压。

④ 保证电气设备具有良好的绝缘性能。

⑤ 采用电气安全用具。

⑥ 设立保护装置。

⑦ 保证人或物与带电体的安全距离。

⑧ 定期检查用电设备。

任务实施

理解为了达到安全用电的目的，能够采用的可靠技术措施，包括直接防止触电和间接防止触电两类；对漏电保护器进行动作测试。

任务小结

本任务详细讲解了接地装置的意义和要求，阐述了保护接地、工作接地和保护接零的原理，提醒平常典型的不正确的接线。让学生理解低压配电系统的三种接地形式，重点是让学生掌握漏电保护器的工作原理，了解漏电保护器(漏电保护开关)是一种电器安全装置。为了保证当发生漏电和触电时，且达到保护器所限定的动作电流值时，就立即在限定的时间内动作自动断开电源进行保护的功能，必须将漏电保护器正确安装在低压电路中。

思考与练习

1. 简述配电系统常用的中性点运行方式。
2. 请简述保护接地和工作接地的区别。
3. 简述漏电保护器的种类以及如何接线？

任务 6.4　节约用电常识

教学目标	(1) 了解节约用电的意义； (2) 熟悉节约用电的新技术； (3) 掌握节约用电的途径。

任务引入

随着我国城乡人民生活水平的提高，居民生活能源消费量逐年上升。据统计，居民生活能源消费量占全国能源总消费量的比例已由 20 世纪 80 年代的 15%左右上升到 2005 年的 25%以上。因此，居民消费能源节约已成为中国节能工作举足轻重的一环。培养良好的节能习惯，采用科学的节能办法，为我国节能做出重要贡献。

任务分析

电能给人们带来了方便，可是发电是以消耗大量的环境资源为代价换取而来的。水利发电设施改变了江河的生态环境；核电站会产生核废料；火力发电燃煤会产生大量的有害气体和粉尘；这些均危害着人体的健康。通过节约用电常识的讲解，提高节电意识，学习节电技术。

相关知识

6.4.1　节约用电的途径

1. 民用和办公用电节能

(1) 选择节能空调。随着空调的迅速普及，空调的用电负荷正逐年猛增。当前，空调

能耗已占全国居民耗电量的15%左右，中国已成为空调产品生产和使用大国。由于空调用电时间集中，大大加重了高峰用电负荷。在夏季用电高峰时期，空调用电负荷甚至高达城镇总体用电负荷的40%左右。此外，空调耗电量大，受气候影响大，使用集中，这又直接导致用电高峰时段电网压力大、电力供应严重不足，成为夏季电力紧张的一个主要原因。

(2) 夏季空调温度调高节电。空调本来是人们消暑纳凉的奢侈品。但是，在我国城市中，许多商厦、办公楼宇沿用美国的习惯，在夏天过度使用空调，使得室内温度在摄氏22度以下，大多数上班族要西装革履，甚至要穿上冬季才穿的羊绒衫，浪费惊人。因此，2006年，《国务院关于加强节能工作的决定》颁布，规定所有公共建筑内的单位，包括国家机关、社会团体、企事业组织和个体工商户，除特定用途外，夏季室内空调温度设置不低于26摄氏度，冬季室内空调温度设置不高于20摄氏度，以节约能源。

(3) 采用照明使用节能灯节能。采用节能灯节电效益大，我国照明用电占高峰时总用电量的10%左右，因此，通过降低照明用电来解决电力紧张问题是一项投入少、见效快、操作易、影响大的节电措施。建造火力发电厂每增加1千瓦装机容量至少得花6000元，而推广节能灯节省1千瓦时电力的灯具费用则不到1000元。因此，家庭照明节约用电，应该尽量多使用节能灯。

(4) 适当调整电视机亮度节能。调整电视机亮度既延长电视机寿命，又节能。控制电视屏幕的亮度，是节电的一个途径。以21英寸的彩色电视机为例，最亮时功耗为85瓦，最暗时功耗仅为55瓦。

(5) 避免家电待机能耗节电。一般来说，带遥控器的家电都有待机功耗。电视机和DVD等家用电器是我国家庭的常用电器之一，它的待机状态有两种：一种是冷待机，即将电源完全切断，电器与电源隔离，此种状况下，完全不消耗电力；另外一种状态是热待机，即只关闭主机，电器仍与电源相连。据测定，电器设备在热待机状态下耗电一般为其开机功率的10%左右，约5瓦至15瓦不等。

(6) 科学用电脑节电。电脑在不少家庭和办公室中已成为必不可少的办公器具，然而，稍不留意电脑也会造成电能的巨大浪费。因此，使用方法得当，设备适当是电脑节能的关键。减少电脑和显示器能源消耗的最好方法就是不用时关闭。如果您的电脑有“睡眠”模式，确保启用它，电脑在不用时即进入低能耗模式，可以将能源使用量降低到一半以下。您还可以缩短显示器自动进入“睡眠”模式前的延长时间。电脑在“睡眠”状态下也有10瓦的能耗；即便关了机，只要插头还没拔，电脑照样有5瓦的能耗。因此，不用电脑时请记得拔掉插头。

(7) 使用节能型冰箱节电。随着能源问题的日益突出，节能型冰箱将成为未来市场的主流。节能冰箱由于采用了先进冰箱压缩机，制冷量、能效比等技术参数实现了最优化，冰箱的保温性能增强，整个冰箱箱体的导热系数优于一般冰箱。

2. 企业节约用电的主要途径

(1) 加强产品的单耗管理。

制定合理的用电单耗定额；建立健全用电单耗的考核分析制度与节电的奖惩办法。

(2) 提高用电设备效率。

采用新技术和新材料，如使用远红外加热干燥技术；半导体和电子技术应用与生产工艺控制；使用新的绝热温材料等；

对用电设备进行技术改造。如提高泵、风机、整流和电热设备的效率；减少电能的传输损耗；使用效率较高的电能转换形式等；

使用电焊机空载自停装置和交流接触器无声运行技术等。

(3) 提高用电设备的经济运行水平。

提高设备利用率(如提高变压器、电动机的负载率，提高电热设备的利用率等)；

提高功率因素；

提高变压器、电动机、泵和风机经济运行水平。

(4) 加强用电设备的维修，提高检修质量。

(5) 加强照明管理，采用节能灯，节约非生产用电。

6.4.2 节约用电新技术

1. 远红外加热干燥技术

远红外加热技术兴起于20世纪70年代初，它是重点推广的一项节能技术。远红外加热器有板状、管状、灯状和灯口状几种，所用的能源以电能为主，但亦可用煤气，蒸汽、沼气和烟道气等。利用这项技术提高加热效率，重要的是要提高被加热物料对辐射线的吸收能力，使其分子振动波长与远红外光谱的波长相匹配。因此，必须根据被加热物的要求来选择合适的辐射元件，同时还应采用不同的选择性辐射涂层材料，并要改善加热体的表面状况。

远红外加热技术是一门新兴科学，近几年随着远红外生产品种和数量的不断增多，它的应用领域也不断扩大，远红外加热技术日益引起人们的重视，因此研究远红外辐射材料和应用开发有着广阔的前景。远红外辐射材料的节能原理为：远红外辐射材料对其他能量的有效转换和被加热物质的分子振动所吸收，而达到加热、干燥等目的，它具有节能、加热升温快，无污染，热效率高等特点，可广泛应用于纺织、印染、机电、印刷、玻璃退火、食品加工和医疗保健、民用炊具、取暖设备等方面，我们所研制的远红外陶瓷辐射材料用在铝制品的涂层上，其节时率达40%以上，热利用率增量为35%左右，节能率80%以上，是一种理想的高效节能材料。

2. 半导体和电子技术应用

半导体和电子技术应用在很多方面能做到节能的效果，其中做显著的是变频器的应用。我们知道，交流异步电动机转速 n 与频率成正比，只要改变电源频率即可改变电动机的转速，当频率在0～50Hz的范围内变化时，电动机转速调节范围非常宽。变频器就是通过改变电动机电源频率实现速度调节的。变频器是电力电子科学的具体体现。是利用电力电子半导体器件的通断作用来实现电力电能大功率的变换及控制的电子电路装置，即电力电路实现电子化。

变频器节能主要表现在风机．水泵的应用上。比如化工厂有大量的风机类水泵类负载。这类负载由流体力学可知水泵电机的耗电功率与转速近似成立方比的关系。所以当所要求的流量减少时，可调节变频器输出频率使电动机转速按比例降低，转速控制方式在低速小流量时，仍可使泵机高效率运行。这时，电动机的功率将按三次方关系大幅度地降低，比调节挡板、阀门节能40%～50%，从而达到节电的目的。

3. 绝热温材料

传统高温工业炉窑大都是根据耐火度高低选用耐火材料，外包壳体或在壳体内衬一层石棉布(纸)隔热层。实际炉壁内的温度是梯度分布，高温层只在内壁10%厚处，因此按温度梯度配置耐火层和隔热层才更为合理，也就是在耐火层外应加厚隔热层，或将耐火材料改成不同耐火度的二层，以较低热导率材料为外层，再加隔热层，使炉窑表面温度降下来，就可减少热损失，提高热效率而达到节能的目的。

同样的原理，应用于建筑方面，要大力开发应用新型墙体材料，开发轻质复合保温墙体材料。减少实心砖，使粘土空心砖产量占总粘土砖产量的比重提高到20%以上，空心制品的空洞率要达到30%以上，建筑物加涂保温层，以及应用加膜玻璃、硬聚氯乙稀(复合)塑料窗等，提高建筑物保温性，可降低其空调的能耗达10%～14%，宏观节能相当可观。

任务实施

主要是了解节约用电的意义；熟悉节约用电的新技术；掌握节约用电的途径。

(1) 对于企业节约用电，要针对目前企业用电存在的一些问题，从管理和技术上对企业用电进行改革。第一，企业要制定一定的规章制度，要严格控制电能的使用，还要有奖罚激励措施。第二，要加强的就是照明管理，要确保照明设施的有效利用，避免浪费。第三，利用工业余热发电供热；第四，更新淘汰现有低效高能耗的供用电设备，以高效节能的电气设备来取代低效高能耗的电气设备。第五，企业要合理选择供用电设备的容量，或进行技术改造，提高设备的负荷率，应严格按照国家规定的企业负荷率进行生产。第六，改革落后工艺，改进操作方法，减少生产流程，第七，减少工业用气、用水、用风的损失；采用新技术、新工艺；在供电系统中采取措施节约电能。最后企业应该加强对用电设备的维护，提高设备的检修质量。

(2) 对于供电企业而言要在如下几个方面进行提高。第一，普及节电知识，强化节电意识。第二，供电企业应大力宣传使用节能的产品和工艺，为客户策划科学合理的用电方案，引导客户采用科学的用电方式和先进的用电技术，同时支持企业进行节电技术改造，并对那些采用新技术进行电能改造的企业进行奖励。第三，合理调整电价，合理调整电价有利于企业节约用电，要充分发挥价格杠杆促进节约用电的作用。第四，供电企业在对其他企业供电时要根据供电双方的需要，实行计划供用电，提高电能的利用率，并通过计量严格考核。第五，供电企业要根据实际情况，在用电时根据季节及用户的不同进行负荷调整，“削峰填谷”，提高供电能力。

任务小结

本任务主要讲解了节约用电的途径、民用办公和企业用电节能节约用电方面的知识和主要节电的途径。提出了一些常用的节约用电新技术比如远红外加热干燥技术，半导体和电子技术节能应用，和采用绝热温材料等。让学生理解并为以后生活和工作中自觉节约用电打下基础。

思考与练习

1. 节约用电的意义是什么?
2. 节约用电的新技术有哪些?
3. 简述民用和办公用电节能措施
4. 简述企业节约用电的措施
5. 列出节电新技术有哪些?

参 考 文 献

[1] 周启龙. 电工仪表及测量. 北京：中国水利水电出版社，2002.
[2] 韩广兴. 万用表检测应用实例. 北京：电子工业出版社，2008.
[3] 铁晓华. 电测仪表工. 北京：中国水利水电出版社，1999.
[4] 李颂伦. 电气测试技术. 西安：西北工业大学出版社，1992.
[5] 李中发. 电工电子技术基础. 北京：中国水利水电出版社，2003.

北京大学出版社高职高专机电系列教材

序号	书号	书名	编著者	定价	出版日期
1	978-7-301-10464-2	工程力学	余学进	18.00	2006.1
2	978-7-301-10371-9	液压传动与气动技术	曹建东	28.00	2006.1
3	978-7-301-11566-4	电路分析与仿真教程与实训	刘辉珞	20.00	2007.2
4	978-7-5038-4863-6	汽车专业英语	王欲进	26.00	2007.8
5	978-7-5038-4864-3	汽车底盘电控系统原理与维修	闵思鹏	30.00	2007.8
6	978-7-5038-4868-1	AutoCAD 机械绘图基础教程与实训	欧阳全会	28.00	2007.8
7	978-7-5038-4866-7	数控技术应用基础	宋建武	22.00	2007.8
8	978-7-5038-4937-4	数控机床	黄应勇	26.00	2007.8
9	978-7-301-13258-6	塑模设计与制造	晏志华	38.00	2007.8
10	978-7-301-12182-5	电工电子技术	李艳新	29.00	2007.8
11	978-7-301-12181-8	自动控制原理与应用	梁南丁	23.00	2007.8
12	978-7-301-12180-1	单片机开发应用技术	李国兴	21.00	2007.8
13	978-7-301-12173-3	模拟电子技术	张　琳	26.00	2007.8
14	978-7-301-09529-5	电路电工基础与实训	李春彪	31.00	2007.8
15	978-7-5038-4861-2	公差配合与测量技术	南秀蓉	23.00	2007.9
16	978-7-5038-4865-0	CAD/CAM 数控编程与实训(CAXA 版)	刘玉春	27.00	2007.9
17	978-7-5038-4862-9	工程力学	高　原	28.00	2007.9
18	978-7-5038-4869-8	设备状态监测与故障诊断技术	林英志	22.00	2007.9
19	978-7-301-12392-8	电工与电子技术基础	卢菊洪	28.00	2007.9
20	978-7-5038-4867-4	汽车发动机构造与维修	蔡兴旺	50.00(1CD)	2008.1
21	978-7-301-13260-9	机械制图	徐　萍	32.00	2008.1
22	978-7-301-13263-0	机械制图习题集	吴景淑	40.00	2008.1
23	978-7-301-13264-7	工程材料与成型工艺	杨红玉	35.00	2008.1
24	978-7-301-13262-3	实用数控编程与操作	钱东东	32.00	2008.1
25	978-7-301-13261-6	微机原理及接口技术(数控专业)	程　艳	32.00	2008.1
26	978-7-301-12386-7	高频电子线路	李福勤	20.00	2008.1
27	978-7-301-13383-5	机械专业英语图解教程	朱派龙	22.00	2008.3
28	978-7-301-12384-3	电路分析基础	徐　锋	22.00	2008.5
29	978-7-301-13572-3	模拟电子技术及应用	刁修睦	28.00	2008.6
30	978-7-301-13575-4	数字电子技术及应用	何首贤	28.00	2008.6
31	978-7-301-13574-7	机械制造基础	徐从清	32.00	2008.7
32	978-7-301-13657-7	汽车机械基础	邰　茜	40.00	2008.8
33	978-7-301-13655-3	工程制图	马立克	32.00	2008.8
34	978-7-301-13654-6	工程制图习题集	马立克	25.00	2008.8
35	978-7-301-13573-0	机械设计基础	朱凤芹	32.00	2008.8
36	978-7-301-13582-2	液压与气压传动	袁　广	24.00	2008.8
37	978-7-301-13662-1	机械制造技术	宁广庆	42.00	2008.8
38	978-7-301-13661-4	汽车电控技术	祁翠琴	39.00	2008.8
39	978-7-301-13658-4	汽车发动机电控系统原理与维修	张吉国	25.00	2008.8
40	978-7-301-13653-9	工程力学	武昭晖	25.00	2008.8
41	978-7-301-14139-7	汽车空调原理及维修	林　钢	26.00	2008.8
42	978-7-301-13652-2	金工实训	柴增田	22.00	2009.1
43	978-7-301-14656-9	实用电路基础	张　虹	28.00	2009.1
44	978-7-301-14655-2	模拟电子技术原理与应用	张　虹	26.00	2009.1
45	978-7-301-14453-4	EDA 技术与 VHDL	宋振辉	28.00	2009.2
46	978-7-301-14470-1	数控编程与操作	刘瑞已	29.00	2009.3
47	978-7-301-14469-5	可编程控制器原理及应用(三菱机型)	张玉华	24.00	2009.3
48	978-7-301-12385-0	微机原理及接口技术	王用伦	29.00	2009.4
49	978-7-301-12390-4	电力电子技术	梁南丁	29.00	2009.4
50	978-7-301-12383-6	电气控制与 PLC(西门子系列)	李　伟	26.00	2009.6
51	978-7-301-13651-5	金属工艺学	柴增田	27.00	2009.6

序号	书号	书名	编著者	定价	出版日期
52	978-7-301-12389-8	电机与拖动	梁南丁	32.00	2009.7
53	978-7-301-12391-1	数字电子技术	房永刚	24.00	2009.7
54	978-7-301-13659-1	CAD/CAM 实体造型教程与实训(Pro/ENGINEER 版)	诸小丽	38.00	2009.7
55	978-7-301-15378-9	汽车底盘构造与维修	刘东亚	34.00	2009.7
56	978-7-301-13656-0	机械设计基础	时忠明	25.00	2009.8
57	978-7-301-12387-4	电子线路 CAD	殷庆纵	28.00	2009.8
58	978-7-301-12382-9	电气控制及 PLC 应用(三菱系列)	华满香	24.00	2009.9
59	978-7-301-15692-6	机械制图	吴百中	26.00	2009.9
60	978-7-301-15676-6	机械制图习题集	吴百中	26.00	2009.9
61	978-7-301-16898-1	单片机设计应用与仿真	陆旭明	26.00	2010.2
62	978-7-301-15578-3	汽车文化	刘　锐	28.00	2009.8
63	978-7-301-15742-8	汽车使用	刘彦成	26.00	2009.9
64	978-7-301-16919-3	汽车检测与诊断技术	娄　云	35.00	2010.2
65	978-7-301-17122-6	AutoCAD 机械绘图项目教程	张海鹏	36.00	2010.5
66	978-7-301-17079-3	汽车营销实务	夏志华	25.00	2010.6
67	978-7-301-17148-6	普通机床零件加工	杨雪青	26.00	2010.6
68	978-7-301-16830-1	维修电工技能与实训	陈学平	37.00	2010.7
69	978-7-301-13660-7	汽车构造(上册)——发动机构造	罗灯明	30.00	2010.8
70	978-7-301-17398-5	数控加工技术项目教程	李东君	48.00	2010.8
71	978-7-301-17573-6	AutoCAD 机械绘图基础教程	王长忠	32.00	2010.8
72	978-7-301-17324-4	电机控制与应用	魏润仙	34.00	2010.8
73	978-7-301-17557-6	CAD/CAM 数控编程项目教程(UG 版)	慕　灿	45.00	2010.8
74	978-7-301-17609-2	液压传动	龚肖新	22.00	2010.8
75	978-7-301-17569-9	电工电子技术项目教程	杨德明	32.00	2010.8
76	978-7-301-17679-5	机械零件数控加工	李　文	38.00	2010.8
77	978-7-301-17608-5	机械加工工艺编制	于爱武	45.00	2010.8
78	978-7-301-17696-2	模拟电子技术	蒋　然	35.00	2010.8
79	978-7-301-17707-5	零件加工信息分析	谢　蕾	46.00	2010.8
80	978-7-301-17712-9	电子技术应用项目式教程	王志伟	32.00	2010.8
81	978-7-301-17730-3	电力电子技术	崔　红	23.00	2010.9
82	978-7-301-17711-2	汽车专业英语图解教程	侯锁军	22.00	2010.9
83	978-7-301-17821-8	汽车机械基础项目化教学标准教程	傅华娟	40.00	2010.10
84	978-7-301-17877-5	电子信息专业英语	高金玉	26.00	2010.10
85	978-7-301-17532-3	汽车构造(下册)——底盘构造	罗灯明	29.00	2011.1
86	978-7-301-17958-1	单片机开发入门及应用实例	熊华波	30.00	2011.1
87	978-7-301-18188-1	可编程控制器应用技术项目教程(西门子)	崔维群	38.00	2011.1
88	978-7-301-17694-8	汽车电工电子技术	郑广军	33.00	2011.1
89	978-7-301-18322-9	电子 EDA 技术(Multisim)	刘训非	30.00	2011.1
90	978-7-301-18357-1	机械制图	徐连孝	27.00	2011.1
91	978-7-301-18143-0	机械制图习题集	徐连孝	20.00	2011.1
92	978-7-301-18144-7	数字电子技术项目教程	冯泽虎	28.00	2011.1
93	978-7-301-18470-7	传感器检测技术及应用	王晓敏	35.00	2011.1
94	978-7-301-18477-6	汽车维修管理实务	毛　峰	23.00	2011.3
95	978-7-301-17894-2	汽车养护技术	隋礼辉	24.00	2011.3
96	978-7-301-18471-4	冲压工艺与模具设计	张　芳	39.00	2011.3
97	978-7-301-18630-5	电机与电力拖动	孙英伟	33.00	2011.3
98	978-7-301-18519-3	电工技术应用	孙建领	26.00	2011.3